HEINZ G. KONSALIK

Das Geheimnis der sieben Palmen

Buch

Nach dem Tod seiner über alles geliebten Frau stürzt sich der Seidenfabrikant Philipp Hassler in das wilde Leben des Jet-Set. Doch dieses Leben befriedigt ihn nicht lange. Da erfüllt sich Hassler einen Jugendtraum: Er kauft sich eine kleine Insel in der Galapagos-Gruppe. In der Einsamkeit dieser Pazifikinsel will er wieder zu sich selbst finden und ein neues Leben beginnen.

Aber schon nach zwei Monaten wird die paradiesische Idylle jäh gestört. Drei Männer landen mit einem Motorboot auf der Insel und eröffnen sofort das Feuer auf den Einsiedler. Zwei von ihnen kann Hassler in Notwehr erschießen, der dritte entkommt.

Wochen später wird ein Rettungsboot mit einer schönen jungen Frau an Land gespült – Evelyn Ball. Hassler glaubt, mit dieser Schiffbrüchigen allein auf der Insel zu sein. Aber eines Tages steht er plötzlich dem Mann gegenüber, der bei dem Überfall entkommen konnte. Zwischen ihm und Evelyn muß es eine Verbindung geben ...

Autor

Heinz G. Konsalik, Jahrgang 1921, stammt als Köln. Nach dem Abitur studierte er in Köln, München und Wien Theaterwissenschaften, Literaturgeschichte und Germanistik. Nach 1945 arbeitete Konsalik zunächst als Dramaturg und Redakteur; seit 1951 war er als freier Schriftsteller tätig. Konsalik ist der national und international meistgelesene deutschsprachige Autor der Nachkriegszeit. Seit dem »Arzt von Stalingrad« wurde jedes seiner weiteren Bücher ein Bestseller. Insgesamt schuf er 155 Romane mit einer Gesamtauflage von über 86 Millionen verkauften Exemplaren in 46 Sprachen!
Heinz G. Konsalik verstarb im Herbst 1999.

Von Heinz G. Konsalik ist bei Blanvalet bereits erschienen:

Dschungel-Gold. Roman (35309)
Geliebter, betrogener Mann. Roman (32107)
Sommerliebe. Roman (35703)
Wen die schwarze Göttin ruft. Roman (35449)

KONSALIK

Das Geheimnis der sieben Palmen

Roman

BLANVALET

Umwelthinweis:
Alle bedruckten Materialien dieses Taschenbuches
sind chlorfrei und umweltschonend.

Blanvalet Taschenbücher erscheinen im
Goldmann Verlag, einem Unternehmen der
Verlagsgruppe Random House.

Taschenbuchausgabe September 2002

Umschlaggestaltung: Design Team, München
Umschlagfoto: Ernst Wrba
Satz: DTP Service Apel, Hannover
Druck: Elsnerdruck, Berlin
Verlagsnummer: 35564
UH · Herstellung: Heidrun Nawrot
Made in Germany
ISBN 3-442-35564-8
www.blanvalet-verlag.de

1 3 5 7 9 10 8 6 4 2

1

Das graulackierte Küstenwachboot der Marine von Ecuador näherte sich in langsamer, vorsichtiger Fahrt der Insel. Unten, im Sonarraum des Schiffes, reflektierten laut die Korallenriffe und Felsenspitzen aus Lavagestein die ausgeschickten Ortungsstrahlen. Auf den Radarbildschirmen flimmerten sie als bizarre, phosphoreszierende Gebilde. Die rumpelnden Maschinen liefen auf äußerster Drosselung; es war ein Anschleichen und Durchschleichen durch eine Unterwasserlandschaft, die jeder, der sie zum erstenmal sieht, faszinierend nennt – nur die Seeleute nicht, die auf jedes kratzende Geräusch am Rumpf ihres Schiffes lauschten.

Der Leitende Ingenieur im Peilraum meldete mit drängender Stimme an die Brücke zum Kommandanten: »Nur noch eine Viertelmeile, Captain, dann müssen wir stoppen, oder wir werden der Länge nach aufgeschlitzt!«

In diesem Augenblick sagte oben auf dem Austritt der Kommandobrücke ein Mann: »Genauso habe ich mir das vorgestellt!«

Der Mann trug eine gelbe Kunststoffjacke und einen alten verbeulten Hut aus Segeltuch. Er lehnte an der Reling und starrte hinüber zu dem Eiland, das wie ein schwach gewölbter, dunkler Schildkrötenrücken, wie ein horniger Panzer, aus dem heute nur schwach bewegten Ozean ragte. Ganz deutlich konnte man, jetzt schon ohne Fernglas, sieben in einer Gruppe stehende lange, schlanke Palmen erkennen, mit vom Wind zerzausten Blättern und zur Küste hin leicht gebogenen Stämmen.

»Genauso!« wiederholte der Mann, nahm den Segeltuchhut ab und ließ den Meerwind durch sein braunes, an den Schläfen schon grau werdendes Haar wehen. »Die sieben Palmen!«

Er warf einen Seitenblick auf den Kommandanten des Küstenwachbootes, der sein Schiff jetzt im fast motorlosen Schleichgang über die unsichtbaren Unterwasserklippen gleiten ließ. Der Kapitänleutnant war ein erfahrener Seemann; seine Leute nannten ihn nur »Don Fernando«. Er kannte die Küste Ecuadors und diesen ganzen Archipel wie den Körper seiner Frau Juanita. (Hier sei angemerkt, daß es keinen Mann gibt, der den Körper seiner Frau ganz genau kennt!)

»Halten Sie mich noch immer für verrückt, Don Fernando?«

»Ja!«

Der Kapitän ließ das Boot stoppen. Aus dem Sonarraum war die Meldung gekommen: »Weiterfahrt unmöglich. Vulkanische Felsklippen und Korallenbänke erreichen unseren Tiefgang.« Man konnte es von oben sehen: im klaren, blauen Wasser ragte die Barriere der Korallen bis unter die Wasseroberfläche. Einige bizarre Felszacken durchbrachen wie dicke Nadeln den Ozean; weiter zur Insel hin schäumte die See gischtend gegen eine dreifache Mauer aus farbig, in Gelb, Rot und Schwarz, erstarrter Lava. Irgendwo – das hatte man von einem Hubschrauber aus fotografiert – gab es dort einen engen Einschlupf bis zu dem halbrunden Strand einer Bucht. Ein Strand, vielleicht dreißig Meter breit und tief, aus gelbgrauem verwittertem Vulkansand, in Jahrmillionen durch Wind und Wasser pulverfein gemahlen. Eine Küste aus Bimssand – und dahinter offenbar nichts als kahler, zerklüfteter, von Erosionen zerfressener Fels in unbekannter Zeit einmal feuerflüssig aus dem Meer gespien, dann erstarrt. Überrest aus den Tagen der Schöpfung.

Aber oben, auf der Höhe dieses Felsrückens, der aussah wie der abgeworfene Rückenpanzer einer Riesenechse, grünten Flechten und Farne, kleine Mangroven und niedrige Buschwälder, und mitten darin stand die Gruppe der sieben hohen, schlanken Palmen.

»Ich halte Sie nicht für verrückt, Don Philipp«, sagte Don Fernando ruhig, »sondern sogar für einen Menschen, den man mit Gewalt zurückhalten sollte, mein Schiff zu verlassen! Es gibt kein Ende der Welt, denn die ist bekanntlich rund – aber das hier ist wohl der einsamste Punkt, den ich kenne. Überlegen Sie's noch einmal! Ein Wort, und wir drehen sofort ab.«

»Lassen Sie die Barkasse zu Wasser, Don Fernando. Ich habe mein Ziel erreicht. ›Die sieben Palmen‹. Ich bin begeistert! Was wollen Sie mehr vom Leben: ein eigenes kleines Land, Süßwasserquellen, Steine, aus denen man ein Haus bauen kann, Bäume, aus denen man Dächer und Möbel zimmern kann, Erde, auf der man sein tägliches Essen anpflanzen kann. Und dazu der Himmel mit Sonne, Regen und Wind, das Meer mit seinen Fischen und seiner ewigen Mahnung: Mensch, wie groß und mächtig kommst du dir vor – und bist doch nicht mehr als ein Sandkorn am Strand! Ruhe, Frieden, paradiesisches Leben! Keine Finanzbeamten, keine Gesetze, keine Diebe und Räuber, keine Hetze nach Geld, kein Umsichtreten und Katzbuckeln, kein Konkurrenzkampf und keine Politik ...«

Der Kommandant gab über das Brückentelefon den Befehl, die kleine Motorbarkasse zu Wasser zu lassen. Mit ihr konnte es – mit viel Glück und Geschick – gelingen, die

Bucht hinter den drei Felsbarrieren und den Sandstrand zu erreichen. Daß die Brandung heute geradezu gnädig und der Wind fast eingeschlafen war, gehörte zu den Seltenheiten dieser Inseln.

»Aber es ist ja alles nicht wahr!« sagte Don Fernando und beobachtete die Insel durch sein Fernglas. »Kein Krieg? Alles auf dieser Insel bekriegt sich! Jeder vernichtet jeden – denn jeder will überleben! So führen sie alle Krieg: die Farne gegen die Flechten, die Robben gegen die Haie, die Kormorane gegen die Fische. Jeder Vogel muß seine Eier gegen die größeren Vögel verteidigen, gegen Schlangen und Meerechsen, Drusenköpfe und Leguane, und wenn es auf der Insel, wie es die Hubschrauberfotos beweisen, noch wilde Rinder, Schweine und Ziegen gibt, dann kämpft wirklich jeder gegen jeden! Und keine Politik? Die Galapagosinseln haben eine höchst wichtige strategische Lage, vor allem für die Kontrolle des Panamakanals: als Flugbasis!«

»Ich weiß, es waren einmal Amerikaner hier. Die Flugbasis von Baltra …«

»Stimmt«, sagte Don Fernando. »Über tausend Mann! Dann der Flugplatz von Hood!« Er blickte wieder durch das Fernglas. »Und Frauen gibt's hier auch nicht …«

»Das ist kein Problem für mich.«

Der Mann an der Reling starrte hinüber zu der Insel mit den sieben Palmen. Sie schien so nahe zu sein, als könnte man mit ein paar kräftigen Zügen hinüberschwimmen. Aber sie war wie eine Festung, geschützt durch Lavamauern, Klippen, Korallenbänke, Strudel, hochgischtende Brandungen, durch mörderische Haie in den fischreichen Gewässern – und Gefahren, die noch keiner kannte.

»Die sieben Palmen« hatte wohl noch kein Mensch betreten. Nur überflogen. Vielleicht waren ein paar Fischer hier schon mal an Land gegangen, wenn sie von anderen Inseln wie San Cristóbal, Santa Cruz, James oder Floreana herübergekommen waren. Allein diese Eilande – und Isabela, die größte der Galapagosinseln, waren bewohnt. Die Fischer aber waren wortkarg. Die gewaltige Natur hatte sie still und duldsam gemacht, bescheiden und demütig. Für sie war jeder Tag ein ernstes Zwiegespräch mit der Landschaft, die einmal aus Feuer entstanden war.

»Sie kennen meine Geschichte?« fragte der Mann an der Reling, während an Backbord die Barkasse ins Wasser gehievt wurde.

Der Kommandant nickte. »Don Domingo hat mir ein bißchen was erzählt.«

Der Mann an der Reling lachte. »Peres Domingo, ›Gouverneuer‹ der Galapagosinseln! Ein braver Mann mit einem gesunden Menschenverstand. ›Man sollte Sie einfach einsperren!‹ hat er zu mir gesagt, als ich mich bei ihm vorstellte. ›Ich weiß, unsere Botschaft in Bonn hat uns unterrichtet. Und der Botschafter Ihres Landes hat, obwohl er Sie auch für idiotisch hielt, mit unserem Innenminister über Sie gesprochen. Und mit dem Marineminister auch. Aber nun sind Sie tatsächlich hier! Man sollte Sie illegal inhaftieren, Ihnen eine hübsche Senorita in die Zelle schicken und Sie eine Woche lang in Ruhe lassen! Nach dieser Woche haben Sie bestimmt keine Sehnsucht mehr nach den Galapagosinseln, weil Ihnen die Schenkel der Senorita viel lieber sein werden!‹ Soweit der Gouverneur.« Der Mann an der Reling grinste.

»Bravo für Don Peres!« rief Don Fernando. Die Barkasse klatschte in den Ozean. Ein junger Leutnant kletterte an der Bordwand die Strickleiter hinunter.

»Ihr habt wohl nur Weiber im Kopf, was?« fragte der Mann.

»Nennen Sie mir was Schöneres auf dieser Welt, Don Philipp!«

»Das ist es! ›Die sieben Palmen‹! Mein Paradies. Gehört mir ganz allein! Von Ihrer Regierung verbrieft. Zwar Naturschutzgebiet, aber ich werde mich voll in diese Natur integrieren. Ich zerstöre nichts.«

»Der Mensch zerstört immer!«

»Immer dieselben Redensarten!« Der Mann an der Reling setzte seinen Segeltuchhut wieder auf. »Wissen Sie, daß meine noch lebende Verwandtschaft – zwei Neffen, eine Nichte und sogar ein Halbbruder, Sohn aus zweiter Ehe meines Vaters – mich in Deutschland entmündigen lassen wollten – nur weil ich für immer in die Einsamkeit ziehen will?«

»Das halte ich sogar für sehr logisch. Pardon, Don Philipp.«

»Macht nichts. Ich habe mich an solchen Sarkasmus gewöhnt. Zwei Jahre lang habe ich gekämpft, um diese Minute, jetzt und hier, erleben zu können: der Übertritt aus einer Welt, die die Menschen zerstört haben, in eine andere Welt, die noch ist, wie Gott sie gewollt hat.«

»Gehören Sie einer Sekte an, die die Menschen verbessern will?«

»Im Gegenteil!« Der Mann lachte herzlich. »Ich war genau das, was man unter einem Genußmenschen versteht. Ich habe nichts ausgelassen: keinen Gesang, keinen Wein, kein Weib! Wo etwas los war: Philipp Hassler – meine vielen Freunde haben mich Phil genannt – war immer dabei. Wissen Sie, was der Jet-set ist? Ja? Ich war immer dort, wo was los ist. St. Moritz oder Bahamas, Monte Carlo oder Marbella, St. Tropez oder Miami, Acapulco oder Copacabana. Wo ein neues rassiges Weib auftauchte, war Phil im Einsatz und trug den Erfolg in seine Abschußliste ein. Und was sich so Zivilisation nennt – ich habe alles besessen. Mit Statussymbolen konnte ich jonglieren. Ob Sportwagen oder Motoryacht, Privat-Jet oder Chalet in den Schweizer Alpen ... Lächerlich, darüber zu reden! Ich konnte mir's eben leisten. Die ›Seidenwerke JOHAS‹ in Krefeld, genannt nach meinem Urgroßvater, Johann Hassler. Eigene Spinnereien, Konfektion, Modellkleider. Die Sache lief von allein. Ob Sie es glauben oder nicht: Bis vor fünf Jahren war ich ein fleißiger Arbeiter. Morgens im Werk der erste – abends der letzte, oft bis tief in die Nacht hinein. Junge, was habe ich geschuftet! Mein Vater hatte nach dem Krieg seine zweite Frau geheiratet. Sie war zwei Jahre jünger als ich, der Sohn! Der Alte drehte durch, übergab mir einen Trümmerhaufen von Firma und lebte bis zu seinem Schlaganfall in der Nähe von Nizza. – Interessiert Sie das überhaupt?«

»Sprechen Sie weiter, wenn's Sie erleichtert. Die Barkasse ist in zehn Miauten startbereit.«

Don Fernando blickte an der Bordwand hinunter. Die Besatzung der Barkasse, drei Matrosen und ein Offizier, war schon an Bord. Mit einem kleinen Schwenkkran wurde Phil Hasslers Gepäck verladen – der letzte Gruß der Zivilisation. Ein paar Kisten aus Leichtmetall. Ein paar Säcke aus Segeltuch, Ballen in Kunststoffplanen. Ein Außenbordmotor, Benzinfässer. Wasserkanister. Segeltuchhüllen mit Waffen: drei Gewehre, zwei Pistolen und Munitionskästen. Ein ziemlich »modernes« Paradies.

»Ich war verheiratet«, sagte Hassler. »Nicht glücklich, sondern sehr glücklich! Unaussprechlich glücklich! So wie ich meine Frau geliebt habe, kann ein Mann nur einmal lieben.«

Philipp Hassler schob den Segeltuchhut in den Nacken. Es war Nachmittag, die Sonne stand schräg, die Felsen »seiner« Insel leuchteten von Rot bis Tiefviolett, von Hellgelb bis Blaugrün. Hochgetürmte Basaltsäulen, dazwischen ins Meer geflossene und dort bizarr erstarrte Lava. Ein Stück Mond auf der Erde, hätte mancher denken können, wenn die sieben Palmen nicht gewesen wären. An die dreifache Felsbarriere klatschte träge der Ozean. Kleine Seen bildeten sich in den schwarzbraunen Lavafeldern.

»Meine Frau starb mit 31 Jahren. Lymphdrüsenkrebs. Wir hatten keine Kinder. Können Sie ahnen, was ich alles angestellt habe, um sie zu retten? Wo in der Welt ich überall mit ihr herumgereist bin? Welche Ärzte ich aufgesucht habe? Ich hatte Millionen. Ich hätte sie alle, alle hergegeben. Aber überall sagte man nur: rettungslos. Da halfen keine Millionen! Kümmern sich Krebszellen um Kontoauszüge? Heilt eine Lymphogranulomatose, indem man Tausendmarkscheine auf die Lymphknoten legt? Als Franziska starb – ich nannte sie immer nur Ziska –, saß ich drei Tage lang vor vierzig Schlaftabletten, aber ich war zu feige, sie zu schlucken. Erfolg: Ich schlug um ins Extrem. Ich wurde der Jet-set-Mann. Der Mann ohne Hemmungen: im Geschäft, im täglichen Leben, bei den Frauen. Ich war sogar in ›meinen Kreisen‹ eine Bombe! Einmal im Bett von Phil Hassler – und das kleinste Mäuschen war gesellschaftsfähig! Und dann kam das, was man nicht verstehen konnte. Als alle sagten: Jetzt ist er ganz verrückt! Als meine Freunde wegblieben, als hätte ich die Krätze, als die Verwandtschaft mich entmündigen lassen wollte, als ich überall auf Unverständnis stieß: Ich hatte einfach alles satt! Satt bis zum Kotzen! Wenn ich morgens aufwachte und neben mir im Bett lag eine nackte Schönheit, räkelte sich und flötete: ›Schatzi, du bist wunderbar!‹ – dann hätte ich sie anspucken können! Mich widerte alles an! Alles! Und Ziskas Bild wurde immer zwingender in mir, ihr fürchterliches Vergehen, dieses langsame Dahinsterben mit dem vollen Wissen: an jedem Tag bröckelt etwas ab von dir. Und sie hat es mit einer Tapferkeit ohnegleichen durchgestanden bis zuletzt. Das alles überwältigte mich, vernichtete den Playboy, machte aus mir den, der ich jetzt bin: Herr über die unbewohnte Insel ›Die sieben Palmen‹, am äußersten Ende der Galapagosinseln! Das ist, ganz kurz, meine Geschichte, Don Fernando. Kann ich jetzt an Bord?«

»Verladen ist alles, die Crew wartet. Sie können.« Don Fernando legte seine Hand auf Hasslers Arm. »Noch eines, Don Philipp: Ihnen ist doch klar, daß Sie von einer Illusion in die andere flüchten? Von einem Extrem in das andere. Wieder einmal. Diesmal aus der großen Welt in die Miniatur-Urwelt! Sie sind seit dem Tod Ihrer Ziska immer auf der Flucht. Weil Sie mit sich selbst nichts anfangen können.«

»Ich habe alles verkauft. Die Fabriken, die Geschäfte ... alles.«

»Vielleicht sind Sie doch nur ein grandioser Spinner ... Auch dort drüben, auf Ihrem Lavafelsen werden Sie scheitern! Es gibt keine Paradiese mehr.«

»Auch das hab' ich, wortwörtlich, schon hundertmal gehört! Von Ihren und meinen Ministern, von allen Freunden, von allen mit meinem ›Fall‹ beschäftigten Beamten, von meinen süßen Mädchen, die mit allen Tricks arbeiteten, um mich zurückzuhalten. Ich habe sogar Wetten abgeschlossen. Meine letzte Wette mit meinen ehemaligen Freunden lautete: Wenn ich innerhalb von fünf Jahren den Wunsch äußere: Holt mich zurück! – bekommt ihr eine Million Deutsche Mark! Diese Million ist – netto, also versteuert, das ist in Deutschland das Wichtigste! – sicher angelegt und soll später einmal, wenn ich gestorben bin, Grundstock einer ›Hassler-Stiftung‹ werden. Zur Unterstützung der biochemischen Forschung gegen den Lymphdrüsenkrebs!«

»Fünf Jahre! Das ist doch indiskutabel. Diese Wette würde ich nie mit Ihnen eingehen, das wäre doch unfair! Sie halten kein Jahr aus! Ich würde doch nur der Krebsforschung das Geld stehlen.«

»Wie Sie meinen, Don Fernando.« Hassler streckte ihm die Hand entgegen, »Leben Sie wohl! Vielleicht sehen wir uns nie wieder. Und halten Sie sich bitte an die Abmachung: kein Funkverkehr mit mir – es sei denn, *ich* rufe zuerst. Schweige ich, ist alles in Ordnung, und keiner soll sich um mich kümmern. Ich bin für die Außenwelt nicht mehr existent.«

Er drückte dem Kommandanten die Hand, stieg die Treppen hinunter auf Deck, schwang sich in die Strickleiter und kletterte hinab zur Barkasse. Ein Matrose stieß sie mit einem Ruder ab, dann tuckerte der Motor, und das kleine Boot glitt über den ruhigen Ozean auf die Lava- und Korallenbarrieren zu. Phil Hassler blickte zurück zu dem Kanonenboot. Er grüßte und winkte, und der Kommandant grüßte zurück. Es sah aus, als erweise er einem versinkenden Schiff die letzte Ehre.

Nach hundert Metern begann der Tanz mit den Strudeln und den von Felsen zurückgeworfenen Wellen. Die ersten Gischtwolken übersprühten die kleine Barkasse, die messerscharfen Zacken der erstarrten Lava und der Korallen drohten überall. Der junge Leutnant, mit einer Karte, die man nach Hubschrauberfotos angefertigt hatte, fand wohl den Einschlupf durch die Barrieren, aber Strudel und Gegenströmungen erforderten die volle Maschinenkraft des kleinen Motors. Die seegewohnten Matrosen schauten etwas bläßlich drein. An diesen Lavaklippen erschlagen zu werden – darauf hatte die Marinedienstordnung sie nicht vorbereitet.

Plötzlich, hinter der dritten Barriere, wurde das Wasser seichter und ruhig; es schillerte nicht mehr blau, sondern grünlich. Nun lag die Bucht mit dem staubigen Bimssand vor ihnen: ein harmloser Badestrand, der sich sanft ins Meer senkte.

Bis auf sieben Meter kam die Barkasse an die »Sieben Palmen« heran, dann stieg Phil aus. Das Wasser reichte ihm bis zur Brust. Unter seinen Füßen spürte er festen, steinigen Grund. Das Wasser war außergewöhnlich warm, als heize nicht nur die Sonne, sondern auch der Boden das Meer auf. Land, aus feuerflüssigem Urgestein geboren. Unter der dünnen Schale dieser Erde brodelten noch immer die feurigen Massen.

Mit weiten Schritten watete Phil Hassler durch das ruhige Buchtwasser und betrat mit ausgebreiteten Armen seine Insel. Es war, als wolle er diesen einsamsten Fleck der Erde umarmen.

So blieb er eine Weile stehen, hochaufgereckt, die Arme weit von sich gestreckt, und ließ den Blick über die zerklüfteten und höhlenreichen Felsschichten gleiten bis hinauf zu den einsamen, im schwachen Wind sich wiegenden sieben Palmen.

Ich bin da, dachte er. Ich stehe auf meiner Insel!

Und was keiner weiß und niemals wissen wird: Ich habe Angst.

Welch ein verdammt würgendes Gefühl, plötzlich ganz allein zu sein.

Phil schrak zusammen, als hinter ihm etwas ins Wasser klatschte. Die Matrosen luden seine Sachen aus. Er drehte sich um, lief zur Barkasse zurück und half den Männern, bis alles Gepäck an Land getragen war.

Es war eine ganze Menge, was sie da im gelbgrauen Bimssand aufgestapelt hatten: ein Haufen Zivilisation. Am wichtigsten waren das stabile, aufblasbare Gummiboot in Katamaranbauweise, der Außenbordmotor, die Benzinkanister, die Spezialkarten des Galapagosarchipels, das kleine Funkgerät, mit dem man den Flughafen Baltra, die Marinestation von Santa Cruz und die dort 1959 gegründete und seitdem immer weiter ausgebaute Forschungsstation »Charles Darwin« erreichen konnte – wenn man wollte. Vollkommen abgeschlossen von der Welt, vergessen und lebendig begraben war er also nicht. Aber wer die Bewohner der Galapagosinseln kennt, weiß, daß sich um Phil Hassler niemand kümmern würde, wenn er nicht ausdrücklich um Hilfe riefe. Ein Mann, der freiwillig für immer auf den »Sieben Palmen« leben will, nördlich der wilden Towerinsel, an der Millionen Jahre vorbeigegangen sind, ohne daß, von wenigen Forschern abgesehen, ein Mensch ihren Boden betreten hat – ein solcher Mann verdient es doch kaum, daß man sich viele Gedanken um ihn macht.

Verrückte, wenn sie sich schon selbst ihre Isolierzelle ausgesucht haben, soll man in Ruhe lassen.

Phil Hassler blieb unten am Strand im knöcheltiefen Bimssand stehen und winkte der Barkasse nach, bis es ihr gelungen war, die dreifache Lavabarriere wieder zu durchbrechen und sich mit schneller Fahrt – es sah fast wie eine Flucht aus – dem Kanonenboot zu nähern.

Nachdem die Barkasse an Deck gehievt war und das Schiff zum Ablaufen in den Ozean abdrehte, ließ Don Fernando zum Abschied die Sirene dreimal kurz aufheulen. Philipp Hassler stand breitbeinig auf einem Turm aus Metallkisten, die er übereinandergestapelt hatte, und winkte mit einem Handtuch zurück.

Lebt wohl, ihr letzten Menschen!

Er blieb auf seinem Kistenstapel stehen, bis die Aufbauten des Küstenwachbootes von Himmel und Meer verschluckt wurden. Und er blieb auch noch stehen, als nichts mehr zu sehen war als Ozean und glutroter Abendhimmel und die Flut, die jetzt mit gewaltigen Gischtwolken über die drei Lavabarrieren donnerte: Urkraft gegen erstarrte Schöpfungsstunden. Wie Riesenzinnen ragten die Lavagürtelrücken aus dem Meer, in der untergehenden Sonne rot leuchtend, als flösse das Gestein noch immer feurig in den Ozean.

Jetzt ist es vollkommen, dachte er. Das Alleinsein. So, wie die Sonne untergeht und morgen in neuer strahlender Helle wieder erscheint, geht jetzt der alte Phil Hassler mit seinem übersättigten Leben unter – und morgen früh wird ein anderer Mensch über dieses Meer blicken. Unbeschwert wie ein Kind wird er über den Strand laufen, mit den Füßen den staubfeinen Sand aufwirbeln, wird sich hineinstürzen in das warme Meer, sich nackt den Wellen entgegenwerfen und inmitten buntschillernder Fischschwärme schwimmen – nichts als Teil einer unberührten, jungfräulichen Welt.

Allein! – Warum noch die Angst im Hintergrund des Herzens, Phil?! Allein sein in dieser grandiosen Natur – du erlebst das letzte große Abenteuer, das einem Menschen heute noch beschieden ist. Die da draußen, in der anderen Welt, mögen es für den Gipfel des Snobismus halten: Ein Millionär leistet sich ein Robinsondasein. Das einfache Leben als Verjüngungsbad des alternden Playboy! Erfüllter Jugendtraum: Man darf ein Wilder sein! Darf sich am offenen Feuer selbstgefangenen Fisch am Stecken braten! Die Freiheit des Individuums! Und wenn man's satt hat, wenn man wieder unentwegt an Blondies sinnliche Lippen, ihren Busen und ihre langen Beine denkt, und vor allem an das, was man damit alles anstellen kann … dann setzt man sich eben ans Funkgerät und ruft zu Don Fernando: »Kommt mich abholen! Das Paradies ist schön! Aber auch Gott wußte, daß es erst vollkommen ist mit einer Frau! Warum sonst schuf er Eva?«

Langsam kletterte Phil Hassler von seinen Metallkisten

herunter und lehnte sich gegen den Stapel. In den Hosentaschen suchte er nach Zigaretten, fand aber nur eine breiige Masse – er war ja durch das brusttiefe Wasser gewatet. In welchem Karton, in welcher Kiste sind die Zigaretten? Und wo das Feuerzeug und die Streichhölzer?

Er warf die nasse Zigarettenschachtel weg und rieb die Handflächen an den Hosenbeinen sauber. Nein! sagte er sich. War es nur eine Laune? Willst du jemals wieder zurück? Wird dich das Paradies verrückt machen, weil es so paradiesisch ist?! Wirst du wirklich einmal, früher oder später, Don Fernando um Hilfe rufen?

Nie, Phil! Nie! Hier ist deine neue Welt. Die endgültige! Die letzte! Hier bleibst du für immer, auf den »Sieben Palmen«, auf diesem Sandkorn im Meer.

Und wie wäre es jetzt mit einem Whisky oder Kognak? Als Willkommensgruß: Seid gegrüßt, ihr sieben Palmen! Wie singt in der Oper von Meyerbeer der Vasco da Gama, als er zum erstenmal fremden Boden betritt: »Land, so wunderbar ...«

Er hatte die Melodie der Arie im Kopf, hätte sie singen können. Und dazu die Erinnerung: Wien, Staatsoper, Loge III. Neben ihm Frau Elly, die Gattin eines Hemdenherstellers, dem Hasslers Fabriken die Stoffe lieferten. Der Ehemann war nicht in der Oper; er seufzte unter dem Klima von Hongkong, wo er Seiden einkaufte. Und seine Frau seufzte später auch, als es auch ihr nach dem Opernbesuch zu heiß wurde und sie nackt in Hasslers Armen keuchte: »Ich verbrenne! Ich verbrenne!«

Land, so wunderbar ... Leben, so wunderbar ... Liebe, so wunderbar ... Einsamkeit ... so wunderbar?

Es gibt keine Blondie mehr, und keine Elly, Gattin des Hofrates Leoneder, und keine Elfie oder Sandra und wie sie alle hießen, die in seinem Notizbuch Seiten gefüllt hatten, manchmal mit der Bemerkung: Beißt beim Orgasmus. Oder: Zerkratzt den Rücken. Oder: Wird hinterher wie ohnmächtig.

Notizen eines Mannes, der keine Luft mehr bekam im Parfümdunst der Boudoirs.

Luft!

Tief atmete er die Salzluft ein, die von dem donnernden Gischt an den Barrieren bis zur Bucht herüberzog. Die Sonne ließ sich Zeit. Das Meer schillerte violett mit goldenen Streifen, und die einzige Wolke am Himmel war eine rote Feder, die langsam den Abend über die Unendlichkeit des Raumes strich.

Das ist Luft, dachte er. Das Meer, die Felsen, der Himmel und du allein ... Welch ein Gefühl!

Er stand an die Metallkisten gelehnt und hatte trotz aller erhabenen Empfindungen eine höllische Sehnsucht nach einer Zigarette und einem Glas Schnaps.

Da fiel ihm ein, daß sich in dem kleinen Seesack, den er spöttisch »Die Speisung der ersten Tage« getauft hatte, auch Zigaretten, Streichhölzer und eine flache, mit Leder bezogene Flasche mit Kognak befanden.

Auch diese Reiseflasche hat ihre Geschichte, dachte er, während er zwischen den Kisten, Kartons, Säcken und Koffern den kleinen grünen Leinenseesack suchte. Die Autofahrt mit Marianne. Auch sie war verheiratet. Die verheirateten Frauen waren immer die tollsten gewesen, die wildesten, die dankbarsten, die bereitesten, die unkompliziertesten. Sie besaßen ihren sicheren Hafen; die Ausflüge in Phils Arme betrachteten sie als Sport, als unverbindliche Unterhaltung, als kleine Erkundungsfahrt in fremde Gewässer. Ihre Rückkehr in den ehelichen Hafen war selbstverständlich, nicht anders, als käme man von einer Segelpartie heim.

Marianne. Ihr Mann war Manager einer ölverarbeitenden Weltfirma. Den Vorderen Orient, die Scheichtümer und die arabische Piratenküste kannte er so gut wie den süßen kleinen Leberfleck unter Mariannes linker Brust. Vierzehn Tage ging es mit ihr wie in einem Wirbelsturm. Man fuhr hinaus ins Bergische Land, an die holländische Küste, lag nackt, mit Sand gepudert, in den Dünen oder frisch gebadet und parfümiert in den Betten romantischer Schloßhotels. Und manchmal hielt man unterwegs an und nahm einen Schluck aus der lederbezogenen flachen Kognakflasche. Marianne war auf Kognak eingeschworen; nach vier Gläsern waren Moral und Selbstbeherrschung auf eine für Phil äußerst reizvolle Art zum Teufel.

Er fand den kleinen Seesack, steckte sich eine Zigarette an und nahm einen Schluck Kognak. Dann bereute er das, zog den Seesack zu und blickte wieder hinaus aufs Meer. Junge, laß das sein! dachte er. Ich gewöhne mich schon noch daran, allein auf der Welt zu sein. Ich will es ja so.

Phils erster Weg führte hinauf zu den sieben Palmen. Am Ende der Bucht, vom Meer aus gesehen auf der linken Seite, war der Lavastrom breit ausgeflossen. Hier konnte man die braungrüne Basaltmauer der Steilküste umgehen und auf den Rücken der Insel steigen. Über eine Geröllhalde, in der weißblühender Ginster in niedrigen, fast runden Büschen wuchs, hingetupft, als habe ein Riese diese steinige Öde mit einigen Farbflecken beleben wollen, erreichte er endlich, schwitzend und schwer atmend, die Stelle, wo die Insel durch zwei Süßwasserquellen fruchtbar war und die sieben Palmen im Wind schwankten.

Das muß aufhören, dachte Phil. Dieses schwere Atmen beim Aufstieg vom Strand bis zu meinen sieben Palmen! Das sind die ungezählten Zigaretten, die die Lungenbläschen verstopft, das sind die harten Drinks, die den Blutdruck hochgetrieben haben.

Vorbei! Alles vorbei! Ich habe meine Insel aus Basalt und Lava, aus Bimssand und Korallenbänken. Ich habe einen Boden, der in Millionen Jahren verwitterte und nur darauf wartete, daß Phantasie und Wasser einen Garten aus ihm machen. Ich habe meine zwei Hände und meinen Willen zu leben – liebe Tabaklungen, keucht euch aus, entlüftet euch bis in die Spitzen: Jetzt werdet ihr gebraucht.

Er stellte sich zwischen die sieben Palmen und war plötzlich glücklich.

Vögel umkreisten ihn. Er kannte sie nur aus den Büchern, die er vorher über die Galapagosinseln gelesen hatte. Er war kein Biologe und kein Vogelkundler. Ob das, was ihn umflog, ein Galapagosbussard war, ein Tölpel, ein Fregattvogel oder eine Gabelschwanzmöwe – das war ihm im Augenblick völlig gleichgültig. Von seinen sieben Palmen aus konnte er die Insel nach allen Seiten übersehen. Er wußte: Im Norden war eine Felsenbucht mit einem Plateau; auf dem lebte eine große Seelöwenkolonie. Südlicher war ein Tummelplatz von Tausenden von Meerechsen, und an einer Stelle im Osten gab es noch eine Gruppe von zwölf riesigen Elefantenschildkröten und eine Albatroskolonie. Das alles hatten Biologen und Zoologen notiert, als sie hier mit dem Hubschrauber gelandet waren und die »Sieben Palmen« als »Lebensraum für den verrückten Hassler« – wie ihn sein deutscher Landsmann, Dr. Hardtmann, vom Darwininstitut auf Santa Cruz nannte – für Wohnzwecke freigegeben hatten. Denn bis auf Baltra mit seinem Flughafen war der ganze Archipel Naturschutzgebiet.

Und noch etwas gab es hier, zurückgelassen von Seeräubern des 18. Jahrhunderts: verwilderte Hausziegen, Schweine und sogar vier wilde Kühe.

Die Sonne versank im Ozean, ein glutender Ball. Ein faszinierender Anblick: Man erwartete jeden Augenblick, daß das Meer zu kochen anfing. Hassler hatte nur noch wenig Zeit, sich für die erste Nacht einzurichten.

Er lief hinunter zum Strand, holte seinen Schlafsack aus gefüttertem Nylon – so etwas hatte Adam im Paradies nicht, dachte er, als er ihn ausbreitete – und trug alles, was er für den nächsten Morgen brauchte, bis nahe an die steilen Felsen.

Als er überblickte, was er sich da alles zurechtgelegt hatte, schämte er sich ein wenig. Er hatte auch die Waffen mitgenommen: Gewehre, Pistolen und die Munitionskästen. Ein großer Raubvogel – das muß ein Bussard sein, dachte Phil – flog elegant heran, ließ sich vor seinen Füßen nieder und blinzelte ihn ohne Scheu an.

Was ist ein Mensch? Er kannte keinen. Er vertraute dem fremden Wesen, so wie im Paradies jeder dem anderen vertraut. Hier wußte man noch nicht, daß Gottes grausamste Schöpfung der Mensch ist.

Über den Sand, die Basaltwand entlang, dort, wo sich Phil sein erstes Nachtlager errichten wollte, krochen zwei große Reptilien, sogenannte Drusenköpfe, auf ihn zu. Leguane, die aussahen wie Drachen aus Märchen und Sagen.

Phil wollte sie verjagen. Er nahm einen Stock, aber dann sah er, wie die Landleguane ihn neugierig beäugten. Zutraulich kamen sie zu ihm, richteten sich auf den Hinterbeinen auf, wobei sie den langen, dicken Schwanz als Stütze benutzten. Sie machten »Männchen«. Phil lachte, etwas heiser. Dann öffnete er einen Plastikbeutel und holte ein Stück Wurst heraus. Das Drusenpärchen beschnupperte das fremde Gebilde, schien es zu verachten und machte weiter »Männchen«.

Ach ja, es sind Pflanzenfresser, dachte Phil. Lieblingsspeise Kaktusfeigen. Und die Kakteen selbst. Die Leguane entstacheln sie, indem sie die Kakteen so lange über den Felshoden rollen, bis die Stacheln abgebrochen sind. Fast eine Intelligenzleistung.

»Ich habe keine Kakteenfeigen bei mir, liebe Freunde«, sagte Phil zu dem Leguanpaar. »Und für dich keine Mäuse oder Küken, lieber Bussard! Ihr müßt warten, bis ich ›Die sieben Palmen‹ zu meinem Land gemacht habe. Dann werden wir alle gemeinsam glücklich sein.«

Phil Hassler kroch in seinen gefütterten Schlafsack – es wurde fühlbar kälter, das pöröse Vulkangestein hielt keine Hitze fest –, zog den Kopfteil über sein Gesicht und schlief ein. Die beiden Leguane legten sich neben ihn, als gehörten sie dazu. Als sei Phil Hassler der größte aller Drusenköpfe und damit ihr Herrscher. Der Bussard flog davon.

Die Nacht war gekommen, der Ozean brach sich an den Lavaklippen, der Gischt schäumte über die Barrieren. Und über allem wölbte sich ein klarer Sternenhimmel mit Millionen glitzernder Punkte, die ahnen ließen, was Unendlichkeit ist.

In der Nacht träumte Phil Hassler, er liege mit Fifi Schweitzer im Bett. Fifi war Fotomodell in der Konfektionsabteilung der JOHAS-Werke von Krefeld. Ein abscheulich-schöner Traum – wenn man von all dem nichts mehr wissen will!

Er wachte einmal kurz auf, bemerkte, daß das Drusenpärchen auf seinem Leib schlief und der Druck auf seinen Unterkörper vielleicht den Traum ausgelöst hatte. Aber er verjagte die Leguane nicht und schlief lächelnd wieder ein.

Das ist das Paradies, dachte er. *Das ist* das Paradies.

2

Wer die Geschichte von Robinson Crusoe kennt, für den können wir zwei Monate überschlagen.

Er weiß, was man alles tun muß, um sich eine Schlafhöhle einzurichten, wilde Ziegen einzufangen und zu melken, ein Feuer zu entfachen und den Brand zu halten, Wasser zu holen und erst abzuschmecken, ob es kein Bitterwasser ist … Nichts Neues für Robinsonleser. Und wer Robinson nicht kennt, der weiß es jetzt auch: Zwei Monate lang suchte Phil Hassler seine Insel ab, fand eine schöne große Höhle und entdeckte wilde Ziegen, Schweine und Kühe, fing sie nach Cowboyart mit einem Lasso ein und gewöhnte die Tiere an seine Nähe, baute seine Höhle geradezu komfortabel aus, denn er hatte ja alles bei sich, alle Werkzeuge, sogar einen mit Benzin getriebenen kleinen Generator. Er schaufelte in die Geröllhalde zur Bucht eine Art Treppenweg und war vom Morgengrauen bis zur Dunkelheit des Abends unterwegs und beschäftigt.

Ein paarmal zirpte es im Funkgerät, aber er ging nicht darauf ein. Abgemacht ist abgemacht, dachte er. Wer's auch ist: *Ich* muß mich melden! Und mir geht es gut. Nein, mir geht es blendend! Ich bin körperlich so fit wie nie! Ich kann atmen wie ein Kampfstier! Mein Blutdruck ist phantastisch! Das Gift der Zivilisation ist aus mir weggeblasen. Ich bin ein Mensch und ein Stück dieser Natur. Freund der Leguane und Bussarde, der Seelöwen und Tölpel.

Das erste Feld ist auch schon angelegt. Ein Gemüsegarten zwischen den sieben Palmen. Nur die Samen für den Kohl und Salat und die Saatkartoffeln sind noch Kinder der Zivilisation. Aber die zweite Ernte werde ich schon aus eigenem Saatgut ziehen. Die Sieben-Palmen-Kultur! Später wird noch mehr dazukommen: Bananen, Avocados, Papayas, vielleicht sogar Orangen und Zitronen. Das Meer wimmelte von eßbaren Fischen, das hatte er schon am ersten Tag festgestellt. Bei der dritten, inneren Lavabarriere gab es auch keine Haie mehr; da war das Meer zu flach. Hier konnte man Fische sogar mit der Hand fangen, so zutraulich waren sie. Wenn man im Wasser stand, umwimmelten sie in Schwärmen die Beine.

Nach zwei Monaten war Phil Hassler wirklich davon überzeugt, das Paradies entdeckt zu haben. Zweimal überflog ein Militärhubschrauber ganz niedrig die Insel. Da legte Hassler mit weißen Steinen auf schwarzem Lavagrund eine große Schrift in Spanisch: Laßt mich in Ruhe!

Ein drittes Mal suchte der Hubschrauber nicht mehr.

Es war an einem Abend zu Beginn des dritten Monats, als Phil vom Aussichtsplatz seiner Höhle unter den sieben Palmen ein weißes, schnittiges Motorboot entdeckte, eines von der Art, wie er sie von St. Tropez und Cannes her kannte. Eine Yacht, die gut ihre 300 000 Dollar gekostet haben mochte und die jetzt – anders als die Barkasse des Kanonenbootes – fast mühelos den Einschlupf durch die Dreifachbarriere fand und an den Strand steuerte.

Die weiße Yacht kam sehr nahe heran, eine Leiter glitt ins seichte Wasser, und drei Männer in Jeans und bunten Hemden wateten an Land. Phil betrachtete sie nachdenklich, denn sie bewegten sich so, als würden sie die Insel kennen. Am Heck der Yacht flatterte keine Nationalflagge. Als alter Yachtbesitzer wußte Phil, daß hier etwas nicht stimmen konnte. Widerwillig nahm er sein Gewehr aus der Höhle, lud es mit einem vollen Magazin und begann dann über seinen Treppenweg den Abstieg durch den Lavarücken.

Wer es auch ist, dachte er, verdammt, ich will meine Ruhe haben! Man braucht mir keinen zu schicken, der mich fragt, wie's mir geht. Und wenn es Reporter sind, die eine sensationelle Story wittern, sind sie an einen Zitronenhändler geraten. Warum kann man mich nicht in Ruhe lassen?

Phil überlegte, ob er weitergehen solle oder ob es besser sei, die Männer zu sich kommen zu lassen. Er entschloß sich nach kurzer Abwägung der Sachlage doch, den Besuch gleich unten am Lavarücken aufzuhalten, um – falls es wirklich Reporter waren, denen der besorgte Don Fernando vielleicht einen Tip gegeben hatte, weil Hassler nie auf seine Funkrufzeichen geantwortet hatte – ihnen gar nicht erst Gelegenheit zu geben, Fotos von seinem »Wohnbereich« zu schießen.

Der Robinson mit der Luxushöhle. Wer grillt denn da auf Galapagos? Ein deutscher Millionär spielt den Eremiten. Der »neue erste Mensch« mit Generator und Seefunkeinrichtung.

Schlagzeilen, die er vor sich sah und die er vermeiden wollte. Jungs, ich habe erst zwei Monate hinter mir! Jetzt geht es in den dritten ... und ich bin glücklich. Nur eins interessiert mich: Wer von euch ist der großartige Seemann, der den Einschlupf durch die drei Barrieren gefunden hat? Das war eine Meisterleistung.

Phil Hassler blieb auf halber Höhe seiner Lavahalde stehen und wollte gerade rufen: »Bleibt unten, Jungs! Ich komme herunter! Ich möchte keinen Streit mit euch!« – als einer der Männer die fremde Gestalt auf der Insel entdeckte: einen Mann, deutlich sichtbar gegen den blauen Himmel.

Die drei blieben zunächst wie erstarrt stehen, aber dann

warfen sie sich blitzschnell in das Geröll, rissen aus ihren breiten Gürteln Revolver und begannen, ohne Anruf beidhändig zu schießen.

Phil ließ sich in den körnigen Lavasand fallen, kroch hinter einen dicken, rotbraunen Steinblock, der, aus unvorstellbarer Glut zusammengebacken, härter als Eisen war, entsicherte sein Gewehr und beobachtete mit Schrecken, wie die drei Männer, wild um sich schießend, auf ihn losstürmten. Sie taten es gleichsam professionell. Während zwei feuerten, sprang der erste weiter, dann gab er den beiden anderen Feuerschutz, die im Zickzack über den Lavarücken hetzten. Sie schossen, obgleich Phil sich nicht rührte. Er lag hinter seinem großen Lavastein, den Kolben des Gewehrs an die Schulter gedrückt, und wartete in einer blödsinnigen Gutgläubigkeit darauf, daß die drei sich endlich besannen und ihm zu erkennen gaben, was sie wollten.

»Nein!« wollte Phil schreien. »Ihr irrt euch! Ich bin genau das Gegenteil von dem, was ihr vielleicht denkt! Ich will Ruhe! Frieden! Freundschaft! Menschlichkeit! Ich will nicht töten, ich will nur leben! Warum schießt ihr denn auf mich wie die Irren? Was habe ich euch getan?«

Aber die drei Männer stürmten weiter. Als sie Phil hinter seinem Steinklotz entdeckt hatten, warfen sie sich wieder auf den Lavaboden und feuerten jetzt gezielt auf den fassungslosen Hassler.

»Komm raus!« brüllte einer von ihnen, während die anderen ihre Revolver nachluden. »Los! Komm raus, du Saukerl! Du hast keine Chance! Wir versprechen dir ein sicheres Grab bei den Haien! Nun mach schon! Flossen hoch und ganz langsam hierher kommen!«

Es gibt keinen Frieden, dachte Phil bitter. Es gibt keine Paradiese. Es gibt keinen Ort auf dieser Erde, wo der Mensch nicht Blut vergießt. Selbst auf der weltvergessenen

Insel »Die sieben Palmen«. Hätte ich mit Don Fernando gewettet – jetzt hätte ich die Million Mark verloren. Jetzt. In diesen paar verfluchten Sekunden, in denen ich zielen und den Zeigefinger krümmen muß.

Phil schoß zurück. Es ging nicht anders, er mußte es tun. Die drei Männer robbten an ihn heran.

St. Moritz, dachte Phil mit einem bitteren Geschmack im Mund. Der Schießstand des Jetset. Preisschießen. Erster Preis ein Spanferkel. Aber im Hintergrund wartete der Hauptpreis: die junge Baronin von Saagfelden. Blondmähnig, spitze Brüste, Gazellenbeine. Es war ein Preisschießen bis zum Umfallen ...

Fast mit geschlossenen Augen zog Phil durch. Er wußte, was kommen mußte: ein Aufschrei, das Aufbäumen eines Körpers, das Zusammenfallen. Dann Stille. Die Sekunde, die man dem Tod widmet.

Der zweite Schuß. Das gleiche. Furchtbar, zum Aufschreien entsetzlich. Das Auslöschen eines Lebens, auch wenn es hier reine Notwehr war.

Der dritte Mann verzichtete darauf, allein, ohne seine Kumpane, noch ein Held zu sein. Er kroch zurück, sprang dann auf und flüchtete geduckt die Lavahalde hinunter zum Strand. Dort hetzte er durch das seichte Wasser, kletterte an Bord der weißen Motoryacht und schien dann im Schutz der Aufbauten Phil Hassler mit einem Fernglas zu beobachten. Phil kam aus seiner Deckung hervor und stellte sich breitbeinig auf seinen Lavafelsen.

Sieh mich nur an, dachte er. Betrachte mich genau! Ich wollte Frieden! Ich wollte nie einen Menschen töten. Nie! Wenn es einen Pazifisten in Reinkultur gibt: Hier steht er! Aber soll ich mich töten lassen?

Warum habt ihr auf mich geschossen?

Der Motor der schnittigen Yacht brummte auf. Langsam

glitt sie durch die Einfahrt hinaus auf den Ozean, ohne Schwierigkeiten, ohne Tastversuche.

Er war schon mehrmals hier, dachte Phil. Aber bisher wußte das keiner. Für ihn bin *ich* der Eindringling. Wer konnte das ahnen? Doch das ist kein Grund, sofort zu schießen und mit den Haien zu drohen.

Er blickte hinunter zu den beiden Toten im Lavageröll. Das normale Leben hatte ihn wieder erreicht: Blut und Tod. Wo Leichen liegen, hört das Paradies auf.

Er klemmte das Gewehr unter die rechte Achsel, ließ es entsichert und stieg vorsichtig die Lavahalde hinab zu den verkrümmt daliegenden Körpern.

Ein Bussard hockte schon zwischen ihnen und pickte mit seinem krummen, messerscharfen Schnabel im Blut, das einem der Toten aus der Stirnwunde sickerte.

Zum ersten Mal sah Phil Menschen, die er mit eigener Hand getötet hatte. Er hatte im Laufe seines Lebens einige Tote sehen, zum Teil sogar identifizieren müssen: bei Autorennen seiner ehemaligen Freunde, bei Motorbootrallyes, Skirennen von steilen Berghängen herab, Bobschlittenfahrten. Auf der Autobahn und nach dem Absturz eines Privatflugzeugs hatte er Tote gesehen. Und er hatte am Bett seiner Frau gesessen und in allen schrecklichen Phasen miterlebt, wie ein Mensch sterben kann, der so am Leben hängt, so das Lachen liebt und sich immer wieder verzweifelt aufbäumt gegen das ewige Dunkel. Eine Gegenwehr, die dem versickernden Leben nur Stunden, später nur noch Minuten einbrachte. Aber es waren Minuten, da sie sterbend noch seine Hand umklammern konnte in dem glücklichen Bewußtsein, daß er bei ihr saß und sie auch jetzt noch, im letzten Augenblick ihres Lebens, liebte.

Viele Tote … Aber keiner war durch seine Hand gestorben! Auf der Jagd, natürlich – da hatte er geschossen. Jedes Wild, das zum Abschuß freigegeben war. War man in der Gesellschaft »in«, wurde man auch eingeladen. Es galt als Wertmaßstab, zu welcher Jagd einer gebeten wurde und was man ihm zum Abschuß freigab. Eine Hasenjagd galt als Höflichkeitseinladung, so wie bei den Damen ein Kaffeekränzchen. Wer aber zu einem Hirsch eingeladen wurde, zu einem Bären nach Ungarn oder zu einem Elch nach Finnland, zu einem Tiger nach Bengalen oder zu einem Jaguar nach Somalia, der durfte sich auch in den feinsten Salons bewegen, als sei er dort zu Hause.

Auch das – diese Hierarchie innerhalb einer hohlköpfigen, nur zum Vergnügen herumreisenden Gesellschaft – hatte Phil schließlich nur noch angewidert. Er war zuletzt sogar provozierend geworden: In Cannes strich er nachts die weiße Yacht seines Freundes, der sein Geld als Eros-Center-Besitzer in neun Städten verdiente, mit nazibrauner Farbe an, weil er wußte, daß Hubert Lugrich im sogenannten Dritten Reich einen hohen Parteiposten inne gehabt hatte. Und beim Grafen von Herboldtskronen fotografierte er ausgiebig einen Zehnender, statt ihn zu schießen. Seine Freunde werteten das als Beginn des Irrsinns oder als einen neuen Spleen – man war sich noch nicht einig. Phil Hassler konnte sich beides leisten: verrückt zu werden oder ein spleeniger Dandy. Er würde immer »in« sein.

Mit dem Gewehrlauf versuchte Phil, den Blut trinkenden Bussard wegzujagen. Aber der Vogel, zutraulich wie alle Tiere hier, ließ sich nicht beirren. Er blickte aus seinen starren Vogelaugen Phil nur erstaunt an und pickte weiter in die Schläfe des Toten. Selbst als Phil ihm mit dem Gewehrlauf einen Schlag auf den Kopf gab, hüpfte er nur drei Schritte weiter, setzte sich wieder auf das Lavagestein und beobachtete ihn kritisch. Was wollte der große Kamerad? Blut und

Fleisch sind Nahrung. Tod ist etwas Selbstverständliches. Wie kann man sonst leben? Komm, wir teilen uns die Beute.

Phil Hassler kniete sich neben den ersten Toten und wälzte ihn auf den Rücken. Er war ein Mann in mittleren Jahren, vielleicht um die Vierzig herum. Mittelblonde Haare, blaue Augen – jetzt starr und noch im Tode wie erstaunt. Kräftige Figur, eine Goldkette um den Hals, daran ein Medaillon: das Bild eines springenden Löwen. Phil suchte in den Taschen der Jeans nach Papieren, aber der Tote hatte keine bei sich.

Auch der zweite Erschossene schien ein Europäer zu sein. Er war etwas kleiner als der andere, dicklich, aber ein Muskelpaket, als habe er jeden Tag Bodybuilding betrieben. Er hatte braune Haare, braune Augen, eine Narbe über der Nasenwurzel und nur noch neun Finger. Der kleine Finger der linken Hand fehlte. Aber er war von keinem Arzt amputiert worden, das sah Hassler sofort. Die Narbe war grob, der Fingerstumpf kaum verheilt. Es sah ganz danach aus, als sei dem Mann bei irgendeiner fatalen Sache der Finger abgerissen worden, so daß er den Gang zum Arzt scheuen mußte. Vielleicht gab es auch keinen Arzt dort, wo er den Finger verloren hatte.

Die Revolver, die neben ihren Händen lagen, waren beste amerikanische Fabrikate großen Kalibers. Die schießen Löcher, die kaum mehr wieder zu flicken sind. Phil holte eine Patrone aus der Trommel. Das Projektil war vorne abgesägt, ein sogenanntes Dumdumgeschoß. Absolut tödlich. Daraus erklärte sich auch die verminderte Treffsicherheit. Diese Munition ließ aber auch darauf schließen, daß hier Profis an Land gekommen waren, die sich auf die Sprache ihrer Kanonen verstanden. Daß sie eine Motoryacht fuhren, die sich nur Millionäre leisten konnten, wollte gar nichts besagen.

Die drei Männer, von denen einer sich hatte retten können, kannten also die Insel »Die sieben Palmen«. Sie kannten die Tücken der Lavaklippen, die drei Barrieren, die Untiefen, die Korallenbänke; zu leicht und sicher war das Schiff bis in die Bucht und wieder hinaus geglitten. Die unbewohnte Insel, von der der »Gouverneur« Peres Domingo in Ecuador gesagt hatte, wer auf ihr lebe, vergesse sogar die Tränen, weil dort jeder Teil des Körpers, auch die Tränendrüsen, revoltieren müsse, war also kein unumstrittenes Eiland mehr. Mindestens drei Männer – Amerikaner oder Europäer – hatten die »Sieben Palmen« als ihr Eigentum betrachtet. Phil Hassler war für sie ein Eindringling gewesen. Ohne Warnung hatten sie auf ihn geschossen.

Warum?

Das war die Frage, die Phil sich gleich zu Anfang der Schießerei gestellt hatte und die er sich auch jetzt immer wieder stellte. Warum dieser kalte Vernichtungswille? Was hatte es mit den »Sieben Palmen« auf sich? Welches Geheimnis versteckte sich in den wilden Lavaklippen, den ausgewaschenen Höhlen, den Basalt- und Granitfelsen, den Obsidianhalden und Bimssandfeldern?

Der Bussard hüpfte wieder näher, er wollte weiterfressen. Phil verjagte ihn mit dem Gewehrlauf, hieb ihm über den Kopf – aber der Vogel blieb sitzen und blinzelte ihn nur an.

Es stimmte, dachte Phil, was in den Galapagosbüchern steht: Auf den bewohnten Inseln, wo die Landwirtschaft blüht und die Bussarde die Küken reißen, klopfen die Bauern die zahmen Raubvögel mit Stangen einfach von den Baumästen, bis sie halb betäubt herunterfallen. Dann köpft man sie. Aber es kommen immer neue Bussarde, und keiner nimmt Anstoß daran, daß man seinen Artgenossen getötet hat. So ist es überall auf diesen Inseln: Die Tiere sind so zutraulich, daß sie einem in die Hand kriechen, wenn man sie aufhalten will. Sie kennen den Menschen noch nicht, und wenn er mit seinem Vernichtungs- und Verwüstungsdrang kommt und die Robben abschlachtet, die Schildkröten tötet, die Seelöwen erschlägt, wenn er mit der ihm angeborenen Lust des Ausrottens herumtobt, bleiben die Tiere stehen oder liegen, geduldig, ergeben, vielleicht aus dem Instinkt heraus, daß der Stärkere immer recht hat …

Das ist die Macht und der furchtbare Fluch des Menschen: daß er immer der Stärkere ist. Bis er sich eines Tages selbst vernichtet haben und die Erde sich zu feurigem Stein zurückverwandeln wird.

Auch der zweite Tote hatte keine Papiere bei sich.

Phil Hassler schleppte die Körper nach oben auf die Ebene der Insel und schaufelte für jeden ein Grab in dem groben Lavasandboden. Es war eine kraftzehrende Arbeit. Die Toten waren schwer, der Anstieg über die Halde kostete Luft. Die beiden Gräber in den harten Boden zu hacken bedeutete zwei Tage fließenden Schweiß.

Dann hatte er sie unter der Erde, mit dicken Lavasteinen und Granitblöcken zugedeckt, und überlegte, ob diese beiden Menschen, trotz ihrer mit Dumdumgeschossen geladenen Revolver, an Gott geglaubt hatten.

Ihre Mütter bestimmt, dachte Phil. Für ihre unbekannten Mütter tue ich es.

Er schnitzte aus dem Holz der kleinen, zum Teil verkrüppelten Scalesiabäume, die auf anderen Inseln, wie etwa auf Santa Cruz, bis zu fünfzehn Meter hoch werden, zwei Kreuze und steckte sie zwischen die Lavasteine.

Dann kümmerte er sich wieder um den Ausbau seiner kleinen Farm, rodete Farne, wilde Guaven und Mangroven an einem kreisrunden Süßwassersee, in den eine Quelle floß, und wunderte sich, daß außer den sieben Palmen auf seiner Insel nichts außergewöhnlich Großes wuchs, nicht einmal der mächtige rostbraune Pisoniabaum, der sonst, verfilzt mit Moosbärten, Bromeliaceen und Lianen, auf den größeren Galapagosinseln wahre Urwälder bilden konnte. Urwälder, die dann abrupt in eine völlig kahle Mondlandschaft übergingen – wie ein zu Stein erstarrtes Hohnlachen der Natur.

Abends stand Phil oft zwischen seinen sieben Palmen und blickte über den im Sonnenuntergang rotglühenden Ozean und über seine kleine Insel mit den vier Buchten. Wenn der Wind gut stand, vernahm er vom gegenüberliegenden Teil der Insel das Brummen und Quieken, Kreischen und Schnaufen der riesigen Seelöwenherde.

Um 21 Uhr schaltete er sein Transistorradio an – entweder Radio Ecuador oder den kleinen KW-Sender aus der Darwin-Forschungsstation auf Santa Cruz. Die einen brachten Samba- und Tangomusik, Rock und Schlager und dazwischen Nachrichten aus aller Welt. Radio Darwin-Station war nüchterner und gab Wetternachrichten und Berichte über Fauna und Flora der Inseln durch oder kommentierte die neuesten Forschungsergebnisse.

Manchmal saß Phil vor seiner Wohnhöhle, deren Wände er mit Kunststoffplanen bespannt hatte, und wunderte sich, wie wenig ihn die Welt da draußen noch anging.

EG-Konferenz über den Milchberg. Krach zwischen Frankreich und Italien wegen der Weinimporte. Der deutsche Finanzminister will die Mehrwertsteuer erhöhen. Der Bundeskanzler ruft die Jusos zur Ordnung. In Moskau sagt Breschnew, China sei die große Weltgefahr, auch für Europa, das jetzt China in den Hintern krieche. Isländische Kanonenboote schleppen britische Fischtrawler ab, weil sie in der 300-Meilen-Zone fischten. Die Filmschauspielerin Mary Sinclair läßt sich scheiden und heiratet einen 20 Jahre jüngeren Mann. Interview: »Ich brauche Jugend, um selbst jung zu bleiben. Alt und rheumatisch werde ich von allein, dazu brauche ich keine älteren Männer!«

Alles Topmeldungen. In den Zeitungen bestimmt als Schlagzeilen. Millionen hängen mit den Ohren dran. Millionen Augen lesen es.

Phil Hassler drehte das Radio aus und blickte über den nächtlichen Ozean, in dem sich eine Unendlichkeit voller Sterne spiegelte. Wo liegt China, dachte er dann? Dort hinten. Weit, weit hinten. Wo liegt Deutschland? Auf der anderen Seite – noch weiter hinten. Der Milchpreis der EG. Ich melke meine wilden Ziegen und Kühe und habe genug, um auch noch Käse daraus zu machen. Auf einen Liter Milch 6 Prozent Mehrwertsteuer? Auf das Bauholz, das ich mir aus den Pisoniastämmen säge, zwölf Prozent Mehrwertsteuer!

Nicht auf die »Sieben Palmen«, mein lieber deutscher Finanzminister. Natürlich gibt es hier keine Autobahnen, keine Atomkraftwerke, keine Phantom-Jäger, keine Bundeswehr, keine Zahlungen in alle Hände, die sich offen hinhalten ... aber auch keine Sozialversicherung, keine Krankenkasse, keine Altersrente.

Du bist wie der Fregattvogel oder die Meerechse, wie die Möwe oder der Rotfuchstölpel, sagte er sich. Ach, wenn ihr nur wüßtet, was es bedeutet, unbelastet von euren Problemen vom Ozean hinauf in den Sternenhimmel zu blicken!

Ich lebe!

Braucht man zum Leben eine Yacht an der Pier von St. Tropez?!

Das waren die Nächte, in denen Phil Hassler genau wußte, wie unlogisch, wie dumm, wie ichbezogen er dachte. So wie er konnten nur Einzelgänger leben ... aber auf der Erde wimmelten zweieinhalb Milliarden Menschen herum, die verwaltet werden mußten, die satt werden wollten – das Geringste, was ein Mensch vom Leben verlangen kann.

Und wie oft mißlang sogar das!

Arme, verlorene Menschheit.

Die Arbeit auf den »Sieben Palmen« ging weiter. Ausbau der Höhle, die langsam wie ein Haus wurde mit Veranda, Terrasse und Vordach. Anlegen neuer Felder, die Zähmung der wilden Ziegen und Schweine, das Fischen in den Lagunen und das Trocknen der filierten Fische, das Beobachten der Aussaat – Saat aus Deutschland, in kleinen, buntbedruckten Tütchen – und das erste freudige Herzklopfen, als sich winzige grüne Flecken im Boden zeigten. Der Beginn neuen Lebens: Petersilie. Petersilie aus Deutschland, wie in Mutters Kräutergarten hinter dem Haus, neben der Küche …

Als er diese kleinen grünen Punkte in der Erde sah, ging er zurück in seine Wohnhöhle und saß dann still in der hintersten Ecke auf einer selbstgezimmerten Bank. Es regnete. Seit neun Tagen zum erstenmal.

Ich habe Heimweh, dachte Phil Hassler. Verdammt, ich habe ja Heimweh. Ich könnte losheulen! Heulen wegen deutscher Petersilie. So etwas darf in mir nicht hochkommen! Nie wieder! Du bist der glücklichste Mensch der Welt.

Deine Welt heißt: »Die sieben Palmen!«

Drei Wochen später – auch der Porree sproß jetzt deutlich aus dem zusammengetragenen Boden, den Hassler mit Bimssand abgedeckt hatte – traute er seinen Augen nicht, als er vom Nordteil seiner Insel zurückkam, wo er drei Kühe gemolken hatte. In der Bucht, in den Bimssand geschwemmt, halb auf der Seite liegend, sah er ein kleines Rettungsboot. Es war eines jener Holzboote mit Kunststoffanstrich, wie sie von größeren Privatyachten als Landefahrzeuge benutzt werden, wenn man anders nicht nahe genug an die Küsten herankommt. Das Boot mußte in der Nacht angeschwemmt worden sein, bei normaler Flut. Doch war es völlig rätselhaft, daß es nicht schon an der ersten Lavabarriere zerschellt war, sondern ohne Schaden alle drei Riegel bis zu dem schmalen Einschlupf geschafft hatte. Es mußte bei Flut eine Strömung geben, die er noch nicht erkannt hatte.

Phil, durch die Landung der drei Männer mit ihren Revolvern vorsichtig geworden, blieb zunächst auf der Terrasse seiner Wohnhöhle und beobachtete den schräg liegenden Kahn. Er tastete ihn mit dem Fernglas ab. Er sah ziemlich verrottet aus. Und kein Name, kein Hinweis. Auch ein Beiboot muß den Namen des Mutterschiffes tragen, wie auch ein Rettungsring oder eine Rettungsinsel. Anonymität auf dem Meer ist immer ein ungutes Zeichen. Das ist eine Seemannsregel seit Jahrtausenden: Auf dem Meer sollte jeder des anderen Bruder sein. Denn der Ozean ist ein Feind, der immer wieder, jeden Tag und jede Stunde, neu erobert und besiegt sein will.

Phil Hassler nahm Gewehr und Pistole und stieg vorsichtig zum Strand hinab. Das angeschwemmte Boot schien leer zu sein. Es konnte aber auch als Lockvogel dienen. Vielleicht lauerten irgendwo in den Klippen die Männer, die ihre beiden Kameraden rächen wollten.

Der erste Schritt aus dem Schutz der Lavazinnen war der entscheidende: Phil tat ihn mit einem Sprung – aber niemand schoß. Ganz langsam ging er auf das Boot zu und sah sich dabei nach allen Seiten um. Kreischende Möwen und ein Fregattvogel – sonst schien die Bucht unbelebt. Phil warf das Gewehr auf den Rücken, entsicherte seine Pistole und war mit zwei Sprüngen bei dem schräg liegenden Kahn.

Dann aber blieb er wie vor den Kopf gestoßen stehen und starrte auf den halb mit Wasser vollgeschlagenen Bootsboden.

Eine Frau lag da ... in zerrissenen Jeans, die einmal weiß gewesen waren, in einer dünnen Bluse, die naß auf dem Körper klebte, ein durchsichtiger Schutz für ihre runden festen Brüste. Die langen, braungebrannten Beine hatte die Frau gegen die Bordwand gestemmt, in der Bewußtlosigkeit noch umklammerte sie das Sitzbrett, von dem ein Wellenstoß sie auf den Bootsboden geworfen haben mußte. Ihr Haar war halblang und von einem rötlichen Blond, das in der Morgensonne ins Kupferne spielte. Das in der Ohnmacht entspannte Gesicht wirkte durch die betonten Backenknochen etwas »slawisch«. Die Lippen waren voll, sie trugen noch Spuren von Lippenstift und zeigten, da sie leicht geöffnet waren, eine Reihe weißer, guter Zähne. Die Schultern waren, wie die Brüste, gut ausgebildet, dagegen wirkten die Hüften sehr schmal. Ein sportlicher Typ, kein Gramm Fett zuviel, aber auch kein Knochen, der nicht gut gepolstert wäre.

Phil Hassler, von schönen Frauen verwöhnt, steckte die Pistole in den Gürtel seiner fleckigen Arbeitshose, hob die ohnmächtige Frau aus dem Kahn, trug sie in den Schatten eines Granitfelsens und legte sie in den feinen Bimssand. Ohne Zögern knöpfte er ihre nasse Bluse auf, schob ihre linke Brust etwas zur Seite und drückte sein Ohr an ihr Herz. Es schlug kräftig. Sie war also nicht dem Tode nahe, weder durch Verletzung noch durch Schlucken von Salzwasser. Die Erschöpfung hatte sie einfach umgehauen. War es denkbar, daß sie es allein geschafft hatte, die Bucht zu erreichen, oder war jemand bei ihr gewesen, der dann irgendwo draußen an den drei Barrieren zerschmettert worden war?

Er zog sein Hemd aus, legte es unter ihren Nacken und überlegte, ob er nach oben laufen sollte, um Wasser, Medikamente und was man sonst noch in solchen Situationen braucht zu holen, oder ob er sie einfach über die Schulter legen und hinauftragen sollte.

Eine leichte Bewegung ihres Kopfes entschied die Frage: Sie erwachte.

Sie hatte braune Augen, was gar nicht zu ihr paßte – aber als sie Phil mit Bewußtsein wahrnahm, wurden diese Augen graugrün, und das paßte genau zu ihr. Sie starrte ihn an, blieb auf dem Rücken liegen, tastete dann über ihre noch entblößten Brüste und wandte mit einem Ruck den Kopf zur Seite. Er sah, wie sich ihre Muskeln spannten, raubtiergleich, sprungbereit.

»Sie Schwein!« sagte sie auf englisch. Ihre Stimme war melodisch, nicht zu hoch, nicht zu tief – eine Lage, die auch die gröbsten Worte noch wie Zärtlichkeiten klingen läßt. »Sie Saukerl! Sie Vieh!«

»Wie bitte?« Phil Hassler kniete neben ihr und wollte ihren Arm nehmen, um nach ihrem Puls zu fühlen. Aber sie schlug seine Hand weg, mit einem so kräftigen Hieb, daß er dachte: Sie spielt Tennis und Golf.

»Sie haben mich vergewaltigt! Sie Dreckskerl! Sie haben meine Hilflosigkeit ausgenutzt. Meine Ohnmacht!« Sie legte beide Hände über ihre schönen Brüste. »Hat's Ihnen gutgetan?!« Sie hob etwas den Kopf und blickte über die Bucht und hinüber zu dem Boot. »Wo bin ich?«

»Bei mir.«

»Welch ein Trost! Beim nächsten Policeman lasse ich Sie hochgehen!«

»Ich bin der Policeman!« sagte Phil. Er nahm unter ihrem Nacken sein zusammengerolltes Hemd weg, entrollte es wieder und breitete es über ihren entblößten Oberkörper. Das schien sie zu verblüffen. Ihre graugrünen Augen musterten ihn. Ein Katzenblick.

»Aha!« sagte sie. »Und weiter?«

»Ich bin der Staatspräsident, der Premierminister, der Außenminister, der Innenminister, der Polizeipräsident, der Minister für Kultur, Arbeit und Landwirtschaft ...«

»Es fehlt der Finanzminister.«

»Den haben wir hier nicht.« Phil machte eine weite Armbewegung. »Das ist ein Land ohne Finanzen.« Dann fragte er scharf. »Wo kommen Sie her? Wer sind Sie?«

»Ich bin Evelyn Ball«, sagte sie ruhig. Sie blickte in den hellblauen Morgenhimmel. »Unsere Yacht ging im Sturm unter. Lebe wirklich nur noch ich allein?«

»Es scheint so.«

Phil sah über den ruhig bewegten Ozean. Ein Sturm, dachte er, in dem ein Schiff untergeht? Wir haben doch in den letzten Wochen gar keinen Sturm gehabt. Ich habe hier noch keinen erlebt.

Es war, als habe die Erinnerung an die letzten Stunden sie plötzlich gelähmt. Sie richtete sich zwar auf, drückte Hasslers Hemd gegen ihre Brüste und lehnte sich an die glatte Granitwand. Sie stemmte die Beine in den feinen Bimssand und warf mit einem Ruck ihre Haare aus der Stirn. Aber sie sprach kein Wort mehr, starrte schweigend über das ruhige, ja träge Meer und schien selbst die Schwärme der Fregattvögel nicht wahrzunehmen, die dicht über der Wasseroberfläche elegant dahinstrichen.

»Ganz allein ...«, sagte sie endlich.

Hassler hatte es vermieden, sie anzusprechen oder ihre Gedanken zu unterbrechen. Allem Anschein nach hatte sie doch einen Schock erlitten. Einen Sturm auf dem Ozean als einzige zu überleben, zusehen zu müssen, wie ein Schiff voller Menschen von den haushohen Wellen zerschlagen wird, wie es auseinanderbricht und in der brüllenden Wasserhölle verschwindet – um das zu verkraften, braucht man mehr als starke Nerven.

Wo aber hatte in den letzten Tagen in diesem Gebiet ein solcher Sturm gewütet? Auch im Transistorradio hatte der Sprecher der Darwin-Station, der regelmäßig die Wetternachrichten durchgab, kein Wort von einem Sturmtief erwähnt.

»Sie sind nicht allein. Ich bin ja da!« sagte Hassler.

»Das ist ein Trost.« Es klang sarkastisch.

»Bin ich solch ein Scheusal?«

»Sie haben mich ausgezogen.«

»Um Ihnen das Leben zu retten. Sie lagen wie tot im Rettungsboot. Ich mußte Ihr Herz abhorchen, Ihre Atmung. Vielleicht hätte ich Wiederbelebungsversuche machen müssen.«

»Sie sind Arzt?«

»Nein! Lachen Sie jetzt nicht: Ich bin Industrieller!«

»Verarbeiten Sie Kokosnüsse?«

»Hier gibt es keine Kokosnüsse. Nur Lavastein, Felsen aus Granit und Basalt, Bimssand und vulkanische Erdspalten, in die Sie ein Stück Fleisch hineinhängen können – und nach zehn Minuten ist es gar. Es brodelt noch unter diesem wilden Boden. Wissen Sie, was eine Pizza ist?«

»Natürlich!« Sie sah ihn fast wütend an. »Ein Eierkuchen auf italienisch.«

»So ähnlich! Und nun sollen Sie etwas Tolles erfahren. Ich habe eine Höhle entdeckt, sechs Meter von meinem Haus entfernt. In dieser kleinen Höhle gibt es einen flachen Felsspalt mit einem Stein wie eine Ofenplatte. Darauf kann man, nur mit der Hitze aus dem Erdinneren, Pizzas backen!«

»Sie haben hier ein Haus?« fragte sie und sah sich wieder

um. Hasslers Hemd preßte sie noch immer vor die nackten Brüste. »Sind Sie verrückt?«

»Diese Frage ist mir aus meinem früheren Leben vertraut.« Hassler lachte. »Fällt Ihnen nichts anderes ein?«

»Wie ein Aussätziger sehen Sie nicht aus.«

»Ich bin zivilisationsmüde. Verstehen Sie, was das ist?«

»Ich glaube. So ein Typ Weltverbesserer. Und das auf einer Vulkaninsel! Verrückt, sage ich doch!«

»Da wir ja nun doch zusammenbleiben – wenigstens eine Zeitlang –, werde ich Ihnen morgen oder übermorgen die Geschichte des Phil Hassler erzählen.« Er stand auf und stellte sich vor sie in die Morgensonne. Sie blickte zu ihm auf, forschend, lauernd wie ein Tier, das noch nicht weiß, ob das fremde Tier ein Freund oder ein Feind ist. »Ich glaube«, sagte Phil, »es wäre am besten, wenn Sie jetzt zu mir ins Haus kämen und in Süßwasser badeten. Wenn die Sonne voll auf Sie brennt und das Meerwasser verdunstet, bleiben auf Ihrer Haut Salzkristalle zurück. Die können wie Säure wirken.«

»Drehen Sie sich um!«

Er wandte sich zum Meer und hörte, wie sie hinter ihm aufstand.

»Sie können sich wieder umdrehen.«

Sie hatte sein Hemd angezogen und war gerade dabei, die Ärmel hochzukrempeln. Bis zum Kragen hatte sie es vorn zugeknöpft – es hing wie ein Sack um ihren schlanken Oberkörper und verdeckte ihre schönen fraulichen Formen. Jetzt, da sie stand, erschien sie größer und schlanker, als Phil gedacht hatte. Sie registrierte seinen Blick und lächelte spöttisch. »Zufrieden mit dem Strandgut?«

»Sie wissen selbst, wie Sie aussehen.«

»Und Sie wissen bereits, wie ich nackt aussehe. Bisher haben mich nur meine Liebhaber nackt sehen dürfen.«

»Sie hatten viele?«

Sie gab darauf keine Antwort, sondern ging an ihm vorbei, hinunter zum Meer, mit federnden Schritten, wie eine Leichtathletin, die ihre Muskeln aufwärmt. Bei dem im Bimssand liegenden Boot blieb sie stehen, blickte hinein, beugte sich über den Bootsrand und zog etwas heraus. Es war ein kleiner Plastiksack, den Hassler übersehen hatte. Für ihn war der Mensch wichtiger gewesen.

Er wartete im Schatten der Granitfelsen auf sie. Während sie durch den weißgrauen Sand auf ihn zukam, leuchtete ihr Haar rötlich in der jetzt hochstehenden Sonne. Am Boot hatte sie die zerrissenen weißen Jeans bis unters Knie hochgerollt, darüber flatterte im Meerwind Hasslers viel zu weites Hemd.

Sie ist schön, dachte er. Verdammt, sie ist schön. Sie könnte sich auch einen Kartoffelsack anziehen – die Männer würden ihr nachlaufen wie ein Rudel Hunde. Sie geht nicht; ihre Füße streicheln die Erde …

Er ärgerte sich über diese poetischen Vergleiche und nahm sich vor, ihr gegenüber sehr verschlossen zu sein. Ich bin auf eine der einsamsten Inseln geflüchtet, um mit mir selbst glücklich zu sein. Und plötzlich ist wieder eine Frau da. Ausgerechnet eine Frau! Und eine solche! Das Schicksal ist eine verdammte Kupplerin! Ich bin aus dem süßen Leben ausgebrochen – und aus dem Meer steigt eine Göttin!

Wie war das in der ersten Stunde auf dieser Insel, als du allein am Strand standest, als das Kanonenboot des Don Fernando am Horizont verschwunden war und du die nasse Zigarettenschachtel in der Hand hieltest?! Du hattest einen Heißhunger auf Nikotinqualm, auf einen Schluck Kognak und – gestehe es dir ein, du Feigling – auf die Nähe einer Frau.

Du hast dich gegen den Kistenstapel gelehnt, über das Meer geblickt und hast eine unsagbare Angst vor der Einsamkeit gehabt. In Erinnerungen bist du geflüchtet, nach Wien, zu Marianne, zu Blondie, zu Fifi, überallhin, bis du dir endlich einen Ruck gegeben hast und dich umdrehtest zu *deiner* Insel. »Die sieben Palmen« ... eine Welt im Urzustand. Und wieder hast du gedacht: Gott schuf Himmel und Erde, und er sah, daß es gut war. Und er schuf das Paradies und Adam, den ersten Menschen – einen Mann. Und er sah, daß es nicht gut war, und schuf ihm zum Paradies eine Eva. Erst dann ruhte Gott sich aus, weil er rundum zufrieden war.

In den kommenden Monaten hatte Phil gemerkt, daß seine Insel reich genug war, ihm alles zu ersetzen. Am Abend fiel er müde auf seine Matratze und schlief sofort ein, mit schmerzenden Muskeln und aufgerissenen Handflächen, geschafft von der Tagesarbeit. Am frühen Morgen stand er wieder vor seiner Höhle, badete nackt im Meer, melkte seine Kühe, aß sein selbstgebackenes Brot (mit dem Mehl aus einer Kölner Mühle gebacken), trank das klare reine Wasser der Quelle hinter seiner Höhle und begann dort, wo er am Abend aufgehört hatte.

Bau dir ein neues Leben!

Und es wurde besser, von Tag zu Tag, von Nacht zu Nacht. Als er aufhörte, von Frauen zu träumen – und diese Träume waren die Qual der ersten Wochen gewesen! –, griff er zu der flachen, lederbezogenen Kognakflasche und prostete sich zu.

Und nun, plötzlich, ist alles anders!

Ein Boot wird angeschwemmt, eine Frau von seltener Schönheit liegt darin, und jetzt kommt sie dir vom Strand entgegen, in hochgerollten Jeanshosen, mit wiegenden Schritten; sie trägt dein Hemd, und du weißt, wie schön ihre Brüste darunter sind.

Er atmete tief durch und biß die Zähne zusammen. Phil

Hassler, mach keinen Quatsch! Bleib dir treu! Und wenn es nicht anders geht: Hau dir selbst in die Fresse! Aber kräftig. Du mußt es spüren.

»Ich wußte, daß ich noch etwas mitgenommen hatte«, sagte sie, als sie wieder vor ihm stand. Sie schwenkte den undurchsichtigen Plastikbeutel, auf dem grellrot ein Reklameaufdruck leuchtete: Boutique Veronique. Cannes.

»O Himmel!« Phil wußte nichts Besseres, als sich die Brusthaare zu kratzen.

»Was heißt das?« fragte sie, sofort in Abwehrstellung.

»Ausgerechnet Cannes!«

»Ach? Die Tüte?« Sie las den Aufdruck. »Das war vor einem Jahr. Wieso sie noch auf der Yacht lag und warum ich nach ihr gegriffen habe … reiner Zufall.«

»Welche Yacht?«

»Die ›Prova d'amore‹.«

»Wie bitte?«

»Das ist Italienisch.«

»Ich spreche Italienisch. Prova d'amore … das ›Liebeszeichen‹. Dämlicher Name für eine Motor- oder Segelyacht!«

»Motoryacht. Und warum dämlich? Kann ein Schiff kein Liebeszeichen sein?!«

»Von einem Ihrer Liebhaber?«

»Sie fangen an, unverschämt zu werden.«

»Immerhin dürfte der Eigner dieses ›Liebeszeichens‹ wenig für die Liebe übrig gehabt haben. Ein verrotteter Kahn …«

»Oha! Jetzt werden Sie sogar gemein!« Ihre Augen funkelten grünlich.

»Das Rettungsboot ist die Visitenkarte des Schiffes. Farbe abgeblättert, kein Schiffsname am Bug, das Holz zum Teil schon angefault! Ihr Playboy war ein Geizhals oder ein

Trottel! Ich verstehe auch was von Yachten. Ich hatte selbst eine der schönsten im Hafen von St. Tropez.«

»Und hausen jetzt wie Robinson? Mußten Sie untertauchen? Haben Sie krumme Geschäfte gemacht?«

»Ja.«

»Dachte ich's mir doch!«

»Ich fand mich so, wie ich war, widerlich und bin zum Urzustand zurückgekehrt. Wir sollten darüber jetzt nicht diskutieren. Im Rheinland gibt es ein wahres Sprichwort: Jeder Jeck ist anders!«

Sie nickte und zog den Plastik-Reißverschluß der Kunststofftüte auf. »Dann gehöre ich auch zu den Jecken. Wissen Sie, was ich von allem, was ich noch erwischen konnte, gerettet habe? Meine Kosmetik-Reisetasche!« Sie holte ein flaches Täschchen aus dem Beutel. Hassler kannte so etwas: feinstes Schlangenleder, goldgelb eingefärbt. Inhalt: die Munition, mit der man Männer erlegen will. Lippenstifte, Nagellack, Augenbrauenstifte, Lidschatten, Puder, Make-up. Ein Arsenal von Angriffswaffen. »Jetzt haben Sie ein Recht, mich auszulachen und verrückt zu nennen! Statt Wasserkanister oder Notverpflegung nehme ich meine Kosmetik mit! Hätten Sie mir so etwas zugetraut?«

»Nein. Ehrlich! Ich hielt Sie für nüchterner, lebensnaher.«

»Ist ein Lidschatten, sind rotgeschminkte Lippen nicht lebensnah? Hautnah?«

»Weibliche Kriegführung auf den ›Sieben Palmen‹?«

»Was heißt denn das schon wieder?«

»Die Insel hier heißt ›Die sieben Palmen‹.«

»Wegen der paar zerrupften Bäume da oben auf dem Felsen?«

»Es sind Seltenheiten. Palmen auf den Galapagos werden bestaunt. Vor allem auf solchen Vulkaninseln wie diese hier.

Um so etwas zu sehen, fahren Forscher monatelang durch die Gegend. Außerdem gibt es Ziegen hier, wilde Schweine, Kühe. Und Ratten, so dick wie Biber.«

»Das ist nicht wahr.« Sie wurde sichtlich weiß. »Ratten?«

»Ganz zahme Tiere. Sie haben noch nie einen Menschen gesehen, bis ich kam. Warum sollten sie mir was tun wollen? Übrigens leben sie vornehmlich auf der anderen Inselseite, dort, wo die Drusenköpfe und Leguane wohnen. Vor meinen Kühen und Schweinen haben sie Respekt.« Er blickte auf ihre Kosmetiktasche. »Welches Parfüm benutzen Sie?«

»La Pirate.«

»Aha! Immer der Zeit voraus!«

»Ich bin ein Sturmopfer, Mr. Hassler, und keine Abenteuerin! Verstehen wir uns klar?« Ihre Stimme hatte sich gehoben und klang viel heller.

»Glasklar. Trotzdem wäre es jetzt richtiger, in mein Haus zu gehen und ein Süßwasserbad zu nehmen. Während Sie herumplanschen, funke ich nach Baltra. Man soll einen Hubschrauber schicken und Sie abholen. Vielleicht kommt auch der charmante Don Fernando. Kein Playboy, Miß Evelyn, sondern Kommandant eines Kanonenbootes. Aber er sieht phantastisch aus. Altes spanisches Konquistadorenblut.«

»Sie sind ein Ekel, Mr. Hassler!«

»Ich weiß es.« Er faßte sie am rechten Arm. »Gehen wir. Der Weg hinauf ist noch mühsam. Meine Straßenbaukolonne kommt erst im Jahr 2005. Es ist eine Autobahn geplant von hier bis ...«

»Idiot!« Sie klemmte die Kosmetiktasche unter den Arm und ging zielsicher auf den länglichen Lavarücken zu, der vor Millionen Jahren im Meer erstarrt war. Sie nahm denselben Weg, den Hassler immer hinunter zur Bucht ging.

Er sah Evelyn nach und wunderte sich über ihren Instinkt. Jede andere Frau hätte gefragt: Wie kommen wir auf den Felsen? Sie nicht. Sie fand den Aufstieg mit der Sicherheit einer Gemse.

Sie muß weg von der Insel, dachte Hassler, als er ihr nachging. Ich funke sofort! Wenn sie länger als achtundvierzig Stunden bleibt, bin ich verloren. Ich kenne mich. Neben einer solchen Frau kann man nicht sitzen, vom Wetter reden und überm offenen Feuer Fische braten! Eine solche Frau ist eine Herausforderung für jeden Mann.

Er lief ihr nach, holte sie kurz vor dem Einstieg in die Lavafelsen ein und blieb an ihrer Seite. Sie schwiegen den ganzen Weg über, aber als sie auf der Höhe waren, in der Nähe der sieben Palmen, ging Hassler einen Schritt voraus und blieb dann vor der Terrasse seiner Wohnhöhle stehen. Ziegengemecker und das Quieken von Schweinen, die in einem Pferch ihre Schwarten an den Holzlatten rieben, empfingen sie. Der neuangelegte Gemüsegarten mit den kleinen Pflänzchen sah geradezu rührend aus: Leben, dem verwitterten Boden, der einmal feuerflüssig gewesen war, abgerungen.

Evelyn Ball atmete ein paarmal tief ein, ging dann zu der rohen Holzbank und setzte sich. Der Blick von hier über einen Teil der Insel und hinunter auf die Bucht, die drei Felsbarrieren und über die Unendlichkeit des Meeres war überwältigend. Überwältigend war aber auch die völlige Einsamkeit.

»Wie lange wollen Sie das durchhalten?« fragte sie.

»Bis zum Ende.«

»Und hier begraben werden?«

»Das ist mir wurscht.« Er lachte rauh. »Ich werde verdorren.«

»Sie waren Industrieller, sagen Sie?«

»Eine Menge Seidenfabriken, Konfektion, Mode.«

»Unglaublich.« Sie schüttelte den Kopf. »Ich würde hier verrückt.«

»Wer Liebhaber gewöhnt ist …«

»Wo ist Ihr berühmtes Süßwasserbad!« schrie sie plötzlich unbeherrscht. Sie sprang auf, ihre grüngrauen Augen waren vor Wut wieder dunkel, ins Braune schillernd.

»Ich kann Ihnen nur einen selbstgefertigten Trog anbieten, eine Badewanne aus dem Felsen gehauen. Das war eine Arbeit! Die Ausbuchtung war schon da, vom Wasser ausgewaschen, aber ich mußte sie verbreitern. Dafür haben Sie fließendes Wasser: Eine kleine Quelle tritt aus dem Felsen und rauscht als winziger Wasserfall in das Becken. Eine Naturdusche!« Er zeigte irgendwohin in die Felsenlandschaft, eine bizarre Gegend wie auf dem Mond. »Später stelle ich Ihnen dann meine wilden Kühe vor. Ich habe ihnen die Namen von meinen Tanten gegeben. Wenn ich zum Beispiel ›Alma‹ rufe, fällt mir meine ganze Kindheit ein. Dann ist es nicht mehr so einsam um mich …«

Er brachte sie bis zur Quelle, und es war wirklich eine Naturbrause mit einem glatten Duschbecken. Über einen halbierten Baumstamm konnte man das Wasser, wenn man es brauchte, ableiten in die mitgebrachten Plastiktonnen. Notvorrat bei Trockenperioden.

»Ich bringe Ihnen noch Seife und Handtuch«, sagte Phil. »Wie gefällt Ihnen mein Badezimmer?«

»Wenn keine Ratten kommen …«, sagte sie wie ein ängstliches Kind.

»Garantiert nicht.«

Er lief zurück, suchte aus seinem Vorratskoffer ein Stück Seife mit Jasminduft aus und hängte sein bestes Handtuch über den Arm. Als er zurückkam zur Quelle, hatte sie die Jeans ausgezogen. Darunter trug sie einen kleinen, hellgrünen Slip, der die Länge ihrer Beine noch mehr unterstrich. Grün, dachte Phil. Wie ein Blatt. Ein Blättchen! Wir sind tatsächlich im Paradies!

Er legte Seife und Handtuch auf den Felsrand und ging zur Wohnhöhle zurück. Dort setzte er einen Kessel mit Wasser auf das Feuer, um einen guten Tee zu machen, trug dann, zum erstenmal in diesen Wochen, das Funkgerät nach draußen, baute es an der Terrasse auf, zog die lange Antenne bis zur ersten der sieben Palmen und hoffte, daß er mit dieser Konstruktion entweder den Flugplatz auf Baltra oder die Marinestation Academy Bay auf Santa Cruz erreichen konnte. Was ihn selbst verwunderte, war, daß er sehr wenig Lust hatte, seinen Sender aufzubauen, und deshalb länger dazu brauchte, als er es vorher geübt hatte.

»Sie muß weg, Phil!« sagte er laut zu sich, als die Antenne endlich funktionstüchtig war. »Kerl, was willst du mit so einer Frau?!«

Er stülpte den Kopfhörer über, stellte die bekannte Frequenz für Santa Cruz ein und war erstaunt, wie klar er den Marinesender hörte. Eine langweilige Stimme gab Seedaten durch, Wetterprognosen, auch private Grüße an Marinesoldaten, die ihre Angehörigen geschickt hatten. Phil Hassler hörte gespannt zu. Von einem vergangenen Unwetter war kein Wort gesagt worden – dabei hätte es doch das Hauptthema sein müssen!

Plötzlich stand Evelyn Ball neben ihm, fast im gleichen Augenblick, in dem er sich entschlossen hatte, auf Sendung zu gehen und um Hilfe zu bitten. Sie hatte wieder sein viel zu weites Hemd an und um die Hüfte das Handtuch gebunden. Ihr rotblondes Haar wehte im Wind; hier oben bewegte sich die Luft immer.

»Die Technik der Urzeit – ja?« lachte sie. »Ein vollkommener Steinzeitmensch wollen Sie also doch nicht sein.« Sie machte einen Schritt vorwärts, stolperte, warf die Arme zur Seite, obgleich es nichts gab, woran sie sich hätte klammern können, und fiel dann mit ihrem ganzen Körper auf das kleine Funkgerät.

Phil hatte keine Möglichkeit, sie noch aufzufangen. Mit einem Schrei schlug Evelyn auf, das Handtuch flog von ihren Hüften, zwei lange Beine zappelten durch die Luft.

»Liegen Sie ruhig!« brüllte er, sprang auf sie zu und griff nach ihr. »Sie zermalmen ja mein Funkgerät!«

Aber sie schien wieder geschockt zu sein, strampelte um sich, klammerte sich dann an Phil fest und ließ sich mit einem Ruck hochheben und zur Bank tragen. Dort streckte sie sich aus und schloß die Augen. Durch ihren ganzen Körper lief ein Zucken. Selbst ihrer Nacktheit schien sie sich nicht mehr bewußt zu sein.

Phil rannte zurück. Das Funkgerät war nicht mehr zu gebrauchen, die Platten mit den Transistoren waren geknickt, einige der gelöteten Drähte waren zerrissen. Eine nutzlose Ruine. Die Antenne wippte wie zum Hohn an der Palme. Wenn etwas sicher war, dann das: Zu reparieren war das nicht. Jedenfalls nicht von ihm.

Langsam kam Phil zur Bank zurück und setzte sich neben Evelyn. Sie zitterte nicht mehr, aber sie hatte die Augen noch immer geschlossen.

»Das war gründliche Arbeit!« sagte er heiser.

»Ich ... ich wollte es nicht. Ich bin über irgend etwas gestolpert«, antwortete sie leise. »Was nun?«

»Eine berechtigte Frage. Nichts ist mehr! Gar nichts! Wir sind für alle Zeiten von der Außenwelt abgeschnitten.«

Sie schnellte hoch und riß das Handtuch vor ihren Schoß. »Aber wieso denn?« stammelte sie. »Es wird doch bald jemand kommen und nach Ihnen sehen ...«

»Niemand wird kommen.« Er schüttelte den Kopf. »Es besteht eine Abmachung, daß nur dann jemand ›Die sieben Palmen‹ ansteuert, wenn ich mich über Funk melde. Solange ich schweige, kümmert sich keiner um mich. Das Funkgerät ist kaputt, also schweige ich für immer.«

»Das – das darf doch nicht wahr sein ...«, stotterte sie. Ihre Augen waren jetzt ganz dunkel und groß. »Für immer?«

»Ja. Wir werden die einsamsten Menschen der Welt sein. Miß Evelyn Ball, Sie sind in die Zeitlosigkeit gestolpert.«

Zeitlosigkeit – das klang dramatisch und endgültig.

Und wer von hier oben über die Vulkaninsel, die Lavafelsen, die drei Barrieren vor der Bucht und die Weite des Meeres blickte, wer sich bewußt war, unter Urtieren zu leben, in einer Inselwelt, die auch heute noch weitgehend unerforscht war, der begriff, daß sein Leben nur noch auf ein Ziel gerichtet war: auf das Überleben!

Was Phil Hassler nicht erwähnte, war der kleine Außenbordmotor in der Vorrats- und Materialhöhle, das massive Kunststoffboot, die Fässer voll Benzin und Maschinenöl, die Notraketen – und der Schwur des Don Fernando beim Abschied vom Kanonenboot:

»Man soll Verrückte nicht stören, Senor Hassler. Aber ob Sie es wollen oder nicht: Auf meinen Patrouillenfahrten schaue ich ab und zu bei Ihnen vorbei. Es kann bis zum nächsten Mal ein paar Monate dauern, aber ich komme garantiert, auch wenn Sie nicht funken!«

Ein paar Monate! Allein mit dieser Frau auf einer kleinen Insel ...

Phil Hassler blieb auf der Bank sitzen. Er sah Evelyn zu, wie sie in hilfloser Verzweiflung hin und her rannte, das zerstörte Funkgerät betrachtete, sich dann hinhockte und wie ein schuldbewußtes Kind versuchte, die zerrissenen Drähte aneinanderzuhalten. Dann kam sie zurück zur Bank, das Handtuch an ihren Leib gepreßt.

»Wie können Sie nur so ruhig sein? So teuflisch ruhig?!« schrie sie.

»Hat es Sinn herumzutoben? Kleben Flüche die Bruchstücke wieder zusammen?«

»Versuchen Sie doch wenigstens etwas!«

»Das werde ich auch, verehrte Miß Ball. Aber das eilt nicht. Ich weiß sowieso, daß es mir nicht gelingen wird. Sie haben sich auf dem Funkgerät herumgewälzt, als badeten Sie in Champagner! Sie werden lange Zeit auf Ihre gelockten Liebhaber verzichten müssen. Mich lassen Sie jetzt mal ganz in Ruhe. Auch ich muß mich daran gewöhnen, außerhalb der Welt zu sein. Das heißt: Wir haben ein Radio. Hören können wir die Welt noch – aber leben werden wir nie mehr in ihr.«

»Sie wollten das ja so haben! Deshalb sind Sie doch geflüchtet!«

»Ich ja. Ich bin ja auch ganz ruhig. Aber Sie? Sie werden lernen müssen, wilde Kühe und Ziegen zu melken, Schweine zu schlachten …«

»Nie! Nie! Nie!«

Sie ließ Phil sitzen und rannte in die Wohnhöhle. Er hörte, wie sie dort mit Gegenständen um sich warf und rumorte. Als sie zurück in die helle Sonne kam, trug sie ein anderes, engeres Hemd und wieder ihre zerrissenen, schmutzigen weißen Jeans. Sie hatte sich gekämmt und – tatsächlich! – die Lippen nachgezogen. Es war eine blutrote Farbe, aufreizend, aggressiv, plakativ: Sieh her! Hier ist mein Mund! Und was ein Frauenmund alles machen kann …

»Sehr schön!« sagte Phil ruhig. Er hatte Zeit genug gehabt, über alles, was nun folgen konnte, nachzudenken. »Sehr attraktiv. Mein Hemd steht Ihnen gut.«

»Es war das engste, was ich finden konntc.«

»Stimmt. Ich kriege es kaum noch zu über meinem Bauch. Ich bin fett geworden in dieser Einsamkeit. Ziegenmilch, Käse, Schweinebraten und Bohnen aus der Dose ... Ich habe mehr gegessen als sonst. Das Einsamkeitssyndrom! Obwohl ich wie sechs Ochsen gearbeitet habe – ich habe zugenommen! Sehen Sie mein Bäuchlein?«

»Ihre Arroganz ist widerlich! Sie wissen genau, daß Sie eine verdammt gute Figur haben. Wie ein Sportler, ein Zehnkämpfer.«

»Erfahrung, Miß Ball? War einer Ihrer Liebhaber Athlet?!«

»Bei nächster Gelegenheit schlage ich Ihnen einen Hammer über den Kopf. Ich habe einen neben dem Herd gesehen.« Sie setzte sich neben ihn auf die Bank, preßte die Beine zusammen, als habe sie Angst, er könnte zwischen ihre Knie greifen, und starrte über die drei wie Drachenrücken aus dem Meer ragenden Lavabarrieren, gegen die der Ozean mit hohen Gischtwolken andonnerte. Es war Flut.

»Da bin ich durchgekommen?« fragte sie mit ganz kleiner Stimme.

»Wie Sie sehen. Es ist ein Wunder. Wirklich unglaublich.«

»Und Sie werden das Funkgerät nie mehr reparieren können?«

»Es ist aussichtslos. Außerdem bin ich in radiotechnischen Dingen ein Rindvieh. Ich war immer voll grenzenloser Bewunderung, wenn jemand an einem Knopf drehte und auf dem Bildschirm erschien in Farbe ein reitender Cowboy. Mit Ton! Für einen Fernsehtechniker ist das alles nur ein Klacks, sind es Schaltvorgänge. Aber für mich ist es unbegreiflich. Wie kann man von mir erwarten, daß ich so etwas repariere?«

»Ich habe Hunger!« sagte sie plötzlich. »Wie spät ist es eigentlich?«

Er blickte auf seine Armbanduhr. »11.19 – Ortszeit. Sie haben recht, wir haben noch nicht gefrühstückt. Ich kann Ihnen frische Eier, kalten Braten, Tee und vor einer Stunde gemolkene Milch anbieten. Oder ein Omelett, gebacken auf Lavaglut? Das haben Sie noch nie gegessen! Das kann Ihnen kein Grill von New York bis Paris bieten! Omelette à la Magma. Sie wissen, Magma ist der feuerflüssige Kern der Erde, und ...«

»Ich habe das Abitur!« sagte sie kühl. »Nicht alle schönen Frauen sind dämlich. Oder kannten Sie bisher nur solche Püppchen?«

»Vorwiegend, Evelyn. – Mich freut, daß Sie sich selbst schön finden. Haben Sie den Spiegel neben meinem Bett gesehen?«

»Natürlich.«

»Er und das Bett gehören ab sofort Ihnen. Ich schlafe in der Pizzahöhle.«

Sie nickte, schien das bereits als selbstverständlich angenommen zu haben und zeigte auf die Ziegen im Pferch. »Ich mag keine Ziegenmilch.«

»Ich bin schon heute in der Frühe über Land gezogen und habe meine wilden Kühe gesucht und gemolken. Können Sie kochen?«

»Ja!« Es klang wieder beleidigt. »Tee bestimmt, und Eier auch! Brot haben Sie ja nicht!«

»Der Bäcker um die Ecke hat heute seinen freien Tag! Aber morgen duftet es wieder nach frischem Brot. Mögen Sie Streuselkuchen? Oder mit Erdbeermarmelade gefüllte Maultaschen?«

»Allein der Gedanke, jetzt mit Ihnen leben zu müssen, bringt mich fast um!«

Sie sprang von der Bank auf. Er sah, wie unter seinem Hemd ihre schönen Brüste sich beim erregten Atmen auf und ab bewegten. Phil, dachte er, Phil, übersieh das! Das ist unmöglich, natürlich ... aber bemühe dich wenigstens darum, damit du ein reines Gewissen bei allen schlechten Gedanken hast!

»Ich brühe Tee auf!« sagte sie.

»Und ich suche frische Eier.« Auch er stand auf. »Übrigens, was soll das Theater? Ich backe morgen wirklich. In Höhle IV. Das ist mein Backhaus. Sie befinden sich inmitten eines ganzen Dorfes, Miß Evelyn. Was ich bisher an Höhlen gesehen habe, könnte Lebensraum für einige hundert Menschen bieten.«

»Sie haben schon viele Höhlen gesehen?« Es war eine leicht hingeworfene Frage, und sie sah ihn dabei nicht an, weil sie sich zur Wohnhöhle abgewandt hatte.

»Ich gehe systematisch vor. Meter um Meter lerne ich meine Insel kennen. Weit bin ich noch nicht gekommen. Erst mußte ich mich ja einrichten ...«

»Das sehe ich ein.« Sie ging über die Terrasse. Mit hochgezogenen Brauen bemerkte er, daß sie anders ging als vor ein paar Stunden. Es war ein Wiegen in den schmalen Hüften, ein stummer Gesang in den Schenkeln. »Bis nachher, Phil.«

»Bis nachher.«

Es war das erstemal, daß sie ihn Phil nannte. Als sie den Namen aussprach, spürte er einen heißen Druck auf seinem Herzen. Er zog die Unterlippe durch die Zähne, wandte sich dann ab, ergriff eine der herumstehenden Plastikschüsseln und lief in das verfilzte Buschgelände, um seine verstreuten Hühner zu suchen.

Ein Tag ist schnell vorbei, unwiederbringbar. Das ist das Fürchterlichste im Leben: Die Zeit, die vergangen ist, ist für immer verloren. Wenn man das erkennt, wird jede Stunde, wird jede Minute zur unbezahlbaren Kostbarkeit.

Der Himmel wurde wieder streifig, aber anders als am Morgen. War er bei Sonnenaufgang vergoldet, so blutete er jetzt aus unermeßlichen Wunden. Von leuchtendem Rot übergossen, versank die Sonne im Meer, ein Feuerball, den das Wasser schluckte und der den Ozean von innen leuchten ließ.

Phil hatte Schweinebraten gemacht. Dazu gab es Karotten aus der Dose und Pudding aus einem Vakuumglas. »Im nächsten Jahr haben wir alles aus eigener Ernte«, sagte er. »Wenn mein Gemüsegarten angeht, wie es scheint, werden wir ganz nach natürlichen Gesetzen leben. Biologisch rein! Wir müßten über hundert Jahre alt werden.«

»Wir?« fragte sie zurück. Ihr Blick aus den Augenwinkeln blieb ihm verborgen, er schnitt gerade den Braten an. Ein saftiges, ausgelöstes Karreestück.

»Wenn uns kein Zufall entdeckt, können wir uns gegenseitig beim Altern beobachten. Ich bin sechsundvierzig.«

»Ich dreißig.«

»Sie sehen viel jünger aus. Ein Gloria der Kosmetikindustrie!« Er legte ihr ein Stück Braten auf den Holzteller und stieß die Spitze des großen Messers in die rohgehobelte Tischplatte. Sie schrak zusammen und starrte ihn entgeistert an. »Warum sind Sie nicht verheiratet?« fragte er. »Mit dreißig!«

»Und Sie, mit sechsundvierzig? Na?!«

»Meine Frau ist tot. Sie starb an Krebs.«

»Verzeihung. Das wußte ich nicht ...«, sagte sie leise.

»Woher auch? Wir kennen uns jetzt knapp zwölf Stunden und wissen doch nichts voneinander. Ach nein, Irrtum! Ich weiß ja, daß Sie viele Liebhaber hatten.«

»Das habe ich nur so aus Wut gesagt, Phil!« Ihre graugrünen Augen hielten ihn fest, als er das Messer aus der Tischplatte ziehen wollte, um sich ein Stück Fleisch abzuschneiden. »Oder haben Sie das wirklich geglaubt?«

»Ja. Ein Mann, der an Ihnen vorbeigeht, muß ein Blinder oder ein Trottel sein! Aber selbst ein Blinder würde stehenbleiben. Er würde Ihre Ausstrahlung spüren.«

»Das sind routinierte Komplimente!«

»Stimmt! Ich bin nie an einer schönen Frau vorbeigegangen, ohne ihr zu sagen, daß sie schön ist. Und war das nicht sofort möglich, dann blieb ich ihr so lange auf den Fersen, bis sich die Gelegenheit fand! Oh, ich kann hartnäckig sein! Ich habe über dem Tisch mit den Ehemännern verhandelt und unter dem Tisch die Beine ihrer Frauen gestreichelt. Bei Frauen kenne ich eigentlich nur offene Türen.«

»Sie müssen ein widerlicher eingebildeter Affe gewesen sein.« Evelyn Ball sah zu, wie Phil sein Fleischstück abschnitt, dann löffelte sie aus einer irdenen Schüssel die Karotten auf den Teller. »Ich hätte Sie weggejagt wie einen wildernden Hund.«

»Mag sein.« Er setzte sich und hob seinen Plastikbecher. Er war nur mit Wasser gefüllt. Kristallklares Wasser, das aus dem Felsen sprudelte. »Prost, Miß Evelyn! Wasser ist etwas Köstliches! Ich trinke es jetzt lieber als früher alten Bordeaux oder sibirischen Wodka. Ich garantiere Ihnen: Wir werden hundert Jahre alt!«

»Ich war zweimal verlobt«, sagte sie unvermittelt, nachdem sie getrunken hatte. »Beide waren Ganoven.«

»So etwas bildet«, antwortete er.

Sie hätte ihn wieder ohrfeigen können für seinen Sarkasmus. Ihre Nasenflügel blähten sich, als sie weitersprach.

»Ich war Tänzerin und Mannequin. Nach dem Abitur sollte ich Medizin studieren, aber ich lief einfach von zu Hause weg.«

»Mit dem Ganoven Nummer eins.«

»Ja. Er war mein Tennislehrer.«

Gewonnen, dachte Phil freudig. Mein erster Eindruck unten am Strand, als sie ohnmächtig im Boot lag: Sie muß gut Tennis spielen, bei diesem durchtrainierten Körper. Und später ihr Griff: Da war Kraft dahinter.

»Das war mein Leben«, sagte sie und kaute an einem Stück Fleisch.

»Sehr kurz und einfach. Meines ist viel komplizierter. Sprechen wir später davon. Wir haben dazu 54 Jahre Zeit, sofern ich hundert werde …«

Sie aßen, räumten ab, spülten sogar gemeinsam mit heißem Wasser in einem Aluminiumkessel und deckten den Tisch für das Frühstück am nächsten Morgen.

»Wie ein altes Ehepaar«, sagte Phil. »Evelyn, wir werden uns aneinander gewöhnen. Nur eins quält mich: Wem gehörte die gesunkene Yacht?«

»Einem Ehepaar aus Tumaco. Das ist eine Hafenstadt in Kolumbien. Mit vier Familien machten wir eine Tour zu den Galapagos … da überraschte uns der Sturm. Es war furchtbar …« Sie senkte den Kopf.

Wieder der verrückte Sturm, dachte Hassler. Keiner hat ihn erwähnt. Wo, zum Teufel, hat es so gestürmt? Auf die Nachrichten der Darwin-Forschungsstation hatte man sich immer verlassen können.

»Und wie kamen Sie nach Tumaco?« fragte er.

»Ich – ich tanzte und sang in einer Hafenbar …« Sie blickte wieder auf. Ihre graugrünen Augen phosphoreszierten. »Enttäuscht? Ich bin kein reiches Playgirl. Nicht die Tochter eines Industriellen. Keine Millionenerbin. Ich bin eine ganz kleine Tänzerin und Sängerin, die sich nach ihren Auftritten jede Nacht gegen die Kerle wehren mußte. Aber am Tage war ich anders. Da spielte ich Tennis und Golf. Da war ich mit meinem letzten Geld ein Teil der großen Welt. Und auf dem Golfplatz habe ich auch das Ehepaar Rodney kennengelernt. – Zufrieden?«

»Ja. Das Leben ist verrückt. Sie hätten eine Prinzessin sein müssen.«

»Um jetzt mit Ihnen allein auf einer unbewohnten Insel zu wohnen?«

»Sie sind ein kluges Mädchen, Evelyn.« Sie stießen mit den Wasserbechern an, als hätten sie den besten Wein im Glas. Dann spülten sie auch die Becher aus, obwohl nur Wasser in ihnen gewesen war.

»Ein langer Tag«, sagte Phil. »Ich gehe jetzt in die Pizzahöhle und werde umfallen vor Müdigkeit.«

»Auf dem harten Boden wollen Sie schlafen?«

»Ich nehme die Ersatzmatratze mit.«

»Warum können Sie nicht in Ihrer Höhle schlafen? Die ist doch groß genug für zwei. Ich im Bett – und Sie vielleicht dort neben dem Tisch?«

»Ich schnarche fürchterlich, Evelyn. Meine Frau hat es ertragen aus Liebe. Meine Geliebten ertrugen es nur, weil ich sie bezahlt habe. Da Sie weder das eine noch das andere sind, ist mein Schnarchen Ihnen unzumutbar.«

»Wir sollten es versuchen, Phil.«

»Lieber nicht.« Er ging zum Ausgang und winkte ihr von draußen noch einmal zu. »Schlafen Sie gut, Evelyn. Und keine Angst. Hier gibt es weder Diebe noch Sittenstrolche. Niemand wird Sie belästigen.«

»Phil ...«

Er blieb stehen und kam noch einmal bis zum Höhleneingang zurück. »Ja?«

»Danke –«, sagte sie leise. »Sie sind wider Erwarten ein anständiger Mensch.«

»Das fällt mir auch auf!« Er lachte und verschwand in der Dunkelheit.

Irgendwann in der Nacht hatte er das Gefühl, jemand liege an seinem Rücken. Er war das gewöhnt. Ab und zu kroch ein Leguan zu ihm und schmiegte sich an ihn. Ein kleines Tier bei einem großen Tier, ohne Angst und ohne Hinterlist. Wie es im Paradies sein soll.

Phil drehte sich auf die andere Seite und drückte mit flachen Händen gegen den Leguan. Nicht zu nahe heran, Bursche! Ich bin ein Typ, der sich im Schlaf herumwälzt.

Mit einem Schlag war er hellwach. Was er berührte, war kein gehörnter Tierleib, sondern die warme, samtige Haut eines Menschen. Er spürte unter seinen Händen die Wölbungen der Brüste und die harten Spitzen der Brustwarzen. Er fuhr hoch und schlug die Wolldecke zurück. Trotz der fahlen Dunkelheit in der Höhle erkannte er, daß ihr Körper nackt war. Und jetzt rückte er noch näher an ihn heran.

»Evelyn«, sagte er heiser. Seine Stimme klang ihm selbst fremd. »Wir hatten ausgemacht, daß …«

»Ich hatte Angst allein in der Höhle, Phil …«

»Wie lange liegen Sie schon neben mir?«

»Schon lange. Sie schnarchen wirklich fürchterlich.«

»Ich hatte Sie gewarnt!«

»Aber man kann sich daran gewöhnen. Es ist so beruhigend, wenn man hört: Der Mann neben mir lebt! Er schnarcht! Er wird morgen aufwachen, und ein neuer, schöner Tag wird beginnen. Mit ihm.«

»Evelyn …« Er beugte sich über sie. Sie schlang die Arme um seinen Hals und zog ihn zu sich hinunter. Ihr glatter Körper kam ihm entgegen, ihre Wärme strömte zu ihm.

»Ich will das nicht!« stammelte er. »Ich wehre mich dagegen ...«

»Ich weiß ... Aber es hat doch keinen Sinn. Was hast du ausgerechnet? Wir haben noch 54 Jahre vor uns ...«

Er küßte sie von der Stirn bis zu den Fußsohlen, senkte sich über sie und vergaß zu denken.

Phil erwachte zuerst. Seine innere Uhr hatte sich in den Monaten auf der Insel umgestellt. Während er früher nach durchliebten Nächten frühestens um 10 Uhr unter der kalten Dusche stand, dann einige Runden im Swimming-pool drehte, an einer Stange im Becken Gymnastik trieb und die letzten Reste von Müdigkeit aus sich herausstrampelte, um sich dann in aller Ruhe an den Frühstückstisch zu setzen, den sein Butler Harry gedeckt hatte, reagierte sein Organismus jetzt auf das Erscheinen des ersten Lichtes einer noch nicht sichtbaren Sonne.

Früher saß er bei Tee, Rum, frischen Brötchen und der Morgenzeitung, das Telefon in Griffnähe, rief nach der ersten Tasse seine Abteilungsleiter und Geschäftsführer an, ließ sich das Neueste aus seinen Fabriken berichten und kam sich – da alles reibungslos wie immer abrollte – so überflüssig vor, daß sein nächster Anruf schon wieder einer Frau galt.

Ob ich lebe oder nicht, hatte er oft gedacht – es würde sich nicht viel ändern. Alles ist so perfektioniert: Die Fabriken haben ihre Direktoren, die Geschäfte ihre Geschäftsführer, die Modellabteilungen ihre Chefdesigner, die Exportabteilungen ihre bevollmächtigten Ein- und Verkäufer. Es gibt eine Finanzdirektion und eine Auslandsdirektion, und über allem steht mein Syndikus.

Ich selbst? Ich bin entbehrlich. Die Firmen tragen meinen Namen – das ist aber auch alles, was ich in den letzten beiden Jahren beigesteuert habe. Wird es jemanden geben, der mich vermissen würde, wenn ich plötzlich nicht mehr da wäre? Etwa all die Frauen, die beteuert haben, ich sei der männlichste aller Männer?

Sie am wenigsten. Heimliche Geliebte zu sein kann zur Profession werden. Zum Gesellschaftsspiel wie Bridge oder Rommé. Du lieber Himmel, wie hatte sich das Karussell gedreht: Wenn man in einer fröhlichen Männerrunde zusammensaß, konnte man Gift darauf nehmen, daß jeder mit jedem über seine Frau verwandt war. Viele wußten es und waren für derlei Verquickungen blind, weil die geschäftlichen Interessen sich um so besser koordinieren ließen, je mehr man vom anderen wußte. Aber es gab auch ein paar Idioten darunter, die nicht ahnten, daß ein Golfspiel ihrer Frauen oft auf einem Diwan im Clubhaus endete oder in den Zimmern der Bauernwirtschaft jenseits des Golfplatzes. Sie gehörte dem Gastwirt Ewald Senkpiel, der sich schon längst einen so dicken Wagen leisten konnte wie seine Kunden aus Industrie und Handel, so viel hatte er im Laufe der Jahre aus seiner Diskretion herausgeholt. Und dazu ein Ferienhaus in Spanien, eine Appartementwohnung in St. Moritz und ein Nummernkonto bei einer Bank in Sankt Gallen.

Phil Hassler rückte ganz vorsichtig von Evelyn weg und schob sich unter der Decke heraus. Vor dem Höhleneingang stand die Dämmerung wie ein bleicher, von hinten beleuchteter Vorhang. Es waren die Minuten des Ringens: Die Sonne wollte aufsteigen, und die Nacht wollte nicht weichen. Auf Zehenspitzen schlich sich Hassler nach draußen und atmete tief die frische, vom Meer gekühlte Luft ein.

Nackt, wie er war, lief er zu seiner Felsendusche, stellte sich unter den sprühenden Wasserstrahl der Quelle und breitete die Arme weit aus. Am Himmel erschienen die ersten Goldstreifen, das dunkle Meer färbte sich blau, übersät mit gelben Punkten, die bizarren Formen der Vulkanfelsen weichten auf: Die Sonne siegte. Ihr Licht öffnete die Unendlichkeit des Himmels.

Phil lief zurück zu seiner Wohnhöhle, frottierte sich ab, kehrte die Asche aus dem gemauerten Herd und tat etwas, was er seit Wochen nicht mehr getan hatte: Er machte sich nicht die Mühe, die noch in der Asche verborgene Glut zu einem neuen Feuer anzublasen, sondern legte trockenes Holz über einen Spirituswürfel und entzündete eine schnelle Flamme.

Als das Feuer stark genug war, schichtete er drei Stücke Holz darüber, und nun hatte er Zeit, sich um das Frühstück zu kümmern.

Mit dem Frotteehandtuch um die Hüften, lief er zu den Hühnern, holte sechs Eier aus den Nestern und trug sie zur Wohnhöhle. Dabei kam er an der »Pizzahöhle« vorbei, schaute vorsichtig hinein und sah, daß Evelyn noch schlief. Sie lag auf der Seite' das Gesicht ihm zugewandt, die Wolldecke war von ihren Schultern gerutscht und gab ihre linke Brust frei. Sie schlief wie ein Kind, mit einem Lächeln um die Lippen, die Beine etwas angezogen, die Arme entspannt von sich gestreckt, wie bereit, zu umarmen, was in ihre Nähe kam.

Phil betrachtete sie eine Weile und dachte an die vergangene Nacht. Sie war eine außergewöhnliche Geliebte gewesen: sanft und wild, zärtlich und tierhaft, schwerelos und erdrückend, losgelöst und verkrampft, mit den Lippen streichelnd und mit den Fingernägeln zuhackend wie eine Raubkatze – und alles ohne Übergang, im plötzlichen Wechsel.

Das Erstaunlichste aber war: Sie hatte keinen Laut von sich gegeben. Stumm hatte sie die ganze Skala fraulicher

Leidenschaften abgespielt. Nur ab und zu hatte sie mit den Zähnen geknirscht, ihre Augen hatten sich so geweitet, daß er manchmal Angst gehabt hatte, sie könnten platzen, und wenn sie sich verströmte, immer und immer wieder, was ihm jetzt, im nachhinein, wie ein Phänomen vorkam, hatte sie ihre Fingernägel in seinen Rücken gegraben und ohne einen Laut in seine Schulter gebissen oder in seinen Brustmuskel oder in das, was ihren Zähnen gerade am nächsten war. Auch ihren Atem hatte sie nicht unter Kontrolle, er stieß aus der Tiefe ihrer Kehle heraus und hauchte ihn an wie ein heißer Wind. Gleich wird sie Feuer speien, hatte er einmal in dieser Nacht gedacht. Aber dann war wieder der plötzliche Wechsel da, sie wurde sanft und zärtlich, lag entspannt in seinen Armen und lächelte wie eine Göttin, wenn er mit seinen Lippen den Schweiß von ihrem flirrenden Körper tupfte.

Phil riß sich von dem Anblick los. Die Sonne schob sich rotgolden aus dem Meer, der Ozean glänzte wie kochendes Gold, selbst der Gischt an den Barrieren verwandelte sich in Goldstaub.

Hassler lief zurück zur Wohnhöhle, setzte den Wasserkessel auf, holte die Pfanne, schnitt von dem konservierten Speck einige Streifen ab und bereitete alles vor, um in kürzester Zeit das Frühstück zu servieren, wenn Evelyn aufgewacht war.

Erst dann kam ihm zum Bewußtsein, daß er noch immer das Frotteehandtuch um die Hüften trug. Er knotete es auseinander und lief nackt in der Höhle herum, um aus seinem aus Ästen und Kunststoffplanen gezimmerten »Kleiderschrank« Unterwäsche, Hemd und Hose zu holen. Bevor er etwas anziehen konnte, kam Evelyn herein. Ihr herrlicher Körper glitzerte von Wasserperlen, das nasse, blonde Haar klebte an ihrem Kopf wie eine rotgoldene Kappe. Es war plötzlich so selbstverständlich, daß sie sich nackt gegenüberstanden.

»Ich habe geduscht, Phil«, sagte sie.

»Es erfrischt wundervoll …«, antwortete er einigermaßen dämlich.

»Es war eine tolle Erfindung von dir, die Quelle so auszunutzen.« Sie strich über ihren Körper, um das Wasser abzustreifen. »Ich habe kein Handtuch, Phil.«

Er warf ihr ein großes Badetuch zu, das neben dem Herd hing. Sie fing es auf und schlang es um sich.

»Danke, Phil.« Sie begann sich abzutrocknen, und während sie ihren Kopf massierte, setzte sie sich auf sein Bett. »Warum hast du mich nicht geweckt?«

»Es war viel zu früh. Ich wache immer auf, wenn man den Tag erst ahnt. Ich habe das hier gelernt. Jeder würde denken: Du lieber Gott, was will er bloß den ganzen Tag lang tun?! Allein auf einer einsamen Insel – da hat man ja viel zuviel Zeit! Irrtum! Man kann gar nicht genug Zeit haben! Du wirst es schon heute merken: Die Stunden laufen einem davon, und hundert Dinge warten darauf, daß man sie tut.«

»Wir sind jetzt zu zweit«, sagte sie und legte das Badetuch zur Seite. »Sag, was ich tun soll!«

»Zuerst sag mir guten Morgen!«

»Guten Morgen, Phil!«

Er blieb an seinem geöffneten Kleiderschrank stehen und lächelte sie an. Sie saß mit zusammengepreßten Knien auf seinem Bett und fuhr sich mit gespreizten Fingern durch das Haar.

»Du bist ein verdammtes Aas!« sagte er leise.

»Warum? Ich hatte kein Handtuch …«

»Soll ich zu dir kommen und dir zeigen, wie man ›guten Morgen‹ sagt?!«

»Gibt es da Abstufungen?« fragte sie und kämmte sich weiter mit den gespreizten Fingern.

»Ich warne dich! Es ist besser, du kommst zu mir.«

»Das mußt du mir erklären, Phil.«

»Du sitze auf meinem Bett.« Er knallte mit einem Ellenbogenstoß die Schranktür zu und verzichtete darauf, sich Hemd und Hose auszusuchen. »Es ist bisher noch keiner Frau gelungen, nackt auf meinem Bett zu sitzen, ohne sich kurz darauf auszustrecken und ...«

Er brach die Rede ab und suchte nach einem halbwegs anständigen Ende des Satzes. Sie blickte ihn aus großen Kinderaugen an, als habe es diese vergangene Nacht nicht gegeben, und zog das Badetuch über ihren Schoß.

»Am frühen Morgen schon?« fragte sie. Es war eine so hundsgemein naive Frage, und ihre Stimme klang so unschuldig erstaunt, daß Phil tief durchatmen mußte. Mit drei großen Schritten war er bei ihr, riß ihr das Badetuch weg und drückte sie auf sein Bett.

Sie leistete keinen Widerstand. Sie empfing ihn und umklammerte ihn mit ihren langen Beinen. Und jetzt, an diesem Morgen, in diesem Augenblick, vernahm er zum ersten Mal einen Laut der Wollust von ihr, einen kehligen Aufschrei, begleitet von einem zuckenden Aufbäumen, dem die Erschöpfung unmittelbar folgte.

Sie fiel in sich zusammen, die Muskeln erschlafften, die Augen schlossen sich, die Arme pendelten an den Seiten des schmalen Bettes.

»Evelyn!« rief er erschrocken. »Um Himmels willen, was hast du?!«

Er löste sich von ihr, kniete neben dem Bett, umfaßte ihren Kopf. Auf ihren Lippen erschien ein Lächeln, ein Leuchten ging über ihr Gesicht. Sie öffnete die Augen, und nun schien sie über Phils Besorgnis zu lächeln.

»Guten Morgen, Phil«, sagte sie leise. »Du hast recht: Man muß auch ›Guten-Morgen-Sagen‹ lernen. Welch ein schöner Morgen, Phil. So schön hat für mich noch nie ein Tag angefangen ...«

Das Frühstück genossen sie auf der Terrasse in paradiesischer Nacktheit, nur durch ein Tuch um die Schultern gegen die schon heißen Strahlen der Sonne geschützt. Sie saßen eng nebeneinander, Haut an Haut, als wäre es nicht mehr möglich, sich von einander zu trennen.

Sie sprachen wenig. Was hatte man sich schon zu sagen auf einer Welt, die nur aus ich und du bestand? Vollkommenes Glück hat keine Worte mehr.

»Was wirst du nun tun?« fragte sie. Sie lehnte den Kopf gegen seine Schulter. Ihre Hand lag auf seinem Schenkel. »Antworte jetzt nichts Dummes, Phil. Sag nicht: Ich trage dich zurück aufs Bett ...«

»Genau das wollte ich vorschlagen.«

»Wie lange wollen wir noch leben?«

»56 Jahre, wenn ich 100 werde ...«

»Willst du 56 Jahre lang nur mit mir im Bett liegen?«

»In spätestens 30 Jahren wird das spürbar nachlassen«, sagte er sarkastisch. »Es sei denn, ich entdecke auf der Insel eine Zauberwurzel, die ewige Potenz erzeugt. Das ist eine Idee! Ev, suchen wir nach der ewigen Jugend. Mit dir zusammen könnte ich sie finden!«

»Was würdest du tun, wenn ich *nicht* hier wäre?« fragte sie nüchtern.

»So oder so: Ich muß den Schweinepferch ausbessern, drei wilde Kühe melken und eine Muttersau suchen, die ausgebrochen ist. Außerdem habe ich vor, ein Stück Land zu roden und darauf Mais anzubauen. Aber trotzdem werde ich ...«

Er wollte sie an sich ziehen, aber sie schlüpfte unter den

Tisch, und als sie sich auf der anderen Seite wieder erhob, zog sie das Tuch, das sie um die Schultern trug, über ihren Brüsten zusammen. Es sah grotesk aus, er grinste breit, denn vom Magen abwärts blieb sie unbedeckt.

»Du wirst jetzt alles tun, was du auch ohne mich getan hättest«, sagte sie. »Nur mit dem Unterschied, daß ich dir helfe.«

»Wie Sie befehlen, Miß Ball!« Er stand auf und ging in die Wohnhöhle. Dort zog er sich an und kam mit einem Gewehr unter dem Arm wieder ins Freie.

»Wen willst du erschießen?« fragte sie erschrocken.

»Wieso erschießen?« Phil senkte den Lauf zum felsigen Boden. »Wie kommst du denn darauf?«

»Ich – ich habe etwas gesehen ...«, sagte sie zögernd. »Vorhin, als ich von deiner Wasserfalldusche hierher lief.« Sie bemerkte, wie er sie wieder musterte, dort, wo sie nackt war. Ohne Hast nahm sie das Tuch von ihren Schultern und schlang es um ihren Leib. Nun blieb sein Blick auf ihren straffen runden Brüsten.

»Was hast du gesehen?« fragte er. Er wußte, was sie erschreckt hatte.

»Zwei Gräber mit Kreuzen. Hast du die Kreuze gemacht?«

»Da ich hier der einzige Mensch war ...«

»Ihr wart aber zu dritt«, unterbrach sie ihn.

»Nein. Ich kam allein auf die Insel.«

»Dann waren die anderen schon vor dir da?«

»Vielleicht. Ich weiß es nicht. Jedenfalls – als ich sie kennenlernte, waren sie gerade erst auf die Insel gekommen – vielleicht nicht zum ersten Mal. Sie nahmen sich nicht die Zeit, sich vorzustellen.«

»Du hast sie erschossen?«

»Ja. Ich mußte es. Sie verzichteten auf Erklärungen und

beschossen mich zuerst. Mir blieb nichts anderes übrig.« Er klemmte das Gewehr unter den Arm und nickte. »Das ist alles, Ev. Mehr kann ich dir nicht sagen; ich weiß nicht mehr. Ich kannte sie nicht, und sie hatten auch keine Papiere bei sich.«

»Und was willst du jetzt mit dem Gewehr?«

»Ein Ferkelchen schießen. Ich möchte für dich ein ganz zartes Spanferkel am Spieß braten.« Er lächelte etwas mühsam. »Ein Ferkel zu schießen ist sicher nicht waidgerecht, aber ich kann einfach kein Tier mit der Hand töten. Das war schon immer so, auch damals, bei den großen Jagden, zu denen ich eingeladen wurde. Ich konnte schießen, aber ein Reh aufbrechen ... nie. Oder einen Hasen aus der Decke schlagen? Unmöglich! Ein Tier auszuweiden, habe ich erst auf meiner Insel gelernt. Es ist mir verdammt schwer gefallen, aber jetzt kann ich es.« Er blickte wieder auf ihre bloßen Brüste. »Du wirst einen Sonnenbrand bekommen, Ev.«

»Ich ziehe mich gleich an und mache deine – unsere Höhle sauber.«

»Sag das noch einmal. Bitte!«

»Unsere Höhle, Phil.«

»Die Welt sieht plötzlich ganz anders aus.«

Sie nickte. »Geh los und tu deine Arbeit.«

»Danke«, sagte er leise.

»Wozu danke?«

»Weil du mir glaubst. Die beiden Kreuze – die Toten darunter ... du glaubst mir, daß ich kein Mörder bin, sondern nur in Notwehr gehandelt habe. Könntest du einen Mörder lieben?«

»O Gott, Phil, stell jetzt nicht solche Fragen! Sie sind sinnlos. Ich weiß, daß du nie einen Menschen ohne Not töten wirst.«

Sie wandte sich ab und rannte in die Wohnhöhle. Phil

blieb noch eine Weile stehen, hörte sie mit einem Eimer klappern und ging dann hinüber zu den Schweinen.

Als er nach einer Stunde zurückkam, sah er Evelyn, wie sie abseits der sieben Palmen auf einem Felsenklotz saß und mit größter Gewissenhaftigkeit Kosmetik mit Hilfe ihrer geretteten Kosmetiktasche betrieb. Lidstriche, Lidschatten, Augenbrauen, Lippen – ab und zu, wenn sie die Tasche drehte, blitzte der kleine eingearbeitete Spiegel auf. Sie schminkte sich mit der rechten Hand, die linke trommelte nervös auf den Utensilien in der Kosmetiktasche herum.

Verdammt, ich liebe sie wirklich, dachte Phil. So etwas habe ich lange nicht mehr gespürt, nicht so ehrlich wie heute. Seit dem Tode meiner Frau war alles nur ein flüchtiges Abenteuer, und Liebe war nichts als ein abgegriffenes Wort für Sex. Aber jetzt! Ich könnte zu ihr hinlaufen und ihr zu Füßen fallen. Ich möchte ihr sagen: Laß uns den Herrgott bitten, daß wir zusammen zweihundert Jahre alt werden!

Er lehnte sich gegen den Eingang der Wohnhöhle und sah ihr zu. Sie war vielleicht zwanzig Meter von ihm entfernt, trug wieder sein enges Hemd und darunter nur den winzigen grünen Slip. Sie betupfte mit Pudercreme ihr rechtes Augenlid. Ihre linke, nervöse Hand glitt über die spiegelnden Verschlüsse der anderen Dosen und Fläschchen der Kosmetiktasche.

Phil, in seiner Verzückung, erkannte nicht, daß Evelyn sich mit der rechten Hand schminkte und mit der linken Morsezeichen tastete.

Die Kosmetiktasche war ein kleines raffiniertes Funkgerät.

Erst ziemlich spät merkte sie, daß Phil sie beobachtete.

Sie erschrak nicht, sie drehte den Spiegel der Kosmetiktasche so, daß sie Phil darin sehen konnte, und wartete seine Reaktion ab. Hatte er bemerkt, was sie tat? Was wird in den nächsten Minuten geschehen? Wie wird er sich jetzt, nach dieser Nacht, benehmen?

Und jetzt gestand sie sich ein, daß sie Angst hatte.

Ruhig schminkte sie sich weiter, aber ihre rechte Hand verlor immer mehr an Sicherheit. Sie bestrich ihre Lider mit hellblauer Pudercreme, umrandete die Augen und zog noch einmal die Lippen nach. Mit der Linken funkte sie in Morsezeichen: »Ende! Weitere Nachrichten abwarten. Keine Sorgen. Es läuft alles gut.«

Ihr Make-up war vollendet. Sie klappte die Kosmetiktasche zu, legte sie neben sich auf die Lavasteine und zog mit einem Ruck Phils Hemd über den Kopf. Mit nacktem Oberkörper, die herrlichen Brüste der Sonne entgegengestreckt, saß sie da, eine weiße Nymphe in goldener Sonne vor dem blauen Himmel, vor dem grünschwarzen Basalt und dem niedrigen, verfilzten Buschwerk. Ihr Haar flatterte im Meerwind, und als sie sich nach hinten auf die Hände abstützte und ihr Körper sich wie ein gespannter Bogen krümmte, sah es aus, als wolle sie sich selbst der Sonne entgegenschießen.

Phil ging in seine Höhle zurück und setzte sich an den aus Granitsteinen gebauten riesigen Herd. Es war eigentlich nur ein großer Grill; er heizte ihn mit Holz auf, legte poröse Lavasteinchen darauf, ließ diese durchglühen und erhielt so eine langanhaltende Hitze, mit der er braten und kochen konnte. Noch einfacher war es, in die »Pizzahöhle« zu gehen und alles in den Felsspalt zu schieben, wo die Vulkanhitze ständig herausströmte.

Phil tat etwas völlig Unsinniges: Er legte neues Holz in die Brennmulde, schüttete Lavasteine darüber und surrte in die Flammen, die träge aufzündelten. Draußen glühte die Hitze. Die Nacht war kalt gewesen, nur Evelyns glatter, zärtlicher Körper hatte ihm unverhofft Glut geschenkt. Jetzt schlug die Hitze des prasselnden Holzes auf ihn ein; er begann zu schwitzen, aber er rührte sich nicht und ließ den Schweiß über seinen Körper laufen.

Wie soll das weitergehen, dachte er zum wiederholten Male an diesem Vormittag. Ich bin glücklich. Genau das ist es, was ich wollte, weshalb ich in diese Einsamkeit gezogen bin. Ich wollte ein glücklicher, fröhlicher Mensch werden, erlöst von allen Problemen, befreit von den Fesseln der Konventionen. Ich bin geflohen, weil ich spürte, daß ich sonst an dem, was man Leben nennt, zugrunde gehe. An der Jagd nach dem Geld, am Alkohol, an diesen täglichen und nächtlichen Vergnügen in all ihren abgeschmackten Variationen, an den Frauen. Vor allem an den Frauen! Jetzt bin ich glücklich, glücklich wie noch nie seit Jahren – und wodurch?! Durch eine Frau!

Evelyn ist auf den »Sieben Palmen«, das ist nicht mehr rückgängig zu machen. Die vergangene Nacht und der Morgen sind nicht mehr wegzustreichen aus unserem Leben. Ich könnte jetzt mein seetüchtiges Gummiboot aufblasen, den Holzboden einlegen, den Außenbordmotor montieren und Evelyn wegbringen nach Santa Cruz, zur Darwin-Station. Das sind von hier etwas über 120 Kilometer, eine Fahrt über eine gegenwärtig ruhige See, die ich wagen könnte. Ich habe ja alles hier, was ich brauche: Seekarten, Sextant, Kompaß, Navigationsbesteck, genug Benzin. Es liegt alles in der Höhle 5, gut verschlossen durch aufgeschichtete Steine.

Morgen, noch vor Sonnenaufgang, wenn die Ebbe läuft, wäre es möglich, durch die drei Lava- und Korallenbarrieren zu kommen, zumal ich ja den engen Durchschlupf ganz genau kenne. Jede Untiefe, jedes unter der Wasserfläche lauernde Riff, jeden Strudel, jede Seiten- oder Gegenströmung, alle diese Tücken vor der ruhigen Sandbucht, die Evelyn mit ihrem verrotteten Boot, ohnmächtig auf dem Boden liegend, ohne Schaden von selbst überwunden hat.

Ja, das könnte ich. Sie wegbringen. Morgen früh, vor Sonnenaufgang. Aber dazwischen liegt noch ein halber Tag und liegt vor allem noch eine Nacht. Evelyns goldfarbene Haare sind immer gegenwärtig, ihre graugrünen Augen sind vor mir, ihr Lächeln, ihr biegsamer, zärtlicher, katzenwilder Körper, diese langen Beine, die sich wie Klammern über meinem Rücken schließen können, diese Hände, die alle Vernunft wegstreicheln, diese Stimme, die Worte flüstert von betäubender Sinnlichkeit.

Kann man da ein Boot startklar machen und sagen: »Los, steig ein! Ich will allein sein! Ich bringe dich weg, zurück in die Zivilisation!«

Kann ein Mann so etwas tun – mit solch einer Frau?!

Phil stand auf, verließ die Höhle und suchte Evelyn.

Er fand sie nicht mehr an ihrem Platz. Plötzlich kam ihm seine so geliebte Insel ohne Ev häßlich und feindlich vor. Er sah die halb gezähmten Ziegen und Schweine, die häuslich gewordenen wilden Hühner, er hörte von fern das Brüllen der Kühe; Fregattvögel und Tölpel zogen in Schwärmen über das Land und an der Felsenküste entlang. Auf der anderen Seite, das wußte er, lagen jetzt die Seelöwenherden auf den Steinen, sonnten sich oder wirbelten das seichte Wasser auf.

Ein halberwachsener Leguan, der neben Phils Höhle hauste, hockte auf einem Basaltstein und blinzelte ihn an.

Phil hatte ihn Otto getauft, nach einem ehemaligen Saufkameraden. Otto von Ermulungen. Uralter baltischer Adel. Jetzt dicke Positionen in der Großindustrie. Die Enkel, wie eben dieser Otto, gehörten zum Jet-set und verbrachten die Zeit damit, langmähnige, langbeinige Wesen zu erlegen und jeden »Abschuß« in irgendeiner Bar zwischen St. Tropez und Acapulco zu feiern. Es kursierten sogenannte »Abschußbücher«, damit es im Freundeskreis zu keinen Doppeljagden kam. Dieser Otto hatte Ähnlichkeit mit dem Leguan: ein häßliches, zerknittertes Gesicht mit Basedowaugen und einem breiten Maul. Aber Otto hatte Geld, hieß von Ermulungen und war dafür bekannt, daß er nach jeder ersten Nacht der Gefährtin einen goldenen Siegelring mit seinem Wappen schenkte. Das Brandzeichen, wie er es nannte. Sein Juwelier hielt immer genügend dieser Ringe auf Vorrat.

»Wo ist Evelyn, Otto?« fragte Phil den trägen Leguan. Die Echse senkte den Kopf, schloß die Augen und atmete tief. Es war heiß auf dem Stein, aber Hitze war etwas Köstliches, wenn gleichzeitig eine leise Brise vom Meer herüberwehte. »Hast du auch gesehen, wie schön sie ist? Otto, du bist doch auch ein Mann! Du flitzt doch auch hinter den schönsten Leguanweibchen her.«

Er setzte sich neben die Echse, zog die Knie an und stützte das Kinn darauf. Sein Blick wanderte von links nach rechts. Evelyn war nirgends zu sehen. Das verrottete Boot lag unten im Sand der Bucht, von der letzten Flut noch weiter aufs Land geschwemmt. Die Granit- und Lavafelsen flimmerten sonnenüberglüht in allen Farben. Deutlich erkannte man die einzelnen Schichten, Zeugen der verschiedenen Vulkanausbrüche, deren Auswürfe sich übereinanderschoben. Schwarze Streifen, unterbrochen von fast roten, dann grünen Felsen, über denen sich mit Schwefel oder Eisen durchzogener Obsidian abgelagert hatte. Dazwischen die federleichten, porösen, gleichsam nur aus zusammengefügten Löchern bestehenden Bimssteine, fast gewichtslos wie ein trockener Schwamm, aber in der Glut, aus der sie einmal kamen, eisenhart gebacken.

Eine wilde, trostlose, erschreckend schöne Insel. Nur siebzehn Wochen war es her, daß das Kanonenboot von Don Fernando ihn hier abgesetzt und Phil begannen hatte, sich diese Urlaubslandschaft zu erobern. Nur diesen kleinen Fleck, diesen engen Lebensraum: das Meer hinter der dritten Barriere, der Strand und das Land bis zu den sieben Palmen auf der Höhe. Dazu ein paar hundert Quadratmeter Busch, Farne und hartes Gras, wo die wilden Kühe und Ziegen geweidet hatten. Mehr brauchte er nicht, hatte Phil bis heute gedacht.

Bis heute. Das waren zwei Worte, über die er sich nicht hinwegsetzen konnte. Sollte er weiterlügen und, nach der Zerstörung des Funkgerätes, zu Evelyn von lebenslanger Gefangenschaft auf der Insel reden – oder war es seine Pflicht, sie mit dem versteckten Boot nach Santa Cruz zu bringen, zurück zu den Menschen, wo sie hingehörte? Sie war nicht, wie er, freiwillig auf die »Sieben Palmen« gekommen. Das Meer hatte sie ausgestoßen, und nun fällte er, Phil Hassler, das Urteil, das sie zwingen sollte, ein ganzes, langes Leben mit ihm in dieser Einsamkeit zu verbringen.

Wie alt war sie? Dreißig hatte sie gesagt. Ab Dreißig beginnen die schönsten Jahre einer Frau, sagen die Psychologen. Ab Dreißig beginnt das bewußte Leben, wird das Genießen zum Erlebnis, wird Liebe zur schwellenden Reife.

Darf man eine Frau wie Evelyn mit ihren herrlichen dreißig Jahren in dieser Einsamkeit begraben?

»Es ist die Hölle, Otto!« sagte Phil leise zu dem träge atmenden Leguan auf dem heißen Stein. »Unser schönes Paradies gibt es nicht mehr. Eine Frau ist hier – und nun zeigt sich: Die schönsten Paradiese wiegen eine schöne Frau nicht auf. Das ist verrückt, Otto – aber wer kann es ändern? Du kämpfst ja auch wie ein Irrer mit deinem Nebenbuhler um ein hübsches Weibchen! Aber das ist einfacher. Ich muß jetzt gegen mich selbst kämpfen!« Er gab Otto einen leichten Schlag auf den häßlichen Echsenkopf. »Das verstehst du nie, Otto!«

Er stand auf und machte sich auf den Weg, um Evelyn zu suchen. Sie konnte nicht weit sein; sie hatte Angst vor allem Unbekannten, vor dieser Insel, vor den Leguanen, den dicken Ratten, den Seelöwenherden und den großen Vögeln, die so tief über sie hinwegflogen, weil sie keine Angst vor den Menschen kannten. Sie hatte Angst vor der Hitze, die aus den Erdspalten quoll, und war entsetzt gewesen, als Phil ihr demonstriert hatte, wie man auf der Steinplatte in der Felsspalte seiner »Pizzahöhle« Eier braten konnte.

Es war die alte Tragik, deren Opfer nun auch Phil Hassler wurde: Verliebte Männer werden blind und dumm und glauben alles, was von geschwungenen roten Lippen kommt.

Nach einer halben Stunde Suchen, in der er nun doch unruhig wurde und sich ausmalte, was Evelyn alles zugestoßen sein konnte – vom Absturz in eine Felsspalte bis zum Ausgleiten und Zerschellen auf einer Klippe am Meer –, entdeckte er sie endlich.

Sie trug noch immer sein enges Hemd und kletterte auf einem halsbrecherischen Pfad herum, einem natürlichen Lavabalken, der auf halber Felsenhöhe wie angeklebt hing. Ein Witz der erstarrenden Natur. Sie tastete sich den Berg entlang und blickte in die Höhlen, mit denen die Felswand durchsetzt war. Ab und zu verschwand Evelyn in einer der Höhlen, kroch sogar auf Händen und Füßen in besonders flache Eingänge, blieb eine Zeitlang im Inneren des Felsens und kam dann wieder heraus, um auf dem Lavabalken weiterzubalancieren.

Phil kannte diesen Weg. Er war ihn aus Neugier einmal

gegangen – und dann nie wieder. Stellenweise war der Felsbalken nur 20 cm breit, man mußte Fuß vor Fuß setzen, und unten gähnte die Tiefe, der steile Absturz ins Meer, hinein in die nadelspitzen Klippen. Er war damals triefnaß von Schweiß gewesen, als er endlich wieder auf breiterem Boden stand, und hatte schaudernd zurückgeblickt auf diesen Weg. Irrsinn, hatte er gedacht. Aber typisch für dich: Du mußt einfach etwas Verrücktes tun, um zu wissen, daß du es nicht wieder tun wirst.

Und jetzt ging Evelyn diesen Wahnsinnsweg, von Höhle zu Höhle, und sie verhielt sich so sicher, offenbar völlig ohne Angst, ohne ein Zeichen von Zögern, daß Phil mit angehaltenem Atem ihren Weg verfolgte. Er stand hinter einer Felsnase, sie konnte ihn nicht sehen, auch wenn sie sich umdrehen würde, und er hütete sich, sie anzurufen. Sie würde womöglich wie ein Schlafwandler reagieren, erschrecken und abstürzen. Jede abrupte Bewegung auf diesem schmalen, glatten Felsenpfad mußte tödlich sein. Fuß vor Fuß, Zentimeter nach Zentimeter, den Körper etwas schräg gegen die Bergwand gedrückt, mit den Händen sich im rauhen Gestein festkrallend – nur so kam man weiter. Evelyn tat es genauso, als habe sie gelernt, an senkrechten Felswänden herumzuklettern.

Wieder verschwand sie in einer der Höhlen und blieb dort länger als bisher. In Phil stieg die Angst auf, sie könne innerhalb der Höhle in einen Spalt gestürzt sein. Er war schon darauf gefaßt, noch einmal diesen Lavabalken betreten zu müssen, als sie endlich aus der Höhle wieder hervorkroch und den Rückweg antrat.

Natürlich, dachte Phil und atmete tief durch. Die drei letzten Höhlen sind auch über diesen Felsenpfad nicht zu erreichen. Warum auch? Wer eine gesehen hat, kennt die anderen. Durch Erosion in den Stein gefressene Löcher, oder große Luftblasen im Vulkangestein, wie meine Wohnhöhle vor den sieben Palmen. Ein Felsendom, entstanden in der Glut, als sich eine feuerflüssige Masse übereinanderschob und dann erstarrte.

Er blieb ganz ruhig hinter seiner Felsnase stehen und wartete, bis Evelyn sicheren Boden erreicht hatte. Erst dann sprang er hervor. Ihr Erschrecken war so stark, daß sie sich duckte und den Kopf zwischen die Schultern zog. Genauso, dachte Phil, wäre es auf dem Pfad passiert, wenn ich sie angerufen hätte. Ich wäre durch ein einziges Wort zum Mörder geworden. Er riß sie mit einem Ruck an sich.

»Bist du verrückt geworden?!« fragte er mit heiserer Stimme. »Evelyn, bist du total verrückt? Wie kannst du …«

»Ich habe mich verlaufen«, antwortete sie, preßte sich an ihn und umklammerte ihn, als ständen sie beide auf dem schmalen Lavabalken über den Klippen.

»Verlaufen?« fragte er, völlig verwirrt.

»Ja. Ich wollte mir unsere nächste Umgebung ansehen, wirklich nur die allernächste, rund um deine – um *unsere* Höhle – und plötzlich stehe ich auf diesem Weg! O Phil, es war grauenhaft!« Sie begann zu schluchzen, küßte seinen Hals und streichelte seinen Nacken. »Wie gut, daß du da bist. Wie gut! Wie lange stehst du schon hier?«

»Ich bin gerade gekommen …«, log er und legte seine Arme um sie. »Ich habe dich gesucht. Ich hätte fast aufgeschrien, als ich dich von dem Lavabalken kommen sah.«

Sie hält mich tatsächlich für dämlich, dachte er dabei. Eine Nacht in ihren Armen, und ein Mann verliert seinen Verstand. Das glaubt sie. Warum lügt sie so vollendet – mit Tränen, Schluchzen, Zittern, Umklammern, all diesen Attributen einer hilflosen, vor Angst fast sterbenden Frau? Vorhin ging sie sicher über den höllischen Weg und kroch von Höhle zu Höhle.

Er bereute keine Silbe, mit der er jetzt auch sie belog. Er küßte sie sogar, tupfte die Tränen aus ihren Augen und verwischte das schöne Make-up, mit dem sie sich nach dem Frühstück solche Mühe gegeben hatte: die Schminkkünste einer Frau, die genau wußte, wie man ein schönes Gesicht noch interessanter machte.

Was war sie, dachte er. Tänzerin und Sängerin in Bars. Sagte sie. Eine solche Frau als Mieze in verräucherten Hafenkneipen?!

Wer war sie wirklich?

Evelyn schien sich zu beruhigen, nachdem Phil gesagt hatte, er sei gerade erst gekommen. Sie stellte das Schluchzen ein, aber ihr Körper zitterte noch. Sie hob den Kopf, stellte sich auf die Zehen und küßte Phil auf die Augen. Ihre festen Brüste unter seinem dünnen Hemd beruhigten ihn.

»Danke«, sagte sie. »Danke, Phil. Das war alles dumm von mir, nicht wahr?«

»Sehr dumm!« antwortete er ehrlich.

»Ich war eben neugierig. Alle Frauen sind neugierig, Phil.«

»Ich dachte, du hast Angst vor dieser Insel?«

»Jetzt nicht mehr.« Sie versuchte ein Lächeln. Sie sah zauberhaft aus: eine Kindfrau von dreißig Jahren. Der Druck ihrer Brüste war für ihn betäubend. Warum lügt sie, dachte er. Warum? Sie hatte nicht eine Sekunde Angst. Das weiß ich jetzt.

»Nicht mehr?« fragte er zurück.

»Nein. Es ist ja *unsere* Insel. Unsere eigene Insel. Unser Königreich. In den Armen Eurer Majestät fühle ich mich sicher und stark.«

Hier würde wieder jeder Mann auf der Stelle weich werden, dachte Phil. Aber ich nicht. Sie lügt infam! Sie wird in der ersten Nacht schon meine Geliebte, und zwar eine Geliebte, die einen so alten Profi in der Liebe wie mich noch einmal das Wundern lehrt. Und dann lügt sie, daß der blaue, von der Sonne vergoldete Himmel schwarz werden müßte.

Warum? Zum Teufel – warum?!

Aber wie soll man ihr diese Frage so rücksichtslos stellen, wenn ihre harten Brüste einem bis ins Herz stechen wollen, wenn ihr Unterkörper in dem winzigen grünen Slip sich einem entgegenpreßt und das Zittern ihres Leibes mich selber zittern läßt?

Wer kann dann sagen: Du lügst!

Für diese Frage gibt es später noch Stunden genug. Der Augenblick gehört dem Gefühl, gehört der Freude, daß sie gerettet ist, daß sie zurückgefunden hat von dem Todesweg an der Felsenwand.

»Warum sagst du nichts?« fragte sie. »Schimpf doch! Schrei mich an!«

»Es ist vorbei!« sagte er dumpf. »Dummheiten muß man vergessen können. Du bist bei mir – und das Leben geht weiter.«

»Du kannst schnell vergessen?«

»Ja«, log er.

»Vor allem Frauen, nicht wahr? Auch mich?«

»Ich muß bleich gewesen sein wie ein Leinentuch, als ich dich auf dem Pfad sah.«

»Ja, Liebling, sicher.« Sie küßte ihn wieder und blickte zurück auf den Lavabalken. Ein Schauer lief durch ihren Körper. Er spürte ihn, sie preßte sich ja immer noch an ihn.

Gut gespielt, dachte er bitter. Vorzüglich gespielt. *Du* hast keine Angst, mein blonder Schatz. Ich habe damals auf dem Weg das große Muffensausen bekommen, aber du bist von Höhle zu Höhle gewandert, als würdest du Zimmer nach Zimmer einer Gemäldegalerie besichtigen. Sicher, ja fast elegant, bist du herumbalanciert. Zirkusreif!

Er sah sie an. Ihre Augen waren dunkel, sie lag, als vergehe sie vor Sehnsucht, in seinen Armen.

»Komm«, sagte er sanft.

Auch ich kann spielen, dachte er. Wird das ein Leben werden! Ein Zweipersonenstück auf einer einsamen Vulkaninsel. Komödie oder Drama? Das wird sich herausstellen. Tag für Tag wird eine neue Seite des Textbuches geschrieben werden.

Aber was soll das alles?

Sie wird hier angeschwemmt, liebt und lügt!

An dieser Frau zerbricht meine Logik.

Er hob sie hoch, stemmte sie auf seine Arme und trug sie zur Wohnhöhle. Sie küßte ihn, tastete mit ihren Lippen über sein Gesicht, griff in seine Haare und zerwühlte sie und benahm sich so, wie ein Mann es von einer stets leidenschaftlichen Geliebten erwartet.

Später arbeitete er im Garten, melkte im Unterland seine Kühe und Ziegen und schöpfte die Sahne ab, um Käse anzusetzen, ging dann über den Lavarücken hinunter zur Bucht und angelte zwei große, buntschillernde Fische, deren Namen er nicht kannte, aber ihr Fleisch, das wußte er, war weiß und gut.

Evelyn blieb den ganzen Tag über bei der Höhle, eine Frau, die ihrem Mann wirkliche Reue zeigt. Sie saß meistens zwischen den sieben Palmen und blickte auf das Meer.

Von hier aus konnte sie sehen, wie ganz fern am Horizont ein heller Fleck auftauchte – aber nicht näher kam, sondern auf der Schmelzlinie von Himmel und Meer stehenblieb.

Sie nahm wieder ihre Schminktasche und ließ ein paarmal den Spiegel in der Sonne blitzen. Vom Horizont antwortete ihr sofort ein dreimaliges Blinken.

Zufrieden klappte sie die Schminktasche zu und ging zurück zur Wohnhöhle. Der Duft von Schweinebraten schlug ihr entgegen. An einem eisernen Spieß drehte sich ein Spanferkel. Die Schwarte knisterte über den Flammen, das heruntergetropfte Fett zischte in der Glut. Phil saß neben seinem Meisterwerk, kontrollierte den batteriebetriebenen Drehmechanismus und rieb dem knuspernden Ferkelchen ab und zu mit einem Pinsel Öl über den Körper.

Auf dem Herd neben dem Grill dampfte ein Topf mit Wasser. Auf einem Brett warteten vier Kartoffelklöße darauf, in das kochende Salzwasser geworfen zu werden.

»Das wird ein Essen, Ev!« sagte Phil zufrieden. »Du wirst dich wundern!«

»Das glaube ich gern.« Sie setzte sich neben ihn und betrachtete das sich langsam über dem Feuer drehende Ferkel. »Ich habe Spanferkel nie gemocht.«

»Das tut mir leid, Ev ...«

»Ich wollte dir die Freude nicht verderben. Du warst wie ein kleiner Junge, der heimlich etwas bastelt.« Sie legte den Arm um seine Hüfte und küßte sein linkes Ohr. »Aber ich glaube, es wird mir schmecken. Weil *du* es gebraten hast. Alles, was du tust, ist so vollkommen.«

»Das sagst du nach so wenigen Stunden?« Phil bepinselte das Ferkel wieder mit Öl. »Rechne einmal aus, wie lange wir uns kennen!«

»Urlange! Wir haben mitgeholfen, die Welt zu schaffen. Wir sind noch dabei, sie zu verbessern. Wir sind die zeitlosen Liebenden, heruntergefallen von irgendeinem Stern.«

Das macht sie gut, dachte Phil. Sie entwickelt poetisches Gefühl. Was sie sagt, ist gar nicht mal so schlecht – wenn man Sinn für Kitsch hat. Es klingt sogar aufregend. Die zeitlosen Liebenden. Hätten Hölderlin oder Rilke das so sehr anders gesagt?

»Wo warst du?« fragte er. Um zu kontrollieren, ob das Fleisch gar wurde, stieß er mit einer langen Nadel in das Schweinchen.

»Bei den sieben Palmen«, antwortete sie ehrlich. »Von dort aus den Übergang vom Tag zur Nacht zu beobachten – das ist ein phantastisches Schauspiel! Eine unendliche Lichtorgel.«

»Ich bewundere deinen Sprachschatz.« Phil stand auf, ging zu den Klößen und ließ sie mit einem Schaumlöffel in das kochende Salzwasser gleiten. »Ich habe immer versucht, diese Sonnenuntergänge und -aufgänge zu beschreiben. Du sagst es auf Anhieb: eine Lichtorgel! Das ist es!«

Er beobachtete die Klöße und war zufrieden, daß sie nicht auseinanderfielen und zu Kartoffelsuppe wurden, die Angst aller, die Klöße kochen. Er freute sich auf dieses Essen. Den ganzen Tag über hatte er wieder geschuftet, hatte den Pferch repariert und dann die Muttersau gesucht, die in Kürze werfen würde. Er hatte sie noch nicht gefunden, dafür aber etwas Neues auf seiner Insel entdeckt: eine Kraterlandschaft mit steil abfallenden Wänden. Ein großes, tiefes Erdloch, vielleicht dreihundert Meter im Durchmesser, mit Gestrüpp bewachsen und bevölkert von einer Ziegenherde, deren beißender Gestank bis zum Kraterrand hinaufzog.

Später hatte er das Ferkel geschossen, es ausgenommen und für den Spieß präpariert. Evelyn hatte ihm dabei geholfen; sie entwickelte handwerkliche Fähigkeiten und versuchte, aus alten Kistendeckeln einen Hühnerstall zu zimmern.

Phil ließ sie gewähren, obgleich er der Ansicht war, daß Freilandhühner schmackhaftere Eier legen als Stallhühner. Aber Evelyn hielt ihm einen Vortrag, daß es auf die Dauer zu lästig wäre, die Eier in der ganzen Umgebung zu suchen und dann nicht einmal zu wissen, ob sie schon angebrütet seien.

Auf die Dauer, hatte Phil gedacht. Sie sagt: auf die Dauer! Meint sie das wirklich ehrlich? Will sie hier mit mir hausen?

Der alte Konflikt kam wieder in ihm hoch. Wer ist sie? Wo kommt sie her? Warum wechseln Lüge und Liebe dauernd bei ihr ab? Was kann man ihr glauben? Die Tänzerin? Das Mädchen aus gutem Haus mit Abitur, das vor dem Medizinstudium davonläuft und durch die Welt tingelt, bis es in Kolumbien landet? Ausgerechnet in Kolumbien, in einer Hafenbar?! Die Welt ist verrückt, und das Schicksal der Menschen ist oftmals noch verrückter. Blick nur in den Spiegel und sieh dich selbst an, Phil! Dann mußt du ihr glauben, denn du selbst bist ja ein Mensch, dessen Leben alle Normen sprengt.

Er ließ Evelyn in Ruhe, fütterte seine Schweine und kümmerte sich dann intensiv um seinen Braten.

»Die Klöße bleiben rund! Hallihallo!« sagte er. »Vor nichts habe ich Angst – aber wenn ich Klöße ins Wasser werfe, krampft sich mein Herz zusammen. Ich kenne das von meiner Mutter. Hundertmal gelangen ihr die Klöße – nur manchmal, wenn Besuch kam, gingen sie auseinander. Es war jedesmal eine Tragödie, denn meine Mutter war bekannt für ihre Klöße!«

»Du hast nie Angst?« fragte Ev. Sie saß neben dem Spanferkel und betupfte es mit Öl. Die Glut des Feuers überzog ihr Gesicht. Er blickte zu ihr hin und erschrak. Ein Engel im Fegefeuer …

»Nie!« sagte er.

»Das ist unnatürlich. Jeder Mensch hat Angst.«

»Bei mir sind es die Klöße.«

»Phil! Bleib einmal ernst!«

»Ganz ernst«, sagte er bedachtsam. »Nein! Ich kenne keine Angst. Ich bin so eingebildet, mir immer vorzusagen: Du bist der Stärkere! Warum soll der Stärkere Angst haben vor dem Schwächeren?«

»Es könnte Stärkere geben als dich, Phil.«

»Ich habe noch keinen getroffen. Denken wir jetzt nicht an körperliche Stärke, Ev. Natürlich – da gibt es eine ganze Menge, die mir überlegen sind. Kerle wie Bullen, Muskelberge, die Eisenstangen biegen. Aber warum soll ich die fürchten? Gefährlicher sind die Kleinen, Unscheinbaren. Einen tobenden Wasserbüffel kannst du abschießen. Eine Tsetsefliege sticht dich, ohne daß du es verhindern kannst, und du bekommst die Schlafkrankheit. Verstehst du, was ich meine?«

»Ja.« Sie nickte. Es sah aus, als tauchte sie ihren Kopf in das Feuer. »Weißt du, daß deine Sicherheit unheimlich werden kann?«

»Nur für den, der sie fürchtet.« Er deckte den Kloßtopf zu und beschäftigte sich wieder mit dem Spanferkel. »Wo essen wir? Auf der Terrasse oder drinnen?«

»Ich decke den Tisch draußen, Phil.«

Sie ging hinaus und nahm die große Petroleumlampe mit. Phil sah ihr nach und seufzte. Ich liebe sie, dachte er. Ich kann nicht dagegen an. Und wenn sie aus lauter Lügen zusammengebacken wäre – ich liebte sie trotzdem! Es ist etwas in mir, das mich plötzlich alles vergessen und verzeihen läßt, das mich unlogisch macht und unbelehrbar. Ich kann es mir nicht erklären.

Er beobachtete weiter, wie sich sein Spanferkel drehte, und hörte Ev hin und her laufen. Geschirr klapperte, dann suchte sie ein großes Messer, um das Ferkel später anzuschneiden.

Was Phil nicht sah: Auf ihren Gängen nach draußen blieb

sie ab und zu an der Terrasse stehen oder lief schnell zu den sieben Palmen und blickte über das nachtschwarze Meer zum Horizont. Ein paarmal blinkte es dort auf – ganz kurz nur, ein paar Lichtblitze, und jetzt schon merklich näher als die Blinkzeichen vor Sonnenuntergang.

Einmal hob sie die starke Petroleumlampe und schwenkte sie hin und her. Dann deckte sie den Tisch weiter und kam in die Höhle zurück.

»Was trinken wir?« fragte sie.

»Zur Feier des Tages: Tee mit Rum?«

»Du hast Rum?«

»In der zweiten Kiste links in der Ecke. Die letzte Flasche. Der heutige Abend ist es wert, daß sie geleert wird.«

»Warum gerade heute abend?« In ihrer Stimme lag ein merkwürdiger Klang, der Phil aber nicht auffiel.

»Weil ich dich fragen werde, ob du wirklich bei mir bleiben willst.«

»Das sagst du, während du ein Ferkel drehst und bepinselst?!«

»Es stimmt, es ist zum Schreien.« Er lachte. Sein Gesicht in der offenen Glut war so voll männlicher Kraft, daß sie an sich halten mußte, um nicht zu ihm zu laufen und ihn aufs Bett zu zerren. »Als ich das zum erstenmal sagte, zu Ziska, die ich dann geheiratet habe, war ich betrunken. Ich brauchte Mut. Hier ist ein Spanferkel zwischen uns. Gott sei Dank!«

»Also Angst!« Sie lachte etwas zu hell. »Du kennst doch die Angst!«

»Gib das Messer her, du Luder!« sagte er laut. »Ich glaube, das Schwein ist gar! Hol die Flasche Rum und sag kein Wort mehr, sonst fällt das Essen aus.«

Später, in der Nacht, als sie auf dem schmalen Bett ineinander verklammert lagen und Phil ein Glas kaltes Wasser über ihren dampfenden Körper ausschüttete, sagte sie fast mit einem Schluchzen:

»Ich glaube, wir werden nicht hundert, sondern hundertfünfzig Jahre alt, wenn es stimmt, daß Liebe jung erhält ...«

Während sie schliefen und Ev, wie eine Katze zusammengerollt, ihren Kopf auf das Polster seines Unterleibes gebettet hatte, tastete sich eine elegante, seetüchtige Motoryacht durch die komplizierte Einfahrt der drei Barrieren und ankerte in der Bucht.

Der Teufel war gekommen, das Paradies zu erobern.

3

Wie an jedem Morgen wiederholte sich auch heute das Ritual des Aufstehens.

Die innere Uhr Phils klingelte, als der uralte Kampf zwischen Sonne und Nacht begonnen hatte. Früher war Phil nach einem ausgiebigen Gähnen aufgestanden, indem er die Beine zur Seite warf und aus dem Bett sprang. Das war das einzige, was sich geändert hatte: Jetzt lag Evelyn an seiner Seite, in ihrer typischen Katzenschlafhaltung, zusammengerollt, den Kopf auf seiner Brust, und schlief mit leichten, manchmal seufzenden Atemzügen.

Es war gar nicht so einfach, sich aus dem Bett zu stehlen, ohne daß sie erwachte. Als habe sie Angst, beim Erwachen plötzlich allein zu sein, hielt sie immer etwas von Phil umklammert – den Arm, seine Hand, ein Knie –, oder sie schlang eines ihrer schlanken Beine so kunstvoll zwischen die seinen, daß er, wie an diesem Morgen, eine Weile überlegte, wie man einen solchen Knoten lösen kann, ohne daß der andere es merkt.

Es gelang ihm tatsächlich. Vorsichtig schob er Evs Kopf von seiner Brust, ließ sich dann mit dem Oberkörper zuerst aus dem Bett gleiten und rutschte so auch aus der Umklammerung ihrer Beine. Auf dem Höhlenboden sitzend, auf einer Flechtmatte aus Palmblättern, an der er fast zwei Wochen gearbeitet hatte, wartete er, ob sie eine Reaktion zeigte. Aber sie schlief weiter, drehte sich bloß etwas, weil sie nun mehr Platz hatte, und atmete tief durch.

Eins ist sicher, dachte Phil, als er sich erhob und leise aus der Höhle schlich: Ich werde ohne sie nicht mehr auskommen können. Diese zwei Tage haben mich aus der Bahn geworfen! Alle so herrlich klingenden Vorsätze, mit denen ich auf die »Sieben Palmen« gezogen bin, erweisen sich jetzt als reine Theorie.

Freunde und Verwandte hatten ihn ja für verrückt erklärt. So scharf wollte er noch immer nicht mit sich ins Gericht gehen. Aber er begann einzusehen, daß eine Frau eine ganze Welt ersetzen kann. Früher hätte er darüber gelacht. Nach dem Tod von Ziska hatte sich bei ihm die Erkenntnis durchgesetzt: Eine Frau gehört ins Bett! Alles, was sie sonst noch tut, ist nur ein Auffüllen der Zeit, ist nichts als »bettlose Langeweile«. Mit dieser »Philosophie«, auf die er sogar noch stolz gewesen war, obwohl sie ein Hohn auf alle Gefühle war, hatte er in Jet-set-Kreisen geglänzt und sich als kaltschnäuziger Frauenvernascher bewundern lassen.

Um so größer war der Schock für seine Umgebung, als er eines Tages gesagt hatte: Mich kotzt das alles an! Ich mache eine Kehrtwendung!

Nun war auch das andere Extrem unhaltbar geworden.

Es gab auf dieser Welt eine Frau wie Ev!

Mehr braucht man als Entschuldigung für Inkonsequenz nicht zu sagen.

Phil rannte hinüber zu seiner »Naturdusche«, stellte sich nackt unter den Wasserfall, ließ ein paar Minuten lang das köstliche kalte Wasser über seinen Körper prasseln und fühlte sich hinterher frisch und stark wie zehn Ochsen.

Er trocknete sich nicht ab, sondern lief – auch dies war seit Wochen eine morgendliche Zeremonie – zu seinen Hühnern und suchte die Nester in den Büschen ab. Er fand vier Eier, noch legewarm, und trug sie vorsichtig zurück zur Höhle.

Auch das wird sich ändern, dachte er. Ev baut einen Hühnerstall! Weiß der Teufel, woher sie die Kenntnis hat, aber sie macht es ganz gut. Was sie da gestern aus den Kistenbrettern zusammenhämmerte, hatte Form und sogar einen Anflug von architektonischer Schönheit, wenn man das bei Hühnerställen sagen kann. Das alles sah aus, als habe sie nicht zum erstenmal mit Beil, Hammer und Nägeln gearbeitet. Sogar sägen und feilen konnte sie.

Er blieb stehen und blickte auf den Eingang der großen Wohnhöhle. Was weiß ich über sie? dachte er. – Gar nichts. – Was will ich von ihr wissen? – Ebenfalls gar nichts!

Sie ist bei mir, wir lieben uns. Sie heißt Ev, ich heiße Phil. Genügt das nicht? Die beiden ersten Menschen auf dieser Welt hatten auch keine Vorgeschichte – und wir, hier auf »Sieben Palmen«, sind die ersten Menschen!

Er ging weiter und war nicht ganz zufrieden mit seiner Erklärung. Ein Rest Vergangenheit bleibt immer zurück. Und wenn es die Neugier ist.

Auf der Terrasse blieb er stehen, legte die Eier vorsichtig, damit sie nicht wegrollten, auf den Tisch, und trat an den Abhang, um über das Meer zu blicken.

Es traf ihn wie ein Schlag, als er unten in der Bucht, im noch brusttiefen Wasser hinter der dritten Barriere, die Motoryacht ankern sah.

Das gibt es doch nicht, dachte er. Zuerst kommt ein Schiff mit drei Männern, die mich sofort beschießen, an meine Insel. Ich muß mich wehren und töte zwei von ihnen. Dann schwemmt über Nacht ein verrotteter Rettungskahn an meinen Strand an. Inhalt: die schönste Frau, die ich je gesehen habe. Und jetzt – wieder über Nacht – ankert da unten eine fabelhafte Motoryacht!

Ich werde mich bei Don Fernando und dem »Gouverneur« der Galapagosinseln beschweren! Was haben sie mir versichert? Die Insel »Die sieben Palmen« sei die einsamste Insel der Welt! Sie sei so gut wie unbekannt und auf den Landkarten noch nicht einmal so groß wie ein Zwergfliegenschiß. Nur zweimal sollen Verhaltensforscher sie betreten haben, um Tiere zu beobachten und zu filmen. Die Drusenköpfe, die Seelöwen, die Tölpel und die zahmen Bussarde, die man von den Bäumen schütteln kann. »›Die sieben Palmen‹ sind der Arsch der Welt«, hatte Don Fernando gesagt, »wenn Sie es dort aushalten, darf der Papst Sie seligsprechen.«

Aber plötzlich war hier ein Publikumsverkehr, als wolle man diesen Vulkanfleck im Meer dem Massentourismus erschließen.

Phil setzte sich auf einen großen Stein und überlegte.

Auf der Yacht war alles still. Dort schlief man noch. Wer rechnet schon damit, daß diese Insel bewohnt ist, oder gar, daß ein Mann auf solch einem Eiland in der Morgendämmerung aufsteht und Eier sucht? Und noch erstaunter wird man sein, wenn man Ev sieht.

Phil stand auf. Das muß verhindert werden, dachte er. Meinen Strand betreten sie nicht, wer sie auch sind! Sie haben ein gutes Schiff. Unsinkbar durch aufgeschäumten Kunststoff in der Bootsschale. Wenn sie die Einfahrt gefunden haben, kommen sie auch wieder hinaus. Und Ev werdet ihr nicht sehen! Verdammt – ich bin eifersüchtig auf jeden fremden Blick, der sie trifft! So weit ist es schon mit dir! Jungs, werft den Motor an und hinaus mit euch!

Er kannte diese seetüchtigen Boote, die auf jeder Welle reiten konnten. Doch war es ihm ein Rätsel, wie die Yacht im Dunkel der Nacht den verzwickten Weg durch die drei Barrieren gefunden hatte. Auch wenn man starke Scheinwerfer und Echolote hatte – die Einfahrt in die Bucht war immer – und erst recht bei Nacht – ein verdammtes Abenteuer. Wer das Schiff auch lenken mochte – eins hatte dieser Mann bestimmt nicht: Angst.

Phil ging zurück zu den Hühnereiern, trug sie in die Höhle, sah nach Evelyn, die noch in tiefem Schlaf lag, nahm sein Gewehr von der Wand, dazu zwei Reservemagazine aus einer Felsnische, und trat wieder hinaus ins Freie.

Über den normalen Weg, den langgezogenen Lavarücken, stieg er zur Bucht hinunter und stellte sich am Fuß des Felsens in eine Spalte. Die Morgensonne warf lange Schatten und erreichte noch nicht diesen Teil der Insel.

Auch dieses Schiff hat keinen Namen, stellte Phil fest, der die Yacht mit seinem Fernglas abtastete. Auch am Heck, an der Flaggenstange, hängt keine Nationalfahne. Ein Schiff also, das es nicht gibt. Ein Anonymer, wie damals das Boot mit den drei Männern.

Phil lud sein Gewehr durch und hoffte, daß Evelyn noch lange schlafen würde.

Das ist es, dachte er. Das muß die Antwort sein! Der dritte Mann, der Überlebende, ist zurückgekommen! Mit einem anderen Boot. Nur er kann es sein! Erinnere dich, Phil, wie sicher er damals durch die Einfahrt hinausgerast ist. Aber wenn er wirklich zurückgekommen ist, warum hat er dann die Nacht nicht benutzt, Rache zu nehmen? Warum ankert er friedlich in der Bucht? Wie leicht wäre es gewesen, mich zu töten – und Evelyn dazu?

Es fragt sich nur, weshalb er mich töten will.

Immer wieder dieses verdammte Warum!

Was war los mit der Insel »Die sieben Palmen«?!

Phil wartete geduldig. Um halb sieben – er sah auf seine Armbanduhr – öffnete sich die Kajütentür, und ein Mann trat an die Reling. Phil beobachtete ihn durch sein Fernglas: Ein Mann wie ein Baum! Schwarzhaarig, breite Schultern, stämmige Beine, muskulöse Oberschenkel. Eine Brust, auf der man Steine zerklopfen konnte. Ein kantiges Kinn. Ein breitflächiges Gesicht mit dicken Augenbrauen und einer leicht gebogenen Nase. Die Haut wetterbraun, ins Ockergelb spielend.

Er hat indianisches Blut, dachte Phil. Ein Mann, der zum Abenteuer geboren ist, aber auch ein Mann, der zur Herausforderung reizt. Entweder man kapituliert sofort, ohne den Versuch, sich zu wehren, oder es gibt eine mörderische Schlacht, die nur einen Sieger kennt.

So einer ist das, empfand Phil kalt. Ein Mann ohne Kompromisse.

Der Mann zog seine Badehose aus, kletterte nackt über eine Badeleiter ins Wasser und wusch sich in der seichten Bucht. Dann stieg er wieder auf sein Boot, frottierte sich ab.

Das war der Augenblick, den Phil für geeignet hielt, um sich zu zeigen.

Er ist es wirklich, hatte er festgestellt. Er ist der letzte jener drei Männer, die mich ohne zu fragen und ohne Grund umbringen wollten. Jetzt ist er nackt. Mit einem Handtuch kann man nicht schießen.

Der Mann frottierte sich ruhig weiter ab, als Phil hinaus auf den feinen gelbgrauen Lavasand trat und, das Gewehr schußbereit im Anschlag, zum Strand ging. Am Wasser blieb er stehen. Der Klotz von Mann winkte ihm mit dem Handtuch zu und lehnte sich an die Reling. Daß er nackt war, störte ihn offenbar nicht.

»Das Meer ist warm wie Suppe!« rief er zu Phil hinüber. Er sprach ein Englisch mit einer merkwürdigen Färbung. »Kaum erfrischend. Wollen Sie auch baden?«

»Danke. Ich habe geduscht.«

»Vornehm! Vornehm!« Der Mann lachte, zog seine Badehose an und schlang das Handtuch um den dicken Hals. »Das war bestimmt besser zum Munterwerden!«

»Eiskaltes Quellwasser.«

»Beneidenswert!« Der Mann schabte mit den Fußsohlen über die Bootsplanken. »Wie wollen wir es halten, Mister? Kommen Sie rüber auf mein Boot, oder soll ich zu Ihnen an Land kommen?«

»Weder noch!« sagte Phil ruhig. »Sie haben die Einfahrt in der Nacht gefunden – Sie werden bei Sonnenschein um so leichter die Ausfahrt erkennen!«

»Ein Witzbold, was? Immer ein Scherz auf den Lippen – das liebe ich!« Der bullige Mann lachte laut. »Für eines müssen Sie sich entscheiden, Mister. Ich muß mit Ihnen sprechen.«

»Aber ich nicht mit Ihnen.«

»Das ist ohne Bedeutung.«

»Von Ihnen aus gesehen.«

»Und das ist der einzige richtige Standpunkt, Mister. Bitte spielen Sie nicht mit Ihrem Gewehr herum. Ich weiß, daß Sie ein guter Schütze sind. Sie haben James und Gilberto erledigt, als sei es ein Scheibenschießen. Wie Sie sehen, bin ich unbewaffnet. Ein nackter Mann hat kein Versteck, auch zwischen den Beinen nicht. Da habe ich 'ne andere gute Kanone. Haha! Ein Scherz von mir dieses Mal!« Er lachte wieder, stieg die Badeleiter hinunter und watete durch das seichte Wasser an Land. »Es ist kein Trick dabei!« rief er und blieb vier Schritte vor Phil im Wasser stehen. Es reichte ihm hier bis zu den Waden. »Ich bin wirklich waffenlos. Darf ich an Land?«

»Wer ist noch auf dem Schiff außer Ihnen?« fragte Phil hart.

»Niemand. Ehrenwort.«

»Was ist Ihr Ehrenwort wert?«

»Nichts! Aber Ihnen gegenüber ist es ehrlich. Meine beiden Freunde haben Sie ja erschossen.«

»Es gibt mehr als drei Männer auf der Welt.«

»Da haben Sie recht! Aber hier, auf dieser Mistinsel, gibt es tatsächlich nur zwei Männer: Sie und ich! – Darf ich an Land?«

»Kommen Sie her.« Phil trat zurück, behielt aber noch sein Gewehr im Anschlag. »Warum haben Sie mich damals sofort beschossen?«

»Das war eine Dummheit von uns. Zugegeben. Für uns galt die Insel als unbewohnt und unbewohnbar. Und plötzlich steht da ein Kerl und hat die Insel in Besitz genommen. Mister, uns sauste der Verstand in die Hose! Und wo das hinführt ... na ja!«

Er war jetzt an Land, rieb sich die breiten Hände und blickte Phil forschend an. Er war fast zwei Köpfe größer als Phil, ein Zwei-Meter-Kerl mit Säulenbeinen. So etwas in einem Boxring kann zum Totschläger werden, dachte Phil. Ein Hieb mit dieser Faust, aus diesen Armmuskeln heraus, muß mörderisch sein.

»Erst jetzt weiß ich, wer Sie sind. Ich habe mich erkundigt – oder besser, man hat es mir mitgeteilt. Haha!« schrie der Muskelberg.

Er lachte wie über einen schweinischen Witz. Ein Idiot, dachte Phil. Was gibt es da zu lachen? Natürlich weiß man auf der Darwin-Station und auf der Flug- und Marinebasis von Baltra und Isabela, wer ich bin und daß ich auf »Die sieben Palmen« wohne. Und man wird ihm auch gesagt haben, daß ich nicht gestört werden will!

»Sie heißen Philipp Hassler!« sagte der Mann.

»Stimmt.«

»Ich bin Ari Sempa.«

»Ari von Aristoteles? Sie sind Grieche?«

»Weiß ich das? Mein Vater hat mich Ari genannt. Vielleicht hatte er einen Papagei, der so hieß?! Ich konnte ihn nicht mehr für diesen Namen verantwortlich machen; er starb, als ich drei Jahre alt war, sagte meine Mutter. Aber ein Grieche bin ich bestimmt nicht. Sempa ist nicht griechisch. Ich komme aus Baltimore.«

»Ein weiter Weg bis zu den Galapagosinseln. Mit diesem Boot da?«

»Ich stellte schon fest. Sie sind ein Witzbold, Phil!« Sempa sah sich um. »Wollen wir hier im Sand in der Sonne stehenbleiben?«

»Von mir aus – ja.«

»Von mir aus – nein!« Sempa lachte breit.

»Das ist meine Insel. Vergessen Sie das nicht.«

»Offiziell haben Sie hier die Hoheit, das stimmt. König von ›Die sieben Palmen‹! Aber ich habe diese Insel schon betreten, als Sie noch gar nicht wußten, daß es dieses Eiland gibt! Das ist die Lage, Phil. Wir müssen das Beste daraus machen.«

»Wir müssen gar nichts, Ari!«

»Das ist nett …«

»Was?«

»Daß Sie mich auf Anhieb Ari nennen!«

»Also gut: Mr. Sempa.«

»Nein, bitte … weiter Ari!« Sempa stapfte durch den Sand, dem Lavarücken zu, dem einzigen Weg zum oberen Teil der Insel. Phil hob sein Gewehr. Er dachte an Evelyn und konnte sich ihr Entsetzen ausmalen, wenn sie dieses Monstrum von Mann sah.

»Bleiben Sie stehen, Ari!« rief er schneidend.

Sempa verhielt sofort den Schritt. Phils Stimme ließ keine Unklarheiten zu. Langsam drehte er sich um und blickte in den Gewehrlauf, der genau auf sein Herz zielte. Über sein breites Gesicht lief ein Zucken, eine Mischung aus Hohn und Wut.

»Phil –«, sagte er schwerfällig. »Sie sind natürlich im Vorteil. Sie haben eine Knarre. Aber überlegen Sie einmal: Vorhin, als ich an Land kam, stand ich direkt neben Ihnen. Ein blitzschneller Schlag auf Ihren dämlichen Schädel, und Ihre Hirnschale wäre eingeknickt wie ein Hühnerei. So schnell hätten Sie gar nicht schießen können! Hab' ich's getan? Nein! Warum? Weil wir uns friedlich unterhalten wollen und weil es schon genug Tote auf dieser Insel gegeben hat. Aber Sie stehen da und spielen den wilden Mann. Ist das fair?«

»Gehen Sie auf Ihr Boot zurück!«

»Nein!« Sempa grinste breit. »Was nun? Was werden Sie tun? Himmel, bin ich gespannt! Ich gehe nicht auf mein Boot zurück – und Sie wollen nicht, daß ich die Insel erklettere. Werden Sie schießen? Können Sie einen unbewaffneten, wehrlosen Mann so einfach umlegen? Das ist ein Problem, was? Notwehr wie damals – kein Wort mehr darüber. Aber jetzt müßten Sie einen Mann erschießen, der fast nackt ist – wenn Sie wollen, lasse ich auch noch die Badehose herunter, dann ist alles klar –, und der nichts anderes will als eine einsame Insel betreten. So einen harmlosen Menschen müßten Sie erschießen! Das heißt: Sie müssen Killerinstinkt entwickeln! Gerade Sie, Phil! Zum Mörder muß man geboren sein – die meisten Psychologen sehen das nicht ein! – Werden Sie nicht lächerlich, Phil! Sie können nicht töten!« Sempa kraulte sich die Nase, blickte noch einmal auf den Gewehrlauf und nickte. »Ich gehe jetzt weiter, Phil! Schießen Sie mir also in den Rücken! Oder in den Hinterkopf! Wenn Sie das übers Herz bringen.«

»Ich schieße Ihnen ins linke Bein. Das reicht auch, Ari.«

Sempa, der sich wieder umgedreht hatte und drei Schritte weitergegangen war, blieb ruckartig stehen. »Das wäre tatsächlich eine Möglichkeit«, sagte er. »Aber wehe, wenn Sie mir dann zu nahe kommen ...«

»Was wollen Sie hier auf meiner Insel? Wenn Sie mir das erklären, Ari, könnten wir uns verständigen!« Phil zielte auf Sempas linkes Bein. Der Muskelberg hütete sich weiterzugehen.

»Man hat mich falsch über Sie informiert, Phil«, sagte Sempa. »Man hat mir gesagt, Sie seien ein harmloser Mensch. Das mit James und Gilberto ... da konnten Sie wohl nicht anders handeln. Aber im Grunde seien Sie geradezu ein Friedensfanatiker.«

»Das stimmt. Darum will ich auch wissen, was hier los ist.«

»Mit dieser Insel verbinden mich – wenn's gut geht – mindestens dreißig Jahre sorglose Zukunft. Ein prächtiges Haus auf den Bahamas, eine Yacht, für die das Boot da draußen nur ein Rettungskahn wäre, ein Privat-Jet, ein Bankkonto, von dessen Zinsen allein ich wie ein Fürst leben könnte ... Wollen Sie noch mehr hören?«

»Ich verstehe nichts, gar nichts. Was hat das alles mit ›Sieben Palmen‹ zu tun?!«

»Das erkläre und zeige ich Ihnen, wenn wir oben auf der Insel sind. Himmel, Sie machen es einem aber schwer! Ich möchte nicht vorgreifen, aber ich hatte gedacht, Sie wären weich genug gekocht.«

»Weichgekocht?« Phil surrte den bulligen Sempa irritiert an. »Wenn man Ihnen auf Santa Cruz erzählt hat, ich sei ein Spinner, weil ich hier allein leben will ...«

»Santa Cruz!« Sempa winkte ab. »Vergessen wir, daß es um uns herum noch eine Menge Inseln gibt, die meisten nicht von Menschen, sondern nur von Urtieren bewohnt sind. Es gibt hier nur uns. Das heißt, Sie sind plötzlich da, und wir müssen uns nun irgendwie einig werden.«

»Ich habe von der Regierung in Ecuador eine Urkunde, daß ›Die sieben Palmen‹ mir gehört!«

»Weiß ich! Akzeptiere ich auch. Lesen Sie diese Urkunde jedesmal beim Scheißen, wenn's Ihnen Spaß macht! Es geht mir darum, daß Sie mich auf dieser Insel nicht hindern, etwas zu tun, was ich jahrelang vorbereitet habe.«

»Was wollen Sie tun, Ari?«

Sempa wurde einer Antwort zunächst enthoben. Oben, zwischen den sieben Palmen, erschien Evelyn. Sie trug ihre weißen Jeans und ein anderes Hemd von Phil, ein weißes mit schmalen roten Streifen. Im Morgenwind, der heute ziemlich frisch war, wehten ihre Haare wie eine zerzauste Fahne. Die Morgensonne warf einen rötlichen Goldschimmer darüber.

»Ich komme runter, Phil!« rief sie.

Phil fuhr herum. Auch dieses Mal nutzte Sempa nicht die Gelegenheit, sich mit einem Sprung auf ihn zu stürzen.

»Bleib oben!« schrie Phil hinauf. »Evelyn! Zurück in die Höhle! Zurück!«

Evelyn verschwand vom Abhang. Sempa grinste breit und genußvoll und wischte sich mit dem Badetuch den Schweiß aus der Achselhöhle. Hier unten im Sand brannte die Sonne bereits mit voller Stärke.

»Warum zurück?« sagte Sempa mit fetter Stimme. »So etwas Außergewöhnliches versteckt man doch nicht! Ein herrliches Weib, was?«

»Mein Gott, ich schieße wirklich!« schrie Phil. »Gehen Sie sofort aufs Schiff zurück, Ari!«

»Haare wie Gold, nicht wahr? Haben Sie schon jemals solch eine Frau gesehen? Ich nicht! Und Sie brüllen: Zurück in die Höhle! – Sie Unmensch!« Sempa zeigte zu dem flach abfallenden Lavarücken. »Sie hat ihren eigenen Kopf. Sie kommt doch!«

Phil sah es auch ... Über den einzigen Weg kam Evelyn herunter. Sie rannte, sprang über die Steine und schien schwerelos zu sein. In der rechten Hand hielt sie etwas, was man nicht erkennen konnte, weil sie mit beiden Armen durch die Luft ruderte, um bei dem schnellen Lauf das Gleichgewicht zu halten.

»Bleib da!« schrie Phil. »Du kannst mir nicht helfen, Evelyn! Zurück!«

»Pustekuchen! Sie kommt!« sagte Sempa gemütlich. »Daß sie mit Ihnen, einem Idioten, im Bett liegt, ist schon eine Schande! Ich wette mit Ihnen: Sie ist die schönste Frau der Welt!«

»Halten Sie die Schnauze, Ari!« brüllte Phil. »Wenn Sie Evelyn anstänkern, und wenn's auch nur ein einziges Wort ist, habe ich allen Grund, Sie zu erschießen! Ist das klar?«

»Für Sie. Aber für mich ... Das gibt es doch nicht!« Sempas breites Gesicht erstarrte in Verblüffung. Sie sahen beide auf Evelyn, die bereits durch den Sand rannte. Der Gegenstand in ihrer rechten Hand war Phils Pistole.

Keuchend, die Linke auf ihre Brust gedrückt, blieb sie fünf Schritte vor den Männern stehen und hob die Waffe. So schwer sie atmete vom schnellen Lauf – ihre Hand zitterte nicht. Aber ihr Gesicht war von einer Wildheit geprägt, die Sempa sofort verstand, aber Phil mit maßlosem Staunen erfüllte.

»Evelyn ...«, sagte er heiser. »Leg ganz vorsichtig die Pistole in den Sand. Mein Gott, du weißt doch gar nicht, wie man damit umgeht ...«

»Und wie sie das weiß!« Sempa schlang das Handtuch wieder um seinen Stiernacken. »Was wird hier eigentlich gespielt?! Erst heißt es, er ist weichgekocht ... Und was finde ich vor? Einen wütenden Zwerg!«

Phil hob langsam das Gewehr und krümmte den Zeigefinger am Abzug bis zum Druckpunkt.

»Das reicht, Ari ...«, sagte er leise.

In Sempas Augen stieg plötzlich echte Angst hoch. Er sah den gekrümmten Finger, blickte in Phils Augen und wußte, daß er keine Zeit mehr hatte.

»Erklär es ihm, Evelyn!« brüllte er los. »Sag es ihm, Schätzchen! Der Verrückte zieht wirklich ab! Sag ihm, wer wir zwei sind –«

»Wir zwei ...« Phil war es, als zerschnitte ihn ein glühendes Messer. Er hatte plötzlich keine Kraft mehr in den Händen, das Gewehr rutschte aus den Fingern und fiel in den Sand.

Es ist nicht wahr, dachte er in diesem Augenblick. So etwas kann nicht wahr sein! Aber er hat es ja gesagt. Ich habe es gehört, und sie hat es hingenommen: Wir zwei ...

Evelyn Ball konnte hassen – das erkannte Phil in diesem Augenblick. Sie konnte hassen bis zum Exzeß, bis zur Selbstzerstörung.

Sie hatte die Schultern etwas hochgezogen, die Augen schimmerten wieder dunkelbraun, eine so intensive Farbe, wie er sie nur einmal an ihr gesehen hatte, als sie zum erstenmal in seinen Armen lag und der Orgasmus sie hin und her schüttelte, begleitet von diesem merkwürdigen, tierhaften hellen Knirschen ihrer Zähne.

Die Pistole richtete sich genau auf Ari Sempas Herz. Der Bulle von Kerl schien das zu übersehen. Er lachte wieder röhrend und wischte sich mit einem Zipfel des um seinen Hals hängenden Handtuchs über das breite Gesicht.

»Du Mistkerl!« sagte sie leise. »Du Sauhund!«

Sempa zeigte mit dem Daumen auf Evelyn und nickte mehrmals. »Da hören Sie es, Phil, was aus diesen lieblichen Lippen hervorsprudeln kann. Aber das ist noch gar nichts! Wenn sie erst richtig in Fahrt ist, wenden sich alle Marktfrauen ab. Ausdrücke hat sie drauf ... ich sage Ihnen! Die kenne noch nicht mal ich, und das will was heißen!« Er blickte auf den Lauf der Pistole und grinste. Ein Funken Unsicherheit sprang nun doch in seine Augen. »Baby, du zielst auf den Falschen! Der liebe Phil will mich nicht an Land lassen ...«

»Hau ab!« sagte sie gefährlich ruhig. »Ari Sempa, geh zum Schiff zurück und hau ab!«

»Höre ich richtig?« Der Bulle von Kerl bekam runde Kinderaugen vor Staunen.

»Ja.«

Sempa wandte sich entgeistert zu Phil. »Ich glaube, ich habe einen Gehörfehler, oder mir sitzt noch Wasser im Ohr. Hat sie wirklich gesagt, ich soll abhauen?«

»Genau das!« sagte Phil laut. Auch er hatte sich gefangen. Er bückte sich und hob das Gewehr aus dem Sand. »Tun Sie, was sie sagt.«

»Sie wissen also nichts? Gar nichts?« fragte Sempa ehrlich verblüfft.

»Ich will auch nichts wissen!« schrie Phil.

»Der liebende Mann, der alles verzeiht! Ich habe es immer behauptet: Sie ist eine Hexe. Wer einmal auf ihr gelegen hat, der ist für die normale Welt verloren!«

Aus der Pistole Evelyns löste sich ein Schuß. Die Kugel zischte nahe an Sempas rechtem Ohr vorbei und klatschte irgendwo weit draußen ins Wasser. Ungläubig surrte Sempa auf die zuckende Pistole. Seine großen, dunklen Augen quollen froschartig aus den Höhlen. An seinen Halsseiten schwollen die Adern an. »Sie hat auf mich geschossen!« sagte er dumpf. »Tatsächlich!«

»Der nächste Schuß sitzt!« Evelyn winkte mit der Hand zur Bucht. »Geh in dein Boot zurück!«

»Ich überlege mir, ob ich euch zwei nicht umlegen soll!« sagte Sempa. »Gut! Ihr habt Waffen! Und ein Schuß kann auch treffen. Aber dann habe ich einen von euch im Griff, und dann gibt es kaum noch Verhandlungsmöglichkeiten! Phil, ich wiederhole es: Sie werden doch keinen harmlosen Mann in einer Badehose umbringen? Was tue ich Ihnen denn? Ich will nur die Insel betreten und etwas regeln.«

»Was, zum Teufel?«

»Soll ich das alles am Strand erzählen? Ich weiß, Sie haben eine gemütliche Höhle ausgebaut.«

»Sie wissen das?«

»Ich weiß noch viel mehr! Ziegen und Kühe halten Sie. Sogar die wilden Schweine haben Sie gezähmt. Im Gemüsegarten erscheinen die ersten Pflänzchen …« Er schielte auf Evelyns Pistole und wies mit dem dicken Daumen auf sie, »Sagen Sie Ihrem Liebchen, sie soll aufhören, mit dem Knallpuffer zu spielen! Zu Ihrer Beruhigung, Phil: Ich hatte nichts mit Ev. Ich bin nicht ihr Typ. Sie liebt die Schlanken. Und die Schöngeister. Vor meinem Gewicht hat sie Angst. Aber fragen Sie das Schätzchen mal nach James, den Sie erschossen haben! James McLaudon. Ein Ire, wie er im Buche steht …«

»So etwas Ähnliches habe ich mir gedacht, als ich ihn begrub«, sagte Phil ruhig. »Kommen Sie, Ari!«

Er senkte das Gewehr, aber Evelyn blieb stehen. Ihr Finger krümmte sich wieder am Abzug der Pistole.

»Halten Sie das Weibstück zurück, Phil!« schrie Sempa. »Man soll es nicht für möglich halten! Erst tobt sie und schwört heilige Rache dem Mörder von James – und jetzt ist sie Ihr sanftes Ruhekissen und wird nervös im Zeigefinger.« Er ging weiter, an Evelyn vorbei, und schlug den Weg zum Lavarücken ein. »Schieß mir in den Rücken!« sagte er dabei. »Der Satan soll mich holen: Du hast keine ruhige Minute mehr! Denkst du, ein Mann wie Phil legt sich weiterhin mit einer Frau ins Bett, die hinterrücks Männer erschießen kann? Meinst du vielleicht er würde dir noch *ein* Wort glauben, solange er nicht von mir erfahren hat, was hier wirklich los ist? Schieß doch, Hexchen! Der Karren steckt im Dreck – und nur wir drei zusammen können ihn herausziehen.«

Am Fuße des Lavarückens blieb er stehen und wartete, bis Evelyn und Phil nachgekommen waren. Sie gingen schweigend nebeneinander, die Waffen gesenkt, und blickten sich auch nicht an. Sempa lachte rauh und massierte seine ochsenbreite Brust.

»Phil, grübeln Sie nicht länger! Und du, Evelyn, hättest ihm längst sagen können, auf was für einer Insel er sitzt.«

»Ich liebe ihn, du Vieh!« sagte Evelyn. Ihre Stimme war kalt und fremd.

»Wer hindert dich daran?! Wenn wir uns einig werden, bin ich in drei Tagen wieder weg, und ihr könnt hier weiter Adam und Eva spielen!«

»Ich gehe voran«, sagte Phil. Sempa grinste und machte eine Verbeugung.

»Natürlich. Sie sind der Gastgeber. Madame –«, er verbeugte sich auch vor Evelyn, »- nach Ihnen. Ich passe als Schlußmann auf, daß niemand ausrutscht.«

An der Höhle sah sich Sempa erstaunt um und bewunderte, was Phil in den letzten Wochen alles geschaffen hatte. Er setzte sich auf die Holzbank der Terrasse, blickte hinunter zur Bucht, übers Meer und hinauf zu den sieben Palmen, in denen der Wind spielte.

»Sie sind ein fleißiger Kerl, Phil. Alle Achtung!« Sempa breitete sein Handtuch aus und legte es sich über die Schultern. »Was Sie da machen, ist das nun Kultur oder Zivilisation? Ich habe den Unterschied nie begriffen.«

»Was kann ich Ihnen anbieten?« fragte Phil heiser. Er blickte zu Evelyn. Sie saß abseits am Rande des Uferfelsens.

Er fragte sich plötzlich besorgt, ob sie sich dort hingesetzt habe, um sich hinabzustürzen, falls Sempas Enthüllungen so schrecklich waren, daß sie eine Fortsetzung ihrer Liebe und ein gemeinsames Leben unmöglich machten.

»Was haben Sie denn auf Lager?« Sempa sagte es sehr gnädig, fast mitleidig.

»Wenn Sie mögen, sogar Whisky, Kognak und Gin! Sonst Tee und wundervoll klares, reines Quellwasser!«

»Wollen Sie mich auf diese abscheuliche Weise umbringen?« Sempa lachte dröhnend. »Einen dreistöckigen Whisky pur, und Sie werden sehen, wie ich anlaufe. Meine 560 PS im Boot sind nichts dagegen! Übrigens: Wissen Sie, daß die kleine Wildkatze ein verflucht reiches Mädchen ist?«

»Wir sollten Evelyn bei unserem Gespräch aus dem Spiel lassen, Ari.«

»Das geht nicht! Sie spielt eine Hauptrolle. Allein schon durch James. Sie ist die Erbin von James McLaudon ... Sie selbst, Phil, haben sie zur Millionärin geschossen! Was sagen Sie nun?!«

»Ich kann nichts sagen, weil ich nichts weiß.« Phils Kehle war wie ausgetrocknet. Er ließ Sempa sitzen und ging in seine Wohnhöhle. Dort suchte er absichtlich lange in einer Metallkiste nach einer noch vollen Whiskyflasche und blieb dann, die Flasche in der Hand, an der Wand stehen.

Jetzt können sie sich mit Blicken oder Gesten verständigen, dachte er. Mir ist es egal. Mir ist jetzt alles egal! Ich könnte zusehen, wie man die Welt an allen Enden anzündet, und würde noch in die Flammen blasen.

Warum wehrt sie sich nicht? Warum sagt sie keinen Ton? Ev ... warum sitzt du nur da und starrst aufs Meer?! Ich habe diesen James McLaudon erschossen, weil er wild um sich schießend auf mich zustürmte. Das ist nicht die feine Art, Bekanntschaften zu machen.

Wer war McLaudon? Ev, ich wollte nie mehr wissen, daß es eine Vergangenheit gibt – aber die Vergangenheit holt uns ein.

Ev – laß nicht Sempa alles erzählen! Sag *du* ein Wort! Ich weiß nicht, ob ich es aushalte, wenn er von dir spricht, als seist du eine Hafenhure!

Draußen hatte sich die Situation nicht verändert. Evelyn saß am Abhang, die Beine pendelten ins Leere. Ein kleiner Ruck nur, und sie würde abstürzen – vierzig Meter tief.

Ari Sempa hockte auf der Bank, breitbeinig, das Handtuch um die Bullenschultern, und starrte böse in die Gegend. Anscheinend hatte er versucht, mit Evelyn zu sprechen, aber sie hatte nicht reagiert.

»Die Engel beginnen zu singen!« rief er, als er Phil mit der Flasche sah. »Was haben Sie da ausgegraben?«

»Bourbon«, sagte Phil gepreßt.

»Der gute alte Seelentröster! Wissen Sie, Phil, daß ich vor einiger Zeit noch mindestens eine halbe Flasche brauchte, um einzuschlafen?! So hat mir das zugesetzt, was ich erlebt habe!« Er nahm Phil die Flasche aus der Hand und griff nach dem Wasserglas, das auf dem Tisch stand. »Lachen Sie jetzt nicht, ich bin da sehr empfindsam! Im Grunde genommen bin ich ein sensibler Mensch. Ich habe nie zum Gauner getaugt! Aber – wie das Leben so ist – ich habe immer nur unter Gaunern gelebt. So etwas gibt es, Phil. Ein Mensch will sauber bleiben und greift nur immer wieder in die Scheiße!« Er stellte die Whiskyflasche und das Wasserglas auf den Tisch zurück und grinste Phil an. »Ich weiß, was sich gehört. Sie sind der Gastgeber. Darf ich um einen Whisky pur bitten, Sir?«

Wortlos goß Phil das Wasserglas halb voll und schob es Sempa über den Tisch. Nach einem Seitenblick auf Evelyn sagte er: »Ich habe vorhin gesagt: Ich weiß gar nichts!«

»Das haben wir gleich.« Sempa nahm das halbvolle Wasserglas und trank es mit einem Schluck leer. Er kippte den Alkohol hinunter, als habe er einen Walfischschlund. »Ein guter Tropfen!« sagte er dann. »Den rechne ich einwandfrei zur Kultur!« Er nickte hinüber zu Evelyn am Rande des Felsens. »Will sie runterspringen?« fragte er leise.

»Ich weiß es nicht. Tut sie es, fliegen Sie hinterher.«

Sempa nahm diese Drohung nicht mehr humorvoll. Genau wie Phil war ihm klar, daß jetzt erst der richtige Kampf begann. Er rückte etwas aus der Sonne, setzte sich neben dem Wohnhöhleneingang auf den Hackklotz und stemmte die muskelbepackten Arme auf die Knie.

»Wo soll ich anfangen?«

»Das müssen Sie wissen, Ari.«

Phil lehnte sich gegen die Felswand und ließ Evelyn nicht aus den Augen. Sie saß nahe genug, um alles zu hören, denn Sempas Stimme dröhnte. Aber sie saß zu weit weg, als daß man sie mit einem schnellen Griff hätte fassen können, falls sie wirklich Dummheiten machte.

»Es begann vor drei Jahren«, setzte Sempa an, »in Baltimore. Sie kennen Baltimore nicht? Über eine Million Einwohner, zweitgrößter Hafen an der amerikanischen Ostküste. Ich hatte damals einen Laden für Schiffsausrüstungen an der Chesapeake Bay. Ein mieses Geschäft, sage ich Ihnen! Die großen Kähne beziehen alles direkt ab Fabrik, die Sportschiffer halten die Taschen zu, bis ihr Boot abbezahlt ist. Ach ja, einen Bootsverkauf hatte ich auch noch. Eine sogenannte ›Vertretung‹! Von der Ausbauschale bis zum fertigen Hochseekreuzer. Nur wollte keine Sau unsere Boote kaufen. Die Konkurrenz war zu groß, die bekannten Namen. Aber da kommen eines Tages zwei Kerle in meinen Laden: James McLaudon und Gilberto Maruso. Ich sage Kerle, und nicht Herren – dafür hat man einen Blick. Und was bestellen sie? Einige hundert Meter Nylontaue, am Stück, zwei Winden mit Benzinmotor, vier Flaschenzüge und drei Zehn-Kilo-Kisten mit Stangendynamit. Dazu noch andere Sächelchen – alles Dinge, die mit der christlichen Seefahrt wenig zu tun haben. ›Hallo!‹ habe ich gesagt, ›das geht natürlich alles in Ordnung, aber wer – zum Teufel – hat Ihnen gesagt, daß man bei mir Dynamit kaufen kann? Ich bin ein Schiffsausrüster und kein Sprengladen!‹ – ›Ein Typ aus Baltimore‹, antwortete James. ›Genügt das?‹ Das genügte mir natürlich nicht. Was würden Sie tun, wenn einer zu Ihnen kommt und dreihundert Meter Nylontau am Stück und dreißig Kilo Dynamit kaufen will?! Die Verhandlungen gingen hin und her, ich machte den Laden zu, und wir soffen im Hinterzimmer gottserbärmlich. – Haben Sie noch einen für mich?«

Phil goß das Wasserglas dieses Mal voll Whisky. Sempa schluckte ihn wie den ersten.

»Ich kann was vertragen, Sie sehen's!« sagte er genüßlich. »Gilberto Maruso konnte es nicht. Nach drei Stunden Sauferei machte er den Mund auf und erzählte. Er war nicht mehr zu bremsen, auch wenn James sich die Haare raufte. Ein tolles Ding kroch da aus dem Loch, sage ich Ihnen, Phil! Gilberto stammte aus Kolumbien. Eine Mischung aus Spanier und Indianer. Zuerst war er Lastträger, dann Barkeeper in einer dreckigen Kneipe in Tumaco an der Küste, wechselte dann zum kleinen Rauschgiftdealer über und machte sich schließlich selbständig als Einmannbetrieb: Er raubte Touristen aus oder alle, die so aussahen, als lohnte es sich, ihnen aufs Hirn zu schlagen. Damals war James McLaudon bereits ein gesuchtes Früchtchen in den Staaten und hatte sich ausgerechnet nach Tumaco verkrochen. Er hatte dort drei Bienchen summen und kassierte von jedem Bums zwei Drittel der Einnahmen. Zwangsläufig lernte er auch Evelyn kennen, die in einer Hafenbar tanzte. Stimmt's?«

»Ja«, sagte Evelyn. Es war das erste Wort, das sie nach langer Zeit wieder sprach.

Phil nickte. »Ich weiß, daß Evelyn in einer Hafenbar tanzte und sang, sie hat's mir erzählt.«

»Ich muß dabei ausdrücklich feststellen: Evelyn war nie ein Bienchen von James. Im Gegenteil – er hat sie immer wie eine Dame behandelt. Mir scheint, er hat sie wirklich geliebt. Der blöde Hund! Doch weiter! Bei einem seiner ›Geschäfte‹ geriet Gilberto, mittlerweile mit James befreundet und auch sein Teilhaber am Sumsum der Bienchen, an einen Engländer, den er wie üblich ausraubte. Nur hatte Gilberto, wie er dachte, dieses Mal Pech: Der Brite war Dozent für südamerikanische Vorgeschichte und hatte in seinen Taschen Pläne und Aufzeichnungen, aber nur wenig Geld.« Sempa räusperte sich. »Immerhin war er der erste Tote in unserer Geschichte. Gilberto und James sichteten betrübt den Nachlaß, und dabei entdeckte James eine Karte von dem Gebiet um Popayan. Ein fruchtbares Land, mitten in den Kordilleren, bis zu 4600 Metern hoch! Felsen, Felsen und nochmals Felsen. An den Hängen Urwald, und drumherum dünne Luft. Und da, wo's am wildesten war, am Berg de Puracé, in 4700 Metern Höhe, da waren ein Kreuz und eine Zahl eingezeichnet. Die Zahl bedeutete ein anderes Blatt der Aufzeichnung, und als sie diese Aufzeichnung gefunden hatten im Nachlaß des Engländers, wurde James ganz still. Das Mistland war früher Inkagebiet, und – wer weiß, wo der Brite es her hatte – es gab dort tief im Berg eine Höhle, die der Engländer eingezeichnet hatte. Mit allen Maßen. Ein senkrechter Schacht von fast zweihundert Metern Tiefe, dann ein Quergang, und am Ende eine Höhle, zehn Meter hoch und dreißig Meter lang.«

Sempa begann zu schnaufen wie ein Walroß. »Ahnen Sie schon etwas?«

»Sie erzählen mir ein Märchen, Ari! So etwas gibt es nicht.«

»Behaupten Sie! Ich war damals in Baltimore genauso skeptisch. Aber Gilberto und James hatten ja die Aufzeichnungen und behaupteten, ich könne ihnen den Schwanz abschneiden, wenn in dieser Höhle nicht einer der sagenhaften Inkaschätze versenkt worden sei. Und genauso war's, Phil!«

Phil Hassler blickte wieder hinüber zu Evelyn. Sie saß, schön und stumm, am Rande des Felsens und starrte über das Meer. Ein – Inkaschatz? dachte Phil. Für wie dumm halten die mich eigentlich? Von allen sagenhaften Inkaschätzen ist nichts übriggeblieben als eine Legende. Und diese drei Ganoven wollen womöglich eine Höhle voller Gold und Edelsteine entdeckt haben?

»Wieso kamen James und Gilberto zu Ihnen nach Baltimore in den Laden?« fragte er. »Alles, was sie für den Höhleneinstieg brauchten, konnten sie auch in Bogotá oder sonstwo bekommen. Warum gerade Baltimore?«

»Das habe ich mich auch gefragt. Ist doch unlogisch, was? Aber James sprach nie darüber. Er war eben gerade in den Staaten, stammte aus Baltimore und kam zu mir. Soll ich weitererzählen?«

»Von mir aus ...«

»Ich war so dämlich und glaubte die Geschichte. Am nächsten Morgen, als wir wieder nüchtern waren, hing ich mit in dem Geschäft, als Teilhaber. Ich machte meine Bude tatsächlich zu, finanzierte die Überfahrt und überhaupt alles, was unser ›Unternehmen Inka‹ erst flott werden ließ. In Tumaco lernte ich dann Evelyn Ball kennen und war von den Socken! Zu viert zogen wir in die Berge und sichteten den Höhleneingang. Die Karte des Engländers war ziemlich genau. Den Einstieg in die zweihundert Meter lange Höhle fanden wir auf einem kleinen Felsplateau, 4200 Meter hoch. Reste von Inkabauten, vielleicht Soldatenunterkünfte, was weiß ich, standen auch noch herum. Unentdecktes Land. Und dann ging's los. Mit den Seilen und den Winden die Röhre hinunter, durch den Quergang – alles noch fabelhaft erhalten –, hinein in die riesige Höhlenkammer. Ein Kinderspiel, wenn man die richtige Ausrüstung hat und einen guten Plan. Da standen wir dann und mußten uns an der Wand abstützen, um nicht umzufallen: Berge von goldenen Statuen und Gefäßen, Armreifen und Schmuck. Haufen von Goldbarren, die aussahen wie goldbronzierte Kuhfladen. Aber es war pures Gold! An den Figuren und in Hunderten Ledersäckchen: Edelsteine. Smaragde und Saphire, wasserhelle Bergkristalle und Steine, deren Namen ich nicht kenne. Was da herumlag, war ein Millionenschatz, den wir überhaupt nicht schätzen konnten. Stimmt's Evelyn?«

»Ja«, sagte sie hart.

»Mein Gott, es ist wirklich wahr?« rief Phil. »Evelyn, hast du das mit eigenen Augen gesehen?«

»Ich war selbst unten in der Höhle. Ich habe alles gesehen.«

»Sie hat noch mehr getan«, sagte Sempa dröhnend. »Mein Geld war so ziemlich weg, aber was wir jetzt brauchten, waren Kisten und Träger, und später Lastwagen und ein seetüchtiges Schiff, um diese Millionen in Sicherheit zu bringen. Wir haben also eine Menge Edelsteine aus den Figuren herausgebrochen und einige der goldenen Kuhfladen ans Licht geholt. Während James und ich das Gold in kleinen Stücken auf dem schwarzen Markt verkauften, zog Evelyn herum und setzte die Edelsteine ab. Bis Rio sind wir geflogen. Ich sage Ihnen, das war eine Masche! Gibt es einen Mann, auch wenn er Juwelier ist, der einem Blick Evelyns widerstehen kann? Sie war unsere Verkaufskanone. Mit dem Geld – nur ein Bruchteil von dem, was noch in der Höhle war – finanzierten wir den Abtransport und kauften eine herrliche Hochseeyacht. Was waren für uns schon 500 000 Dollars?!« Sempa griff zur Whiskyflasche, die neben ihm auf dem Holztisch stand, und setzte sie an den Mund. Als er sie wieder hinstellte, war sie halb leer.

»Aber die Sache lief am Ende schief. Irgend jemand muß uns verpfiffen haben, denn wir hatten gerade den ganzen Inkaschatz an Bord, da erschien die Polizei von Buenaventura in dem Haus, das wir gemietet hatten. Bevor sie unseren Koch, einen Halbindianer, kassieren konnten, rief er noch bei uns auf dem Schiff an und warnte uns. Ich kann Ihnen sagen – so schnell haben wir noch nie einen Hafen verlassen! – Aber wohin? Im Radio hörten wir am nächsten Morgen, daß praktisch ganz Südamerika alarmiert worden war. Wir hatten uns an der Küste bis Mosquepa versteckt, da gibt es hundert Inselchen, die man auch aus der Luft nicht überblicken kann. Denn Polizei und Militär suchten uns mit Hubschraubern und Aufklärern. Zehn Tage lang. Stur, wie Militär nur sein kann. In diesen zehn Tagen stand für uns fest: Wir schippern rüber zu den Galapagosinseln und suchen uns einen Erdhaufen, wo wir den Inkaschatz so lange verstecken, bis Gras über die Sache gewachsen ist. Dann verwandeln wir uns vorsichtig in Millionäre. Überall in der Welt ein paar Steinchen oder Gold absetzen, das würde Freude machen. – So war das vor zwei Jahren! Doch was passiert? James, Gilberto und ich kommen nach zwei Jahren zurück und wollen uns an den Millionen erfreuen – da steht ein Kerl auf unserer Insel und erschießt James und Gilberto!«

»Sie wollen doch damit nicht sagen …« Phil starrte Evelyn an. Plötzlich hatte er die Erklärung, warum sie am frühen Morgen auf dem schmalen Lavaband den Felsen abgetastet hatte und in den Höhlen verschwunden war. Und ebenso schlagartig begriff er, daß sie nicht angeschwemmt, sondern nachts auf die Insel gebracht worden war, natürlich von Sempa. Sie hatte keine andere Aufgabe gekannt, als ihn, Phil Hassler, mit ihrem Körper zu betäuben, ihn »reif zu schießen«, wie es Sempa nannte, um an den Inkaschatz zu kommen. Eine eiskalte Aktion: Leg dich hin … du gewinnst Millionen dabei!

»Evelyn …«, sagte er. Seine Stimme war wie aufgerauht. »Warum sitzt du jetzt noch da und sagst kein Wort?!«

»Ich liebe dich«, sagte sie ganz deutlich.

»Sie können Ev so nicht fragen, Phil!« schnaufte Sempa. »Sie wollte Sie vernichten! Was ist daraus geworden? Ein gurrendes Täubchen! Von mir aus! Aber eins ist nötig; Sie sollten endlich begreifen, daß Sie hier nicht nur auf einer Vulkaninsel mit sieben Palmen sitzen, sondern auf einem der herrlichsten Inkaschätze! Unter Ihrem Arsch warten Millionen …«

Nun war es heraus. Sempa schien froh zu sein, das Geheimnis preisgegeben zu haben. Es redet und handelt sich leichter, wenn man weiß, um was es geht, wie hoch das Risiko ist, und vor allem, daß es sich lohnt.

Aber wenn er erwartet hatte, Phil Hassler nun in ehrwürdiges Staunen versinken zu sehen, hatte er sich getäuscht. Das einzige, was Phil tat, war die Reaktion eines Mannes, dem ein unverhofftes Problem vor die Brust gedonnert wurde: Er griff nun auch zur Whiskyflasche und schenkte sich selbst ein. Sempa registrierte es mit Vergnügen. »Das haut Sie um, was?« fragte er jovial.

»Nein!« sagte Phil. »Überhaupt nicht.«

»Ich will großzügig sein.« Sempa lachte fett und gönnerhaft. »Da Sie zwei Teilhaber erschossen haben, aber Evelyn von mir als Erbe von James anerkannt wird, schwebt der Anteil von Gilberto in der Luft. Sie sollen ihn haben. Was sagen Sie nun?!«

»Nichts!«

»Du lieber Schwanz! Ich hänge ihm vielleicht hundert Millionen um den Hals, und er sagt: Nichts! Evelyn, seit wann gibst du dich mit Spinnern ab?«

»Ich hatte selbst genug Millionen«, sagte Phil. »Ich brauche keine mehr.«

»Er hat genug davon? Und wo sind sie jetzt? Verspielt, verhurt, versoffen?«

»Ich habe sie einer Stiftung zugeführt.«

Sempa starrte Evelyn ungläubig an. Sie hatte sich vom Abhang erhoben und kam zur Höhle zurück. »Hast du das gehört, Häschen?« fragte Sempa. »Eine Stiftung! Was ist das? Ist das so ähnlich, als wenn man was verschenkt?«

»So ähnlich«, sagte Phil.

»Polier mir doch einer das Loch!« schrie Sempa. »Er verschenkt Millionen? Junge, das gibt's doch nicht! Und wenn du's getan hast ... in die Klapsmühle gehörst du! Evelyn ...«

»Er hat's getan.« Sie blieb neben Phil stehen und legte ihren Arm um seine Hüfte. Ihre Berührung durchzuckte ihn wie ein elektrischer Schlag. Die Wärme ihres Körpers, der sich an ihn drückte, floß über ihn. »Und er wird es auch jetzt tun.«

»Was?«

»Er verzichtet auf die Millionen, Ari!«

»Auch gut. Noch besser sogar. Um so mehr bekommen wir.«

»Ich verzichte auch.«

Sempa wischte sich mit seinen tellergroßen Händen über

das Gesicht. Er schien nicht zu begreifen, was er hörte. Es gibt Dinge, die sich dem Verstand entziehen.

»Ich darf allein …«, stotterte er. »Den ganzen Schatz … Allein?«

»Erklär es ihm«, sagte Evelyn und küßte Phil auf die Wange. »Im Denken ist Ari etwas träge.«

»Es ist eigentlich gar nicht so schwer zu verstehen«, sagte Phil ruhig. »Ari, Sie haben sich umsonst echauffiert und die Mühe gemacht, mir Ihr Millionending zu erzählen. Es bleibt alles so, wie es ist.«

»Fabelhaft. Morgen fangen wir mit der Verladung an.« Sempa klatschte in die Hände.

»Der Schatz bleibt hier!«

»Wie bitte?«

»Es hat ihn ja nie gegeben …«

»Jetzt wird er total verrückt!« sagte Sempa dumpf.

»Das ist *meine* Insel!«

»Zum Teufel, ja! Sie ist's! Gehen Sie rum und pinkeln Sie in jede Ecke, wie's die Hunde machen, wenn Sie Besitz ergreifen! Keiner wird Sie mehr stören, wenn ich in vier Tagen wieder abgedampft bin! Idiotisch zu sein bei aller Intelligenz, das ist ein versnobtes Privatvergnügen.«

»Um es jetzt ganz klar zu sagen, Ari: Sie werden nicht ein Stäubchen Gold von Ihrem Inkaschatz wegtragen!« sagte Phil laut.

»Und das wollen Sie verhindern?!« schrie Sempa. »Sie taube Nuß?!«

»Ja!«

»Na so was!« Sempa erhob sich, ein Riesenpaket aus Muskeln und Sehnen. Wenn er mich angreift, dachte Phil, habe ich keine Chance. Ich bin gewiß kein Schwächling, ich bin durchtrainiert und kann einen guten rechten Haken schlagen – aber gegen diese Masse Fleisch ist nicht anzukommen. Ich bin schneller als er, das könnte der einzige Vorteil sein, aber wenn er nur einmal voll trifft, schlägt er jeden Knochen zu Trümmer.

Er schielte nach seinem Gewehr, aber das lehnte zu weit an der Felswand. Auch das Beil, mit dem er gestern Holz gespalten hatte, war zu weit entfernt. Drei, vier Schritte – aber er mußte dabei immer an Sempa vorbei. Das konnte nie gelingen ...

»Es hat keinen Sinn, sich aufzuregen, Ari!« sagte Evelyn mit eisiger Kälte in der Stimme. »Fahr ab, und alles ist in Ordnung.«

»Phil, Ihre Verrücktheit ist ansteckender als ein Tripper!« schrie Sempa. »Was haben Sie aus Evelyn gemacht?!« Er starrte in den Lauf der Pistole, die Evelyn, während sie sich an Phil lehnte, ihm wieder entgegenhielt. »Und das in zwei Tagen und Nächten! Als sie mit James zusammen war ...«

»James ist tot!« sagte sie hart.

»Und er hat ihn umgebracht!«

»Erschossen, weil ihr zuerst geschossen habt. Es war Notwehr. Du hast mir erzählt, er hätte euch ohne Warnung einfach abgeknallt. Das war gelogen!«

Sie trat hinter Phil, zielte an ihm vorbei auf Sempa und streichelte mit der linken Hand über seinen Nacken. Es war wie ein Feuerstrom, der ihn durchfloß. »Es stimmt, Phil: Ich bin auf die Insel gekommen mit dem Trick, ich sei die einzige Überlebende einer gesunkenen Yacht. Aber es war anders. Ari hat mich nachts mit dem alten Kahn an Land gebracht ...«

»Ich habe auch nie an einen Sturm geglaubt«, sagte Phil heiser. »Es gab gar keinen Sturm in den letzten Wochen. Jeden Tag habe ich Radio gehört, auch die Wetternachrichten aller Stationen.«

»Es stimmt auch«, sagte sie ruhig, »daß ich gekommen

bin, um an dir Rache für James zu nehmen. Ich habe ja geglaubt, was Ari mir erzählt hat. Aber dann war alles anders ... du warst anders! Ich wußte nicht mehr, was ich tun sollte. Dann haben wir vor den beiden Kreuzen gestanden, und du hast mir erklärt, wie alles wirklich gewesen ist. Da wußte ich, daß es für James keine Vergeltung geben kann ...«

»Ich löse mich gleich in Schluchzen auf!« schrie Sempa. »Dieses Familienidyll! Ich glaube dir, ich liebe dich, ich bleibe bei dir ... es ist zum Kotzen komisch! James war ein Gangster, und Evelyn wußte das genau!«

»Ich hatte keine andere Wahl«, sagte sie langsam. »Ich habe das erst erkannt, als er schon bei mir wohnte.«

»Aber dann hat sie mitgemacht!« jauchzte Sempa. »Sie gibt es zu! Phil, hören Sie genau hin!«

»Ich habe nie gewußt, daß Gilberto wegen der Pläne einen Mord begangen hatte.«

»Es war ein Unglücksfall. Welcher normale Mensch wehrt sich, wenn er überfallen wird? Aber der Engländer hieb um sich wie ein Stier. Was blieb Gilberto anderes übrig?«

»Wirklich nichts«, sagte Phil spöttisch. »Ebenso, wie Ihnen nichts anderes übrig bleibt, als meine Insel zu verlassen. Los, gehen Sie, Ari!«

»Ich werde ...«

»... gehen!«

Sempa zögerte. Er sah Evelyn an, die Pistole, Phil – und schien zu überlegen, ob er einen Ausfall riskieren könnte. Evelyn kam seiner Entscheidung zuvor. Sie schoß wieder an Sempas Kopf vorbei, ganz knapp. Unwillkürlich zog Sempa die Schultern hoch.

»Gut! Ich gehe! Aber nur, um auszuladen! Wenn es hier zwei Verrückte auf der Insel gibt, warum nicht auch drei?! Ich komme wieder.«

Er ging den Weg hinab zu dem Lavafelsen und drehte sich noch einmal um. Phil und Evelyn standen noch so da, wie er sie verlassen hatte.

»Sie werden mich wieder hindern, den Strand zu betreten, Phil?!« rief er zurück.

»Darauf können Sie sich verlassen!«

»Okay! Aber Sie können nicht verhindern, daß ich mit meinem Boot in der Bucht bleibe! Und um Hilfe rufen können Sie auch nicht. Ihr Funkgerät ist kaputt. Das war 'n toller Trick von Evelyn, was?«

»Ich wußte damals noch nicht, Phil, wer du bist«, sagte sie leise. »Ich habe so viele Fehler in meinem Leben gemacht, ich habe so viel Dummes und Sinnloses getan – da kommt es auf dieses Funkgerät nicht mehr an. Du kannst mich wegschicken, Phil. Ich gehe dann mit Ari auf das Boot ...«

»Du hast James sehr geliebt?« fragte Phil leise.

»Ich habe es damals geglaubt. Von welcher Seite kannte ich denn die Männer?! Jetzt ist alles anders, seit ich dich kenne. Das ist eine ganz, ganz andere Liebe, Phil.«

»In *der* kurzen Zeit?«

»Mir ist es, als seien Jahre vergangen. Vorhin, als Ari an Land kam und ich zu dir rannte, um dir zu helfen, da habe ich mich gefragt: Wärst du für James auch bereit gewesen, dich töten zu lassen?! Ich habe nein gesagt! Aber für dich wäre es mir ganz selbstverständlich gewesen. Wenn Ari dich angegriffen hätte, ich wäre dazwischengesprungen! – Ich liebe dich, Phil.«

Er schwieg und blickte Sempa nach, der gerade in den feinen Lavasand sprang und zum Ufer stapfte. Seine großen Füße hinterließen Spuren, als sei ein Urtier über den Strand gegangen. So hilflos wie heute bin ich noch nie gewesen, dachte Phil.

»Schick mich weg!« sagte sie plötzlich. »Friß es nicht stumm in dich hinein. Schlag mir ins Gesicht, schrei mich an, nenn mich eine Hure, gib mir einen Tritt, jag mich runter zum Strand! Du hast ja recht, vollkommen recht! Nur tu etwas! Phil!«

»Ich schlage vor, wir braten heute mittag ein Huhn«, sagte er. »Was meinst du? Ich werde sofort eins einfangen.« Er machte sich von ihr los und blickte hinüber zu den wilden Hühnern, die sich so schnell an den Menschen gewöhnt hatten und sich benahmen wie Haushühner.

»Phil …«

Sie stand da mit hängenden Armen, in der rechten Hand hielt sie noch die Pistole. Plötzlich weinte sie. Erschrocken blieb er stehen, denn er hatte nie geglaubt, daß sie jemals aus wirklichem Kummer weinen könnte. Sie lehnte sich an den Felsen neben dem Höhleneingang, hob das Gesicht in die gleißende Mittagssonne und weinte in den Himmel hinauf.

»Kein Mitleid«, sage sie und schüttelte sich, als löse das Weinen in ihr einen Frostschauer aus. »Phil, bitte, bitte, hab kein Mitleid!«

Er drehte sich um, kam zurück zu ihr und nahm ihr Gesicht zwischen seine Hände. Sie schloß die Augen, beherrschte sich mit zusammengebissenen Zähnen, obgleich ihr ein hemmungsloses Schluchzen im Hals saß und ihr die Luft wegnahm, und spürte, wie Phil ihre geschlossenen Lider küßte.

»Hast du schon mal ein Huhn gerupft?« fragte er.

»Nein.«

»Dann mach ein gutes Feuer.« Er stellte fest, daß es ihm bisher nicht aufgefallen war, daß immer nur er gekocht hatte. »Kannst du überhaupt kochen?«

»Ja. Gut sogar. Sagt man.«

Sie schluchzte nun doch und zwang sich nicht mehr, es zu unterdrücken. Phil küßte sie wieder und streichelte ihr Haar.

»Ich suche ein junges Huhn aus, du dummes Huhn!« sagte er. »Du bist Evelyn Ball und wurdest auf meine Insel geschwemmt. Es war ein ungeheurer Sturm, fast ein Taifun, der die Yacht deiner Freunde zerschmetterte. Alle Radiostationen berichteten darüber. Ich habe ihn selbst erlebt. Das Meer schäumte über die drei Barrieren und überflutete den Strand bis zu der Felsenmauer. Ein Sturm, wie er hier selten ist. Das sagten alle Rundfunksprecher. Ich werde Gott immer danken, daß du gerettet wurdest ...«

Er ließ sie los und rannte davon, um das Huhn zu fangen. Mit gegen den Mund gepreßten Fäusten blickte sie ihm nach. Er kann verzeihen, dachte sie. Wer kann das noch?! Aber ob er auch vergessen kann? ...

Sie drehte sich weg und lief in die Wohnhöhle, als er mit dem ängstlich gackernden, flügelschlagenden Huhn zum Hauklotz ging und nach dem Beil griff. Sie hörte den dumpfen Schlag, mit dem er den Kopf abtrennte, und wunderte sich, daß sie einen Augenblick geglaubt hatte, er sei dazu nicht fähig.

Sie setzte sich an den gemauerten Kamin, entfachte das Feuer und schob einen Kessel mit Wasser über die aufzüngelnden Flammen.

Ich liebe ihn, dachte sie. Wenn er zu mir sagen würde: Spring von den Klippen – ich täte es. Und während ich falle, würde ich noch glauben, daß er angenommen habe, ich könne fliegen. Ich liebe ihn.

Sie starrte in die Flammen und genoß mit gefalteten Händen das schwere, unerklärbar selige Gefühl, das in ihr war, wenn sie, wie jetzt, an ihn dachte.

Ari Sempa machte seine Ankündigung wahr: Er lud aus!

Wie ein Arbeitsochse watete er zehnmal vom Boot zum Land und trug auf den breiten Schultern alles auf die Insel, was ihm zum Leben nötig schien. Ein paarmal blieb er neben dem Haufen aus Kartons und Koffern, Säcken und Tüten stehen und starrte hinauf zu den sieben Palmen.

Er begriff nicht, warum sich da oben nichts rührte. Weshalb man ihn nicht beschoß, warum weder Phil noch Evelyn auftauchten, um ihn mit Waffengewalt zurück an Bord zu zwingen. Damit hatte er gerechnet. Beim elften Waten an Land sah er Phil oben stehen und ihn beobachten. Bis zu den Hüften im Wasser, verhielt Sempa den Schritt und umklammerte den Karton mit Gemüsedosen, den er auf der Schulter trug.

»Das haben Sie sich gut ausgedacht, Phil!« brüllte er hinauf. »Ich schleppe Ihnen einen halben Hausstand an Land, und wenn er gut bei Ihnen liegt, kommen Sie und jagen mich wieder aufs Boot!«

»Mögen Sie gebratenes Huhn auf ungarisch?« rief Phil zurück. »Das heißt, mit scharfer Paprikasoße?«

Sempa fluchte gottserbärmlich, watete an Land und warf den Karton ab. »Was ist das wieder für ein Trick, Sie Scheißkerl?« schrie er. »Wissen Sie, daß ich zwei Maschinenpistolen an Bord habe? Ich könnte Sie beide umblasen! Ich verstehe mich selbst nicht mehr, warum ich das nicht tue!«

»Was nützen Ihnen die MPis, Ari, wenn Sie da unten stehen?! Hier hinauf kommen Sie nur waffenlos, wie vorhin in der Badehose. Übereilen Sie nichts, das Huhn braucht auch seine Zeit, bis es gar ist.«

»Fressen Sie Ihre dämliche Henne alleine!« brüllte Sempa. »Warum tun Sie nichts?!«

»Ich tue nichts? Erlauben Sie mal! Ich habe dieses Huhn geschlachtet, ausgenommen, gerupft, abgebrüht und bratfertig gemacht. Von allein hüpft es nicht auf den Grillspieß! – Eine Frage, Ari: Haben Sie Wein an Bord?«

»Ja …«, antwortete Sempa entgeistert. »Sogar französischen.«

»Mitbringen! Und wenn Sie Gläser haben – die auch! Ich habe nur Becher und Wassergläser hier!«

Sempa grunzte und machte sich zum zwölften Mal auf den Weg zu seiner Yacht. Dort setzte er sich in das Cockpit und betrachtete die beiden Maschinenpistolen, die geladen und schußbereit neben der Steueranlage standen.

»Das muß ein Virus sein!« sagte er laut zu sich. »Ein Virus der Verrücktheit, der diese Insel beherrscht. Und ich habe anscheinend Millionen davon intus.«

Er gab den beiden MPis einen Tritt, kletterte hinüber in den Salon und holte aus dem Wandschrank geschliffene Kristallgläser, einen Korkenzieher und sechs Flaschen hervorragenden Burgunders. Er legte alles in eine Segeltuchtasche, stieg wieder an Deck und watete zurück an Land.

Oben, zwischen den sieben Palmen, stand noch immer Phil und beobachtete ihn. Sempa hob die Tasche hoch und schwenkte sie durch die Luft.

»Gläser und sechs Flaschen!«

»Keine MPis!«

»Sie mißtrauen mir?«

»Und wie!«

»Das ist beschämend, Phil!« Sempa öffnete die Tasche und stellte die Flaschen und die in der Sonne funkelnden Kristallgläser in den Sand. Dann zerknüllte er die leere Tasche.

»Zufrieden?«

»Okay. Kommen Sie herauf! Das Huhn ist in etwa einer Viertelstunde genau richtig!«

Sempa schüttelte den Kopf, als könne er nicht begreifen,

was hier vor sich ging, packte die Gläser und Flaschen in die Segeltuchtasche und stieg schnaufend den Lavarücken hinauf. Auf halber Höhe wehte ihm der Geruch des gebratenen Fleisches entgegen.

Es ist tatsächlich kein Trick, dachte er. Dieser Phil ist wirklich so verrückt, mir ein Huhn zu braten!

Vor der Höhle, auf der Terrasse, war der Tisch bereits gedeckt. Teller, Messer und Gabeln. Eine Schüssel mit Pußtasalat aus der Dose. Als Sempa die Plattform vor der Höhle erreichte, trug Evelyn gerade eine neue Schüssel auf. Dampfende Nudeln. Mit offenem Mund starrte Sempa zuerst Phil, dann Evelyn an und setzte sich dann schwer auf die Bank. Es krachte unter ihm.

»Vorsicht!« rief Phil. »Ari, das hält kein normales Möbel aus, wenn Sie sich drauffallen lassen! Benehmen Sie sich manierlich!«

»Der Wein und die Gläser. Und ein Korkenzieher ...«, sagte Sempa verwirrt.

»Den habe ich selbst.« Phil packte den Wein aus und stellte die Gläser hinter die Teller. Sempa grinste verhalten.

»Wie im Plaza von New York! Aber die Luft ist hier besser.« Er nahm ein Messer, schnitt die Kapsel vom Flaschenhals und schraubte den Korkenzieher in den Korken. »Jetzt haben Sie mich auf dem Hals, Phil! Ich bleibe als ›Dritter Mensch‹ so lange auf den ›Sieben Palmen‹, bis wir uns einig sind, was mit dem Inkaschatz passiert.«

Der Korken flutschte aus der Flasche. Für Sempas Kraft war das eine Kleinigkeit. Man sah gar nicht, daß er überhaupt zog. Evelyn kam aus der Höhle und setzte sich neben Phil auf die zweite Bank. Sie lächelte und trug alles Glück der Menschheit in ihren Augen.

»Wir werden hier sehr alt werden«, sagte Phil. »Solange ich atme, kommen Sie an den Schatz nicht heran!«

»Darauf gehe ich auch eine Wette ein!« knurrte Sempa. Er goß die Kristallgläser voll und knallte die Flasche auf den Tisch. »Einer von uns dreien wird früher oder später kapitulieren! Einer von uns wird an seinen Nerven aufgehängt werden! Für das, was hier in zwei Höhlen versteckt liegt, lohnt es sich, so verrückt zu sein wie Sie, Phil! Ich bin gespannt, wer von uns dreien diese Hölle überleben wird.«

Nach dem Essen beabsichtigte Sempa spazierenzugehen.

Von dem Brathuhn hatte er das meiste verschlungen, hatte auch eine Flasche Wein ganz allein ausgetrunken und sich zum Nachtisch die Finger abgeleckt. Als Krönung kam noch ein dicker Rülpser dazu. »Pardon, Madame!« hatte er gesagt und vor Evelyn eine Verbeugung angedeutet. Jetzt warf er einen Rundblick über die Wohnanlage.

»Wo haben Sie das Scheißhaus, Phil?« fragte Sempa. »Nach einem guten Essen rumort's mir immer in den Därmen. Ein Überbleibsel aus den Kindertagen. Mamas Erziehung. Nach jeder Fütterung trompetete sie hell: ›Zwerglein‹ – so nannte sie mich, haha – ›Zwerglein, hast du schon a-a gemacht?!‹ Dann mußte ich aufs Töpfchen, bis es geklappt hatte. Die gute alte Mama ... so etwas: sitzt tief drin im Menschen, Phil. Haben Sie auch so schöne Kindheitserinnerungen?«

»Ich kann mich im Augenblick nicht besinnen«, antwortete Phil abweisend. »Ich habe nur gelernt, wie man sich in Gegenwart von Damen benehmen soll.«

»Das haben Sie schön gesagt!« Sempa lachte dröhnend. »Wenn Sie hier einer Dame begegnen, rufen Sie mich bitte sofort. Es wird mir ein Vergnügen sein. Weiß schon gar nicht mehr, wie eine Dame aussieht!« Er spähte wieder um sich. »Das ändert nichts daran, daß ich auf den Lokus muß. Wo? Einfach zwischen die Steine, mit Windventilation?«

»Ich habe eine Latrine gebaut, dort in der Felsspalte.«

»Mamas Zwerglein dankt!«

Sempa stampfte davon und verschwand in der Felsspalte, in der Phil eine Art Klosetthaus gebaut hatte. Wenn die natürliche Berggrube voll war, füllte man sie einfach mit Steinen auf, deckte sie mit Lavasand ab und suchte sich einen anderen Platz. Das war zwar nicht sehr vornehm, aber praktisch.

Evelyn räumte den Tisch ab und wartete, bis Sempa verschwunden war.

»Ich könnte ihn umbringen«, sagte sie und ballte die Fäuste. »So ein gemeines Schwein!«

»Er will uns provozieren. Er will, daß wir aus der Haut fahren und irgendeine unkontrollierte Dummheit begehen.« Phil trank den Rest der Weine aus und trug die geschliffenen Weingläser in die Wohnhöhle. Über dem gemauerten Herd kochte Wasser zum Abspülen. »Wir halten das durch, Evelyn. Wir müssen die stärkeren Nerven haben.«

»Und wie soll das alles enden?«

Sie setzte sich vor das offene Feuer – und starrte in die Flammen. Der flackernde Schein ließ ihre Haare wie Goldfäden glitzern. Phil strich über ihren Kopf und drückte ihn dann an seine Brust.

»Ich hoffe, daß irgend jemand nach mir sieht, wenn ich gar nichts von mir hören lasse. Ich habe es zwar verboten – aber wie ich Kapitänleutnant Don Fernando kenne, wird er früher oder später mit seinem Kanonenboot auftauchen und mich fragen, ob ich noch nicht die Schnauze voll habe.«

»Dann wird es gefährlich. Die Steckbriefe von Sempa, McLaudon und Gilberto Maruso sind nicht nur in Kolumbien verteilt worden, sondern auch an die Marine aller südamerikanischen Staaten am Pazifik. Dein Don Fernando hat bestimmt ihre Bilder in seinem Kommandoraum.«

»Und deines auch.«

»Von mir existiert nur ein Foto als Tänzerin. Ich trat damals in einem altindianischen Kleid aus bunten Federn auf. ›Es tanzt Prinzessin Xilka!‹ – das war der Werbeslogan. Man kann mich auf den Bildern nicht erkennen.«

»Wer bist du eigentlich?« fragte er leise und streichelte wieder über ihr goldschimmerndes Haar. Sie machte den Nacken steif und hielt seine Hand fest.

»Ich habe dir doch alles erzählt.«

»Es kommt immer mehr dazu.«

»Liebst du mich eigentlich?«

»Das weißt du doch.«

»Ist hier das Paradies?«

»Ich wollte eines daraus machen. Aber die Teufel riechen das und fallen darüber her. Da ist einer von ihnen.«

Von draußen ertönte die Ochsenstimme Sempas.

»Hoho!« brüllte er. »Wo seid ihr, liebe Kinderchen?! Im Bettchen?! Nach einem guten Essen ...« Er vollendete den Satz mit einer säuischen Gemeinheit und lachte dröhnend darüber. »Und so leise? Man hört ja gar nichts! Ich habe mir sagen lassen, daß Evelyn dabei zwitschert wie ein Kanarienvögelchen.«

»Wir werden ihn umbringen müssen, Phil ...«, sagte sie dumpf. Ihre Hand verkrampfte sich um seine Finger. »Wer kann das aushalten? Tagelang, wochenlang ... jahrelang ...«

»Ich komme!« rief Phil. Er küßte Evelyns vorgebeugten Nacken und trat wieder ins Freie.

Sempa stand auf der Terrasse, blickte hinunter zu seiner Yacht und zu den an Land getragenen Kisten, Koffern und Kartons und wölbte mit ausgebreiteten Armen die Brust vor. Ein Muskelberg. Die dicken Stränge drückten sich durch die Haut, als wollten sie die Hülle sprengen.

Sempa drehte den Kopf zur Seite, als er Phil kommen

hörte. »Nanu?« höhnte er. »In Hemd und Hose? Sie können sich aber schnell anziehen.«

»Ich überlege mir die ganze Zeit, Ari, wie ich Ihnen das verdammte Maul stopfen kann.«

»Das ist wirklich ein Problem. Sie sind kein Schwächling, Phil, das sehe ich, aber gegen mich haben Sie keine Chance! Wenn ich Ihren Kopf zwischen meine beiden Hände nehme, zerquetsche ich ihn wie eine faule Orange.«

Phil hielt das durchaus für möglich. Gegen diese Urkraft hatte er nichts einzusetzen als seine Intelligenz. Und vielleicht noch Schnelligkeit. Das war etwas mager, gestand er sich.

»Warum beleidigen Sie Evelyn immer?« fragte er.

»Ich beleidige sie? Wieso?« Er sah Phil aus wirklich erstaunten Kulleraugen an. »Beleidigt man eine schöne Frau, wenn man ihr große Liebesfähigkeit bescheinigt?«

»Evelyn mag das nicht!«

»Das muß einem doch gesagt werden!« Sempa grinste unverschämt. »Ich dachte, so etwas lockert die zwischenmenschlichen Beziehungen auf. Phil, wir werden zusammenleben müssen, und dieses Leben hört nicht an der Gürtellinie auf.«

»Für Sie schon!«

»Okay! Ich habe nie an eine Kommune gedacht mit Bäumchen-wechsle-dich! Obgleich ich meinen Anspruch anmelden muß! Ich bin ein Mann und platze, wenn ich nicht ab und zu in einen Weiberschoß tauchen kann. Aber darüber müssen wir noch diskutieren. Ich nehme zur Kenntnis, daß Miß Evelyn Ball pikiert ist, wenn ich laut an einen guten Bums denke.« Er räusperte sich. »So, und jetzt geh ich spazieren.«

»Wo?«

»Über die Insel.«

»Das unterlassen Sie, Ari.«

»Oha!« Sempa blähte sich. »Ist das hier ein freies Land?«

»Natürlich.«

»Und Sie verbieten mir trotzdem, auf einem freien Land spazierenzugehen?«

»Es ist meine Insel. Sie sind hier eingebrochen und haben sich danach zu richten, was ich Ihnen erlaube oder nicht. Auch Freiheit braucht Ordnung.«

»Phil, Sie sind tatsächlich ein Clown!« Sempa ging auf der Terrasse hin und her. Ein gefangenes Untier. »Kommen Sie mir wieder mit Ihrem dämlichen Gewehr? Es lehnt dort an der Wand. Als Sie in der Höhle waren, hätte ich es an mich nehmen und euch beide – piff-paff – umlegen können. Habe ich es getan? Na also! Ich will genauso in Ruhe leben wie Sie, Phil. Und ich hoffe, daß wir uns noch arrangieren werden. Zwei Tote – nein, drei – sind genug für diesen Inkaschatz. Zwei Tote kommen auf Ihr Konto.«

»Es war Notwehr, das wissen Sie.«

»Haben Sie einen Zeugen dafür? Doch nur mich!« Sempa blieb stehen. »Angenommen, man besucht uns hier. Ein Patrouillenboot, ein Wasserhubschrauber, ein Militärflugzeug. Die Wissenschaftler von der Darwin-Station haben ein Ding von Flugboot ...«

»Ich kenne es. Wir sind mit ihm den ganzen Archipel abgeflogen, bis ich die ›Sieben Palmen‹ entdeckte.«

»Nun gut. Die Knaben landen also hier. Dann gehe ich hin, begrüße sie als Befreier und erzähle ihnen, daß Sie zwei meiner Freunde umgebracht und mich als Geisel zurückbehalten haben. Ich zeige ihnen die Gräber. Wem werden sie wohl mehr glauben?«

»Sie vergessen Evelyn.«

»Ich werde es hinkriegen, daß man annimmt, sie habe den Verstand verloren.«

»Und der Steckbrief von Ihnen, der überall bei der Marine verteilt ist?«

»Das hat sie Ihnen also auch erzählt?!«

»Natürlich.«

»Ein Aas! Ich warne Sie, Phil. Von Mann zu Mann: Diese Frau hat alle Eigenschaften, um einem das Rückgrat zu brechen. Zuerst im Bett ...« Er winkte ab, als Phil entgegnen wollte. »Seien Sie still, Phil! Sie sind bereits von ihr paralysiert worden! Kann ich nun spazierengehen?«

»Nur unten am Strand.«

»Zu gütig. Nicht durch die Felsen?«

»Nur in meiner Begleitung.«

»Danke. Darauf verzichte ich.« Er blickte an sich herunter. »Darf ich mir wenigstens meine Klamotten holen? Oder verlangen Sie, daß ich immer in der Badehose herumlaufe? Phil, begehen Sie keinen Fehler! Evelyn könnte Vergleiche anstellen ...«

»Hauen Sie ab, Sie Schwein!« sagte Phil scharf. »Bringen Sie Ihre Kisten und Kartons rauf. Es gibt Höhlen genug, in denen Sie wohnen können.«

Sempas Gesicht wurde plötzlich sehr ernst. Das dumme Grinsen gefror auf seinem breiten Gesicht. »Phil, wissen Sie, daß Sie unverschämtes Glück haben? Wieso? Weil ich übriggeblieben bin und nicht McLaudon oder gar Gilberto Maruso. Beide waren schwächer als Sie, aber mit allen Wassern getauft und gewaschen. Bei denen hätten Sie keine ruhige Miaute mehr. Sie müßten immer mit dem Rücken zur Wand stehen, denn sobald Sie sich umgedreht hätten, wäre es um Sie geschehen. Die waren wie Raubtiere in menschlicher Haut! Nun bin ich der letzte dieses Teams, aber ich bin der harmloseste. Jetzt grinsen Sie dämlich, Phil! Ich schwöre Ihnen: Ich habe noch nie einen Menschen umgebracht. Beschissen habe ich viele, zugegeben ... aber getötet? Nie! Ich glaube, ich kann gar keinen Menschen umbringen. Das hat mir zuletzt das Leben gerettet. Als Sie Gilberto und James erschossen, bin ich weggelaufen, vor Angst furzend wie ein Pferd mit Koliken. Ich habe zwei Maschinenpistolen an Bord und ein leichtes Maschinengewehr sowjetischer Bauart ...«

»Sieh an!«

»Gilberto kaufte alles von kolumbianischen Guerillas. Ist Ihnen schon aufgefallen, daß alle Guerillas sowjetische Waffen haben?« Sempa zog seine etwas verrutschte Badehose hoch und benahm sich wie ein kleiner Junge, der beim Pinkeln gegen eine Fensterscheibe erwischt worden ist. »Ich habe noch nie damit geschossen! Doch ja, zweimal, zur Übung, weil James es wollte. Es war eine Katastrophe. James äußerte nie mehr den Wunsch, ich solle üben – er kam sich gefährdet vor! Sehen Sie – das alles ist Ihr Glück. Ich bin ein gemütlicher Kloß! Aber nur bis zu einer gewissen Grenze.«

»Und was kommt hinter dieser Grenze?«

»Weiß ich nicht. Ich habe sie noch nie übersprungen, Phil. Provozieren Sie mich nicht – damit ich nicht andere Seiten an mir entdecke.«

»Dann fahren Sie so schnell wie möglich ab, Ari!«

»Ohne den Schatz? Nein! Ich bleibe hier, um Sie nervlich auszuhungern. Sie sind nämlich ähnlich wie ich. *Sie* könnten *mich* nicht umbringen. Nur, wenn Sie sich wehren müßten. Aber ich greife Sie ja nicht an. Das ist der Trick! Ich setze mich vor Sie hin und furze – und Sie müssen es ertragen. Wie lange? Ich kann das monatelang. Halten Sie das aus? Wann drehen Sie durch? Das ist ein mörderischer Zweikampf ohne Waffen, Phil! Und den gewinne ich.«

Er wandte sich ab und begann den Abstieg zum Strand. Aus der Höhle kam Evelyn und setzte sich auf die Bank. Ihr Gesicht war von der Glut des offenen Feuers gerötet.

»Ich habe alles gehört«, sagte sie.

»Und was hältst du davon?«

»Es stimmt, was er sagt. Er brüllt zwar wie ein Löwe, aber ein reißendes Raubtier ist er nicht. James nannte ihn einmal den ›Dinosaurier‹. – Genau das ist er. Ein Riesenvieh, aber ohne Tötungsinstinkte. Die hatte James um so mehr.«

»Und trotzdem hast du …«

»Ich war irgendwie am Ende, Phil. Diese nach Fusel stinkende Hafenbar, die Tanzerei, die ewigen Anpöbeleien, die dreckigen Anträge jede Nacht. Und da kam James McLaudon. Er war stark, skrupellos und hatte Geld. Woher, das erfuhr ich erst viel später. Aber da war es bereits zu spät. Ich hätte weglaufen können. Aber wohin? Zurück in die Bars? Die Geliebte eines reichen Mannes werden, nur um wegzukommen? Ich bin keine Nutte, Phil.«

»Das habe ich nie behauptet.«

»Aber gedacht, nicht wahr?« Sie legte die kleinen, geballten Fäuste auf den Tisch. »Seit Ari hier ist, hast du an nichts anderes gedacht …«

»Er schafft es!« sagte Phil dumpf. »Evelyn, er schafft es. Bei dir zuerst! Er nimmt uns nervlich auseinander. Merkst du das denn nicht? Er läuft herum, tut nichts, absolut nichts, ist nur immer gegenwärtig und macht uns damit fertig! Genau das will er!«

»Ich habe es ja gehört.«

»Er will spazierengehen. Natürlich will er nachsehen, ob sein Inkaschatz noch vorhanden ist. Weißt du, wo sie ihn versteckt haben?«

»Nein. Nicht genau. Aber hier irgendwo in den Felsen. Ich war beim Ausladen zwar dabei, aber ich bin auf dem Schiff geblieben. James wollte es so. ›Wenn Frauen Geheimnisse wissen, kann man sie ebensogut im Fernsehen zeigen‹, sagte er einmal. Doch Ari machte mal eine Bemerkung.«

»In welcher Richtung?«

»Er sagte: ›Du lieber Himmel, die alten Seeräuber verstehen etwas von Verstecken!‹ – Daraus entnahm ich, daß sie den Schatz in ehemaligen Seeräuberhöhlen versteckt hatten.«

»Das könnte stimmen. Die Galapagosinseln waren vor Jahrhunderten Stützpunkt ganzer Seeräuberflotten. Immer wieder stößt man auf ihre Spuren. Aber woher kannte James diese Verstecke?«

»Gilberto kannte sie. Er war doch Kolumbianer. Er muß früher schon einmal die Insel abgeklappert haben. Gilberto bewegte sich hier wie zu Hause. Ari, der als einziger unsere große Yacht beherrschen konnte, hätte allein nie den Weg durch die dreifachen Barrieren gefunden.«

Phil trat an den Abhang und beobachtete, wie Sempa aus einem Koffer eine Hose und ein ärmelloses Hemd kramte und beides überzog. Dann wuchtete er eine eisenbeschlagene Kiste auf seine gewaltigen Schultern und stampfte den Weg über den Lavarücken hinauf.

»Zur Vervollständigung des trauten Heimes«, schnaufte er, als er die Kiste auf der Terrasse abstellte. Er musterte Evelyn mit einem Zungenschnalzen und fing sich einen bösen Blick ein. »Störe ich, ihr Lieben? Kriegsrat? Wie kann man den guten Onkel Ari auf den Mond schießen? – Ganz einfach: Laßt mich die Hälfte des Schatzes wegschaffen, dann habt ihr mich ruck, zuck los! Mehr will ich doch gar nicht. Nur meinen Anteil! Ist das unter Geschäftspartnern eine unbillige Forderung?« Er setzte sich auf die große Kiste, an der drei normale Männer zu schleppen gehabt hätten, und wischte sich mit dem Unterarm den Schweiß vom Gesicht. »Alles Flaschen! Nicht ihr … hier in der Kiste! Whisky, Gin, Kognak, und noch so ein Sauzeug, den Namen hab ich vergessen. Ein Indianerschnaps, gebraut aus einer Knolle. Laß Evelyn mal erzählen, wie sich Gilberto benahm, wenn er davon den Kanal voll hatte. Dann war er fähig, achtzigjährige Mütterchen zu vergewaltigen. Aber deshalb habe ich das Zeug nicht an Land gebracht. Für Sie, Phil, ist das der richtige Schnaps. Sie werden ihn brauchen, um sich zu betäuben. Die Show, die ich ab heute hier abziehe, verkraften Sie nicht!«

»Wo liegt der Schatz?« fragte Phil.

»Wollen Sie ihn sehen?«

»Vielleicht.«

»Vielleicht – sagte das Mädchen und zog dem Jüngling die Hose herunter! Phil, seien Sie nicht so pharisäerhaft! Sie bibbern geradezu danach, im Gold zu wühlen.« Er stand von der Kiste auf und nickte zu der zerklüfteten Felsenlandschaft hinüber. »Ich habe Ihnen ja gesagt, ich will spazierengehen.«

»Zu den Seeräuberverstecken.«

»Hat unser Leckermäulchen auch das schon ausgeplappert?« sagte Sempa und warf einen ironischen Blick auf Evelyn. Eine Woge von Haß schlug ihm entgegen. Sie ist gefährlich, dachte er. Phil nicht. Mit dem kann man reden. Der kommt aus einem ehrlichen Elternhaus. »Wollen Sie's also sehen oder nicht? Wenn nicht – kümmere ich mich um eine Flasche Whisky und warte. Aber ich werfe Ihnen ein Bonbon hin, an dem Sie lange lutschen werden: Hier auf der Insel befindet sich auch der einzige noch erhaltene, goldene, mit Edelsteinen besetzte Kampfpanzer des Inkakönigs. Man hat viel davon gehört und gelesen ... aber gesehen hat diese Rüstung noch keiner! Sie war verschwunden. *Wir* haben sie! – Was sagen Sie nun, Phil?«

»Ich begleite Sie auf Ihrem Spaziergang.«

»Also doch! Evelyn, wir kommen uns näher, merkst du was?« Sempa klopfte sich wie ein Riesenaffe mit den Fäusten auf die breite Brust. »Phil, ich garantiere: Wenn Sie *das* gesehen haben, denken Sie anders. Vor soviel Glanz und Reichtum gehen selbst Sie in die Knie.« Er wandte sich zum Gehen und blieb nach fünf Schritten stehen, um auf Phil zu warten.

»Du nicht?« fragte Phil. Evelyn schüttelte den Kopf. »Warum nicht?«

»Ich kenne den Schatz. Wenn du wiederkommst, wirst du ein anderer Mensch sein. Ich habe es bei James erlebt. Ich hasse diesen Schatz. Hasse, hasse ihn! Und ich habe Angst.«

»Um mich?«

»Ja. Der Schatz wird dich verzaubern wie alle, die ihn gesehen haben.«

»Das glaube ich nicht. Ich hatte mich an Millionen gewöhnt, als sie begannen, mich anzukotzen. Mag sein, daß ich ein komischer Kerl bin – aber ein Inkaschatz bringt mich nicht aus der Fassung.«

Sempa setzte seinen Spaziergang wieder fort, als Phil neben ihm war. Sie gingen über das mit Sträuchern und niedrigen Bäumen bewachsene Plateau bis zu einem wild zerklüfteten Abhang, der einmal, vor Millionen Jahren, ein Kraterloch gewesen war.

»Sie kommt nicht mit?« fragte Sempa. »Eine bemerkenswerte Frau, nicht wahr? Erst verkauft sie die herausgebrochenen Edelsteine in Rio und Montevideo, und plötzlich flucht sie auf die Millionen. Macht Liebe so dusselig?«

»Das ist Ihre Version, Ari!« Phil blieb stehen und blickte in den verwitterten Krater. Der Boden war mit Gestrüpp überwuchert. Eine wilde Ziegenherde, langhörnige, kräftige Tiere, größer als europäische Hausziegen, weidete dort und kümmerte sich nicht um die Menschen. Wie fast alle Tiere auf den Galapagos kannten sie keine Angst oder Scheu. Sie hatten keine Feinde. Flucht war ihnen unbekannt. Wovor fliehen? Im Paradies herrscht Gottes Ruhe.

»Dort unten?« fragte Phil.

»Abwarten.« Sempa steckte sich eine Zigarette an und gab die Schachtel an Phil weiter. »Glauben Sie, daß irgendwann das Kanonenboot wieder hierherkommt?«

»Sicherlich. Don Fernando muß seine Patrouillen abfahren. Dazu gehören auch die ›Sieben Palmen‹. Er kommt bestimmt, um mir die Hand zu drücken.«

»Dann haben wir nur noch wenig Zeit, Phil! Bis dahin muß ich abgedampft sein! Wie wollen Sie sonst erklären, daß vor Ihrer Haustür meine Yacht ankert?!«

»Welche Yacht?«

»Phil – haben Sie den Verstand verloren?!« Sempa glotzte ihn entgeistert an.

»Wenn Don Fernando kommt, gibt es keine Yacht mehr. Bis dahin habe ich sie versenkt.«

Sempa starrte Phil mit wildem Blick an und wußte nicht, wie er darauf reagieren sollte.

»Wenn das so ist«, sagte er langsam, »wohne ich ab heute wieder auf meinem Schiff.«

»Sie können nicht ewig wach bleiben, Ari.«

»Auch gut! Dann ankere ich draußen vor den Barrieren! Wie ein Wachhund werde ich vor Ihrer Tür liegen. Wenn dieser Don Fernando sich zeigt, dampfe ich ab, einmal auf die andere Seite der Insel, wo die Seelöwen hausen. Länger als einen Tag wird man ja nicht brauchen, um Ihnen die Hand zu drücken.«

»Haben Sie nie darüber nachgedacht, daß ich dem Kommandanten des Kanonenbootes sagen könnte, was hier auf der Insel versteckt liegt?«

»So einmalig blöd können Sie gar nicht sein, Phil! Soll der Staat alles kassieren?«

»Ihm gehört es, Ari.«

»Den Inkas gehört es, Phil! Zum Teufel, Sie kennen sich als gebildeter Mensch besser in der Geschichte aus als ich. McLaudon war ein ganz kluger Mensch, er hat mir da einiges erzählt, was mich sehr beeindruckt hat. Wenn es stimmt, dann haben damals die Spanier das Land der Inkas erobert und alles kurz und klein geschlagen, nur um an den Reichtum zu kommen. Sie haben gefoltert und aufgehängt, erstochen und verbrannt.«

»Pizarro und die Konquistadoren. Das stimmt.«

»Wie der Knabe hieß, interessiert mich nicht. Ich will nur festgestellt haben: Wer sind die wirklichen Besitzer der Schätze gewesen?«

»Die Inkas.«

»Aha!« brüllte Sempa erfreut.

Phil winkte ab. »Das ist keine Logik, Ari! Die Inkas gibt es nicht mehr.«

»Weil man sie ausgerottet hat wie Wanzen. Und wer hat sie ausgerottet? Die Vorfahren derer, die jetzt – nach Ihrer Denkart – den Schatz beanspruchen dürfen! Pustekuchen, Phil! Ein Schiß in die hohle Hand, das steht ihnen zu!« Sempa kratzte sich an der gewaltigen, haarigen Brust und dachte angestrengt nach. »Warum sind Sie bloß ein so umständlicher und moralischer Mensch?! Vielleicht beruhigt Sie meine Idee: Wir haben den Schatz gefunden, er ist bei Ihnen versteckt. Wir betrachten uns als die rechtmäßigen Erben der Inkas. Ich kann nachweisen, daß meine Vorfahren keinen Indianer umgebracht haben. Und Ihre Urväter bestimmt auch nicht. Wir haben ein jahrhundertealtes reines Gewissen!«

»Ari, Sie sind ein Schlitzohr«, lachte Phil. »Aber damit

kommen Sie nicht durch. Sie haben dem Staat Ecuador einen der sagenhaftesten Schätze dieser Welt geklaut.«

»Wir haben ihn entdeckt!«

»Nicht Sie. Ein englischer Archäologe und Anthropologe, der von Gilberto Maruso ermordet wurde.«

»Teufel, Sie haben ein gutes Namensgedächtnis.«

»Was – glauben Sie wohl – hätte der Engländer getan, wenn er seine Vermutung bestätigt gefunden hätte? Soll ich es Ihnen sagen?«

»Nicht nötig!« knurrte Sempa und winkte ab. »Ich nehme an, er hätte ein Buch darüber geschrieben, hätte die Millionenentdeckung fotografiert und dann zu dem Staat Ecuador gesagt: Da habt ihr alles. Fürs Museum. Solch ein Kulturschatz gehört der ganzen Welt.«

»Ari, Sie sind intelligenter, als Sie sein wollen! Genauso hätte der Engländer gehandelt.«

»Wissenschaftler haben alle mehr oder weniger einen Knall!« sagte Sempa verächtlich. »Phil, wir beide haben keine Macke im Hirn, wir denken real! Kommen wir noch mal zurück auf Ihren Don Fernando und sein Kanonenboot! – Sie wären also – seien Sie jetzt ganz ehrlich! – tatsächlich in der Lage, den Schatz an den Staat auszuliefern?!«

»Vor Ihrer Nase, während Sie sich bei den Seelöwen auf der Rückseite der ›Sieben Palmen‹ versteckt halten. Sie können ja nicht eingreifen. Oder wollen Sie eine Seeschlacht frei Haus liefern?! Don Fernando hat Kanonen, Sie haben nur ein sowjetisches schweres MG!«

»Und wie wollen Sie Evelyns Anwesenheit erklären?«

»Mit dem gleichen Argument, das Sie mir unterjubeln wollten: angeschwemmt als Schiffbrüchige nach einem schweren Sturm.«

»Phil, Sie bluffen doch nur!« Sempa starrte ihn mit zur Seite geneigtem Kopf an. »Warum? Bin ich Ihnen gegenüber nicht immer ehrlich gewesen? Na also! Ich Rindvieh nehme Sie sogar mit, um Ihnen zu zeigen, wo wir den Schatz versteckt haben! Ihr Don Fernando könnte die Insel auseinandernehmen – er würde ihn nicht finden. Nur einer auf der Welt weiß noch, wo er vergraben liegt. Ich! Und – wenn wir uns einig werden – auch Sie! Phil, ich weiß, mich reitet der Teufel, Ihnen zu vertrauen. Aber ich habe da so eine innere Antenne, die mir bei jedem Menschen funkt: Der ist ein Sauhund ... oder: Dem kannst du den Arm um die Schulter legen, ohne daß er dir von hinten in den Rücken sticht!«

»Und Ihre Antenne sendet Ihnen bei mir keine Warnung ins Herz? Ari, soll ich vor Ergriffenheit aufschluchzen?«

»Ich weiß: Wenn Sie den Schatz sehen, denken Sie anders.«

»Kaum! Mich interessieren Gold und Edelsteine nicht mehr.«

»Aber mich! Ich will vom Leben noch etwas haben! Phil, Sie haben nie Hunger gelitten. Sie haben nie auf Säcken oder Kistendeckeln in Lagerhallen geschlafen. Sie haben sich auch nie mit Ratten unterhalten, die ebenso armselig nach einem warmen Platz suchten und nicht wußten, ob sie morgen noch was zu fressen bekamen! Oder haben Sie schon mal in einer Kneipe zwei Mäntel geklaut, weil Sie bis auf die Knochen durchgefroren waren ...«

»Gleich zwei, Ari?«

»Sehen Sie mich an! Wo gibt es einen Mantel, in den ich hineinpasse? Ich mußte zwei klauen, um einen daraus zu machen. Das war eine Schau, mein Lieber. Oben herum war der Mantel grau, unten, vom Gürtel an, braunes Fischgrätmuster. ›So kannst du doch nicht rumlaufen!‹ hat mir der Schneider gesagt. Him hieß der Bursche, er hatte sich auf Umänderung geklauter Textilien spezialisiert wie andere aufs Umspritzen von Autos. Er nähte mir die zwei Mäntel umsonst zusammen, weil ich ihn einmal aus einer Gruppe Ganoven herausgehauen hatte! ›Ich friere, Him‹, habe ich gesagt. ›Wie's aussieht, ist mir wurscht! Aber ich will nicht mehr frieren.‹ – Haben Sie schon mal so ein Leben geführt, Phil? So etwas vergißt man nicht! Und da wollen Sie mich zwingen, herumliegende Millionen nicht aufzuheben?«

»Sie sollten es einmal mit ehrlicher Arbeit versuchen, Ari.«

Sempa grunzte laut und begann den Abstieg in den Krater. »Phil«, sagte er und blickte nach oben, wo Hassler noch auf dem Kraterrand stand, »das hätten Sie nicht sagen dürfen. Zwingen Sie mich nicht, doch noch ein Totschläger zu werden ...«

Sie kletterten wortlos nebeneinander die Kraterwand hinunter. Es war ein mühsamer Abstieg. Das verwitterte Gestein war brüchig und porös, brach unter den Schubsohlen ab und hüpfte in die Tiefe zu den wilden Ziegen. Den Halt zu verlieren und über den Abhang hinunterzurollen hätte vielleicht nicht den Tod bedeutet, aber eine Menge tiefer Wunden. Die verwitterten Felsen waren spitz, und manche Abbrüche hatten Kanten, die einem Messerrücken glichen.

Auf der Kratersohle angekommen, setzte sich Sempa auf einen Basaltblock und grinste zufrieden. »Ich nehme an, Sie sehen nichts«, sagte er.

Phil blickte sich um. Überall die bizarren Kraterwände. Vulkangestein, durchsetzt mit magerer Vegetation. Wo durch Erosionen ein wenig Erde entstanden war, klammerten sich die Pflanzen fest. Ein Sieg der sich immer wieder erneuernden Natur.

»Sie haben recht, Sempa. Wo sollen hier Höhlen sein?«

»Das habe ich mich auch gefragt. Aber ich hab's mir erklären lassen. Als das hier alles feuerflüssig war, durchsetzt mit Aschenregen und sonstigen Biestereien, bildeten sich ab und zu Luftblasen. Und als das Gestein dann erstarrte, blieben die Blasen zurück und wurden zu Höhlen. Verrückt, was? Nicht besonders große Höhlen – aber es war ein Anfang. Später entdeckten die guten Seeräuber diese Insel und bauten die Höhlen aus. Am Felsen zur Seeseite die Wohnhöhlen, hier im Krater die Vorratshöhlen. Passen Sie mal auf!«

Er erhob sich, ging an den Kraterrand und warf ein paar dicke Steinbrocken zur Seite. Der Eingang einer Höhle wurde im oberen Teil sichtbar. Sie war so perfekt mit den spitzen, bizarren Steinen verschlossen gewesen, daß die Kraterwand wie eine unzerstörte Einheit ausgesehen hatte. Ein Fremder hatte hier nie gesucht.

»Wir sind einen Meter neben ihr heruntergekommen!« sagte Sempa stolz. »Und Sie haben nichts bemerkt! Das ist Tarnung, was?!«

»Ich hatte genug damit zu tun, richtigen Halt zu finden.« Phil kam näher und half Sempa, die Steine abzutragen. Jetzt, je weiter sie den Eingang freilegten, sah auch Phil, daß hier Menschenhände gearbeitet hatten. Die Wände waren glattgeschlagen, der Durchgang war fast zwei Meter hoch. So weit Phil in die Tiefe sehen konnte, verbreiterte sich der Eingang nach hinten zu einem richtigen Raum mit verschiedenen tiefen Nischen. Hier standen Sack an Sack, Kiste neben Kiste, peinlich korrekt aufgestapelt wie in einem Lagerhaus.

Sempa ließ einen seligen Schnaufer hören.

»Alles, wie wir es verlassen haben! Diese Ordnung stammt von mir. Ich habe lange genug in Lagerhallen geschuftet. Und später mein eigener Laden: Schiffsausrüstungen Ari Sempa. Man wird wehmütig, wenn man an diese

Zeiten denkt.« Er griff in die Hosentasche und holte eine Batteriestablampe heraus. Der helle Leuchtfinger griff in die fahle Dunkelheit der Höhle und tastete über die groben Leinensäcke. »Ahnen Sie jetzt, welche Mühe uns das gekostet hat, den ganzen Schatz innerhalb weniger Stunden an Bord zu bringen, ohne daß es jemandem auffiel?! Und der Transport vom Hochland von Popayan bis zur Küste bei Tumaco! Auf Mauleseln und später mit einem klapprigen Lkw. Ich kann Ihnen sagen: Mir hat oft die Muffe gezittert, bis wir endlich den ganzen Schatz sicher im Keller von Evelyns Wohnung hatten. Und kurz darauf wieder alles ruck, zuck aufs Boot, als wir erfuhren, daß uns jemand verpfiffen hat. So ganz unauffällig kann das nicht vor sich gegangen sein.« Sempa leuchtete in einem weiten Bogen über die Säcke und Kisten. »Seh'n Sie sich das mal an, Phil. Da geht Ihnen das Herz auf wie ein Käsekuchen im Ofen!«

»Nach Ihnen, Ari.«

»Noch immer mißtrauisch?«

»Jetzt mehr als zuvor. Wie sagte Evelyn? Der Schatz verändert einen Menschen. Ich bin gespannt, wie Sie sich verändern.«

»Überhaupt nicht. Ich freue mich wie ein kleines Kind und hoffe, daß Sie endlich einsichtig werden, Phil. Von mir aus können Sie früher Goldstücke geschissen haben ... Was dort liegt, das haben Sie noch nicht gesehen!«

Er ging voraus in die Höhle und mußte den Kopf einziehen, solange er durch den Gang tappte. Später, im eigentlichen Höhlenraum, konnte er bequem stehen. Die Wände waren hier höher, die gewölbte, aus dem Stein geschlagene Decke war nur mit ausgestrecktem Arm zu erreichen.

»Pulvertrocken!« sagte Sempa. »Und immer klimatisiert. Die alten Seeräuber hatten eine Begabung, gut zu leben. Das war übrigens auch bei der tiefen Inkahöhle so. Keine

Feuchtigkeit. Alle goldenen Gefäße und Figuren wirkten, als habe man sie vor einer Stunde abgewischt und poliert. Ich sage Ihnen ... ach was! Sehen Sie selbst!«

Er wuchtete einen Sack von dem Stapel. Als er ihn auf die Erde stellte, klirrte es hell. Mit schnellen Fingern löste Sempa den Knoten des Bindfadens, kippte den Sack um und schüttelte den Inhalt auf den Felsboden.

Drei große Götterfiguren, einige Kugeln aus purem Gold, Münzen und Armringe, mit Edelsteinen besetzt, Sonnensymbole und Kultgefäße, aus dicken Goldplatten getrieben, kullerten bis vor Phils Schuhe. Es war nur ein Bruchteil des Schatzes, aber er allein genügte, um zu ahnen, was in den anderen Säcken und Kisten verborgen lag.

»Da sind Sie stumm, was?« schrie Sempa enthusiastisch. »Da kneifen Sie den Hintern zusammen! Dabei habe ich gerade einen Sack erwischt, der nichts Sensationelles bietet. Wenn Sie erst das Königsgewand sehen, die Krone, die goldenen Waffen mit den Obsidianspitzen, das Königsschwert, den Brustpanzer mit dem Sonnensymbol, den Federhelm des obersten Priesters und die Galerie der ganzen Götter ... Phil, es verschlägt Ihnen die Sprache! Und – ich wiederhole es hiermit feierlich – von allem gehört Ihnen und Evelyn jetzt die Hälfte. Wir sind Geschäftspartner.«

Phil bückte sich schweigend und hob eine große Schale vom Boden. Der dazu gehörende Deckel lag daneben. Der Goldschmied des Inkakönigs hatte darauf eine Szene festgehalten: Auf der Plattform eines jener riesigen Stufen-Altäre, wie man sie später vor allem in Peru hoch oben in den wildesten Anden entdeckte, hielt der Priester ein Gefäß ähnlicher Form der strahlenden Morgensonne entgegen.

Sempa sah Phil fragend an. Als Hassler keine Antwort gab, sagte er: »Das ist noch gar nichts! Sie sollten erst mal die Goldarbeiten sehen, die von Königen getragen wurden.

Schwere Helme, Brustpanzer, Nasenzierate, Nasenschützer für den Kampf, Flaschen, in verlorener Form gegossene Hohlfiguren, Tanzmasken und Opfermasken …« Sempa holte tief Luft. »Phil, Ihnen bleibt einfach der Atem weg! So unwahrscheinlich schön ist das alles! Habe ich nicht recht, wenn ich behaupte, daß man den Wert gar nicht abschätzen kann?«

»Jedes Museum würde Ihnen dafür Riesensummen zahlen.«

»Sehen Sie!«

»Nur werden Sie keines dieser Stücke einem Museum anbieten können. Die erste Frage wird nämlich lauten: Woher haben Sie das? Und dann wird die Polizei alarmiert. Überall, Ari! Was Sie hier liegen haben, sind tote Millionen. Die Ware ist einfach unverkäuflich.«

»Es gibt genug private Sammler, die so etwas heimlich kaufen. Für jeden Preis. Wenn ich einen Picasso klaue oder einen Rembrandt – glauben Sie, ich biete die dem nächsten Museum an?! Da stehen bei mir die heimlichen Käufer schon Schlange. Wenn es überhaupt nicht geht, schmelzen wir den ganzen Scheißdreck ein und verkaufen das reine Gold und die Steine auf dem Schwarzmarkt. Allein dieser Goldwert …«

»Das habe ich befürchtet. Und deshalb, Ari Sempa, werde ich niemals zulassen, daß dieser Schatz, dieser einmalige Beweis einer Hochkultur vor fast tausend Jahren im unbekannten Südamerika, meine Insel verläßt.«

Sempa lehnte sich gegen den Stapel aus Säcken und Kisten und blickte Phil fassungslos an. »Was haben Sie eben gesagt?« fragte er. »So dusselig können Sie noch reden bei diesem herzerweiternden Anblick? Haben Sie überhaupt ein Gehirn?!«

»Ein präzise arbeitendes. Noch!«

»Aha! Ich verstehe!« Sempa kaute an seiner dicken Unterlippe. »Sie wollen alles! Sie denken, Sie können hundert Prozent abkassieren?!«

»Ari, reden Sie kein Blech.« Phil verließ die Seeräuberhöhle und setzte sich draußen auf den großen Basaltblock. Er hörte, wie Sempa in der Tiefe der Kraterwand rumorte, es klirrte ein paarmal, Metall krachte gegen Gestein. Dann trottete Sempa wieder ins Freie und zog einen prall gefüllten Sack hinter sich her.

»Was nehmen Sie da mit?« fragte Phil.

»Sie werden staunen.« Sempa klopfte mit der Faust gegen den Sack. »Das ist Medizin gegen die Langeweile. Oder glauben Sie, ich halte es monatelang aus, mit anzusehen, wie Sie und Evelyn sich vergnügen? Küßchen hier, Griffchen da, und nachts krachen die Betten!«

»Wollen Sie etwa eine goldene Mädchenfigur beschlafen, Ari?« fragte Phil spöttisch.

»Das ist gut! So gefallen Sie mir schon besser, Phil!« Sempa lachte dröhnend. »Erinnern Sie mich an diese Idee, wenn ich mit geflaggtem Mastbaum herumlaufe.« Er klopfte wieder gegen den Sack. Metall klirrte leise. »Das hier ist ein Gesellschaftsspiel, das sich nur so reiche Leute wie wir leisten können. Sie werden staunen, Phil ...«

Er ließ den Sack stehen, schichtete notdürftig die Verschlußsteine vor den Höhleneingang und ärgerte sich, daß Phil ihm nicht dabei half.

»Macht Spaß, wenn andere arbeiten – was, Partner?«

»Warum verrammeln Sie die Höhle wieder?«

»Es könnte sein, daß jemand auf der anderen Seite der Insel landet.«

»Unmöglich. Da ist die Seelöwen-Bay. Zwischen diesen Klippen kommt keiner durch. Man kann auf ›Sieben Palmen‹ nur bei mir an Land.«

»Trotzdem.« Sempa beendete seine Arbeit und schluckte mehrmals mit hüpfendem Kehlkopf. »Es ist nicht erquickend, sich mit der eigenen Spucke den Rachen auszuwaschen«, knurrte er. »Phil, ich sehne mich irrsinnig nach einem Liter Bier.«

»Haben wir nicht.«

»Haben wir doch! Auf meinem Boot! Im zweiten Kühlschrank des Salons. Mann, sind Sie vergeßlich. Ich bin doch bestens ausgerüstet! Dortmunder Bier in Dosen! Ich könnte die Blechdinger jetzt mit den Zähnen aufhacken, so einen Durst habe ich. Spazieren wir zurück?«

»Von mir aus.«

Sempa blieb stehen und wuchtete den Sack auf seine Schulter.

»Evelyn hat richtig getippt«, sagte er. »Stimmt's? Das Gold hat Sie nicht verändert?«

»Kein bißchen. Das heißt: doch.«

»Doch!«

»Ich bin mir jetzt ganz sicher, daß der sagenhafte Inkaschatz *nicht* in den Untergrundhandel kommt oder einfach zusammengeschmolzen wird!«

»Sind Sie das?« fragte Sempa spöttisch. »Phil, um Ihren Kopf leuchtet ein Heiligenschein! Übertreiben Sie's bloß nicht. Gerade die Soldaten Ihrer katholischen Majestät von Spanien, und an der Spitze die Priester, waren es, die die Inkas vernichtet haben und an Gold und Edelsteinen klauten, was sie nur erraffen konnten. Zum Lobe des Herren! Sie brachen laufend ihr Ehrenwort und erschlugen einen Inkafürsten nach dem anderen, nur, um an deren Reichtum zu kommen! Und sie hatten sogar eine typisch christliche Begründung: Ein Ehrenwort gegenüber einem Heiden gilt nicht! – Phil, hören Sie mir auf mit der Moral! Es gibt nichts Widerlicheres als Heuchelei!«

»Ari, Sie verblüffen mich! Sie können wirklich denken! Sie wissen sogar eine Menge über die Inkas – und mich lassen Sie vorhin referieren und hören mir zu wie ein Kind einem Märchenerzähler. Das ist unfair!«

»Alles, was ich weiß, habe ich von McLaudon gelernt. Alles über die Inkas, um genau zu sein. Wissen Sie, Phil, da hatte ich auch mal eine Krise, damals, als ich erfuhr, wie die beiden an die Aufzeichnungen des Engländers gekommen waren. So einen Moralischen – da kann man sich nicht gegen wehren. Ich war ein armes Schwein, ich muß das immer wieder betonen, mein Schiffsausrüstungsgeschäft ernährte mich gerade so gut, daß ich zum Nachtisch am Daumen lutschen konnte. Aber ich hatte noch nie die Hände in blutigen Angelegenheiten gehabt. Ich kannte Gangster genug – zum Teufel, ja! –, aber ich hielt immer Abstand zu diesen Burschen, die sich über nichts mehr freuten, als wenn sie einen genau zwischen die Augen getroffen haben. Und jetzt war ich Kompagnon von zwei Kerlen, die über den Mord an dem Engländer sprachen, als sei der arme Boy über einer Bananenschale ausgerutscht.«

»Da wäre noch Zeit gewesen abzuspringen, Ari!« sagte Phil.

»Sie Pflaumenmännchen! Da hatte ich schon so viel investiert in das Unternehmen, daß ich nicht mehr aussteigen konnte. Die Zeit mit den zwei Mänteln und das Frieren im Lagerschuppen bei den Ratten kam mir wieder vors innere Auge. Da unten wäre ich wieder gelandet, wenn ich McLaudon und Gilberto allein gelassen hätte.« Sempa schnaufte durch die dicke Nase. »Auf jeden Fall kaufte ich mir damals Gilberto und drückte ihn mit ausgestrecktem Arm an die Wand. Hätte ich ihn dagegengeworfen, wäre er bestimmt zerplatzt. ›Der Mord paßt mir nicht!‹ habe ich gesagt. ›Du hast mich belogen, du Hurenbalg! Hätte ich das von dem Engländer gewußt – ihr würdet keinen Zentimeter Nylonseil bekommen haben!‹ Und was sagte McLaudon? Er sagte ganz ruhig: ›An, rege dich ab! Die Geschichte des Inkagoldes ist von jeher mit Blut geschrieben worden!‹ Und dann erzählte er mir von der ganz großen Sauerei, wie unsere heilige Kirche jeden Mord an einem Inka abgesegnet hat und wie die Priester mit dem Kreuz neben gepanzerten Soldaten herliefen, die Männer, Frauen und Kinder abschlachteten, um an das Gold zu kommen, das dann auf Umwegen wieder in die Kirchenkasse wanderte. Wie fromm waren doch die spanischen Könige! – Da habe ich mir gesagt: Moral ist, die eigenen Taschen offen zu halten und dabei Halleluja zu singen. Und Ethos ist der Luxus derjenigen, die es sich leisten können, Menschenwürde zu predigen, nachdem sie durch Unmenschlichkeit unabhängig geworden sind!«

»Eigentlich ist es schade um Sie, Ari«, sagte Phil und stand von seinem Basaltklotz auf. »In Ihnen steckt mehr als rohe Kraft. Das mit der Moral und dem Ethos haben Sie gut gesagt.«

»Eines Tages schlage ich Ihnen die schönen Zähne ein!« Sempa schnaufte. »Das schaffe ich! Einer Schlägerei bin ich noch nie aus dem Weg gegangen, Sie intellektuelles Arschloch! – Himmel, wie sehne ich mich nach Bier!«

Er drehte sich um und begann den Aufstieg über den verwitterten Kraterrand. Hinauf ging es besser und schneller als hinab; man konnte sehen, wohin man greifen mußte, konnte die Fußstützen auswählen, kam nicht ins Rutschen. Oben auf der Ebene als erster angekommen, half Sempa sogar, Phil heraufzuziehen. Er griff mit seinen langen Armen zu und schleuderte Phil mit einem Ruck auf das Plateau. Phil war kein leichter Mann, aber in Sempas Händen verlor er sein Gewicht.

Als sie zur Wohnhöhle zurückkehrten, sahen sie Evelyn zwischen den sieben Palmen sitzen. Sie war mit der Kosmetik beschäftigt, hatte ihr Schminkköfferchen aufgeklappt und puderte sich. Ihr Kopf war etwas zur Seite geneigt, als lausche sie. Sempa stieß Phil in die Seite.

»Sie macht sich schön für Sie«, sagte er rauh. »Das glauben Sie auch, nicht wahr?! Sie armer Idiot!«

»Wieso?« fragte Phil, ehrlich verblüfft. »Sie pudert sich.«

»Haben Sie nie die Schminktasche untersucht?«

»Nein. Wozu?«

»Da haben Sie was verpaßt. Evelyn hat mich in den vergangenen Stunden bei Ihnen so oft in die Pfanne gehauen – jetzt kann ich mich endlich revanchieren. Das süße Schminkköfferchen ist nämlich ein kleiner, raffinierter Sender. Zwar nur von begrenzter Reichweite, aber immerhin! Haben Sie sich denn nie Gedanken darüber gemacht, wie ich alle Informationen über Sie bekommen habe? Wie sollte ich zum Beispiel die Nachricht bekommen haben: ›Start frei! Der Knabe ist reif. Er hat sich in mich verliebt, wir können ihn weich kneten.‹« Sempa lachte rauh. »Sie hat's gefunkt mit ihrem Schminktäschchen!«

»So, wie Sie das sagen, hat sie es nicht gefunkt! Das ist nicht ihre Ausdrucksweise.«

»Dem Sinne nach! Kommt's Ihnen darauf an? Sie hat aus eigenem Ermessen den Startschuß gegeben, und ich bin gekommen.«

»In eine Falle sind Sie getappt, Ari.« Phil blieb stehen und beobachtete Evelyn. Sie zog die Lippen nach. Du schönes, wunderschönes Aas, dachte er. Da hast du verflucht va banque gespielt. »Sempa, erkennen Sie endlich das Loch, in das Sie gefallen sind?! Evelyn hat Sie herbeigerufen, weil sie wußte, daß man Sie nur hier, auf der Insel, unschädlich machen kann!«

»Das haben wir gleich!« Sempa ließ den Sack von der Schulter gleiten und auf den Boden fallen. Das Metall schepperte laut. »Was macht die Weltpolitik, Süße?« brüllte er zu den sieben Palmen hinüber. »Ist Kissinger wieder auf großer Fahrt in den Orient?«

»Wir bekommen Besuch!« rief Evelyn ohne Zögern zurück. Sie verbarg nun nichts mehr. Erst jetzt bemerkte Phil, daß ein dünner Draht zu ihrem abgewandten Ohr führte: ein winziger Kopfhörer, der mit der »Kosmetiktasche« verbunden war. »Ich kann es noch nicht bestimmen – aber irgend jemand ruft nach Phil Hassler.«

»O Scheiße!« sagte Sempa und wischte sich über das Gesicht. »Sie hatten doch recht, Phil. Gerade weil Sie gar nichts von sich hören lassen, läßt man Sie nicht in Ruhe.«

Sie liefen hinüber zu Evelyn und hockten sich neben sie auf die Erde. Mit bettelnden Augen lächelte sie Phil an und drückte den Knopfhörer tiefer in ihre Ohrmuschel.

»Ich wollte nicht, daß du es weißt: Wir haben *doch* ein Funkgerät. Ich hatte Angst, du würdest das Kanonenboot rufen«, sagte sie. »Ich will bei dir bleiben, Phil, hier auf der Insel. Ich will vergessen, daß es außer den ›Sieben Palmen‹ noch andere Länder gibt. Glaub mir, Phil ...«

»Ich ersaufe gleich in Tränen!« schrie Sempa. »Mädchen, was hörst du? Wer kommt? Hast du die schärfste Einstellung?«

»Wie weit reicht das Gerät?« fragte Phil heiser.

»Höchstens dreißig Seemeilen! Ist ja eine Spielerei. Aber für uns war es das richtige Modell. Sie sind mit Pauken und Trompeten darauf reingefallen!«

»Da ist es wieder!« Evelyn drückte gegen den Knopfhörer. »Ganz weit weg. Ari, schnauf nicht so laut, ich höre sonst nichts! – Bitte melden! Phil Hassler, bitte melden ...« Ihre Stimme wurde immer leiser. »Jetzt wird es klarer ...«

»Bei diesem Ruf auf meiner Frequenz leuchtete früher ein rotes Lämpchen an meinem Funkgerät auf. Ich hatte es nie übersehen«, sagte Phil.

»Er kommt hierher?« fragte Sempa und seufzte tief.

»Es scheint so. Weil ich mich seit Wochen nicht gemeldet habe.« Phil erhob sich aus der Hocke. Auch Sempa fuhr empor. Sie standen sich gegenüber wie zwei Boxer, die auf den Gong warteten. Zwischen ihnen saß Evelyn, die Schminktasche auf ihrem Schoß. »Wenn Sie schnell machen, Ari, können Sie noch aus der Bucht auslaufen, bevor Don Fernando Sie sieht. Dreißig Seemeilen sind ein Klacks! Man kann Sie schon auf dem Radarschirm haben.«

»Nur auf offener See!« Sempa schlug die dicken Fäuste gegeneinander. »Aber nicht hinter den Felsen! Die schirmen alles ab! Das könnte Ihnen so passen, Phil. Ich rücke nicht aus! Ich bleibe!«

»Denken Sie an den Steckbrief!«

»Und denken Sie an die beiden Toten!«

»Das war Notwehr!« rief Evelyn. »Ich kann es beschwören!«

»Sie kann es beschwören?! War sie denn dabei?« brüllte Sempa. »Aber ich war dabei! Phil, wir sitzen alle bis zum Hals in der Scheiße. Wenn dieses verdammte Paradies hier hochgeht, haben wir alle nur noch die Hölle zu erwarten! Wir müssen uns was einfallen lassen!« Sempa riß plötzlich die Arme hoch. »Phil! Hinüber auf mein Boot! Sind wir denn total verblödet?! Da habe ich doch eine intakte Funkanlage! Sie setzen sich in die Funkkabine und reden mit Don Fernando. Sie erzählen ihm, daß alles okay ist, daß Sie gesund sind, machen ein paar Witzchen und sagen: ›Commander, dampfen Sie ab! Ich brauche Sie nicht!‹ – Dann dreht er mit seinem verdammten Kanonenboot wieder ab!«

»Zu spät!« Phil zeigte mit ausgestrecktem Arm auf das

Meer. Ganz fern am Horizont schwamm ein weißer Punkt im Sonnenlicht. »Da sind sie schon! Ich kenne Don Fernando. Er macht jetzt nicht mehr kehrt.«

»Phil!« Sempa zeigte auf Evelyn. Sie packte ihre Schminktasche zusammen und rollte das Kabel des Knopfhörers zusammen. Ihre Ruhe war unheimlich. »Wenn nichts Sie überzeugen kann, denken Sie an Evelyn! Mich mögen Sie hochgehen lassen. Was Ihnen Ihre Ruhe wert ist, müssen Sie selbst wissen. Aber ich schwöre Ihnen: Mich führt keiner in Ketten ab, ohne daß mir auf dem Fuße Evelyn folgt ... Ist das ein überzeugendes Wort?«

»Sie sind ein solcher Dreckskerl, Sempa, daß man Sie auch wie Mist behandeln sollte! Lassen Sie Evelyn aus dem Spiel!«

»Das geht ja gar nicht! Sie hat doch kräftig mitgemischt! Wir waren vier, ein Kleeblatt, Phil! Zwei haben Sie abgeknallt, aber zwei leben noch! Ich möchte wissen, wie die Süße dem Kommandanten erklären will, sie sei nur auf der Insel, um Leguane bei der Paarung zu beobachten und ihre Erkenntnisse auf die Menschen zu übertragen. Eine Bemerkung von mir genügt. Ich garantiere Ihnen, daß ich sie nicht zurückhalten werde. Vertrauen Sie nicht darauf, daß es von ihr kein Bild für einen Steckbrief gibt. In ganz Süd- und Mittelamerika weiß man, daß drei Männer und eine Frau das große Ding gedreht haben!« Sempa atmete mit schnellen, schnaufenden Zügen. Sein Gesicht war rot angelaufen, als sammle sich sein ganzes Blut in seinem gewaltigen runden Kopf. »Phil, lassen Sie sich etwas einfallen! Aber vergessen Sie nicht: Was Sie auch tun: Evelyn hängt immer drin! Sie können mich ausliefern – Evelyn kommt mit! Sie können den Inkaschatz übergeben – Ihr größter Schatz, Phil, wandert mit auf das Schiff! Wollen Sie hier denn alles in die Pfanne hauen?! Was Sie auch gegen mich tun werden – immer vernichten Sie sich selbst und Evelyn mit! Ist das klar?«

»Ja«, sagte Phil.

Sempa starrte ihn ungläubig an. »Ist das alles, was Sie dazu sagen können?«

»Die Lage ist tatsächlich beschissen, Ari.«

»Und Ihnen fällt kein Ausweg ein?«

»Im Augenblick nicht.«

»Das soll nun ein intelligenter Mensch sein!« schrie Sempa. »Hat das Lexikon im Kopf, aber wenn's mal im Leben brenzlig wird, pinkelt er in die eigenen Schuhe!«

»Haben Sie einen Vorschlag auf Lager, Ari? Herumbrüllen kann jeder.«

»Wenn wir uns einigen könnten, daß Evelyn und ich zufällig auf Ihrer Insel gelandet sind und Sie in Ihrer Einsamkeit etwas aufgeheitert haben ...«

»Das haben Sie wirklich getan, Ari!« sagte Phil sarkastisch. »Was Sie bisher im Zusammenhang mit mir unternommen haben, war eine einzige Pleite für Sie. Bewiesen haben Sie mir nur eins, und da haben Sie auch nicht gelogen: Sie sind kein Profi. Das beruhigt mich. Ihnen liegt nur das Gold am Herzen. – Wir müssen uns etwas anderes ausdenken, Ari. Und zwar schnell!«

Es war vorauszusehen, daß Sempa sich mit dieser Situation nicht zufrieden gab. Er rannte ein paarmal auf der Terrasse hin und her, schlug die dicken Fäuste gegeneinander und trat mit einem gewaltigen Fußtritt den Deckel einer der zur Höhle geschleppten Kisten auf. Sie war randvoll mit Werkzeugen, Tauen, Stahldrähten gepackt. Obenauf lag ein Fernglas und ein zerlegbares Gewehr.

»Sieh an!« sagte Phil sarkastisch.

»Was, sieh an?!« bellte Sempa zurück.

»Das zerlegbare Gewehr. Sie wollten mich also doch aufs

Kreuz legen?! Wer hat denn versichert, er käme ohne Waffen an Land?!«

»Haben Sie keine Gewehre, he?«

»Ari, ich sage es jetzt zum letzten Mal: *Ich* bin der Herr der Insel, und wenn hier einer Waffen trägt, dann nur ich.«

»Oha!«

»Und zwar ausschließlich zum Schutz der Insel und zur Nahrungssuche. Nicht zum Töten!«

»Von mir aus behängen Sie sich mit hundert Knallern!« schrie Sempa. »Ich wollte nur das Fernglas!«

Er holte es aus der Kiste, setzte es an die Augen, stellte die Schärfe ein und grunzte. »Es stimmt! Es *ist* ein Kanonenboot! Es hat verdammt schnelle Fahrt drauf.«

»Der ›Panther‹. Ganz klar.« Phil nahm Sempa das Glas ab, trat vorn an die Kante des Uferfelsens und beobachtete eine Weile stumm das Kriegsschiff. Mit dem starken Fernglas erkannte er deutlich die hohe, schäumende Bugwelle. Der »Panther« hatte tatsächlich »volle Kraft voraus« genommen. Commander Don Fernando schien besorgt um Phil Hassler zu sein.

»Dann setzen sie ihre Barkasse aus und kommen in die Bucht«, sagte Phil. »Der Zweite Offizier ist ein fabelhafter Seemann, ich weiß es, denn er hat mich ja an Land gebracht.«

Ari Sempa hörte nur mit halbem Ohr hin. Er hatte sich Evelyn zugewandt und blinzelte sie mit kumpanenhafter Vertraulichkeit an.

»Der Schatz ist zirka fünfzig Millionen Dollar wert, mein Herzchen!« sagte er leise. »Ich garantiere dir die Hälfte, fünfundzwanzig Millionen, wenn du meinen Trick mitmachst.«

»Welchen Trick?« fragte Evelyn sachlich zurück.

»Wir hauen Phil aufs Hirn und liefern ihn als zweifachen

Mörder aus. Die Gräber sind Beweis genug.« Er schielte auf die entsicherte Pistole, die Evelyn im Bund ihrer Jeans trug, und grinste schief. »Baby, fünfundzwanzig Millionen Dollar! Soviel ist *kein* männlicher Unterleib wert.«

»Du bist ein Saustück!« sagte Evelyn ruhig.

»Zugegeben! Aber fünfundzwanzig Millionen Dollar …«

»Ich verkaufe Phil nicht für alles Geld in der Welt.«

»Das übliche!« Sempa nickte. Sein dicker Kopf wippte auf und ab. »Wenn Weiber auf dem Rücken liegen, rutscht der Verstand in den Arsch. Aber nicht bei mir, Süße! Ich bin am Ziel meiner Arbeit, und ich denke nicht daran, mit fünfzig Millionen Dollar in Gold und Edelsteinen auf diesen mistigen ›Sieben Palmen‹ zu verschimmeln! Ich werde …«

»Du wirst in die Hölle gehen!« sagte Evelyn hart. Sie hatte die Pistole aus dem Hosenbund gerissen und richtete sie auf Sempas gewaltigen Leib. Als er eine Bewegung machte, die wie ein Schritt nach vorwärts aussah, drückte sie ab. Der Schuß bellte durch die Stille. Das Projektil zischte an Sempas Leib vorbei. Es schlug gegen den Felsen und heulte als Querschläger davon. Phil, der bisher angestrengt das Kanonenboot beobachtet hatte, ließ das Fernglas sinken und fuhr herum.

Sempas dicke Augen quollen hervor. Er sah aus wie ein riesiger erstickender Fisch.

»Er wollte mich kaufen, Liebling!« sagte Evelyn laut. »Du bist ihm fünfundzwanzig Millionen Dollar wert. Hätte ich ja gesagt, würdest du jetzt mit zertrümmertem Schädel auf der Erde liegen.«

»Ich hätte nur die Dummheit erschlagen!« schrie Sempa.

»Kommen Sie mit«, sagte Phil ruhig.

»Wohin?«

»Ich kenne eine Höhle, die etwas abseits liegt und die

Don Fernando bestimmt nicht besucht, wenn er auf die Insel kommt. Dort werden Sie abwarten, was geschieht. Ich habe einen Plan. Kommen Sie!«

»Meine Yacht …« Sempa zögerte. »Wie wollen Sie die Yacht erklären?«

»Genau sie ist ein handfestes Alibi. Aber ohne Sie!«

»Wieso?« Sempa glotzte Hassler an. »Niemand wird glauben, daß ein Schiff vom Himmel fällt!«

»Gehen wir!« Phil zeigte ins Innere der Insel. »Wir haben kaum noch Zeit!«

»Nein!« Sempa drückte das Kinn an. »Wenn Sie mir nicht sagen wollen, was Sie vorhaben.«

»Liebling«, Evelyns Stimme war ganz ruhig. »Er geht sofort mit.«

Sie schoß wieder. Dieses Mal streifte der Schuß Aris Körper und riß an der Hüfte ein Stück Hemd und etwas Haut heraus. Blut quoll sofort aus der oberflächlichen Wunde, aber das genügte, um Sempa gelbblaß werden zu lassen. Er brüllte auf und tat instinktiv das, was man in Amerika von gestellten Gangstern verlangt: Er faltete die erhobenen Hände hinter seinem Nacken und drehte sich um.

»Wohin?« keuchte er. »Phil, einmal kommt der Augenblick, wo ich Ihnen alles zurückzahle! Ich bin kein gläubiger Mensch – aber darauf möchte ich schwören!«

Sie gingen über das Plateau in das Innere der Insel. Dort war die zerklüftete Lavalandschaft mit Kakteen, dornigen Akazienbüschen und dem stark nach Pfeffer und Fäulnis duftenden Muyuyu-Strauch überwuchert. Hier weideten auch die wilden Ziegen im hohen, harten Gras; der Gestank der starken, mit einem ausladenden, spiraligen Gehörn gekrönten Böcke hing beizend in der heißen Luft. Sie standen zwischen den Croten-Sträuchern und knabberten die Zweigspitzen ab.

»Pfui Teufel!« sagte Sempa und verhielt den Schritt. »Sie sollten die Ziegen mal baden, Phil!«

»So können auch Menschen stinken.«

»Danke!«

»Weiter, Ari!« Phil ging voran. Mit stampfenden Schritten holte Sempa ihn ein.

»Sie wollen mich bei diesen Stinkböcken festsetzen?« knurrte er.

»In der Höhle, an die ich denke, ist es kühl. Ein paar Stunden werden Sie es dort aushalten können. Nach links, Ari. Dort, diese Lavawand. Ja, die schwarze! Beeilen Sie sich. Das Kanonenboot ist schneller da, als Sie ahnen!«

Die Höhle war sehr hoch, nicht sehr tief und von Akazienbüschen verdeckt. Ein ständig spürbarer Wind, der über die Insel und durch einen Felseinschnitt wehte, reinigte die Luft etwas vom Bocksgestank. Phil griff in die Taschen und holte ein paar Stricke hervor, die er in Sempas Kiste gefunden hatte. Ari grinste böse.

»Das war gut von mir, was?« sagte er. »Ich liefere Ihnen alles, um mich kaltzustellen.«

»Ich besitze auch Stricke – aber Ihre sind dicker. Die zerreißen Sie nicht mit Ihrer Mammutkraft.« Phil knüpfte einige Schlingen und sah dann Sempa auffordernd an. »Wenn Sie zuerst die Hände ausstrecken wollen, Ari ...«

»Muß das sein? Ich verspreche Ihnen, mich in der Höhle still zu verhalten.«

»Auf Ihre Versprechungen baue ich nicht einmal mehr eine Latrine, Ari. Hände her!«

Sempa hielt seufzend seine Hände hin. Hassler band sie so zusammen, daß Sempa keine Chance hatte, sich selbst zu befreien. Dann gingen sie in die Höhle, Sempa mußte sich hinsetzen, und seine Beine wurden ebenfalls verschnürt.

»Sie verstehen was von Knoten!« sagte er bitter.

»Als alter Segler ...« Phil betrachtete zufrieden sein Werk. »Rütteln Sie mal, Ari!«

»Ich bin kein Sieb. Außerdem: Wenn ich mich befreien könnte, wäre ich ein Idiot, Ihnen meine Tricks zu demonstrieren. – Aha, da kommt die Dame des gastlichen Hauses.«

Am Eingang der Höhle erschien Evelyn. Sie hatte die Pistole wieder in den Jeansbund gesteckt und brachte einen Verbandskasten aus Phils Grundausrüstung. Das auf den Blechdeckel gemalte rote Kreuz leuchtete in der halbdunklen Höhle. Es war eine phosphoreszierende Farbe.

»Das Kanonenboot kommt in rasender Fahre näher!« sagte sie. »Ich weiß immer noch nicht, was du willst.« Sie blickte auf Sempas Streifschuß. Die Wunde blutete nicht mehr. »Ich habe gedacht, daß man Ari verbinden müßte.«

»Ist sie nicht ein Schatz?« rief Sempa. »Man könnte sie immerzu abküssen. Erst bringt sie mich fast um, dann läuft sie mit dem Sanitätskasten hinterher.« Er sah, ein zusammengeschnürtes Riesenpaket, interessiert zu, wie Phil den Kasten öffnete und Alkoholtupfer und Mullbinden herausholte. »Evs Frage ist auch die meine, Phil: Was haben Sie eigentlich vor? Warum spielen Sie dieses Theater und verstecken mich? Entweder sind wir Partner oder Gegner. Ich kenne mich da nicht mehr aus.«

Phil riß Sempas Hemd über der Wunde weiter auf und reinigte den Streifschuß. Es brannte höllisch, als der Alkohol in die Wunde drang. Sempa verzog sein Gesicht, aber er gab keinen Laut von sich. Erst, nachdem Phil ihn verbunden hatte, meinte er: »Zarte Hände haben Sie nicht!«

»Aber Sie haben einen unverschämten Umfang. Die Hälfte meiner Verbandspäckchen ist weg!«

»Ihr Don Fernando wird Ihnen neue geben.« Sempa setzte sich in der Höhle zurecht und blinzelte Evelyn zu.

»Soviel ich mit meiner mangelnden Intelligenz herausfinden kann, sollst du, mein Schatz, die größte Überraschung für das Kanonenboot sein. Phil, ich glaube, Ihren Plan erkannt zu haben. Ich denke langsam, aber dafür um so gründlicher. Eine Frage: Halten Sie diesen Commander Fernando für so naiv daß er Ihnen abnimmt, eine Frau wie Evelyn schippert allein rund um die Welt? Mit diesem Boot da draußen? Das können Sie jemandem erzählen, der Nüsse mit dem Hintern knackt! Don Fernando braucht nur eine kleine Probe zu machen. Etwa: Senora, ein herrliches Boot! Darf ich mir mal die Maschine ansehen? Und dann klettert er in den Maschinenraum und fragt: Wieviel PS gibt das Ding her? – Bumm, steht sie da im Hemd! Sie weiß ja noch nicht mal, wie man die Motoren in Gang setzt!« Sempa schüttelte den Kopf. »Was Sie da spielen wollen, Phil, ist heißer als die Runden in den Hinterzimmern von Chikago! Ich sage Ihnen. Es ist ein Fehler, wie Sie mit mir umgehen!«

Phil beugte sich über ihn und kontrollierte noch einmal die Fesseln. Es war unmöglich, daß Sempa sich selbst befreien und durch ein plötzliches Auftauchen alles zunichte machen konnte.

»Haben Sie die schlechte Angewohnheit zu schreien?« fragte Phil.

»Wieso?«

»Dann müßte ich Sie auch noch knebeln.«

»Glauben Sie, schreien nutzt etwas? Wer soll mich denn hier hören?!«

»Mit Ihrer Stimme holen Sie Albatrosse vom Himmel!«

»Sie können ja Ihr Radio laufen lassen.«

»Eine vorzügliche Idee, Ari! Danke! Genau das werde ich tun! Machen Sie ein Nickerchen. In ein paar Stunden ist alles überstanden.«

»Sie zu verfluchen nützt ja wohl nichts?«

»Gar nichts! Wozu auch? Ich rette Ihre fünfzig Millionen Dollar.«

»Um sie für immer auf der verfluchten Insel zu behalten!«

»Das ist eine andere Sache. ›Die Sieben Palmen‹ waren ein denkbar schlechtes Versteck.«

»Das beste überhaupt! Eine kleine, unbewohnte Insel! Ein ins Meer gerotztes Stück Land! Wer kommt denn auf die Idee, daß es so einen Spinner wie Sie gibt, der ausgerechnet auf diesem Sandkorn sein Leben verbringen will?! Mit soviel Idiotie konnte niemand rechnen!«

»Das war Ihr Risiko, Ari.« Phil klemmte den Sanitätskasten unter seinen Arm. »Jetzt müssen wir uns beeilen. Bevor Don Fernando landet, haben wir noch eine Menge Arbeit.«

»Was?«

»Wir bauen die Kulisse eines trauten Heimes auf.«

»He?« Sempa starrte Phil entgeistert an.

»Ich zeige Ihnen das später. Wir haben jetzt keine Zeit mehr, Erläuterungen zu geben.«

Phil und Evelyn verließen die Höhle, rannten durch das hohe Gras, an den stinkenden Ziegen vorbei, zurück zu den Küstenfelsen und blickten von den sieben Palmen aufs Meer.

Das Kanonenboot »Panther« war jetzt mit bloßem Auge deutlich auszumachen: die Aufbauten, die beiden Geschütztürme, der Radarmast, der flache Schornstein, die mit Planen verdeckte Vierlings-Raketen-Abschußrampe. In voller Fahrt preschte das schnelle Kriegsschiff auf die »Sieben Palmen« zu.

»Ich schätze, noch zwanzig Minuten«, sagte Phil. »Das muß reichen. Ev, wate hinüber zur Yacht, setze alle Flaggen, richte das Sonnendeck so her, als hätten wir in den letzten Tagen dort gelebt, und koche vor allem Kaffee. Don Fernando hat eine Vorliebe für starken schwarzen Kaffee mit Kognak. Unsere besten Gespräche haben dabei stattgefunden.« Er zog Evelyn an sich und küßte sie. Erstaunt über diese Impulsivität blickte sie ihn fragend an. »Wie willst du heißen?«

»Evelyn Ball ...«, antwortete sie, noch erstaunter. »So, wie ich heiße.«

»Dein Name steht wirklich auf keiner Fahndungsliste?«

»Nein. Ich glaube nicht ...« Sie wurde unsicher. Ein Bild gab es nicht, aber ihr Name ...

»Du glaubst nicht. Aber wenn doch?« Er küßte sie wieder. »Hast du etwas dagegen, wenn du Myrta Baldwin heißt?«

»Nein. Myrta – das klingt nicht übel. Wie kommst du auf diesen Namen? Hieß eine deiner Geliebten so?«

»Nein. Er fiel mir plötzlich ein. Also Myrta! Los! Auf die Yacht! Ich winke Don Fernando zu, wenn er vor der ersten Barriere ankert, und gebe Rauchzeichen wie ein echter Indianer.«

»Wir haben eine intakte Funkanlage an Bord.«

»Ich weiß. Aber Don Fernando hält mich für einen Halbverrückten. Dein Anblick allerdings wird ihn umwerfen. Darauf freue ich mich.« Er blickte wieder auf das heranbrausende Kanonenboot und legte den Arm um Evelyns Schulter. »Miß Myrta Baldwin, wir müssen uns abstimmen. Woher kommen Sie?«

»Aus Los Angeles.«

»Wo ist die Yacht registriert?«

»In Panama.«

»Aha! Auf welchen Namen?«

»Noch auf den Vorbesitzer. Ein Mr. Jack Hellenbrandt aus San Diego. Sempa kaufte ihm das Schiff ab gegen zehn Götterstatuen. Hellenbrandt war ganz verrückt danach; er sammelt gestohlene Antiquitäten und kann sich das auch leisten. Er hat Ölfelder in Süd-Texas, lebt aber meistens in San Diego. Sein Haus ist voll von Gemälden und Skulpturen, die in Museen, über die ganze Welt verstreut, vermißt werden.«

»Und Hellenbrandt ist sonst unbescholten?«

»Völlig. Ich nehme es an. Er ist in ganz Texas bekannt.«

»Das ist gut! Du bist also Myrta Baldwin, die Nichte von Mr. Hellenbrandt, und hast einen Trip zu den Galapagosinseln gemacht.«

»Allein? Phil, da hat Sempa recht. Wer glaubt mir das?«

»Ein guter Einwand. Aber warum soll ein Mädchen wie du nicht allein herumfahren? So, wie du aussiehst ...«

»Wie sehe ich aus?« Sie stellte sich auf die Zehenspitzen und biß Phil in die Nase. Nicht fest, aber die Abdrücke ihrer kleinen Schneidezähne blieben zurück.

»Genauso!« sagte Phil. »Ein kleines Biest, das vor nichts Angst hat!«

»Und wenn dieser Don Fernando doch merkt, daß ich gar nichts von Navigation verstehe?!«

»Er wird nicht danach fragen. Er ist Südamerikaner. Wenn er in deine Augen oder auf deine Bluse blickt, stellt er keine marinetechnischen Fragen mehr.«

»Danke!« Sie lachte und lief Phil voraus zu dem langgestreckten Lavarücken, dem Abstieg zum Meer. »Ich kann ja auch ohne Bluse auftauchen! Auf meinem Schiff habe ich die Angewohnheit, topless zu gehen.«

»Untersteh dich!« Er lief ihr nach, erreichte sie unten in der Bucht und riß sie in den gelbweißen Sand. Sie wälzten sich ein paarmal engumschlungen umeinander, küßten sich wild und rollten bis in das seichte Wasser.

»Du bist ein Irrer!« keuchte sie. »Ein total Verrückter! Wie sehen wir jetzt aus, wenn Don Fernando landet!«

»So, wie es sich für zwei Liebende gehört!« Phil sprang auf und zog Evelyn aus dem Wasser. »Ab! Hinüber auf die Yacht! Kaffee kochen! Zieh einen Bikini an ... das wirkt noch mehr.«

»Aye, aye, Sir!« Sie grüßte militärisch und watete durch das seichte Wasser zu dem weißen Schiff. Als sie die Badeleiter hinaufkletterte, winkte sie Phil lachend zu. Ihr Haar leuchtete blondrot in der Sonne.

Mein Gott, wie liebe ich sie, dachte er und winkte zurück. Ich wollte mein Leben auf dieser Insel verändern, und nun ist es doch wieder eine Frau, die meine Zukunft bestimmen wird. Kann man ihr aber zumuten, auf den »Sieben Palmen« zu bleiben? Ist es nicht ein Verbrechen an soviel Schönheit und Lebenslust, sich auf einer unbewohnten Insel zu vergraben?! Soll ich zurückkehren in die laute Welt, vor der ich mit Ekel geflüchtet bin? Evelyn ist es wert, neu zu beginnen. Wir haben beide vieles zu vergessen und sind dabei, uns neu zu entdecken.

Die immer wiederkehrende Frage, auf die er noch keine Antwort geben konnte ...

Er sah, wie Evelyn auf dem Sonnendeck der Yacht die Liegestühle zurechtrückte und dann im Inneren des Salonaufbaus verschwand, um Geschirr und Gläser zu holen. Phil riß sich aus seinen Gedanken los und rannte über den Lavarücken zum Plateau zurück, hißte an einer langen, knochigen Stange, die er aus einer abgestorbenen Palme herausgearbeitet hatte, die Flagge von Ecuador, ein Abschiedsgeschenk von Don Fernando, und wartete zwischen den sieben Palmen, bis vom »Panther« mit dem Signalscheinwerfer die ersten Lichtzeichen gesendet wurden. Das Kanonenboot war jetzt so nahe herangekommen, daß Phil ganz deutlich auf dem Austritt der Kommandobrücke Don Fernando und den Ersten Offizier erkennen konnte. Am Heck wurde die Barkasse startklar gemacht; sie hing schon an den zum Meer herumgewendeten Davits über der Bordwand.

Die Morselichtzeichen. Phil begann, sie zusammenzusetzen.

»Warum geben Sie keine Funknachricht? Wir kommen an Land«, ließ Don Fernando blinken.

Wenn er Evelyn sieht, wird er's verstehen, dachte Phil. Er zog sein Hemd aus, schwenkte es hoch durch die Luft – Don Fernando mußte es mit seinem starken Fernglas sehen – und lief dann hinunter in die Bucht.

Auf der Yacht hatte Evelyn alle Flaggen gesetzt: die von Panama, von den USA und einige bunte Wimpel, bunte, fröhliche Fähnchenketten, als feiere man an Bord ein Fest. Unter dem Sonnendeck war der Tisch gedeckt ... Evelyn kletterte gerade vom oberen offenen Steuerstand herunter. Sie trug einen schlichten schwarzen Bikini und sah hinreißend aus.

Eine halbe Stunde später tuckerte die Barkasse der »Panther« durch die letzte Riffbarriere in die sanfte Bucht hinein. Don Fernando selbst stand am Bug, der Zweite Offizier lenkte das Boot. Ihrer Verblüffung über das hinter den Felsen ankernde Schiff gaben sie dadurch Ausdruck, daß sie nahe an die Yacht heranfuhren, also vom Kurs abschwenkten, und – nachdem sie die winkende hübsche Frau genügend bewundert hatten – erst dann wieder zum Ufer drehten.

Phil watete ihm entgegen; wegen des seichten Wassers konnte die Barkasse nicht näher als vier Meter an den Strand heran.

»Willkommen!« rief Phil und schwenkte beide Arme durch die Luft. »Don Fernando, auch wenn Sie hier gewaltig stören, ich heiße Sie willkommen.«

Das Wasser reichte ihm bis zu den Hüften, als er vor der Barkasse stand und zu Don Fernando hinaufblickte. Der Offizier schob seine weiße Mütze in den Nacken und zeigte mit dem Daumen über seine Schulter.

»Das muß man Ihnen lassen –«, sagte er sarkastisch. »Sie haben eine Begabung, Paradiese schnell vollkommen zu machen. Bei Ihnen fallen die Evas vom Himmel, was?«

»Nein, sie kommen per Schiff aus Panama.« Phil lachte jungenhaft. »Wollen Sie sich die Hosenbeine naß machen, oder soll ich Sie an Land tragen, Kommandant?«

»Lohnt es sich? Ich habe noch nie Spaß an Lavafelsen gehabt. Ich glaube, wir sitzen auf dem Schiff Ihrer Eva gemütlicher als bei Ihnen vor der Höhle.«

»Das bestimmt. Wir erwarten Sie bereits, Don Fernando. Es gibt Kaffee mit Kognak und einen Marmorkuchen aus der Dose.« Phil legte die Hand gegen die Schläfe. »Bitte, an Bord gehen zu dürfen.«

»Los, kommen Sie rauf, Phil!« Don Fernando lachte. Er streckte die Hände aus und half Phil, die Bordwand zu erklettern. »Das ist also die Erklärung, warum Sie auf unsere Funksprüche keine Antwort geben!«

»Ich hatte Ihnen doch gesagt, daß ich in Ruhe gelassen werden will.«

»Aber als Sie überhaupt nicht mehr antworteten, habe ich mir Sorgen gemacht.«

»Seit Myrta hier ist, habe ich kein Funkgerät mehr angesehen.«

»Nur noch Myrta?«

»So ist es, Don Fernando.«

Die Barkasse drehte und fuhr wieder auf die Yacht zu. Evelyn stand am Fallreep und ließ ihre blonden Haare im Wind wehen. Ihr herrlicher Körper in dem schwarzen Bikini war bis in die letzten Muskeln gespannt. Sie stand auf den

Zehenspitzen, was ihre Formen noch hervorhob. Don Fernando pfiff leise durch die Zähne.

»Was immer ich gegen Sie vorzubringen habe, Phil«, sagte er fröhlich, »Sie sind für alles entschuldigt! Ich verspreche Ihnen auch, so schnell wie möglich wieder abzudampfen. Aber den Kaffee mit Kognak und Kuchen, von dieser Eva serviert, lasse ich mir nicht entgehen! Vor allem, da ich jetzt weiß, daß Ihre dämliche Einsiedelei vorbei ist.«

»Wieso? Ziehen Sie keine voreiligen Schlüsse, Commander.«

»Sagen Sie bloß, Sie wollen mit einer so herrlichen Frau weiter auf ›Sieben Palmen‹ wohnen! O Phil, wenn Sie mir das bestätigen, sind Sie wirklich ein Verrückter, den man in ein Zimmer ohne Klinken sperren sollte. Oder hatten Sie die Absicht, die Dame wieder abdampfen zu lassen, ohne sich an ihre Fersen zu heften?«

Evelyn Ball machte ihre Sache gut.

Mit einem großen Glas Kognak stand sie oben am Fallreep und empfing Commander Don Fernando. Ihr Lächeln, ihre windzerzausten Haare, ihr schlanker Körper – das alles vor dem Hintergrund eines kleinen Luxusschiffes – wirkten auf einen Mann wie Fernando, in dessen Adern altes spanisches Blut pulste, wie eine anregende Medizin. Er schwang sich an Bord, küßte Evelyn galant die Hand und nahm dann erst das Kognakglas an.

»Miß Myrta Baldwin«, sagte Phil und blinzelte Evelyn zufrieden zu. »Das ist Commander Don Fernando, Liebling.«

Don Fernando hob prostend das Glas und sagte laut: »Auf die schönste Frau, die ich je gesehen habe!«

»Danke, Commander.«

Sie tranken sich zu, aber während Don Fernando, gut erzogen, nur die Hälfte trank, leerte Evelyn das Glas ganz und warf es dann übermütig über Bord. Jetzt überzieht sie, dachte Phil erschrocken. Ein Mann wie der Commander kann unterscheiden, was natürliches Temperament ist oder nur gespielte Burschikosität.

»Meinem Onkel tut das nicht weh!« sagte Evelyn, und ihr Lachen hallte über das Deck. Verblüfft blickte Don Fernando dem Glas nach. »Ich mache das immer so, Commander, wenn ich einem Menschen zutrinke, der mir auf den ersten Blick sympathisch ist.«

Du Aas, dachte Phil und verzieh ihr die Entgleisung. Mit diesem Satz hast du Don Fernando aus der Uniform gehoben. Jetzt spielt er die Rolle eines Kavaliers, der Frauen gegenüber kühl bleiben kann.

Sie wandte sich ab und ging, in den Hüften wiegend, zum Hinterdeck. Don Fernando hielt Phil am Arm fest.

»Stiften Sie der nächsten Madonna sieben Kerzen dafür, daß ich verheiratet bin«, flüsterte er und blinzelte Phil zu. »Wäre ich, wie Sie, vogelfrei – ich nähme jetzt den Kampf mit Ihnen um diese herrliche Frau auf! Ich bin nicht chancenlos – das haben Sie gehört.«

Er gab Phil noch einen freundschaftlichen Stoß in den Rücken und folgte dann Evelyn auf das Sonnendeck. Was Phil – und auch der in der Höhle sitzende Sempa – erwartet hatten, trat prompt ein. Ein Seemann wie Don Fernando kann ein so schönes Schiff nicht betreten, ohne es näher kennenlernen zu wollen.

»Sie haben ein außergewöhnlich schnittiges Boot, Miß Baldwin«, sagte er, als sie an der Treppe zum oberen Steuerstand vorbeikamen. »Darf ich einen Blick auf die Technik werfen?«

»Aber bitte, Commander.« Evelyn breitete lachend beide Arme aus. Phil hielt den Atem an; er hatte Angst, daß der knappe Bikini platzte. »Sehen Sie sich alles an!«

»Ich möchte mich gern Ihrer Führung anvertrauen«, sagte Don Fernando etwas geschraubt. Es war sonst nicht seine Art, so zu sprechen. Wenn er es jetzt tat, bewies das nur, wie sehr ihn Evelyns Anblick verwirrte.

»Recht gern!« Ev drehte sich lustig um die eigene Achse und ließ ihr goldblondes Haar fliegen. »Wo fangen wir an?«

»Beim Kaffee mit Kognak«, warf Phil schnell dazwischen.

»Ein unromantischer Bursche, auf den Sie da gestoßen sind, Miß Baldwin!« sagte der Commander. »Aber so wird man Einsiedler. Die Bedürfnisse entwickeln sich zurück auf Essen und Trinken. Oder wird der Kaffee kalt?«

Sag ja, dachte Phil. Sag, er ist schon ausgeschüttet. Lock ihn weg von der Bootsbesichtigung! So hübsch und frech kannst nicht einmal du sein, Ev, daß ein Don Fernando nicht schon nach zwei Fragen merkt, daß du von Seefahrt keine Ahnung hast.

Aber Evelyn sagte: »Der Kaffee kann warten, Commander. Wo fangen wir an? Auf der ›Kommandobrücke‹?« Ihr helles Lachen flog wieder in die Sonne. »Ein paar Hebelchen, Knöpfe, Schalter und Kontrolluhren. Gegen Ihre Kommandobrücke ein Miniaturspielzeug!« Sie stieg auf die Treppe zum oberen Steuerstand und blieb auf der vorletzten Stufe stehen. Don Fernando starrte sie von unten begeistert an. Phil, der dicht hinter ihm stand, beugte sich vor.

»Ich stifte vierzehn Kerzen dafür, daß Sie glücklich verheiratet sind«, flüsterte er.

»Sie Geizhals!« Don Fernando lächelte zu Evelyn hinauf und sprach gleichzeitig durch die Zähne. »Daß ich Sie nicht aus dem Feld boxe, müßte Ihnen eine ganze Kerzenfabrik wert sein!«

»Nach technischen Dingen dürfen Sie mich nicht fragen, Don Fernando!« rief Evelyn und schwang sich in den Steuerstand. »Ich nehme die Technik hin wie ein Wunder und benutze sie, ohne zu fragen. Oder begreifen Sie voll und ganz, wieso es möglich ist, an einem Knopf zu drehen, und man hört aus einem Lautsprecher Musik aus New York oder eine Oper aus Tokio oder ein Klavierkonzert aus Moskau?! Radiowellen, die Umwandlung von Schwingungen in Töne ... alles ganz einfach, nicht wahr? Aber begreifen werde ich es trotzdem nie!« Sie schwenkte den Arm durch die Luft, griff in den Wind und ballte dann die Faust. »Was habe ich jetzt erwischt? Vielleicht einen Walzer aus Wien?« Sie drückte die Faust an ihr Ohr und machte ein Gesicht, als lausche sie angestrengt. »Nein! Ich glaube, es ist ein Samba aus Rio de Janeiro ...«

»Phil, wenn Sie diese Frau wieder laufen lassen, sperre ich Sie ein!« knurrte Don Fernando leise. »Und wenn Sie sie auf der Insel festhalten, befreie ich sie! Ist das klar?«

»Nein!« Phil lächelte breit. »Ich habe es schriftlich, daß ich auf ›Sieben Palmen‹ tun kann, was ich will. Ich bin ein Souverän.«

»Ein Dummkopf sind Sie!«

Sie kletterten Evelyn nach und drängten sich in den Steuerstand. Man brauchte Don Fernando nicht zu erklären, was die Hebel und Kontrolluhren bedeuteten. Als Phil zu Erklärungen ansetzte, winkte der Commander ab.

»Die modernsten Instrumente«, sagte er. »Ich sehe es! Früher war die Seefahrt ein Abenteuer und eine Knochenarbeit, ein ständiger Kampf gegen die Elemente. Heute«, er klopfte auf den Instrumententisch, »ist die Elektronik so vollkommen, daß eine Frau wie Sie, Miß Baldwin, sich allein aufs Meer wagen kann. Trotzdem – ich bewundere Sie! – Sie sind völlig allein?«

Phil zog die Unterlippe durch die Zähne. Jetzt kommt es, dachte er. Wir nähern uns dem kritischen Punkt.

»Völlig!« Evelyn lachte Don Fernando unbekümmert an. »Ist das so ungewöhnlich?«

»Auf keinen Fall ist es normal! Von Panama bis zu den Galapagosinseln – das ist kein Wochenendausflug.«

»Ich bin seit vier Wochen unterwegs. Zuerst immer an der Küste entlang, auf Sichtweite. Dann sah ich auf der Karte diese Inselgruppe und dachte: Das schaffst du auch noch. Fahr mal hinüber ...« Sie sagte es ganz unbefangen, im Plauderton, als sei eine Fahrt zu den Galapagosinseln wirklich nur ein Ausflug. »Ich bin eine sehr selbständige Frau, Commander. Ich brauche kein Schiff voll guter Freunde, um mir die Welt anzusehen. Es macht mir Spaß, mich allein durchzuschlagen.«

Don Fernando war wieder einmal so begeistert von Evelyn, daß er keine Fragen mehr stellte. Er kletterte auf Deck zurück, besichtigte die Kabinenräume, den Salon, die Küche, zwängte sich dann in den Maschinenraum und begutachtete die beiden Benzinmotoren. Alles blitzte vor Sauberkeit. Ein Lob für Ari Sempa, dachte Phil. Er hat sein Boot bis in die hinterste Ecke gut in Pflege. Sogar der Laderaum, der den Inkaschatz aufnehmen sollte, war blank geputzt, als wolle man hier zum Essen decken.

Don Fernando war voller Lob, als sie wieder an Deck standen. Phil atmete tief durch. Das wäre überstanden! Er hatte anstelle von Evelyn den Motor erklärt und den Commander davon abgehalten, gezielter zu fragen. »Mir ist das alles gleich«, hatte Evelyn darauf gesagt. »Mein Onkel sagte: Die Maschinen sind durchgetestet, es kann nichts passieren. Und wenn sie gestreikt hätten? Wozu habe ich rote Raketen an Bord? Irgend jemand, der etwas von Technik versteht, wäre schon gekommen. Das ist wie an Land, Commander! Ich habe auch noch nie einen Reifen gewechselt. Immer kam zur richtigen Zeit ein Kavalier!«

»So kann man auch zur See fahren!« Don Fernando lachte schallend. »Phil – so eine Frau wie Miß Baldwin – das ist ein neues Kapitel in der Geschichte der Seefahrt!«

Später saßen sie auf dem Hinterdeck unter dem aufgespannten Sonnensegel, aßen Kuchen, tranken starken, fast schwarzen Kaffee und blickten hinüber auf die Insel »Die sieben Palmen«, diesen Lavaklotz mit seinen bizarren Steinformationen und dem Farbenspiel seiner verschiedenen Eruptionsschichten. Von der See her wirkte das Eiland kahl, unbewohnt und feindlich, nur die sieben Palmen auf dem Plateau bogen sich im Wind, als lachten sie über die Kühnheit, sich hier angesiedelt zu haben. Daß das Innere der Insel genug Lebensraum bot, um sich Kühe, Ziegen, Schweine, Hühner und Enten zu halten und sogar Gemüse anzubauen, ahnte niemand, der diesen Steinklotz nur vom Wasser aus sah.

»Erzählen Sie noch mehr von sich«, sagte Don Fernando und sah Evelyn mit den strahlenden Augen des Südländers an. »Wer, zum Teufel, hat Sie ausgerechnet an diese Insel geführt und damit in die Gegenwart dieses schrecklichen Phil Hassler?«

»Vielleicht wirklich ein Teufel!« Evelyn lachte hell. »Ich wollte eigentlich nach Tower. Aber dann tauchte in der Ferne diese merkwürdige Insel mit dem Haarpinsel aus sieben Palmen auf. Da bin ich vom Kurs abgeschwenkt.«

»Das hätten Sie nie tun sollen!«

»Don Fernando«, warf Phil lächelnd ein. »Das war jetzt unfair!«

»Behaupten Sie bloß nicht, es sei ein Vergnügen, Sie kennenzulernen! Wissen Sie, daß Sie mit Ihrem Spleen diplomatische Aktivitäten ausgelöst haben?«

»Ich? Wieso? Ich bin der friedlichste Mensch. Zumindest will ich es sein!«

»Das ist es ja! Absolut friedliche Menschen sind immer ein Problem und im höchsten Grad verdächtig! Es ist geradezu anormal, vom Frieden zu reden und auch noch danach zu handeln! Ein Diplomatengehirn faßt das gar nicht! So ging ein umfangreicher Fernschreibwechsel zwischen Bonn und Quito los. Man verlangte genaue Auskünfte über Sie, auch, ob Sie schon mal in einer Heilanstalt gesessen haben, wie Ihre politische Aktivität in Deutschland gewesen sei, ob Sie ein alter Nazi wären, der sich auf den Galapagosinseln verstecken will – Sie sehen, man hat an alles gedacht!«

»Und was kam dabei heraus?« lachte Phil.

»Was zu erwarten war: nichts! Aber dieses Nichts ist nun bei allen Behörden ungemein verdächtig! Einen absolut blütenreinen Menschen gibt es im Diplomatendenken nicht. Deshalb stehen Sie jetzt erst recht auf der Liste der Personen, die man besonders im Auge behalten muß. Weil man Ihnen gar nichts nachweisen kann, müssen Sie auf den ›Sieben Palmen‹ etwas Geheimnisvolles planen. Das ist die Logik dieser Leute. Ich bin beauftragt worden, ein Auge auf Sie zu haben. Es ist ein regelrechter Befehl. Ein Kommandounternehmen …«

»Und deshalb sind Sie hier?«

»Man hat als Offizier Befehle auszuführen. Wenn sie so harmlos und herrlich idiotisch sind wie dieser Befehl, tue ich es sogar gerne. Wir bekommen beide dadurch etwas Abwechslung.« Don Fernando machte im Sitzen eine galante Verbeugung vor Evelyn Ball. »Wer konnte ahnen, daß in dieses Paradies bereits eine Eva eingeschwommen ist? Ich bewundere Sie, Miß Myrta Baldwin. Ich muß es immer wieder sagen! Eine Frau wie Sie – allein zu den Galapagos!? Was reizte Sie so an den Inseln?«

»Ich habe mehrere Bücher darüber gelesen. Die ›Inseln der letzten Drachen‹ hieß eines. Und ein anderes Buch:

›Riesenschildkröten wie auf einem anderen Stern‹. Das machte mich alles ungemein neugierig. Und was finde ich hier wirklich?«

»Phil Hassler!« Don Fernando nickte schwer. »Muß das ein Schreck für Sie gewesen sein …«

»Commander, Sie fliegen gleich über Bord!« sagte Phil mit gespieltem Ernst.

»Ich war ja auf Drachen eingestellt!« lachte Evelyn.

»Wann wollen Sie weiter nach Tower?« fragte Don Fernando fröhlich.

»Überhaupt nicht mehr.« Evelyn blickte den Commander treuherzig an. Sie goß Kaffee nach und bot beim Vorbeugen einen schönen Einblick.

»Sie wollen tatsächlich auf dieser Insel bleiben?« Don Fernando war ehrlich erstaunt.

»Ja.«

»Ein Vorschlag, Commander«, mischte sich jetzt Phil ein.

»Wenn Sie in ein paar Wochen wiederkommen, bringen Sie einen Standesbeamten und einen Pfarrer mit. Zur weiteren Verwirrung Ihrer Beamten, weil selbst auf den ›Sieben Palmen‹ bei mir alles so stinknormal abläuft. Hochzeit mit Brautkranz und Schleier.«

»Das sieht Ihnen ähnlich.« Don Fernando wandte sich an Evelyn. »Myrta, kann ich Sie vor diesem Verrückten schützen?«

»Nein!« Sie lachte hell und schüttelte die goldenen Haare. »Ich liebe ihn. Dagegen gibt es kein Mittel! Ich bin ja genauso verrückt wie er.«

»Eins beruhigt mich«, sagte Don Fernando. Er meinte es ernst. »Sie haben jetzt immer die Möglichkeit, ins vernünftige Leben zurückzukehren, wenn Ihnen das Lavaparadies zum Hals heraushängt. Sie haben ein gutes Schiff, eine moderne, vorzügliche Funkanlage, und ich bin immer in Ihrer Nähe, wenn Sie mich brauchen und rufen. Das ist ein großer Fortschritt. Phil hatte sich hier lebendig eingesargt. Sie haben wieder eine Tür geöffnet! Ich möchte jede Wette eingehen, daß die ›Sieben Palmen‹ *nicht* Ihre Endstation sind, Phil!«

»Ich halte die Wette! Wie hoch?«

»Was verlangen Sie von einem armen Offizier? Eine Kiste Whisky.«

»Ihr Angebot? Angenommen! Ich biete 100 000 Sucres!«

»Oha! So sicher sind Sie sich?!

»Ja.«

Don Fernando blickte auf seine Armbanduhr, trank noch einen Kognak und erhob sich dann von dem Deckstuhl. Evelyn Ball schüttelte bedauernd den Kopf.

»Sie verlassen uns schon wieder?«

»Im Paradies waren drei zuviel. Das lehrt die Bibel. Ich möchte nicht die Schlange sein.«

Er küßte Evelyns Hand und setzte dann seine weiße Commandermütze auf. »Es wird sich nicht vermeiden lassen, Phil, daß ich doch ab und zu aufkreuze, vor allem, wenn Sie auf Funksprüche keine Antwort geben ...«

»Ich werde mich bemühen, in Zukunft dafür Zeit aufzubringen.«

»Noch etwas! Die Marine hat eine Suchmeldung bekommen. Schon vor Wochen. Aber sie ist bis heute nicht abgeblasen worden. Eine Privat-Yacht amerikanischen Musters mit drei Gangstern an Bord soll einen Inkakönigschatz entführt haben.«

»Das ist ja ein tolles Ding!« sagte Phil ruhig.

»Ich glaube nicht daran.« Don Fernando ging langsam über Deck zum Fallreep. Unten schaukelte die kleine Barkasse in der schwachen Dünung, ein Matrose hielt einen Gummisack zwischen die Bordwände, damit die schöne weiße Yacht nicht angekratzt wurde. »Ein Inkaschatz. So etwas liest man nur noch in Märchen! Was die alten Inkas hinterlassen haben, ist längst von meinen spanischen Vorfahren entdeckt und abtransportiert worden. Da brauchen wir keine amerikanischen Gangster. Die Konquistadoren haben damals alle Gangster von heute in den Schatten gestellt. Aber immer wieder tauchen solche Gerüchte auf. Unermeßliche Schätze eines Inkakönigs! In tiefen Felshöhlen! Neu entdeckte Inkastädte! Wenn das alles stimmen würde, wären die ganzen Anden und Kordilleren von Geheimgängen durchzogen. Blödsinn!« Er hob die Schultern. »Aber was will man machen? Befehle sind dazu da, daß man sie befolgt. Also, Phil« – Don Fernando lachte – »wenn Sie das Gangsterschiff sehen, funken Sie mich sofort an! Und jetzt bin ich weg! Miß Baldwin, ich sehe Phil an, was er denkt: Endlich!«

Er gab Hassler die Hand, kletterte über Bord, winkte noch einmal zurück und grüßte zackig zu Evelyn hinauf. Dann entfernte sich die Barkasse schnell und durchbrach den Gischt der letzten Barriere, um sich weiter unter der kundigen Führung des Zweiten Offiziers durch das Labyrinth der Lavaspitzen und Korallenriffe ins offene Meer zu lavieren.

»Wie war ich?« fragte Evelyn, als sie von der Reling zurücktraten unter das Sonnensegel.

»Hervorragend. Beängstigend geradezu. Du kannst perfekt lügen!«

Sie lehnte sich gegen die Wand des Salons und verschränkte die Arme vor ihrer Brust. »Das klingt wie ein Vorwurf, Phil. Blick nicht aufs Meer – sieh mich an! Glaubst du, ich könnte auch dich belügen?«

»Nein ...«

»Jetzt lügst du!« Sie stieß sich von der Wand ab und begann, das Geschirr auf einem Tablett zusammenzuräumen. »Wie könnte ich dir beweisen, daß du für mich zum Mittelpunkt der Welt geworden bist?«

»Ich habe Don Fernando um etwas gebeten, ohne dich vorher gefragt zu haben. Erinnerst du dich?«

Sie nickte und blickte ihn über das volle Tablett an. »Der Standesbeamte und der Pfarrer ... Habe ich protestiert?«

Er schüttelte den Kopf. »Aber vielleicht nur, um mich nicht bloßzustellen ...«

»Ich liebe dich, Phil! Ich liebe dich doch! Ich liebe dich! Soll ich es tausendmal schreien, bis du es glaubst?«

»Du wirst auf diesem Lavafelsen leben müssen.«

»Ich weiß es.«

»Ein Leben ohne Komfort, bis auf den, den wir uns selbst mit unserer Hände Arbeit schaffen.«

»Es ist ein Leben mit dir. Gibt es mehr Glück?«

»Ich möchte dich küssen – aber dann läßt du das Tablett fallen.«

»Bestimmt.« Sie lächelte, und in diesem Lächeln lag plötzlich unverborgen und ohne Maske ihre ganze große Liebe zu ihm. »So schnell bekommen wir kein neues Geschirr.«

»Ari! Ari Sempa!« Phil Hassler trat an die Reling und blickte hinüber zu den sieben Palmen. »Was machen wir mit dem? Wir können ihn nicht einfach vergessen. Und freiwillig wird er nicht gehen. Nicht ohne seinen Inkaschatz.«

»Wir können Don Fernando jederzeit zurückrufen, Liebling.«

»Jetzt nicht mehr.« Phil wischte sich mit beiden Händen über das Gesicht. »Einen Augenblick lang hatten wir die Möglichkeit, Schicksal zu spielen – als Fernando sagte, er glaube nicht an den Inkaschatz und an die amerikanischen Gangster. Da hätten wir sagen müssen: Dort oben, in der

Höhle, liegen Edelsteine und Goldstatuen im Werte von hundert Millionen Dollar. Es gibt diesen Schatz! Und es gab auch die drei Gangster: Einer lebt noch, gefesselt in einer Höhle, zwei liegen in ihrem Grab, von mir erschossen. Das Schiff, Don Fernando, auf dem Sie stehen, ist die gesuchte Yacht ...«

»Warum hast du es nicht gesagt?«

»Ich hätte weiter erklären müssen: Myrta Baldwin ist in Wahrheit Evelyn Ball. Die panamesische Flagge ist falsch. Alles, was wir Ihnen gesagt haben, war gelogen.« Er sah Evelyn mit einem Kopfschütteln an. »Das war unmöglich, einfach unmöglich. Fernando hätte uns alle verhaftet und mitgenommen nach Quito. Es hätte die ›Sieben Palmen‹ nicht mehr gegeben, wir hätten uns vielleicht nie wiedergesehen. Wir wären in Gefängniszellen verschwunden und dort verkommen.«

»Jetzt bist du mitschuldig ...«, sagte sie leise.

»Ja.«

»Und der Schatz wird auf der Insel bleiben. Ein Geheimnis, das nie gelüftet werden wird.«

»Der Schatz ist unwichtig! Was wird aus Sempa? Das ist die unlösbare Frage.«

»Er bleibt dort, wo sein Schatz ist.«

»Dann wird aus unserem Paradies eine Hölle werden. Es wird keine Ruhe mehr geben, nicht einen Tag lang. Und einmal wird die Stunde kommen, wo wir uns wie wilde Tiere anspringen und zerfleischen.« Er stieß sich von der Reling ab und ging langsam am Salonaufbau vorbei zum Steuerrad und zu der mit den modernsten Geräten ausgebauten Funkecke. Evelyn Ball folgte ihm, nachdem sie das Tablett abgestellt hatte. »Wir müssen mit Sempa leben«, sagte Phil schweratmend. »Was wir auch tun können, um ihn loszuwerden – es wird immer auch uns treffen! Vor allem dich.«

Er setzte sich auf den Hocker vor das Funkgerät und nahm das Mikrofon aus der Halterung. Dann schaltete er das Gerät und den Lautsprecher ein und suchte die Frequenz, auf die das Kanonenboot »Panther« sich eingestellt hatte.

Don Fernando war gerade wieder an Bord gekommen, als der Funkmaat ihn in die Funkkabine rief.

»Was ist los? Macht Ihnen Ihre schöne Eva jetzt schon das Paradies heiß? Oder will sie doch zurück zu den Freuden der Zivilisation?!«

»Nein, Don Fernando. Ich wollte nur ausprobieren, ob unser Funkkontakt klappt. Ich höre: Die Verständigung ist vorzüglich. Das wäre alles. Ende.«

»Halt, Phil!« Don Fernandos Stimme klang klar aus dem Lautsprecher. »Ist Señorita Myrta in der Nähe?«

»Sie steht neben mir.«

»Um so besser. Myrta, per Funk kann ich es Ihnen sagen, ohne daß mich Phil gegen das Schienbein tritt: Ich verehre Sie. Sie sind eine ungewöhnliche Frau. Soll ich wirklich das nächste Mal einen Pfarrer mitbringen?!«

»Ja!« rief Evelyn ins Mikrofon, bevor Phil antworten konnte. »Und bringen Sie bitte einen Schleier mit. Einen ganz langen, weißen Schleier!«

»Ich will sehen, was sich machen läßt, Myrta – Phil?«

»Ja, Commander?«

»Phil – ich fange plötzlich auch an, diesen Lavaklotz ›Sieben Palmen‹ zu lieben.«

»Bloß das nicht, Commander!« Phil lachte laut. »Lassen Sie einen Fleck dieser Erde übrig, wo man ohne Menschen glücklich sein kann! Ende!«

Er stellte das Funkgerät ab und zog Evelyn auf seinen Schoß.

»Wie alt ist Sempa?« fragte er.

»Ich weiß es nicht. Vielleicht vierzig.«

»Dann hat er die Chance, länger zu leben als ich. Ich bin schon sechsundvierzig. Fast schon ein alter Mann, Evelyn.«

»Wenn du das noch einmal sagst, bekommen wir unseren ersten Krach!« Sie sprang von seinem Schoß und ging hinaus auf das Deck. Der Wind zerzauste ihre goldroten Haare. Über die Bucht und hinauf zu den sieben Palmen zog mit trägem Flügelschlag eine Schar Albatrosse. Auf den Klippen kreischte ein Schwarm Fregattvögel.

»Ich möchte ein Kind –«, sagte sie plötzlich.

Er starrte ihren Nacken an und schüttelte den Kopf. »Du bist verrückt!«

»Warum? Ich bin mit 30 Jahren noch nicht zu alt.«

»Die ›Sieben Palmen‹ sind kein Ort, wo man Kinder in die Welt setzt.«

»Du wirst es nicht verhindern können.« Sie umklammerte die Reling und warf den Kopf dem Wind entgegen.

»Oder willst du mich nicht mehr anrühren, Phil?«

»Komm an Land!« sagte er rauh. »Mein Gott, haben wir jetzt keine anderen Probleme als das?«

»Ich liebe dich.« Sie stieß sich von der Reling ab und folgte Phil zum Fallreep. »Ich glaube, das wird ein ganz großes Problem.«

4

Als sie wieder oben auf dem Felsplateau anlangten, saß Ari Sempa vor der Höhle auf der Bank und hatte ein wahrhaft königliches Spiel aufgebaut: Neun Götterstatuen aus purem Gold hatte er wie Kegel aufgestellt. Neben ihm auf der Bank lagen sechs dicke Kugeln, ebenfalls aus massivem Gold. Sempa hatte die Beine von sich gestreckt und winkte Phil und Evelyn freudig zu.

»Endlich!« brüllte er. »Zum Teufel, wo bleibt ihr? Euer Kanonenboot ist längst wieder ein Punkt am Horizont! Aber ich kann's mir denken. Haha! Ist das nicht ein schönes breites Bett in meiner Kajüte?! Darauf läßt sich hüpfen, was? Einmal im richtigen Schwung, geht's von allein. Stimmt's, Phil?!«

»Wie sind Sie aus der Höhle gekommen, verdammt noch mal?!« sagte Phil und drückte Sempa auf die Bank zurück, als dieser aufstehen wollte. »Ich hatte Sie doch so gefesselt, daß ein Elefant sich nicht mehr rühren konnte!«

»Um einen Ari Sempa auszuschalten, braucht man etwas mehr als ein paar Bindfäden! Leuchtet Ihnen das endlich ein?! Nach einer Stunde war ich Ihre dämlichen Fesseln los und habe euch von hier oben beobachtet. Nun drücken Sie mir mal die Hand, Phil, und seien Sie dankbar, und du, Evelyn, gib dem guten Onkel Ari einen Kuß: Habe ich mich nicht ruhig verhalten?? Habe ich geschrien: Da ist ein zweifacher Mörder?!«

»Man sucht Sie, Ari! Verdammt, hätten Sie doch gebrüllt,

dann wäre vielleicht die Zukunft nicht rosiger, aber doch klarer! Die ganze Marine von Alaska bis Feuerland haben Sie gegen sich! Das wissen wir jetzt.«

»Beschissen, was?« Sempas Hirn erfaßte die Situation. »Auch wenn ich wollte – ich könnte jetzt nicht weg! In die Arme der Marine?! Bin ich ein Selbstmörder?! Ha, das könnte Ihnen so passen! Sie hinterhältiger Bursche! Ich bleibe! Jetzt bleibe ich freiwillig, bis man alles vergessen hat! In ein, zwei Jahren spricht keiner mehr von dem Schatz. So lange halte ich es bei Ihnen aus, Phil! Wir werden diese Sauinsel kultivieren und am Feierabend Kegel spielen!« Er machte eine weite Handbewegung. »Das luxuriöseste Kegelspiel der Welt! Nicht einmal Getty oder Gulbenkian konnten sich so etwas leisten: Götterfiguren aus massivem Gold als Kegel. Dazu die Kugeln. Ahnen Sie, Phil, was da an Kegeln vor Ihnen steht? Ich schätze fünfhunderttausend Dollar! Holla – gönnen Sie mir den ersten Wurf?«

Er sprang von der Bank auf, wog eine Goldkugel in der Hand und warf sie. Mit einem merkwürdig hellen, singenden Ton rollte der goldene Ball, in der Sonne aufblitzend, auf die Götterfiguren zu. Der Aufprall war wie ein Aufschrei. Die Götterbilder schwankten, sieben fielen um und polterten auf den Felsboden Die in ihre Körper eingelassenen Edelsteine glitzerten in allen Farben.

»Ist das ein Wurf?« schrie Sempa und tanzte auf der Stelle. »Jetzt sind Sie dran, Phil! Was kegeln wir aus?«

Er warf Phil eine der massiven goldenen Kugeln zu. Sie war so schwer, daß Phil sie kaum festhalten konnte, als er sie wie einen Ball auffing. Sempas hervorquellende Augen glänzten unnatürlich, seine Mundwinkel zuckten.

Erschrocken starrte Phil hinüber zu Evelyn. Sie erwiderte seinen Blick.

Er ist verrückt, dachte Phil und wartete, bis Sempa die

Königsfiguren wieder aufgestellt hatte. Ari Sempa fängt an, verrückt zu werden.

Wie soll das weitergehen, wenn er vom Irrsinn zerstört worden ist?

Sempa blieb bei seinen goldenen Götterfiguren stehen und winkte mit beiden Armen: ein riesenhafter, breit grinsender Kegeljunge, der jeder Figur, nachdem er sie aufgerichtet hatte, liebevoll, ja geradezu kosend über den Kopf strich. Es waren herrliche Statuen der altinkaischen Regen- und Fruchtbarkeitsgötter.

In die Mitte seiner neun Goldkegel aber hatte Sempa sein Prunkstück gestellt: die Nachbildung eines Inkakönigs mit all seinem Schmuck, seinem Federmantel und seiner riesigen, aus Goldstangen und Federn, Edelsteinen und Schnitzereien gestalteten Krone. Was in Wirklichkeit menschengroß und buntschillernd gewesen war, hatten die Goldschmiede der Inkas, etwa einen Meter hoch, in purem Gold nachgegossen.

»Spiel mit!« flüsterte Evelyn hinter Phil. »Beruhige ihn! Er ist ein gutmütiger Saurier, aber wenn in seinem Gehirn eine Bremse reißt – und das kommt ab und zu vor, ich habe es ein paarmal erlebt –, dann walzt er alles nieder, was ihm im Wege steht.«

»Und mit so etwas müssen wir bis ans Ende unserer Tage zusammenleben?«

»Wirf, Phil!« brüllte Sempa. »Ich stifte einen goldenen, mit Rubinen besetzten Becher. Gewinnen Sie, haben Sie was einzusetzen – verlieren Sie, wächst Ihr Schuldenkonto. Na los!«

»Ich warne Sie, Ari!« rief Phil zurück. »Ich bin ein guter Kegler.«

»Was können Sie eigentlich nicht gut, he? Sie schießen gut, Sie segeln gut, Sie können Motoryachten bedienen, Sie kegeln, spielen Tennis, sicherlich auch Golf, haben einmal Millionen verdient, funken und morsen, können reiten und Weiber wie Evelyn fertigmachen. Sie sind ja ein Teufelskerl, haha!«

Phil Hassler zwang sich, auf diesen Ton nicht mehr einzugehen, zumal er sah, daß Ari unmißverständliche Blicke zu Evelyn hinüberwarf und sich spreizte wie ein balzender Pfau. Phil wog noch einmal die massive goldene Kugel in der Hand, zielte und ließ sie dann mit einem Schwung abrollen. Wie auf einer Kegelbahn blieb er nach vorn gebeugt stehen, das linke Bein in der Luft, den Kopf vorgestreckt, eine groteske Haltung.

Die Goldkugel hüpfte ein paarmal über den unebenen Steinboden, behielt, sehr zur Verblüffung von Phil, die Richtung und krachte voll in die Kegelaufstellung. Die blitzenden Götterfiguren fielen auseinander, mit einem Lärm, der fast wie ein Aufschrei klang.

Sempa schüttelte die gewaltigen Fäuste.

»Alle neun!« brüllte er. Dann machte er einen Luftsprung und fuhr sich mit beiden Händen über die Kopfhaut. »Fabelhaft! Der Becher gehört Ihnen, Phil! Warten Sie, ich hole andere Preise! Ich glaube, das wird ein knallhartes Match! Ich sage Ihnen: Augen werden Sie machen! Das sind die phantastischsten Kegelpreise, die je vergeben worden sind! Adler und Kondore aus Gold, mit Augen aus Rubinen und Smaragden! Ganze Tiergruppen, aus glitzerndem Bergkristall geschnitzt! Masken aus Obsidian, mit Blattgold und geschliffenen Edelsteinen besetzt! Der Atem wird Ihnen stocken! Ich gestehe Ihnen: Als ich zum erstenmal da unten, in dieser senkrechten Höhle, auf dem Grund der Felsenhalle, diesen Schatz sah ... ich hätte mir vor Ergriffenheit fast in die Hose gemacht. So etwas hat noch kein Mensch von heute gesehen. Selbst dieser ägyptische Pharao mit seinem berühmten Grab – wie hieß der Knabe bloß?«

»Tut-ench-Amun«, sagte Phil, um Ari bei Stimmung zu halten.

»Stimmt, Mann! Sie haben ein Wissen wie ein Lexikon! Also, dieser ägyptische Knabe war ein armer Eckensteher gegen diese Könige hier! Welch eine Kultur ... Und das alles mit den primitiven Werkzeugen, die sie damals hatten!« Er schnaufte wieder ausgiebig, massierte seine gewaltige Brust wie ein nachdenklicher Berggorilla und blickte Hassler fassungslos an. »Und so etwas wollen Sie auf dieser mistigen Insel einfach verschimmeln lassen? Für alle Zeiten?!«

»Ja!«

»Um Himmels willen reiz ihn jetzt nicht!« flüsterte Evelyn heiser. »Wenn er rotgeränderte Augen bekommt, *ist* es bei ihm soweit. Ich habe es einmal erlebt, in einer Bar ...«

Sempa beachtete Phil und Eve nicht weiter. Er stellte seine Götterfiguren wieder auf und spielte den Kegeljungen, aber auf seltsame Art: Er kniete vor den goldenen Statuen nieder und küßte ihre Gesichter, eins nach dem anderen.

»Phil!« rief er laut. Hassler war etwas näher getreten, um eine Kugel zu holen. Sempa sah fasziniert zu, wie Phil die goldene Kugel auf der Handfläche hüpfen ließ. Ein Klumpen Gold, der im Strahl der Sonne tanzte. *Sein* Gold!

»Phil –«, setzte Sempa wieder an – »wir müssen uns über eines im klaren sein.« Er zeigte mit gespreizten Fingern auf Evelyn Ball. Sie hatte begonnen, vor der Wohnhöhle den rohgezimmerten Tisch für das Abendessen zu decken. Ihre Bewegungen waren geschmeidig, aber ihre Hände zitterten. Es war noch etwas Rotwein von der Yacht vorhanden. Dazu sollte es kalten Zickelbraten geben, verfeinert mit Ananas aus der Dose.

Sempa legte seine Hand auf den Kopf einer Götterfigur.

»Das verdammte Weib da gehört Ihnen, Phil, das ist jetzt ausgemacht. Aber ich bin auch ein Mann ...«

»Ari, stimmen Sie bloß nicht wieder diese Melodie an! Es steht Ihnen frei, die Insel jederzeit zu verlassen.« Er legte die Goldkugel auf den Steinboden vor Sempas Füße. »Wollen Sie einen Rat?« fragte er.

»Ihre Ratschläge sind mir zu platonisch. Aber nur zu!«

»Seit man beginnt, die Galapagos langsam, aber stetig zu besiedeln, gibt es auf der Insel Isabela einen Puff für die Eingeborenen. Mit Ihrem Schiff sind Sie in zwei Tagen drüben.«

Sempa lächelte verzerrt. Er beobachtete Evelyn Ball, wie sie den Tisch deckte. Durch das dünne Hemd zeichneten sich gegen das Licht der untergehenden Sonne ihre Brüste deutlich ab. Er gab der Goldkugel einen Tritt und faltete die Hände in seinem Schoß.

»Phil ...«

»Ich höre.«

»Im Goldschatz liegt auch die naturgetreue Nachbildung einer Inkaprinzessin.« Sempas rotgeränderte Augen begannen zu leuchten. »Ein nacktes Mädchen, nach meiner Schätzung siebzehn Jahre alt, mit allem Drum und Dran! Einssechzig groß. Mit apfelgroßen Brüsten. Als wir sie in einer Nebenhöhle fanden – Junge, das war eine Sensation! Sogar zwischen den Beinen stimmt die Anatomie!«

»Ari, noch ein Wort – und ich trete Ihnen gegen die Schnauze!« sagte Phil.

»Was wollen Sie?!« Sempa zog den Kopf ein. »Ich habe doch nur ein Kunstwerk beschrieben. Und auch das nur, damit Sie sich nicht wundern, wenn ich das goldene Inkamädchen zu mir in die Höhle nehme. Ein bißchen Illusion muß der Mensch doch haben.« Er zog die Statue des Regengottes an sich, küßte sie und stellte sie in die Reihe der »Kegel« zurück. »Oder ein anderer Vorschlag. Diesmal von mir: Ich fahre morgen los und komme mit einem Weib wieder.«

»Abgelehnt! Wir drei sind uns gegenseitig schon Hölle genug.«

»Aber ich brauche ein Weib, verdammt noch mal!« Sempa sprang auf. »Sie sind doch sonst ein so kluger Bursche, Phil! Nun überlegen Sie mal ganz biologisch: Ich wiege fast drei Zentner und bin so gesund wie Kernseife! In mir explodieren die Hormone! Wohin damit?!«

Hassler zeigte mit dem Daumen über seine Schulter. »Dort unten ankert Ihre Yacht. Hauen Sie ab, Ari!«

»Sofort! Aber nur mit der Hälfte meines Schatzes.«

»Nein!«

»Ihr nein, nein, nein ist wie Idiotengestammel!« schrie Sempa und lief Slalom zwischen seinen Götterfiguren. »Ich verzichte doch nicht auf meine Millionen!«

»Dann müssen Sie Ihre Hormone eben explodieren lassen.«

»Das werde ich auch! Darauf können Sie sich verlassen! Irgendwann gelingt es mir schon noch, die Evelyn zu packen! So ist noch kein Felsen auseinandergesprengt worden!«

Er stieß Phil zur Seite, ging zurück zum Abwurfplatz seiner »Kegelbahn«, wog die mitgenommene Goldkugel in seiner mächtigen Pranke und atmete tief ein. Sein Oberkörper spannte sich. In diesem Körper war eine Kraft, die unüberwindbar schien. Phil gestand es sich bei diesem Anblick ein. Und was dieser Mann eben über Evelyn gesagt hatte, nahm er plötzlich sehr ernst.

»Sempa –«, sagte er rauh. »Niemand ist unsterblich! Auch Sie nicht! Wenn Sie Evelyn etwas antun ... Ich finde eine Möglichkeit, Sie zu vernichten!«

»Wohl kaum!« Sempa lachte dröhnend. »Denn bevor ich

Eve vernasche, bringe ich Sie um. Aber was soll das! Kegeln wir, oder diskutieren wir über Orgasmus? Aufgepaßt! Jetzt kommt Papa!«

Mit elegantem Schwung warf Sempa seine goldene Kugel. Aber er war innerlich doch so erregt, daß die Kugel fast einen halben Meter seitlich von den Götterfiguren abtrieb und kreischend gegen einen Stein prallte. Sempa starrte ihr entgeistert nach.

»Scheiße!« brüllte er. »Aber ist das ein Wunder?! In meiner Verfassung? Warten Sie, Phil! Ich hole neues Material. Kommen Sie mit und helfen mir schleppen?!«

»Nein.«

»Immer dieses dusselige Nein! Mich kriegt ihr damit nicht klein! Mich nicht!«

Er drehte sich um und lief wie ein gejagter Bär über das Plateau zu dem Krater, an dessen Innenseite die Höhlen mit dem versteckten Inkaschatz lagen. Phil Hassler kehrte zu Evelyn zurück. Sie hatte den Tisch gedeckt und saß jetzt in der Höhle vor dem offenen Herdfeuer und briet in einer großen Gußeisenpfanne, die zu Phils Grundausstattung gehörte, rundgeschälte Kartoffeln. Sempa hatte sie in Dosen mitgebracht.

»Ich habe alles gehört; er kann ja meilenweit brüllen«, sagte sie und wendete mit einem großen Holzlöffel die Kartoffeln in der Pfanne. »Ich schwöre dir, Phil: Ich töte ihn, wenn er mich anfaßt. Und ich töte ihn, wenn er dir etwas tut! Ich weiß nicht, wie das ist, wenn man mit eigener Hand einen Menschen tötet – aber ich würde in diesem Augenblick kein Gewissen mehr haben. Ich glaube, ich würde nichts empfinden. Gar nichts! Ich würde mir denken, dieses Monstrum darf nicht weiterleben!« Sie sah ihn mit weiten Augen an. Ihr Gesicht war vom Feuer auf dem Herd überglüht. »Ist das grausam, so etwas zu sagen?«

»Ari muß weg von der Insel, Eve, das ist klar!« Hassler setzte sich neben den Herd auf die gemauerte Bank. Das Feuer zuckte über sein Gesicht; er schien gealtert. Die Erkenntnis, daß es auf dieser Erde kein Paradies mehr gibt, sobald nur drei Menschen zusammenkommen, schien in wenigen Tagen neue Zeichen in seine Haut gegraben zu haben.

Und was sollte er auf Evelyns Frage erwidern? Er sah, daß sie ihn anstarrte und auf eine Antwort wartete.

Galten hier, auf den »Sieben Palmen«, andere Gesetze? Waren die Zehn Gebote hier nicht mehr gültig? Durfte man hier einen Menschen töten und dann wohlgefällig sagen: Das war gut so?

Mein Gott, wohin sind wir gekommen!

»Du sagst gar nichts?« Evelyns Stimme war klein, kindlich, fast weinerlich.

»Du hast recht!« sagte er heiser. Aber er hatte das Gefühl, einer klaren Antwort ausgewichen zu sein. Um seine Unsicherheit zu überspielen, zerbrach er einige von den gesammelten trockenen Ästen, so daß sie in die Herdmulde paßten. »Ich verstehe dich sehr gut, Eve«, sagte er leise.

»Wir sollten uns lieben, Phil ...«

»Das tun wir doch, Eve.«

»Nicht so! Wir sollten uns immer lieben, jede Stunde, die wir allein sind, jede Minute, jeden Augenblick, der uns gehört. Wer weiß, ob im nächsten Moment nicht alles vorbei ist und Sempa uns wie zwei Fliegen an der Wand zerquetscht! Wir sollten uns immer, immer lieben. Jede Sekunde ist uns doch nur geschenkt!« Sie kam zu ihm, kauerte sich vor Phil auf den Höhlenboden und legte ihren Kopf in seinen Schoß. Sie rieb ihr Gesicht zwischen seinen Schenkeln, bis er spürte, wie es in ihm unruhig wurde.

»Laß das!« sagte er rauh. »Eve, das ist doch Wahnsinn. Hier vor dem Herd ...«

»Alles um uns herum ist Wahnsinn!«

»Und wenn Ari zurückkommt und uns so sieht?«

»Das gönne ich ihm!«

»Er wird uns erschlagen.«

»Wäre das ein Tod!« Sie umfaßte seine Schenkel und drückte ihr Gesicht in seinen Schoß. »In den Himmel fliegen, mit dir ...«

»Mit dir noch Jahrzehnte zu leben wäre besser.« Er nahm ihren Kopf mit beiden Händen, küßte ihre Lippen und die geschlossenen Augen und stand auf. Er wendete noch einmal die Kartoffeln und wühlte dann in den von Sempa heraufgeschleppten Kisten und Kartons.

»Fehlt etwas?« fragte Evelyn. Sie lehnte an der Felswand und knöpfte das Hemd wieder zu, das bis zur Hüfte aufgerissen war.

»Ich suche die Ananasdosen für das Zickelfleisch.«

»Sie stehen bereits geöffnet auf dem Tisch.«

»Ach so.«

»Ist das alles?« fragte sie.

»Was alles?«

»Ich habe Angst!«

»Vor Sempa?«

»Vor uns! Du hast Hemmungen, weil Ari uns überraschen könnte.«

»Ich habe noch nie auf einem Präsentierteller geliebt.«

»Das war gemein!« sagte sie ganz leise. »Ich bin keine Hure. Ich liebe dich bloß.«

»Es ist alles ausweglos!« Phil nahm die schwere Eisenpfanne vom offenen Feuer. »Wir lieben uns, finden unsere kleine Welt allein mit uns beiden – vollkommen ... und dann kommt ein Fossil wie Sempa, und wir wissen nicht mehr, was wir tun sollen. Mit ihm zusammenleben ist die Hölle. Er wird von Tag zu Tag verrückter werden – aber ist das ein Grund, ihn umzubringen? Und doch sagt man sich immer wieder: Tu's doch endlich! Läßt du eine Ratte leben? Nein, du erschlägst sie, vergiftest, ersäufst sie ... und hast nicht die geringsten Gewissensbisse. – Aber Ari ist, trotz allem, ein Mensch! Ein Mensch!«

»Und wenn er mich überfällt, wie er's angedroht hat?!«

»Er wird es nie tun! Er redet nur, redet, weil er sich selbst damit besoffen machen will! Eve, er ist ein Klotz aus Muskeln und Knochen, aber wir werden ihn überleben! Er zerstört sich selbst.«

»Und wenn er am Ende ist, sind wir es auch! Vielleicht rennt er sich den Kopf an einem Felsen ein, wenn er verrückt genug ist ... Aber bis dahin werden wir nicht weniger verrückt sein und vielleicht kreischend wie Seevögel über die Insel kriechen.«

»Weißt du einen Ausweg?«

»Nein.«

Phil Hassler nahm die Eisenpfanne und kippte die Kartoffeln in eine irdene Schüssel. »Dann laß uns essen«, sagte er tonlos. »Laß uns saufen, bis wir umfallen. Ari hat bestimmt noch Whisky auf dem Schiff!«

»Ihr Männer!« Es klang etwas Mitleid und sehr viel Verachtung in ihrer Stimme. »Der letzte Ausweg: die Flasche! Die letzte anbetungswürdige Gottheit: der Alkohol!«

Er nahm die Tonschüssel in beide Hände und tappte zum Höhlenausgang. Dort blieb er stehen und blickte zurück. Evelyn stand noch immer an der Felswand, umzuckt von den Herdflammen. »Und du?« fragte er. »Hast du plötzlich eine Eingebung bekommen?«

»Ja! Eine ganz simple Lösung aller Probleme.«

»Das wäre interessant!«

»Laß Ari Sempa mit seinem verdammten Inkaschatz wegfahren!«

»Nein!«

»Und warum nicht?! Nur, weil es deine Insel ist, auf der man ihn versteckt hat? Willst du ihn behalten? Willst du später mit mir kegeln? Soll ich die Götter aufstellen, und du wirfst mit goldenen Kugeln? Vielleicht gründen wir sogar eine neue Religion? Dann lehren wir die Drusenköpfe, Männchen zu machen und zu beten. Und die Seelöwen drüben in der Bucht bilden einen Kirchenchor. Es gibt unter ihnen wundervolle Bässe, und die Weibchen singen einen klaren Sopran!«

»Eve, was ist mit dir los?« Er stellte die Schlüssel mit den dampfenden Bratkartoffeln ab und kam in die Höhle zurück. »Wir haben uns geschworen, uns nie, nie durch Sempa aus der Ruhe bringen zu lassen. Aber was du jetzt sagst ...«

»Warum soll er den Schatz nicht mitnehmen? Erklär mir das!«

»An dem Inkagold klebt Blut. Ein Mord – an dem englischen Archäologen – und zwei Tote aus Notwehr.«

»Und? Was kannst du dafür? Hast du einen Moralkomplex?«

»Auch Ari Sempa würde an dem Gold zugrunde gehen. Wenn er es wirklich bis in die USA bringt, werden es ihm dort die ehrenwerten Herren der Cosa nostra sofort abjagen. Ein Mann wie Sempa zeigt seinen Reichtum herum – und das ist tödlich!«

»Und das belastet dich?«

»Ja.«

Er drehte sich um, nahm die Schüssel mit den Kartoffeln und ging hinaus. Mit verkniffenem Gesicht setzte er sich an den Tisch, schnitt den kalten Zickelbraten in Scheiben, belegte sie mit Ananas aus der Dose und löffelte sich die runden gebratenen Kartoffeln auf seinen Teller. Der erste Bissen schmeckte wie Galle, der zweite wie ranziges Leder, zum dritten hatte er keine Lust mehr und schob den Teller von sich weg. Eigentlich hat sie recht, dachte er. Alles, was hier geschieht, ist irgendwie unlogisch, weil es tatsächlich eine Lösung zu geben scheint: Belade dein Schiff mit dem Schatz und verschwinde! – Aber man sitzt hier, sagt stur nein und alles nur aus einem Rechtsbewußtsein heraus, auf das man hier, auf der einsamsten Galapagos-Insel, pfeifen sollte. Philipp Hassler, deine Freunde hatten völlig recht, als sie dich einen Spinner nannten und versuchten, dich in einem Sanatorium unterzubringen, bevor du wegfliegen konntest.

Er blickte hoch. Aus der Höhle kam Evelyn. Sie trug zwei geschliffene Kristallgläser – natürlich von der Yacht Ari Sempas – und eine Flasche mit rotem Bordeaux. Der Korken war schon gezogen; sie schenkte ein und setzte sich neben Phil auf die Bank aus Knüppelholz.

»Ich war dumm«, sagte sie leise. »Verzeih.«

»Nein, du bist die klügste Frau, die ich kenne. *Ich* bin ein sturer Hund!«

»Trink mit mir, Phil, und vergiß alles, was ich gesagt habe.«

»Ich war gerade dabei, dich zu bewundern, Eve.«

»Dazu gibt es keinen Anlaß!« Sie hob ihr Glas, sie stießen an und tranken. Der Wein war, wie alles, was von Aris Yacht kam, vorzüglich. »Gott hat die Welt nicht für uns allein geschaffen.«

»Warum hat er sie überhaupt geschaffen? Das frage ich mich jetzt öfter.«

»Damit wir uns finden konnten, damit wir uns lieben und glücklich sind. Und damit Millionen Liebende sich finden und sich lieben und glücklich sein können. Ist das kein wundervoller Grund zur Schöpfung, Phil?«

Er nickte und trank. Wann wird es jemals wieder eine solche Frau geben, dachte er.

Phil und Evelyn hatten ihr Essen fast schon beendet, als Sempa vom Innenkrater zurückkam. Sein Keuchen war schon von weitem zu hören. Er bewies wieder einmal, daß er wirklich die Stärke eines Mammuts besaß: Auf beiden Schultern schleppte er prallgefüllte Säcke heran. Jeder, der weiß, was Gold wiegt, konnte schätzen, wieviel Kilo Sempa jetzt auf seinen Schultern trug. Vorsichtig ließ er die Säcke auf den Lavaboden gleiten. Dann mußte er sich doch an die Felswand lehnen. Seine Beine begannen zu zittern, die Oberschenkelmuskeln verkrampften sich, die Schulterhaut war tiefrot gefärbt, als überziehe den Rücken ein Bluterguß.

Phil betrachtete Sempa ein paar Sekunden voll ehrlicher Bewunderung. Ja, er empfand, während Evelyn mit haßerfülltem Blick am Tisch sitzenblieb, plötzlich Mitleid mit Sempa. Er stand auf und brachte ihm sein Glas Rotwein. Ari riß es ihm aus der Hand und stürzte den Wein hinunter.

»Danke, Phil«, keuchte er. »Aber Sie sind trotz allem ein Saukerl! Geben Sie mir noch einen. Die ganze Flasche!«

»Sie bringen sich noch um, Ari.«

»Geht's um *Ihr* Leben, he?«

»Gib ihm die ganze Kiste, damit er platzt!« sagte Evelyn laut. »Darauf warten wir doch bloß!«

»Ist das ein Herzchen, was?« Sempa schüttelte den Schweiß von sich wie ein nasser Hund. »Ich habe Sie von Anfang an gewarnt, Phil! Machen Sie sie bloß im Bett nicht wütend. Die schneidet Ihnen glatt die Kehle durch!«

Phil Hassler holte die noch halbvolle Bordeauxflasche vom Tisch und warf sie Sempa zu. Der fing sie auf, setzte sie an den Mund und soff sie, ohne abzusetzen, leer.

»Nochmals danke!« sagte er darauf mit etwas menschlicherer Stimme. »Phil, ehrlich – Sie wären ein fabelhafter Kamerad, wenn Sie nicht so durch und durch ein sturer Deutscher wären! Warum tragen Sie eigentlich kein Monokel? In amerikanischen Filmen werden Deutsche Ihres Kalibers immer mit Monokel dargestellt. Diese Burschen stelzen in knarrenden Schaftstiefeln herum und fressen ständig Eisbein mit Sauerkraut. Vom Zusehen wird einem schon übel! Das alles, Phil, steckt auch in Ihnen, nur unsichtbar, überdeckt durch persönliche Nuancen. Aber ein Kamerad sind Sie trotzdem! Ein Idiot mit Herz!«

Er blieb an den Felsen gelehnt stehen, wischte sich den Schweiß mit beiden Händen aus dem Gesicht und blickte über das abendliche Meer. Die Sonne ging als apfelsinenfarbener Ball unter. Die Wellen schimmerten violett, der Gischt an den Barrieren schäumte blutrot, und die Lavaformationen der »Sieben Palmen« bildeten eine Farbpalette vom tiefen Schwarz über Ziegelrot und gebrochenem Gelb bis zu einem satten, leuchtenden Grün, das von bläulichen Adern durchzogen war.

»Kann ich noch baden?« fragte Sempa plötzlich. Er sagte es wie ein Kind, das um ein Bonbon bettelt.

»Warum nicht?«

»Das Essen!« Sempa winkte zum Tisch. »Erstens geht jede Hausfrau in die Luft, wenn ihr Essen kalt wird, und zweitens verabscheue ich kalten Fraß.«

»Ich brate deine Kartoffeln noch einmal auf«, sagte Evelyn, aber ohne sich zu rühren.

»Phil, sie ist doch ein Schatz!« schrie Sempa. »Ein Teufelchen, mit dem man tanzen kann! Wenn man sie so reden hört, rutscht einem die Hose von selbst herunter!«

»Statt Salz streue ich dir Rattengift über die Kartoffeln!« zischte sie.

»Und genau das fehlt uns!« Sempa lachte dröhnend. Er

stieß sich von der Felswand ab und tappte hinüber zu dem kleinen Wasserfall, den Phil Hassler mit Steinen und Holzstücken etwas reguliert hatte. Er nannte ihn »meine Dusche«. Dort warf Sempa die Kleidung ab und sprang, wie ein Ferkel quietschend, unter dem niederprasselnden kalten Wasser hin und her. Nackt rannte er dann auf dem Plateau herum, ohne sich um Evelyn zu kümmern, die mit den aufgewärmten Kartoffeln wieder zum Tisch zurückgekommen war, umkreiste im Dauerlauf viermal die sieben Palmen, hüpfte ein paarmal in die Luft und tanzte durch die wieder aufgestellten göttlichen Kegelfiguren.

Wie ein Urmensch, der soeben die Gymnastik erfunden hat, trabte er zur Wohnhöhle zurück und hockte sich, ohne Scham wegen seiner Nacktheit, auf die Tischkante zwischen Phil und Evelyn und angelte nach einem Stück des eigens für ihn gewärmten Zickelbratens. Evelyn erhob sich stumm und ging in die Höhle zurück. Sempa grunzte.

»Sie sehen, Phil, Ihr Weibchen wird bei meinem Anblick unruhig. Ich bin topfit!« Er kaute genußvoll und schlürfte ein Stück Ananas hinunter. »Ich weiß, ich weiß, in Ihren Augen bin ich eine Erzsau! Aber eine Frau wie Evelyn mit zwei Männern unseres Schlages allein auf einer solch gottverlassenen Insel – da kann man doch nur noch an so was denken! Seien Sie ehrlich, Phil! Sie waren wochenlang allein auf den ›Sieben Palmen‹, bevor Evelyn wie die schaumgeborene Venus auftauchte. Haben Sie da nicht oft gedacht: Himmel noch mal, jetzt müßte man, statt Ziegen zu melken, eine Frauenbrust in den Händen haben? Und nachts, allein auf dem harten Bett, wenn Meeresrauschen einen nicht schlafen läßt – hat Sie da nicht die Sehnsucht gepackt nach einer warmen glatten Haut, nach einem vibrierenden Körper, nach einem Schoß, der nie genug haben kann?«

Phil Hassler schob Sempa den Rest der Kartoffeln zu.

Der aß sie schmatzend und kratzte auch noch die irdene Schüssel aus.

»Sie sollten zu Ihrer hormonalen Entlastung im Hinterland Büsche und Bäume fällen, Ari«, sagte Phil ruhig. »Erst das Dornengestrüpp ausroden und dann alles abflämmen. Das gibt fruchtbare Asche, aus der Kulturboden wird, den wir in zwei Jahren bepflanzen können, wenn wir ihn gut durchgearbeitet haben.«

»In zwei Jahren? Habe ich richtig gehört?!«

»Genau.« Phil lächelte sanft. »Solche langwierigen Kultivierungsarbeiten sind geeignet, Ihren Überschuß an Kräften zu reduzieren.«

»Sie glauben wirklich, daß wir zwei Jahre ohne Totschlag miteinander aushalten? Oder noch mehr?«

»Das wird sich zeigen, Ari. Warum immer die alte Leier? Was bringt das ein? Wir vergeuden nur wertvolle Zeit! Zum letztenmal: Evelyn und ich bleiben hier auf den ›Sieben Palmen‹. Und der Inkaschatz bleibt ebenfalls hier! Was *Sie* machen und wie Sie mit Ihren Gefühlen fertig werden, und wenn's mit Seelöwenweibchen wäre – das ist ganz allein Ihre Sache! Noch ein Wort darüber?«

»Ja! Das mit den Seelöwenweibchen war hundsgemein. Sie sind ein Ferkel, Phil!« Der nackte Sempa hob schnuppernd die Nase. Aus der Höhle zog der Duft gebratener Kartoffeln. »Was ist das?« fragte er.

»Das ist Evelyns Höflichkeit. Sie macht Ihnen noch eine Pfanne voll.«

»Ein Mordsweib! Ich möchte sie aus purer Dankbarkeit …«

»Ari!« sagte Hassler warnend

Sempa winkte ab und zeigte auf die »Kegel« hin. »Spielen wir noch ein paar Partien?«

»Ziehen Sie sich erst an.«

»Haben Sie Angst, Evelyn könnte Vergleiche ziehen?« Sempa hob seinen dicken Hintern von der Tischkante. »Das ist etwas, womit *Sie* fertig werden müssen, Phil!« sagte er gemütlich. »Sie müssen mich so ertragen, wie ich bin. Sie werden jeden Terror, den ich veranstalte, aushalten müssen. Sie müssen alles anhören, was ich Ihnen und Eve sage. Sie können nicht weglaufen – ich renne Ihnen hinterher, und das ist eine kleine Insel, das gibt ein schönes Ringelreihen! Wenn ich Eve zum Beispiel ein Hürchen nenne – wie wollen Sie's verhindern? Wenn ich nackt mit gehißter Flagge herummarschiere – wie können Sie das unterbinden? Ich kann alles tun, *alles* – und Sie und Eve müssen es ertragen! Das einzige Mittel wäre, mich umzubringen – und das kriegt keiner von euch fertig, so wenig, wie ich es kann! Wir sind eben Außenseiter, Spinner, Idealisten, Idioten, Tagträumer, Clowns – viele schöne Worte passen auf uns! Nur eins sind wir nicht: Mörder! Und gerade so etwas fehlt uns hier!«

»Vielleicht hat Evelyn für die neuen Bratkartoffeln *doch* Rattengift gefunden?« sagte Phil sarkastisch. »Irgend etwas wird uns schon einfallen, Ari. Mit der Zeit – das nehme ich an – werden sich bei uns Charakter und Hirn verändern. Darauf hoffe ich.«

Sempa ging zu seinen Kleidern, zog sich nur die Hose und ein ärmelloses Unterhemd an und kam an den Tisch zurück. Manierlich setzte er sich auf die Holzbank und streckte die Beine von sich. Mit einer Gabel holte er eine Scheibe Ananas aus der Dose und aß sie wie ein glückliches Kind. Den tropfenden Fruchtsaft leckte er sich von den Lippen.

Die Sonne versank im Ozean, ein violett-orangener Ball, dessen Leuchten noch einmal den ganzen Himmel mit einem flammenden goldroten Streifenornament überzog. Das Meer lag in dieser sterbenden Schönheit kaum bewegt da, als halte es den Atem an in diesem Augenblick, da wieder ein Tag seinen Untergang in Purpur hüllte.

Evelyn kam mit den Bratkartoffeln aus der Höhle und knallte die schwere Eisenpfanne vor Sempa auf den Tisch.

»Im Hilton ist der Service besser«, sagte Sempa. »Aber die Kartoffeln sind eine Wucht! Und gewürzt sind sie! Wie heißt das Kraut?«

»Es ist ein Pflanzenvertilgungsmittel!« antwortete Eve grob. Er aß auch noch die ganze Pfanne leer, verschlang den Rest des Zickelbratens, obgleich er jetzt kalt war, und trank dazu mit Genuß eine Flasche Mersault aus den Beständen seiner Yacht. Das alles schien ihn sehr erfrischt zu haben. Er riß Evelyns Hand an sich, ehe sie das verhindern konnte, schmatzte ihr einen Kuß darauf und sagte treuherzig: »Mädchen, du kochst großartig, du bist überhaupt eine Wucht. Und so etwas muß hier verschimmeln!« Dann stand er auf, ging zu den schweren Säcken, entfernte die Schnüre und kippte sie um. Sekundenlang klirrte es – ein merkwürdiger Ton. Es war, als jammere das Gold.

Der erste Sack enthielt vielerlei Geschirr: goldene, getriebene, kunstvoll ziselierte Teller, Vasen, Becher, Kelche, Kannen und Ziertöpfe. Dazu Gürtel aus Goldgeflecht mit breiten Schnallen, auf denen fingernagelgroße Edelsteine glänzten, Armreifen Halsketten und ein unbeschreiblich schöner Kopfschmuck, der einer Inkaprinzessin gehört haben mußte.

Das alles breitete Sempa auf dem Lavaboden aus. Beifallheischend sah er Phil und Evelyn an. Als sie keinen Ton von sich gaben, knurrte er: »Jetzt sitzt euch die Stimme im Darm, was?!«

»Damit imponieren Sie uns nicht!« sagte Phil lässig.

»Das ist unser Kegelgewinn, Sie Idiot!« rief Sempa. »Das alles hier kegeln wir aus! Ein Becher gehört schon Ihnen!«

Er rieb sich die Hände und umtanzte den zweiten Sack. »Aber jetzt, mein Junge! Aber jetzt! Da kommt etwas!«

»Ich ahne, was kommt!« Phil Hassler legte den Arm um Evelyns Schulter. »Liebling, wir bekommen Gesellschaft.«

Sempa schnalzte mit der Zunge, stülpte den zweiten Sack um und zog ihn dann hoch.

Auf dem Felsgrund stand nackt, golden, lebensgroß, von unirdischer Schönheit, ein Inkamädchen. Der Goldschmied, der diese Figur zuerst gegossen und dann mit der Hand bearbeitet hatte, mußte sehr verliebt gewesen sein, es fehlte kein frauliches Detail. Vielleicht auch hatte der unbekannte Künstler zu den bedauernswerten »Auserwählten« gehört, die man damals – so berichtet eine Legende – in den Königspalast führte, die Figur der Königstochter modellieren ließ und sie anschließend blendete, damit sie nie wieder so viel Schönheit sehen, von ihr berichten oder sie sogar nachahmen konnten.

»Das ist sie«, sagte Sempa, heiser vor Erregung. Er tat dabei so, als stelle er eine wirklich lebende Dame vor: legte den Arm um die Schulter des herrlichen Mädchens und küßte sie auf die Stirn. Dann drehte er die Figur seitlich, der untergehenden Sonne zu.

»Gestehen Sie's endlich, Phil!« sagte Sempa mit bebender Stimme. »Da kommt kein lebendes Weib mehr mit! Auch Eve nicht! Und wenn du platzt, Eve ... ich spreche es aus! Diese Brüste! Diese schlanke, lange Halspartie! Der Schwung vom Leib zu den Hüften! Die Innenschenkel! Die rehhaften Beine! Nichts fehlt! Sie ist vollendet!«

Er umfaßte die goldene Prinzessin abermals und drehte sie erneut herum. In den letzten Strahlen der Abendsonne schien sie lebendig zu werden. Es war, als überliefe ein Zucken die goldenen Muskeln.

Ari Sempa schnaufte: »Seht euch diesen Hintern an!«

keuchte er. »Diese Backen! Der Rücken mit den zierlichen Wirbelknochen! Der zarte Nacken! Phil, man muß sie ins Bett tragen, stimmt's?«

»Sie ist nur kaltes Gold, Ari.«

»Ich werde sie wärmen! Sie wird glühen!«

Er faßte die Figur um die Hüften und trug sie zu der Höhle, die Phil ihm als Wohnung zugewiesen hatte. Schon nach kurzer Zeit kam er zurück und rieb sich die Hände.

»Ich habe sie in die Felsspalte geschoben, aus der noch die Vulkanhitze weht. In einer Stunde ist sie wärmer als Ihr Liebchen aus Fleisch und Blut, Phil!« Er bückte sich und nahm eine der Goldkugeln vom Boden auf. »Kegeln wir weiter? Ich bin dran.«

»Nein. Ich!«

»Bitte!«

Sempa warf Phil die Kugel zu. Dann betrachtete er nachdenklich Evelyn, die abseits stand. Der Wind zerzauste ihre Locken. Im Abendlicht schien auch ihr Haar aus rotem Gold zu sein.

»Wenn ich nur wüßte, was du jetzt denkst«, sagte er. »Ich gäbe eine Million Dollar ...«

»Schon ein Cent wäre zuviel«, antwortete sie trocken. »Ich denke an dich. Und du bist keinen Cent wert.«

»Würdest du mich mit dem Inkaschatz ziehen lassen?«

»So schnell wie möglich! Ich würde dir sogar beim Beladen helfen.«

»Haben Sie das gehört, Phil?« schrie Sempa.

»Natürlich. Das weiß ich ja.«

»Also sind nur Sie allein der Klotz, den ich zur Seite schieben muß.« Er wandte sich wieder Evelyn zu. »Und du kriegst es nicht fertig, ihn weich zu kneten?! Du hast nicht mehr so viel Pfeffer im Hintern, daß er alles andere vergißt?! Mädchen, was ist aus dir geworden!«

»Kegeln wir, oder diskutieren wir?« fragte Hassler. »Ari, eine Frau hat mich noch nie um meinen Verstand gebracht. Viele langmähnige, langbeinige Bestien haben versucht, durch Rückenlagen in allen Variationen an mein Geld zu kommen. Vergeblich! Kegeln wir also!«

Phil Hassler lief kurz an und warf die goldene Kugel. Es war ein Glückstreffer, ein Kranz, wie man sagt. Sempa stieß einen Fluch aus, stellte die Götterfiguren wieder auf und bespuckte seine Kugel, ehe er sie auf die Bahn schickte. Er warf eine Fünf, überreichte Phil einen goldenen Gürtel mit Edelsteinschnalle und winkte Evelyn zu.

»So geht das nicht!« sagte er. »Das ist unfair! Phil kann sich konzentrieren, aber ich muß auch noch den Kegeljungen spielen. Eve, willst du die Kegel aufsetzen?«

Hassler nickte ihr stumm zu. Sie nahm seinen Wink auf, stellte sich hinter die Götterfiguren und stemmte die umgefallenen Statuen auf ihren Platz.

Was dann begann, würde Phil Hassler nie vergessen, und wenn er noch fünfzig Jahre zu leben hätte.

Der Tag war im Meer gestorben, das nur noch schwach leuchtete. Der Sternenhimmel entfaltete sich, der bleiche Schein eines zur winzigen Sichel abgedeckten Mondes gab nur spärliches Licht. Sempa rannte herum, suchte in kleinen Kratern Büsche mit starken Ästen, hackte sie mit einem Beil ab und steckte die Äste entlang der »Kegelbahn« in die Ritzen des Felsbodens. Beide Seiten markierte er so. Dann zündete er die Äste an. Wie prasselnde Fackeln beleuchteten sie die Rollstrecke und die goldenen Götterfiguren.

»Jetzt ist er wieder soweit –«, flüsterte Evelyn. Sie war zu Phil gerannt, der Sempa tatenlos zusah und nicht einen Finger rührte. »Jetzt bricht sein Irrsinn wieder durch.«

»Zusehen ist schön, was?!« brüllte Sempa. »Phil, Sie

könnten sich auch beteiligen! Wir brauchen noch viele Fackeln!«

»Wozu?«

»Wollen Sie in der Dunkelheit spielen?«

»Ich will gar nichts, Ari! *Sie* wollten unbedingt das Spielchen machen. Ich schlafe lieber, wenn es dunkel wird.«

»Heute nicht, mein Freund! Oder glauben Sie, ich lasse mich von Ihnen auch noch im Kegeln schlagen?! Phil!« Sempa blieb auf der »Bahn« stehen, umlodert von den flammenden Ästen. »Wir sind doch ehrliche Menschen ...«

»Und das sagen *Sie*!«

»Sie verweigern mir meinen Schatz!«

»Ari, das Thema ist abgeschlossen.«

»Wären Sie damit einverstanden, daß wir den Inkaschatz als herrenlos bezeichnen?«

»Man könnte sich darauf einigen – aber korrekt wäre es nicht.« Phil Hassler blickte Sempa nachdenklich und gespannt zugleich an. Bei aller geistigen Trägheit dieses Mannes war es doch möglich, daß er eine Falle aufbaute, die man vielleicht zu spät erkannte. »Der Schatz gehört den Inkas.«

»Gibt's die noch, he?«

»Nein. Aber ihre Nachfahren.«

»Wollen Sie die Regierung von Ekuador – oder von Peru – als rechtmäßige Nachfahren bezeichnen? Das sind die Urenkel der Konquistadoren. Und was waren die, na? Denken Sie an Ihren eigenen Vortrag: Als die Spanier die Azteken-, Tolteken-, Inka- und Maya-Reiche eroberten, mit Kreuz, Weihwasser, Kirchengesängen und abgeschlagenen Köpfen, taten sie es nur, um sich den sagenhaften Reichtum dieser Völker einzuverleiben. Denken wir logisch: Den Nachfahren dieser heiligen Räuber steht dieser Schatz hier *nicht* zu. Da könnten Sie ebenso der Mafia das ganze Gold aus Fort Knox zusprechen! Die alten Inkas sind ausgerottet. Also kann sich keiner melden, der sagt, sagen könnte: Ich bin der rechtmäßige Erbe, mir gehört alles! Was wir hier aus der Höhle geholt haben, hat keinen Besitzer.«

»Bravo, Ari!« Hassler nickte ihm zu. »Diese Einigkeit hätten wir schon vor Wochen haben können!«

»Stop, Junge. Jetzt geht's ja erst los!« Sempa grinste. »Da wir uns wegen der Aufteilung des herrenlosen Schatzes nicht einigen können, verspielen wir ihn untereinander. Das ist ehrlich und fair, ein sportlicher Wettkampf. Dem Besseren, dem Sieger, gehört der Gewinn! Phil, wir kegeln den ganzen Schatz aus! Ich verdiene mir auf der Kegelbahn meinen Lebensabend als Millionär!« Er starrte Phil aus hervorquellenden Augen an. »Sagen Sie jetzt bloß, das sei nicht vertretbar!«

»Und wie lange wollen Sie kegeln, Ari?«

»Bis mindestens die Hälfte mir gehört. Ehrlich gewonnen! Dann *müssen* Sie mich abziehen lassen, wenn Sie ein Gentleman sind!«

»Und wenn ich gewinne?«

»Nie! Wenn ich auf einer Bowlingbahn auftauchte, bekreuzigten sich der Besitzer und meine Gegner.« Sempa rieb sich die Hände. »Wir machen es also, Phil?!«

»Wie Sie vorgeschlagen haben. Der Schatz gehört niemandem. Wie spielen ihn aus!«

»Bist du nun auch verrückt geworden?« flüsterte Evelyn hinter Phil. »Es stimmt! Ich habe es selbst gesehen: Er kegelt alle von der Bahn!«

»Das hier ist keine glatte, geeichte Bowlingbahn. Hier bestimmt nur das Glück, wie die Goldkugeln rollen.« Er küßte sie auf die Augen und gab ihr einen leichten Schubs. »Los, Kegeljunge! Zu den Kegeln! Es geht gleich weiter! Ari, Sie sind dran! Was ist der Einsatz?«

Sempa bückte sich und hob eine wundervolle Opferschale hoch. Ihr Rand war mit Smaragden besetzt. »Ich schätze, das sind vierzigtausend Dollar!«

»Materialwert! Unschätzbar als Kunstwerte. Angenommen!«

Sempa lief an und warf. Seine Goldkugel hüpfte über den Steinboden und blieb in der Richtung. Noch bevor sie auf die Figuren prallte, brüllte Sempa auf.

»Wer macht mir diesen Wurf nach, he?!«

»Acht!« stellte Phil fest. »Ari, ein faires Angebot: Soll ich wieder in die vollen werfen? Oder soll ich den neunten wegholen?«

»Sie spinnen wirklich, Phil. Den kriegen Sie nie! Ganz rechts außen! Wenn ich dem zustimme, begaunere ich Sie wissentlich. Wir wollen aber fair spielen.«

»Es ist mein Angebot!«

Sempa zuckte mit den breiten Schultern und erneuerte einige abgebrannte Holzfackeln. Phil Hassler fixierte die einsame Götterfigur und tastete mit dem Blick die Rollstrecke ab. Sie haben beide recht, dachte er. Das ist unmachbar. Wenn man schon bluffen will und den Gegner verunsichern, dann sollte es realere Grundlagen haben.

Phil Hassler zielte noch einmal – dann ließ er die Goldkugel aus der Hand schnellen. Sie driftete nach rechts ab, so, wie er berechnet hatte, aber für die Länge der Bahn war der Rechtsdrall zu stark. Das sah er sofort nach dem Wurf. Auch Sempa erkannte es und schrie auf.

»Das erste Stück gehört mir!«

Es gibt Zufälle, die nach menschlichem Ermessen unmöglich sind. Auch jetzt geschah etwas, was Sempa und Phil Hassler fassungslos beobachteten: Die Goldkugel, die eben noch, nach aller Berechnung, mindestens zehn Zentimeter an der neunten Figur vorbei ins Nichts hätte rollen müssen, stieß gegen eine kleine Kante im steinigen Boden, änderte ihren Lauf, krachte gegen den goldenen Gott und warf ihn um.

»Prost!« sagte Phil heiser.

»Das gilt nicht!« brüllte Sempa.

»Der neunte liegt, Ari!«

»Sie haben glatt vorbeigeworfen! Nur der verdammte Buckel im Boden hat die Kugel abgelenkt. Das war ein Querschläger!«

Evelyn baute die neun Figuren wieder auf. Sempa rannte, die herrliche Gold- und Smaragd-Schale in beiden Händen, auf der Bahn auf und ab und fluchte gottserbärmlich. Dann blieb er vor Phil stehen und reichte ihm die Schale hin. »Das war nicht Können, das war Glück.«

»Ohne Glück wäre das Leben eine salzlose Suppe.« Phil stellte die Schale neben sich. »Was jetzt?«

»Ein goldener Helm. Der dort, aus Sack drei!«

»Ari, haben Sie grob überschlagen, wie lange wir kegeln müssen, bis wir den ganzen Schatz umgewälzt haben?«

»Von mir aus ein paar Wochen!« Sempa hohe seine goldene Kugel. »Was macht das schon? Sie rechnen ja in Jahren, Phil! Aufgepaßt, es geht los!«

Ein voller Wurf! Der Helm gehörte Sempa. Er setzte ihn sofort auf, aber auf seinem riesigen Kopf wirkte er wie ein Hütchen, das man, mit einem Gummiband ums Kinn, zum Karneval trägt.

»Der mit Bergkristall besetzte Brustpanzer!« schrie Sempa. »Phil, wir steigern uns in den Preisen. Was schätzen Sie?«

»Wenn man ihn ausschlachten würde: 12 000 Dollar.«

»Mehr nicht?«

»Museumswert unschätzbar!«

Sie spielten vier Stunden.

Die einzige Unterbrechung des verbissenen Duells mit

der goldenen Kugel waren die Minuten, in denen Sempa und später auch Phil die Holzfackeln auswechselten. Die goldenen Gefäße und Schmuckstücke wanderten hin und her ... Sempa war unermüdlich, begleitete jeden seiner Siege mit einem hysterischen Geheul, als habe er eine Burg erobert. Ab und zu klatschte er in die Hände oder stampfte mit seinen Säulenbeinen auf, lachte dröhnend oder fluchte in gemeinster Weise und begann einen irren Tanz, als er die Schale mit den Smaragden wiedergewann und alles darauf hindeutete, daß Ari Sempa doch der glücklichere Spieler werden würde.

Das änderte sich dramatisch zu Beginn der vierten Spielstunde.

Phil Hassler war immer stiller, immer wortkarger geworden, je lauter sich Sempa gebärdete. Als fast sein ganzer Gewinn verspielt war, untersuchte er jede Kugel auf Unebenheiten und Gewicht. Sempa beobachtete ihn mißtrauisch.

»Zeigen Sie mir mal Ihre Kugel!« sagte Phil, nachdem er aus dem Haufen der goldenen Bälle den besten, wie ihm schien, ausgewählt hatte.

»Warum?« schrie Sempa. »Unterstellen Sie mir, daß ich mit einer präparierten Kugel spiele?«

»Ich will sie mir nur mal ansehen, Ari!«

»Aber ich behalte sie!«

»Natürlich.«

Auch Sempas Kugel war nicht anders als die anderen. Enttäuscht gab Phil die Kugel zurück.

»Zufrieden?« knurrte Sempa. »Kein eingebauter Magnet?«

»Reden Sie kein Blech, Ari! Los, es geht weiter!«

Darauf geschah das, was Sempa nicht mehr begriff. Vierzehnmal hintereinander gewann Phil Hassler seinen Wurf, begleitet von Evelyns hellen Aufschreien. Vierzehnmal lief

Sempa brüllend zu dem Inkaschatz und brachte Phil den Preis.

»Wieviel haben Sie jetzt?« fragte er nach dem vierzehnten Wurf.

Phil überblickte den neben ihm liegenden Haufen an Gold und Edelsteinen. »Ich schätze: Rohwert so um die zwei Millionen Dollar!«

»Wir tauschen die Kugeln! Sie bekommen meine!«

»Wenn es Ihren Blutdruck senken kann – bitte!«

Sie tauschten die Goldkugeln – und wieder verlor Sempa den nächsten Wurf. Gegen fünf umgefallene Götter setzte Phil acht. Ein goldener Kragen, mit Rubinen und Perlen besetzt, fiel auf Hasslers Gewinn.

Sempa lehnte an einer der sieben Palmen, hatte beide Hände vor das Gesicht geschlagen und verharrte eine Weile unbeweglich, als sei er durch einen Zauber versteinert worden. Dann warf er sich plötzlich herum und rannte zu den Wohnhöhlen. Er verschwand in seiner Behausung, kam aber nach wenigen Sekunden wieder und trug, eng an sich gepreßt, sein lebensgroßes, goldenes nacktes Inkamädchen an die »Kegelbahn« und stellte es hinter die flammenden Holzfackeln. Dann küßte er die Statue und zeigte mit dem rechten Arm auf Hassler.

»Sieh dir das an!« schrie er auf die goldene Figur ein. »Der Kerl gewinnt, gewinnt, gewinnt! Schon zwei Millionen Dollar von *deinem* Schatz! Du mußt etwas tun! Hörst du?! Lenk ihn ab mit deinen Titten! Verfluch ihn! Ihr habt doch alle irgendeinen Fluch mitbekommen, bevor man euch versteckte! Wünsch den Kerl in die Hölle!« Er starrte Phil aus irr leuchtenden Augen an und streichelte mit beiden Händen den nackten Körper des goldenen Mädchens. »Kein Wort gegen sie!« brüllte er, als Phil etwas sagen wollte. »Wer Yuma beleidigt, trägt sein Gesicht nach hinten!«

»Wieso Yuma?« fragte Phil erstaunt.

»Sie heißt Yuma!« Sempa küßte die Statue wieder und streichelte ihre spitzen Brüste. »Sie hat's mir gesagt: Ich bin Yuma! Bestreitet das hier jemand?! Also basta! Das hier ist Yuma! Und sie darf zugucken, bei allem zugucken. Darf dabei sein! Sie gehört zu mir wie Eve zu Ihnen!«

»Von mir aus.«

Evelyn, die gerade die Figuren wieder aufgestellt hatte, kam näher. Sie schwankte etwas, sah angegriffen aus und lehnte sich gegen Hassler. »Ich kann nicht mehr«, flüsterte sie. »Phil, das ist zuviel! Ich kann nicht mehr mit ansehen, wie er wahnsinnig wird.«

»Geh ins Haus«, sagte er und strich über ihr zerwühltes Haar. Das »Haus«, das war ihre große Höhle. »Ich muß weitermachen, bis Sempa umfällt.«

»Das schaffst du nie! Er ist ein Untier!«

»Er hat Yuma geholt, weil er an irgendeinen Zauber glaubt. Soll ich jetzt kneifen? Es würde ihn rasend machen. Ich *muß* jetzt bleiben.«

Sie nickte und schwankte an den Fackeln entlang zurück zur Höhle. Sempa, der sein Goldmädchen noch immer betastete, blickte ihr mit einem breiten Grinsen nach.

»Sie kapituliert, was?« sagte er fröhlich. »Gegen Yuma kommt sie nicht an! So etwas spüren Frauen sofort. Na, und Sie?« Er trat von der goldenen Inkaprinzessin zurück und steckte die Hände in die Hosentaschen. Dabei wippte er auf den Zehenspitzen. »Nur angucken, Phil! Wenn Sie sie anfassen, knete ich Sie zu Hackfleisch. Sie können Evelyn noch nachlaufen, wenn Sie Angst haben, gegen Yuma zu spielen. Denn sie hilft mir jetzt! Niemand nimmt es Ihnen übel, wenn Yumas Zauber wie ein Blitz in Ihre Hose fährt! Aber wenn Sie bleiben, Phil ...«

»Ich bleibe, Ari!« Hassler ging wieder zum Abwurfplatz

und nahm seine Kugel vom Boden. »Trauen Sie mir zu, daß ich kneife?«

»Sie wollen gegen den Inkazauber kämpfen?!« Sempa stützte sich auf sein goldenes Mädchen. »Yuma hat Sie bereits verflucht!«

»Ari, manchmal weiß ich nicht, ob Sie ein vertrocknetes Hirn oder ganz einfach Luft im Kopf haben! Alles, was man von den Zaubersprüchen der früheren Völker erzählt, ist doch Unsinn!«

»Der Fluch der Pharaonen?? Glauben Sie auch nicht an den?«

»Wenn man alles, was auf diesen angeblichen Fluch zurückgeführt wird, medizinisch, physikalisch oder chemisch analysiert, bleibt nichts übrig als ein dummer Aberglaube! Alles Menschliche ist erklärbar – und auch die Inkas waren Menschen!«

»Für Sie! Für mich ist Yuma eine Göttin, die zu mir hält.«

»Die Forderung nehme ich an!« Phil warf seine Kugel. Sie rollte und hüpfte an den flammenden Fackeln vorbei auf die schimmernden Goldgötter zu. Sempa umfaßte mit beiden Händen die Brüste seiner Statue.

»Yuma! Jetzt! Jetzt! Blas sie von der Bahn, die dämliche Kugel! Halt sie an! Zeig, was du kannst!« schrie er, heiser vor Erregung.

Aber Yuma, im Fackelschein wirklich göttlich anzusehen in ihrer makellosen nackten Schönheit, schien nachts um drei nicht in Stimmung zu sein. Sie griff nicht ein. Phil Hasslers Kugel stieß alle neun Götter um. Ein Wurf in die vollen.

Sempa sagte keinen Ton. Er ließ Yuma los, holte seine Kugel und warf.

Fünf.

»Vielleicht sind Sie nicht Yumas Typ?« sagte Phil spöttisch. »Ich könnte mich in Sie auch nicht verlieben, Ari.«

Er stellte die Götterfiguren neu auf und machte, als er an Yuma vorbeiging, eine tiefe Verbeugung. Sempa schnaufte laut.

»Lassen Sie das Flirten, Phil! Es nutzt Ihnen nichts.«

Anscheinend nutzte es doch etwas. Hassler gewann noch achtmal hintereinander. Erst jetzt gab Sempa auf. Er packte Yuma um die Hüften und trug sie zurück in seine Höhle. Dann kam er wieder, riß alle Fackeln aus den Steinritzen, zertrat sie oder warf sie den Abhang hinunter in die Bucht. Am Ende umgab sie nur noch das bleiche Licht der kleinen Mondsichel und ein Sternenhimmel von erhabener Schönheit.

»Morgen geht's weiter!« sagte Sempa und betrachtete Hasslers gehäuften Gewinn. »Soviel unverschämtes Glück hat man nur einmal!« Er zog, obwohl es kühl geworden war, sein Unterhemd aus und wischte sich damit den Schweiß vom Gesicht und von seinem gewaltigen Oberkörper. »Gehen wir schlafen!«

»Sie werden sich erkälten, Ari.«

»Mann, ich zerfließe vor Aufregung! Haben Sie schon mal mit einer Prinzessin geschlafen?«

»Ja!« sagte Phil nüchtern.

»Angeber!«

»In St. Moritz. Bei einem Ski-Urlaub. Die Romanze dauerte vier Tage. Dann kam ein griechischer Reeder, und sie lief zu ihm über. So etwas ist in diesen Kreisen üblich. Darum kotzte mich auch alles an, und deshalb bin ich hier.«

»Aber für mich ist es das erstemal. Mit einer Prinzessin!«

»Aus leblosem Gold, Ari!«

»Hören Sie doch auf mit Ihrem ›leblos‹! Für mich hat sie Feuer in jedem Quadratmillimeter ihrer Goldhaut!« Er tappte zu seiner Höhle; am Eingang blieb er ruckartig stehen und wandte sich zu Hassler um. »Noch eins. Wir möchten nicht geweckt werden! Und sagen Sie Evelyn, sie soll ab morgen für vier decken. Yuma wird von jetzt an immer mit uns am Tisch sitzen.«

Evelyn war noch wach, als Phil zu ihr auf das Lager kroch und die Decke über sich zog. Wie immer schliefen sie nackt. Ihre Körper schoben sich ineinander und genossen die Wärme des anderen. Die Glätte der Haut, das Spiel der Muskeln, die Veränderung der Formen bei jeder Bewegung, der Hauch des Atmens, die Schwingungen des Herzschlages … Als sich Eves Bein über Phils Bauch schob und ihr Oberkörper sich an seine Brust preßte, lag ihr Mund an seinem Hals und tastete sich mit schnellen Küssen hinauf bis zum Ohr und dann über die Augenwinkel wieder bis zu seinen halbgeöffneten, vibrierenden Lippen.

»Endlich –«, sagte sie in sein Ohr. »Endlich! Du hast ihn besiegt?«

»Wir haben abgebrochen. Jetzt liegt er mit Yuma in seiner Höhle und wird sich auf seine Art von ihr bezaubern lassen.«

»Furchtbar! Schon daran zu denken …«

»Manchmal stehe ich vor der Frage: Sollen wir nicht einfach flüchten?« sagte Phil. »Wir drei, nein vier, auf dieser Insel – das endet im Wahnsinn! Wir reiben uns nervlich so vollständig auf, daß keiner mehr weiß, was er tut.«

»Und wohin willst du flüchten?«

»Ich weiß es nicht. Wir haben immerhin Sempas Yacht, und das Meer ist weit …«

»Der Treibstoff reicht nicht mehr bis zur Küste.«

»Bist du sicher?«

»Ganz sicher.«

»Dann tanken wir in Baltra, auf der alten Flugbasis der Amerikaner.«

»Und du glaubst, das fällt nicht auf? Niemand wird mißtrauisch werden?«

»Warum denn? Du bist der Eigner der Yacht. Das weiß jetzt, aus eigener Anschauung, Commander Don Fernando. Er hat längst per Funk vertraulich alle verständigt, daß der verrückte Deutsche auf ›Sieben Palmen‹ gar nicht so allein ist, wie er immer leben wollte. So eine Nachricht läßt sich doch ein Don Fernando nicht nehmen! Phil Hassler und Myrta Baldwin als Adam und Eva – da jubeln alle Weißen auf den Galapagos! Wo wir später auch hinkommen werden – man wird uns begrüßen wie alte Bekannte.«

»Aber Sempa! Was wird aus Sempa?!«

»Von Sempas Existenz auf den Galapagos weiß niemand etwas. Wenn wir von hier weg sind, wird kaum noch ein Patrouillenboot die ›Sieben Palmen‹ anlaufen. Die Insel wird wieder ein vergessener, unnützer Fleck Erde im Ozean sein, um den man einen weiten Bogen macht. Nur bewohnt von Seelöwen, Leguanen, Drusenköpfen, wilden Ziegen und Schweinen, Tölpeln und Seeadlern, Albatrossen und Möwen. Ja, und unsere halbwegs gezähmten Rinder ...«

»Und Sempa ...?« fragte Evelyn noch einmal.

»Er findet hier genug zum Leben.« Phil Hassler zog Evelyns Kopf hinunter auf seine Brust. Als er ihren nackten, glatten Rücken streichelte, spürte er, wie ihre Muskeln zitterten. »Ja. Sempa lassen wir zurück. Mit seinem ganzen Inkaschatz. Dann ist seine Welt vollkommen.«

»Phil – das ist sein Todesurteil!« flüsterte sie.

»Vielleicht.« Er drehte sie auf die Seite und preßte sein Gesicht zwischen ihre vollen, warmen Brüste. »Aber anders, Eve, anders gehen wir alle drei zugrunde.«

5

Es war für längere Zeit das letzte Mal, daß ein solches Gespräch zwischen Evelyn und Phil stattfand. Heimlich, wortlos, stets ein Teil allen Denkens, nur ab und zu erkennbar an fast scheuen Blicken zueinander, lebte der Plan jedoch ständig mit ihnen, was immer sie auch in den nächsten Wochen taten.

Sempa unternahm unbewußt alles, um den Gedanken an solche schrecklichen Konsequenzen nicht einschlafen zu lassen. Was er mit der goldenen Inkaprinzessin in seiner Höhle trieb, wußten Phil und Evelyn nicht. Sie wollten es auch nicht wissen.

Aber nach drei Tagen hielt es Sempa nicht mehr aus. Er begriff nicht, daß zumindest Phil keine dumme Bemerkung machte, wenn er Yuma morgens an den Tisch trug und Evelyn und Phil aufforderte, die Goldplastik als vierten Gast auf der Insel zu akzeptieren. Evelyn hatte ohne Einwände ein viertes Gedeck auf den Tisch gestellt. Sempa verspeiste die doppelte Menge. »Da sie selbst nicht essen kann, tu ich's für sie. Sie bekommt's von mir wieder.«

Dann wartete er auf Phils Entgegnung – aber nichts kam. Sempa aß den Rest von Yumas Teller und tätschelte zum Nachtisch ihre kleinen, runden Hinterbacken. In seinen Augen leuchtete etwas auf, was Phil schon seit Tagen beschäftigte: Sempa verbrannte von innen! Sein schleichender Wahnsinn war wie eine Flamme, die Zelle um Zelle seines Körpers zerstörte. Ein Prozeß, der noch lange dauern konnte. Eine Hölle, deren Aufbau man gleichsam Stufe für Stufe verfolgen konnte.

»Ich bin glücklich!« sagte Sempa laut. »Auch wenn Sie beim Kegeln gewinnen, Phil. Ich gönne es Ihnen! Seit ich Yuma besitze, habe ich mich verwandelt. Bin ein anderer Mensch geworden! Ihre Liebe macht mich butterweich. Bin plötzlich zu allen Konzessionen bereit. Wissen Sie, was das bedeutet?«

»Nein«, antwortete Hassler.

»Selbst Ihr ›Nein‹ schlucke ich jetzt wie Konfekt.« Sempa starrte Evelyn mit seinen unnatürlich glänzenden Augen an. »Verstehst *du* wenigstens, was ich meine?«

»Nein!« sagte auch Evelyn Ball.

»Ihr seid beide so dämlich wie die wilden Kühe da unten im Dornkrater!« Sempa lehnte sich weit zurück, zog Yuma zu sich heran und klemmte die nackte Goldstatue zwischen seine Knie. Phil klopfte mit den Fingerknöcheln auf die Tischplatte.

»Ari!« sagte er warnend.

»Glauben Sie Ferkel, ich weiß nicht, was sich gehört? Oder Yuma weiß es nicht?« schrie er. »Aber so steht sie am liebsten, so fühlt sie sich wohl! Habe ich recht, mein Püppchen?« Er streichelte ihre blanken Schenkel. »Wissen Sie eigentlich, wieviel von dem Inkaschatz noch in den Verstecken liegt?«

»Es interessiert mich herzlich wenig.«

»Was wir hier oben haben, ist nur ein Bruchteil! Als Gilberto und James das Schiff beladen hatten, lag es so tief im Wasser, daß wir die Dieseltanks nur zu einem Viertel füllen konnten. Wir wären sonst glatt abgesoffen. Stimmt's, Eve? Da kam James auf die geniale Idee, ein Beiboot, voll mit Dieselöl, hinterherzuschleppen. Nur so erreichten wir die ›Sieben Palmen‹. Phil – aus Liebe zu Yuma: Ich bin bereit, mit Yuma abzudampfen, wenn Sie uns für den Lebensabend Gold im Werte von 3 Millionen Dollar überlassen. Alles andere schenke ich Ihnen! Ist das ein Angebot oder nicht?«

»Wir kegeln den Schatz aus. Das war abgesprochen.«

»Das ist verrückt, Phil! Das geht ja immer hin und her. Es wird nie möglich werden, daß einer den *ganzen* Schatz vor sich liegen hat.«

»Damit rechne ich auch nicht.«

»Und wenn ich mit Yuma allein von der Insel gehe?« schrie Sempa. »Nur mit ihr allein?! Wenn ich Ihnen diesen ganzen Goldschatz der Inkas hierlasse?!«

»Yuma ist ein Teil des Schatzes, Ari. Vielleicht sogar der wertvollste.«

»Sie wollen mir Yuma nicht gönnen?!« Sempa sprang auf und riß die goldene Statue an sich. »Selbst dieses süße Püppchen mißgönnen Sie mir?! Ich werde Ihnen sagen, was ich tue! Wenn Sie eines Morgens aufwachen, bin ich weg! In der Nacht abgedampft!«

»Ich kann mit Funk jederzeit jede Station auf den Galapagosinseln erreichen. Sie kommen nicht weit, Ari. Die Patrouillenboote sind schneller als Sie. Sie haben ja die ›Panther‹ gesehen. Der laufen Sie nicht übers Meer weg!«

»Sie sind unersättlich, Phil!« sagte Sempa dumpf. »Das erkenne ich jetzt endlich. Sie wollen den ganzen Schatz für sich allein!«

»Im Gegenteil. Ich helfe Ihnen, alles im Meer zu versenken.« »Das ganze Gold? Die Diamanten? Die Edelsteine? Alles?«

»Alles, Ari!«

»Schluß!« Sempa nahm seine goldene Prinzessin um die Hüften und trug sie vom Tisch weg. »Vor soviel Idiotie wird mir übel! Gehen wir angeln?«

»Wenn es Ihnen Spaß macht, Ari«, sagte Phil Hassler und half Evelyn beim Abräumen des Geschirrs.

»Yuma geht mit! Sie fischt auch gern!«

»Von mir aus.«

»Sie wird jetzt überall dabeisein!«

»Wenn es Sie glücklich macht, Ari ...«

»Es macht mich glücklich!« brüllte Sempa mit seiner stierhaften Stimme. Er küßte die Statue auf den Mund und wurde danach wieder sichtbar ruhiger. »Wissen Sie, wo die besten Fische stehen?«

»Ja. In einer Bucht im Norden der Insel.«

»Dann nichts wie hin!«

»Dort ist Steilküste. Vom Meer zerfressener Lavafelsen.«

»Ich kann klettern, Junge.«

»Yuma auch?«

»Sie auch! Zweifeln Sie daran?!«

»Wir müssen über vierzig Meter Felsen hinunter, bis wir an einen Standplatz kommen, wo man angeln kann.«

»Wenn Sie davor Angst haben, schwindelig werden und abstürzen, schreie ich Hosianna!«

»Yuma ...«

»Zum Satan lassen Sie mein Püppchen in Ruhe! Es kommt mit zum Angeln! Kein Wort mehr darüber!«

Den ganzen Tag bleiben sie im Norden der Insel und fingen große, silberorange glänzende Fische, deren Namen Phil nicht kannte. Sie besaßen weißes, festes Fleisch und schmeckten durchaus nicht nach Fisch. Briet man sie über dem offenen Feuer, schmeckten sie eher wie ganz junges Kalbfleisch. Ein Problem war es nur, sie aus dem schäumenden Meer zu holen, denn hier, an der klippenreichen, zerklüfteten Steilküste zerriß auch die beste Angelschnur, wenn der große Fisch begann, um sein Leben zu kämpfen.

»Man müßte das mit Netzen machen!« sagte Sempa, der einen mittelgroßen Fisch so nahe herangeholt hatte, daß er ihn packen und mit dem Kopf gegen eine Felskante schlagen konnte. »Oder mit Reusen!«

»Ich habe keine Netze«, sagte Hassler.

»Aber eine Reuse kann ich machen!« Sempa lachte röhrend. »Sehen Sie, ich kann Ihnen sogar helfen!«

Der Abstieg über die zerklüftete Steilwand hinunter zum Meer war ein Unternehmen gewesen, bei dem Hassler buchstäblich der Atem stockte. Schon der Weg zur Nordküste, quer über die Insel, durch kleine Krater, Busch- und Dornenfelder, über Lavaböden und durch Schluchten, die von der Erosion in die Insel hineingefressen worden waren, Zeugnis eines Millionen Jahre währenden Kampfes verschiedener Naturen, war eindrucksvoll genug gewesen.

Sempa schleppte seine Yuma tatsächlich mit. Erst unter dem Arm, später, als das Gelände immer unwegsamer wurde, quer über den Rücken gelegt, wobei er seine Hände auf die spitzen Brüste der Statue preßte. Trotzdem war er etwas außer Atem, als sie die Steilküste erreicht hatten und hinabblickten auf das gischtende, zischende Meer. Ganz unten lag das Plateau, auf dem man stehen und fischen konnte, eine Felsplatte, die der Ozean glattgeschliffen hatte.

»Da runter?« fragte Sempa und stellte Yuma an den Rand des Abgrundes.

»Ja!« Hassler legte sich auf den Bauch und schob sich über den Felsrand hinweg. In einem Rucksack trug er alles, was er zum Angeln brauchte. Er tastete nach einem Halt, fand eine Spalte und stemmte die Schuhspitzen hinein. Sempa starrte ihn an. Er hatte beide Hände auf den Kopf seiner Prinzessin gelegt.

»Klettern können Sie also auch? Was können Sie eigentlich nicht, Phil?«

»Aus Gold warmes Fleisch machen …«

»Warten Sie's nur ab! Yuma klettert Ihnen was vor!«

Phil Hassler sah nicht mehr, was Sempa vorbereitete. Er hatte genug damit zu tun, die vierzig Meter Steilwand hinunterzukommen. Natürlich war es Unsinn, ein solches Abenteuer einzugehen; es gab rund um die ›Sieben Palmen‹ andere, leichter zugängliche Fischstandplätze, sogar in der seichten Bucht wimmelte es von Fischen. Aber sie waren klein, grätenreich und schmeckten zum Teil bitter, als ließen sie beim Sterben ihre Galle ins Fleisch fließen. Hassler hatte alles ausprobiert; nur hier, in dieser höllischen Bucht, gab es die besten Fische: die silberorangenen, starken, breitmäuligen, die, ihrer ganzen Konstitution nach, zu den Raubtieren des Meeres zählen mußten.

Als er endlich unten auf dem Plateau angekommen war, blickte er nach oben. Ein kalter Schauer überlief ihn: Sempa hing in der verwitterten Wand und hatte sich die goldene Statue mit einem Strick auf den Rücken gebunden. Ihr Gewicht zog ihn immer wieder vom Felsen weg, aber Sempa krallte sich fest, gab in keiner Minute auf und erreichte, schweißüberströmt und aus weit aufgerissenem Mund fast schluchzend atmend, die sichere Steinplatte über dem dampfenden Meer.

Mit flackernden Augen löste Sempa den Strick und lehnte die goldene Figur gegen die Steilwand.

»Kann Yuma nun klettern oder nicht?« keuchte er. »Phil, jetzt möchte ich ein Lob hören!«

»Sie sind ein Monstrum, Ari!«

»Ist das als Kompliment gemeint?«

»Als Ausdruck echter Bewunderung. Ich bestaune Sie als eins der absurdesten Geschöpfe Gottes!«

»Danke.« Sempa grinste geschmeichelt und stierte ins Meer. An etwas ruhigeren Stellen erkannte er die glänzenden Fischleiber. Sie glitten durch das Wasser wie silberne Schatten. »Sie wollten mich kleinkriegen, Phil?«

»Ja. Das war meine Absicht.«

»Ich sollte abstürzen!«

»Nein! Ich habe erwartet, daß Sie oben bleiben.«

»Wie wenig kennen Sie mich! Ich nehme jede Ihrer Herausforderungen an! Diese hier war gemein – aber Yuma ist unten. Und hinauf kommt sie auch wieder!«

»Daran zweifle ich jetzt nicht mehr«, sagte Hassler und packte seinen Rucksack aus. Er setzte die starke, zerlegbare Angel zusammen und breitete alles um sich aus, was er zum Angeln brauchte. Auch ein langes, scharfes Messer legte er dazu. Er kannte seine Fische. Das Ende des Kampfes war immer der Stich in den Nacken des Opfers. Sempa zeigte mit noch bebender Hand auf das Messer. Die Anstrengung schüttelte auch er nicht so schnell von sich ab.

»Sie sind leichtsinnig, Phil. Ich könnte Sie jetzt erstechen.«

»Versuchen Sie's!« Phil drehte ihm den Rücken zu. Es war wie eine Einladung. Sempa schnaufte. »Sehen Sie«, sagte Hassler nach einer Weile – er hatte inzwischen die Schnurrolle montiert –, »es bleibt alles beim alten! Wir bringen uns nicht gegenseitig um, sondern jeder sich selbst!«

Am Abend kamen sie zurück. Müde, mit Fischen beladen, tappend, als müßten sie jeden Schritt erst ertasten. Sempa schleppte seine Yuma wieder auf der Schulter. An einem Tau hatte er drei Fische wie eine Kette um seinen Hals gehängt. Ihm folgte Phil mit vier großen Fischen und dem Rucksack. Hohläugig, am Ende aller Kräfte, sank er auf die Bank und stützte den Kopf in beide Hände. Sempa ließ Yuma auf den Boden rutschen und tat es Hassler nach. Krachend ließ er sich auf die Bank fallen. Evelyn, die aus der Höhle gerannt war, aus der köstlicher Bratenduft mit dem abendlichen Wind über das Land wehte, lehnte sich gegen die Tischkante. Sie trug wieder eines von Hasslers Hemden und darunter eine kurze Hose, die sie sich aus einem der Säcke genäht hatte, in denen der Inkaschatz gelagert hatte.

»Ich habe mit euch kein Mitleid!« sagte sie hart. »Einer ist verrückter als der andere!«

»Es war ein Duell!« Sempa schneuzte sich durch die dicken Finger. »Wie immer unentschieden!«

»Und die Fische? Was soll ich mit den vielen großen Fischen anfangen?«

»Braten, kochen, trocknen, wegwerfen. Tu, was du willst«, sagte Phil. Er spürte, wie ihn die Erschöpfung nach vorn zog. Gleich schlage ich mit der Stirn auf die Tischplatte, dachte er, und schlafe ... schlafe ...

»War das nötig?« sagte sie, griff in Phils Haare und zog seinen Kopf hoch. Er starrte sie an, bewunderte trotz aller Erschöpfung ihre wilde Schönheit und seufzte, als sie an seinen Haaren zog, als wolle sie die Antwort herauszerren.

»Ja, es war nötig, Eve«, antwortete er. »Ich habe heute gelernt, daß wir drei zusammenleben müssen ...«

»Wir vier«, knurrte Sempa.

»Wir vier. Wir müssen zusammenleben ohne zeitliche Begrenzung. Ich habe gesehen, daß es geht!«

»Mit einem Monster wie Ari?!« rief Evelyn und ließ Phils Kopf los. Er pendelte nach vorn; er fing ihn mit beiden Händen auf. – »Die Insel ist groß genug für zwei Familien!« sagte Sempa. »Verdammt, Phil hat recht, wie er immer recht hat: Wir werden die Insel urbar machen. Fruchtbar! Ein Kulturland soll sie werden! Nur – wenn ich an die nutzlos herumliegenden Millionen denke ...«

»Betrachten Sie den Schatz als unser Spielzeug, Ari! Oder gründen wir ein Museum. Jeder Staat, der etwas auf sich hält, besitzt ein Museum. Wir eröffnen das ›Inka-Museum der Sieben Palmen‹!«

»O Himmel, welch ein Spinner!« Sempa schnupperte nach dem Bratenduft. »Aber ein Spinner mit System.«

»Wir können uns jeden Tag an dem Schatz erfreuen.«

»Und fressen Eier mit Ziegenspeck!«

Da vom Essen die Rede war, erholte sich Sempa schnell. »Eve, was brutzelt da auf dem Herd?«

»Eine Schweinelende.«

Sempa atmete tief und zog Yuma, seine goldene Geliebte, wieder näher zu sich heran. »Ich glaube, es gibt doch so etwas wie Paradiese. Ein Schweinelendchen! Und morgen die Fische! Und übermorgen vielleicht Hühnchen! Und um uns herum der größte Goldschatz der Welt!« Er faltete die Hände und blickte in den streifigen, rot durchwirkten Abendhimmel. »Lieber Herrgott, beschütze die Verrückten. Sie sind dir am nächsten!«

Die Tage, von denen Phil zunächst befürchtet hatte, sie könnten zum ewigen Zweikampf werden oder durch die Beobachtung von Sempas fortschreitendem Wahnsinn zur zerfressenden Qual, ergaben überraschend eine fruchtbare Arbeitsleistung.

Morgens besprach man gemeinsam, was man unternehmen wollte. Daß Yuma in ihrer gleißenden, nackten Schönheit immer zugegen war – weder Evelyn noch Phil störten sich noch daran. Im Gegenteil, als Sempa eines Morgens allein am Tisch erschien, fragte Eve: »Wo ist Yuma?«

»Sie schläft noch«, sagte Sempa. »Laßt sie schlafen. Sie hat's in der Nacht wieder toll getrieben!«

Mehr erzählte er nicht. Nach den Andeutungen in den ersten Tagen schwieg er sich überhaupt darüber aus, was mit Yuma in seiner Höhle geschah. Man konnte es nur mit

Schaudern ahnen, aber man nahm es hin, weil man davon nichts hörte und sah und vor allem weil Sempas Irrsinn zeitweise einer geradezu satten Ausgeglichenheit Platz machte.

Sonst aber war Yuma überall dabei: im Krater, wo man wilde Ziegen schoß oder nach Schweinen jagte. Am Korral, wenn die Kühe gemolken wurden oder Evelyn in einem von Phil konstruierten Gefäß butterte. Und wenn Sempa einem Huhn den Kopf abhackte, drehte er Yuma um und bat Phil einmal sogar, ihr die Ohren zuzuhalten, weil das Huhn in seiner Todesangst gar zu sehr kreischte.

Und Phil tat es: Er hielt der goldenen Yuma die Ohren zu.

Es war kein stummes Leben mit Yuma. Sempa unterhielt sich mit ihr wie mit Phil und Evelyn, erzählte ihr Seemannswitze und sang ihr sogar mit seiner orgelnden Baßstimme Shanties vor.

»Wie glücklich sie lächelt!« sagte er verzückt, wenn die Sonnenstrahlen oder das Mondlicht das Gesicht der goldenen Statue wie mit Leben füllten. »Sie liebt mich! Glaubt ihr es jetzt?«

Diesen wahnsinnigen Intermezzi folgten Stunden, Tage, Wochen voll schöpferischer Arbeit. Sempa schuftete wie ein Elefantenbulle; seine Kraft schien unerschöpflich, seine Muskeln erschlafften nie; zeigten sich Müdigkeitserscheinungen, breitete er die Arme aus und stellte sich in den Wind. Es war dann, als gewinne er allein aus der Luft etwas von jener Energie, die das All bewegt.

In zwei Monaten rodete er Land, das Phil nicht in einem Jahr bewältigt hätte; er brannte für künftiges Kulturland Dornenfelder aus, auf die man Kleinstädte hätte gründen können; er legte mit ausgehöhlten Baumstämmen eine verzweigte Wasserleitung an, um das Neuland planmäßig zu bewässern. Es gab nichts, von dem Sempa sagte: Das geht nicht! Das kann ich nicht!

Er konnte alles.

Phil hatte die Insel vermessen, das heißt, er hatte den Teil kartographisch erfaßt, den er als Kulturland nutzen wollte. Am Abend saßen sie vor den Karten und zeichneten die Felder ein, die Wasserreservoire, die Auffangbecken für das Regenwasser. Denn Phil Hassler war die Quelle nicht ganz geheuer. Wo kommt auf einer Vulkaninsel Süßwasser her? Wie kann es eine Quelle geben, wenn dieses Land geboren worden ist aus feuerflüssiger Lava? Es gab nur eine Erklärung: In großen Höhlen, mitten in den Felsen wurde das Regenwasser gespeichert. Es mußte dort Felsenseen geben mit gefiltertem, glasklarem Wasser, das immer wieder erneuert wurde durch die Niederschläge, das aber, wenn es eine lange Trockenheit geben sollte, nicht unerschöpflich war.

»So etwas ist möglich?« fragte Evelyn. »Wasserspeicher in den Felsen?«

»Teneriffa lebt davon.« Phil Hassler blickte über die zerklüftete Vulkanlandschaft. »Auf der ganzen Insel Teneriffa gibt es keinen Fluß – aber Wasser genug. Jeder Regen, den die Passatwinde mitbringen, füllt in den Bergen die riesigen Höhlen auf. Die Spanier haben sich seit Jahren damit beschäftigt, diese natürlichen Reservoire auszubauen und zu sichern. Ohne diese Felsenspeicher wäre Teneriffa ein totes Land.«

»Also bauen wir sie auch!« rief Sempa

»Womit?« Phil zeichnete die vorgesehenen Regenauffangbecken in die Karte. »Uns bleibt nur die Möglichkeit, den Regen notdürftig ›einzulagern‹. Wir haben kein Zement, kein Wasserdichtungsmittel, wir haben nichts. Aber wir sollten auf alles vorbereitet sein. Die große Trockenheit kann dieses Jahr kommen – oder in zehn Jahren.«

»Zehn Jahre!« Sempa nahm einen langen Schluck aus einer Rotweinflasche. Die Vorräte der Yacht gingen langsam zu Ende. Als wertvollster Teil der Ladung stand eine Kiste Champagner in der Vorratshöhle. Champagner aus Épernay. »Die saufen wir, wenn der erste von uns abgekratzt ist!« hatte Sempa bestimmt. »Ich kann mir kein größeres Freudenfest vorstellen!«

»Wir sollten Zement und alles, was wir brauchen, heranholen«, sagte er jetzt. »Wozu haben Sie Ihren Commander Don Fernando? Lassen Sie alles kommen: vom Steinbohrer bis zur Betonmischmaschine!«

»Und als Gegenleistung holt Don Fernando dann den Inkaschatz ab! Oder wollen Sie alles wieder in die Kraterhöhlen zurückschleppen?«

»Aha! Sie hängen also doch an meinem Schatz!« jubelte Sempa. »Sie fangen an, Ihren Kegelgewinn zu lieben!«

»Irrtum! Sie wissen, Ari: Geld bedeutet mir gar nichts! Aber ich stecke durch mein Schweigen gegenüber Don Fernando schon so tief in der Sache drin, daß ich mich damit abgefunden habe, weiterhin auf ›Sieben Palmen‹ zu leben, ohne die Vorteile der modernen Technik in Anspruch zu nehmen.«

»Und warum liefern Sie mich nicht aus?!«

»Wegen Eve!« Er blickte schnell zu ihr hinüber und bemerkte ihre erstaunten Augen. »Ich habe nicht vergessen, Ari, was Sie mir gleich bei Ihrer Ankunft sagten: ›Wenn Sie mich in die Pfanne hauen, erzähle ich allen Behörden Schauerdinge über Eve! Bis man die in Ekuador geklärt hat, ist sie in den berühmten Gefängnissen längst verschimmelt!‹«

»Stimmt. Das habe ich gesagt!«

»Also bauen wir unser Land mit eigenen Händen und unserer Phantasie weiter.« Phil Hassler lachte rauh. »Aus unserem Paradies ist eine selbstgebastelte Zuchthaus-Insel geworden.«

Solche Gespräche fanden allerdings höchst selten statt. Meistens waren die Männer am Abend von der Rodungsarbeit so ermüdet, daß sie Evelyns Essen wortlos hinunterschluckten, Tee mit Zitrone oder manchmal mit Rum tranken, um dann, wenn sie sich etwas erholt hatten, die Holzfackeln zu beiden Seiten der Kegelbahn anzuzünden und im Flammenschein noch eine Stunde die goldenen Kugeln gegen die goldenen Götter der Inkas zu werfen.

»Gibt es keine Musik?« fragte Sempa eines Abends.

»Was meinen Sie?« fragte Phil.

»Musik! Sie haben doch ein Funkgerät. Sie haben einen Transistor. Da kommen doch nicht nur Nachrichten und Wetterberichte durch. Da muß man doch einen Sender kriegen, der Musik macht!«

»Wozu? Wollen Sie im Takt kegeln?«

»Nein!« Sempa legte den Arm um seine goldene Inkaprinzessin. »Ich will mit Yuma tanzen ...«

Später, als Phil und Evelyn wieder auf ihrem Bett lagen und die kurze Stunde anbrach, in der sie sich, ungestört von dem allgegenwärtigen Sempa, allein unterhalten konnten, sagte Hassler: »Sein Wahnsinn macht Fortschritte. Morgen stelle ich Radio Isabela an.«

»Was tun wir, wenn er anfängt, gewalttätig zu werden?« fragte Evelyn.

»Das weiß ich nicht. Ich habe noch nicht daran gedacht.« Phil dehnte sich. Er fühlte sich wie zerschlagen, seine Knochen schienen keinen Zusammenhalt mehr zu haben. Vor Erschöpfung suchte er nach Worten, bettete den Kopf wie so oft zwischen Eves Brüste und kam sich geborgen vor. »Ich glaube, er hat Angst, so bullenstark er auch ist. Solange wir zu zweit sind, wird er nur herumtoben, aber nie etwas unternehmen, weil er genau weiß, daß der Überlebende von uns beiden ihn vernichten wird. Wir haben Gewehre, Pistolen, Revolver.«

»Und er hat zwei Maschinenpistolen und ein leichtes Maschinengewehr an Bord der Yacht. Wenn er die an Land holt, haben wir keine Chance.«

»Er kann es nicht. Einer von uns ist immer in seiner Nähe.«

»In der Nacht, Phil!«

»Da hat er Angst vor Haien! Die Bucht ist zwar zu flach, aber man hat Haie selbst am flachen Badestrand von Australien Menschen zerreißen sehen. Das habe ich ihm erzählt. Wenn er jetzt hinüber zur Yacht watet, dann nie mehr allein.«

»Es ist also wirklich möglich, daß ein Hai ...« Evelyn schwieg. »In unserer seichten Bucht?« sagte sie nach einer Weile. Sie streichelte Phils Kopf.

»Es ist alles möglich«, murmelte er. »Mit der Flut können sie durch die Barriere kommen und finden dann bei Ebbe nicht wieder zurück. Dann haben wir gnadenlose Mörder vor der Tür.«

Er grub den Kopf noch tiefer zwischen ihre Brüste und schlief ein. Sie streichelte ein paar Minuten noch leicht seinen Kopf und dachte dabei an das lange – oder kurze – Leben, das vor ihnen lag. Sie dachte auch an ihr vergangenes Dasein, an das abwechslungsreiche, herrliche, laute, brodelnde, fröhliche In-den-Tag-hinein-Leben von einst – und wußte plötzlich nicht mehr, ob sie, bei aller Liebe zu Phil, die Kraft aufbringen könnte, ihr noch junges, vielleicht noch lange währendes Leben auf einer einsamen Insel verdämmern zu lassen.

Plötzlich schrak sie auf und hob den Kopf, während sie Phils Gesicht an sich drückte. Draußen tappten Schritte über den Felsenboden. Vorsichtig schob sie sich unter Phil weg, nahm den Revolver aus einer Felsnische neben dem Herd und schlich zum Höhleneingang.

Im hellen Licht des Vollmonds spazierte Sempa auf der Kegelbahn hin und her ... von den sieben Palmen bis zum Wohnplateau. Er war allein, trug auch Yuma nicht mit sich herum.

Evelyn schlüpfte aus der Höhle und verbarg sich im Schatten eines überhangenden Granitblocks. »Was ist los?« fragte sie leise, aber laut genug für Sempa. Er warf sich herum, als habe man von hinten auf ihn geschossen, und suchte Evelyn in den dunklen Falten der Felsen.

»Willst du's genau wissen?« knurrte er. »Ich war pissen.«

»Du bleibst eine Sau!« sagte Evelyn ebenso grob.

»Außerdem – der Vollmond! Spürst du den nicht?«

»Nein.«

»Bei mir zittert das Hirn bei Vollmond. Da muß ich raus aus dem Bau, muß herumwandern. Verdammt, ich bin nicht mondsüchtig, klettere nicht auf Dächern herum. Ich bin klar bei Verstand. Aber liegen bleiben kann ich nicht, komme mir wie in einem Läusehaufen vor.« Er stierte in die Nacht. »Wo bist du? Komm heraus aus deinem Versteck!«

»Es genügt, wenn ich dich sehe!«

»Ihr überwacht mich also auch in der Nacht?«

»Ich habe einen leichten Schlaf.«

»Und Phil?«

»Er schläft wie in Narkose.«

Sempa zeigte auf die beiden Kreuze hinter den sieben Palmen. »Wenn Gilberto an meiner Stelle wäre, schnitte er Phil jetzt die Kehle durch. Er würde gar nicht merken, daß er nicht mehr lebt.«

»Ich mache dir einen Vorschlag, Ari ...«, sagte sie betont.

»Mädchen – wenn du so redest, wird's gefährlich!«

»Nimm Yuma und fahr ab! Es läuft gerade Ebbe. Da kommt man am besten aus der Bucht durch die Barrieren.«

»Was? Jetzt? Heute nacht noch?« Sempa tappte zum Abhang und blickte hinunter auf sein Schiff. Fahlweiß schaukelte es auf dem Wasser.

»Sofort!« sagte Evelyn.

»Ohne den Schatz? Niemals!«

»Du trägst einen Teil auf die Yacht. Genug, um herrlich leben zu können. Nur mach dich weg, Ari! Fahr endlich ab! Laß Phil und mich allein.«

»Jetzt durch das Wasser? Und die Haie?!« Sempa kam vom Abhang zurück. »Das ginge wohl ganz nach Plan: Ari Sempa als Fischfutter! In der Nacht gehe ich keinen Schritt ins Meer!«

»Ich helfe dir, Ari!«

»Du willst mir ...? Mädchen, wenn *dir* nun was passiert?!« Er wischte sich mit beiden Händen über das breite Gesicht, wie immer, wenn ihn etwas sehr aufwühlte. »Weißt du, was mir dann übrigbleibt? Entweder auch Phil sofort umbringen – und das kann ich nicht. Oder immer vor ihm auf der Flucht sein – und das hält niemand aus! Ihr wißt genau, daß der Treibstoff nicht mehr bis zur Küste reicht. Ich muß irgendwo tanken – und dann haben sie mich!« Er starrte wieder in die Dunkelheit der Felsen und ballte die Fäuste. »Oh, jetzt sehe ich erst klar, du verdammtes Luder! Auf diese raffinierte Weise willst du mich kaltstellen! Eine Flucht hinter Gitter!«

»Ich habe es ehrlich gemeint, Ari.« Evelyn rührte sich nicht unter ihrem Granitblock. Der Revolver lag in ihrer rechten Hand, geladen und entsichert. »Mein Gott, wer hätte das gedacht: Du hast tatsächlich nur Angst vor den Haien!«

»Ja!« knurrte Sempa ehrlich.

»Mit Phil wäre ich nämlich fertig geworden«, sagte Eve. »Er hätte *nicht* an die Militärstationen gefunkt.«

»Bist du so sicher? Phil ist ein sturer Deutscher. Er trägt zwar keine Pickelhaube, aber nur deshalb, weil sie bei ihm nach innen gewachsen ist! – Außerdem muß ich noch eine Wassermühle bauen ...«

»Eine was?«

»Wassermühle! Damit wir die nächste Kornernte selber mahlen können. Ich weiß schon, wie ich sie konstruiere. Ich nutze die Kraft des kleinen Wasserfalls aus, reichere ihn an, indem ich aus unseren Wasserspeichern noch weiteres Wasser heranführe, und dann werde ich ...«

»Ari, du willst auf ›Sieben Palmen‹ bleiben?« fragte Evelyn laut.

»Bis ich den herrenlosen Inkaschatz durch Kegeln gewonnen habe. Dann kann Phil mir gar nichts mehr verbieten! Er ist ein Gentleman, ich habe sein Wort!«

»Du wirst ihn nie gewinnen!« rief Evelyn verzweifelt. »Ari, diese Hölle verschlingt uns alle!«

»Abwarten, Baby! Die Welt gehört den Stärkeren, auch wenn das keiner wissen will! Nicht der Getretene regiert, sondern der, der tritt! Das ist eine simple Weisheit, Mädchen. Demokratie, Sozialismus, Bolschewismus, Humanismus, Pazifismus ... alles nur Wörter, die den Menschen narkotisieren. Die Wahrheit ist: Schlag dem anderen in die Fresse, und wenn der nicht härter zurückschlägt, bist du die Nummer eins! So einfach ist das Leben. Man muß nur ehrlich genug sein, sich's einzugestehen.«

Er wandte sich ab, tappte hinüber zu den sieben Palmen, ging zwischen seinen goldenen Götterfiguren spazieren und tat so, als habe er nie einen Ton mit Evelyn gesprochen.

Sie wartete noch ein paar Minuten, löste sich dann aus

dem Schatten und schlüpfte in die Wohnhöhle zurück. Phil Hassler schlief wie im Koma, sein Atem rasselte.

Sie kroch nahe an ihn heran, umarmte seinen nackten Leib und atmete den Geruch seines Schweißes ein.

Das war eine letzte Chance, dachte sie. Sie ist vertan! Wer konnte auch ahnen, daß ein Kraftprotz wie Sempa Angst vor einem Fisch hat …

Nachdem die Felder gerodet und abgeflämmt waren, ging Sempa wirklich daran, seine Wassermühle zu bauen. Mit Hammer und Meißel, vor allem aber mit seiner ungeheuren Kraft, schlug er aus zwei dicken Granitplatten die Mahlsteine, bastelte ein Mühlrad und leitete aus drei Vorratsbecken Wasser zu der aufgefangenen Quelle. Damit hörte es auf. Ein weiterer Schritt in die Zivilisation war auch mit Kraft nicht mehr zu vollbringen.

»Jetzt brauchen wir Achsen, Zahnräder, Stahllager, Übersetzungen, Treibriemen«, sagte Sempa. Er stand vor seinem genialen Werk und sah im Geiste, wie herrlich seine Mühle arbeitete. Das Mühlrad klapperte im Wasserfall, die Mahlsteine drehten sich knirschend, das feine Mehl rieselte in große hölzerne Bottiche …

»Ich soll Don Fernando zu Hilfe rufen?« fragte Phil.

»Für den Fortschritt, Phil!«

»Und wer soll das alles bezahlen?«

»Wir sitzen auf Hunderten von Millionen und sollen später unser Mehl in der Kaffeemühle mahlen?«

»Ich kann doch Don Fernando nicht drei Opferbecher und zwei goldene Inkagötter anbieten!«

»Ich denke, Sie sind reich, Phil? Oder war das nur ein Bluff? Haben Sie nicht ein Vermögen auf deutschen und Schweizer Banken?«

»Das stimmt. Aber wissen Sie, wie lange es dauert, bis

wir, erstens, alles Material für Ihre Wassermühle beisammen haben, und, zweitens, bis die Lieferfirmen ihr Geld von meinen Banken bekommen? Da gehen Schreiben und Anfragen hin und her – das wäre in der zivilisierten Welt kein Problem! Aber wir leben hier auf einer Galapagosinsel, die nur auf militärischen Karten verzeichnet steht, so klein ist sie! Mit einem Jahr müssen wir rechnen, bis Ihre Mühle endlich läuft und alle eingeschalteten Firmen, Behörden und Stellen ihre Akte ›Wassermühle auf Sieben Palmen‹ schließen können.«

»Scheiße!« Sempa betrachtete wehmütig die Arbeit von sechs Wochen. »Wenn Sie das alles im voraus wußten, Phil, warum haben Sie mich dann so schuften lassen?!«

»Sie waren so glücklich dabei, Ari!«

»Das stimmt.« Er streckte Phil seine Pranke hin. »Warum rotzen wir uns eigentlich immer an?! Ich habe immer gesagt: Sie sind ein guter Kamerad! Ich sage du zu Ihnen.«

»In Ordnung, Ari.«

Sie gaben sich die Hand, unterbrachen für eine Stunde ihre Arbeit und tranken kalten Tee mit Zitrone, den ihnen Evelyn mitgegeben hatte.

Am Abend wurde es dann wieder verrückt. Die unheimlichen Schwankungen in Sempas Gemüt trieben ihn wieder in eine negative Phase hinein.

»Ich habe heute mittag mit Sempa Brüderschaft getrunken«, sagte Phil am Tisch. Evelyn stellte die Schüssel mit Hühnerfrikassee hart auf die Platte.

»Und welchen Sinn soll das haben?!« fragte sie überrascht.

»Wir können nicht monatelang aneinander vorbeigehen und uns grüßen wie auf der Wall Street! Was Sempa an Arbeit geleistet hat, ist ungeheuerlich. Wir hätten das in einem Jahr nicht geschafft!«

Von seiner Höhle kam Sempa. Wie immer trug er die goldene Yuma vor sich her und stellte sie an ihren Platz am Tisch. Natürlich war, wie immer, für sie gedeckt.

»Das ist mein Freund Phil!« sagte Sempa glücklich zu Yuma. »Du darfst ihn auch Phil nennen, und er darf dir einen Kuß geben. Zwischen uns vieren gibt es keine Eifersucht mehr!« Sempa winkte Phil zu. »Los, Phil, gib Yuma einen Kuß. Dann kannst du sie Yuma nennen und nicht mehr Prinzessin! Küß sie auf die Lippen – du wirst das nie vergessen!«

»Bestimmt nicht, Ari.« Um durch eine Weigerung keinen Wutanfall Sempas herauszufordern, beugte Hassler sich vor und gab der goldenen Statue einen Kuß. Innerlich schaudernd spürte er, daß an Sempas Prophezeiung, bei allem Wahnsinn, doch ein Funke Wahrheit war: Die Lippen der schimmernden Inkaprinzessin waren voll, sinnlich und wie zum Kuß leicht geöffnet. Das kalte, harte Metall schien in dieser einen Sekunde etwas von seiner Starrheit verloren zu haben.

Phil Hassler lehnte sich zurück und vermied es, Evelyn anzublicken. Sie klatschte mit einer Kelle das Hühnerfrikassee auf die Teller.

»Du auch, Eve!« sagte Sempa. »Yuma, das da ist Evelyn!«

Evelyn hob die Kelle und winkte der goldenen Statue zu. »Hallo, Yuma!« Sie füllte den Teller Yumas und nickte ihr zu. »Guten Appetit, Schwester.«

»Sie ist ein Goldstück, Phil!« sagte Sempa und strahlte vor Glück. »Eve ist unbezahlbar. ›Schwester‹ nennt sie Yuma! Jetzt sind wir eine große Familie. Erst jetzt!«

Nach neun Wochen hatte Sempa den gesamten Inkaschatz herausgeholt. Immer wenn sie in ihrer Rodungsarbeit eine Ruhepause eingelegt hatten, war er zu den Höhlen am Kraterrand gelaufen und hatte auch noch die letzten Kostbarkeiten nach oben auf das Wohnplateau geschleppt. Phil hatte ihm dabei nicht geholfen.

»Ich habe mir Freundschaft anders vorgestellt«, knurrte Sempa. »Beim Kegeln immer gewinnen – aber keine Hand rühren, um die Millionen ans Licht zu bringen! Ich merke mir das, Phil!« Er setzte sich auf eine Blechkiste, die er gerade aus dem Krater gebracht hatte, und trank aus einem Krug Wasser mit Zitronensaft. »Aber der Schatz kommt nach oben. Ich baue ihn vor dir auf! Du sollst sehen, daß es sich lohnt, vor soviel Reichtum alle Moral über Bord zu werfen.«

»Ich werde das nie tun, Ari!«

»Was ist aus den Menschen geworden – he? –, die immer Christus II. spielen wollten?! Sie landeten im Irrenhaus oder verhungerten in der Gosse! Und wem verdanken die Superreichen ihre Millionen? Etwa dem Gebet oder der Moral?«

»Darum leben wir ja auch auf einer einsamen Insel und wollen es besser machen.«

»Mit zwei-, drei- oder gar vierhundert Millionen Dollar unterm Hintern?«

»Für uns ist das nichts als ein glänzendes Spielzeug, Ari.«

»Wie kann in einem Kopf nur so viel heiße Luft sein?« sagte Sempa und erhob sich von der Blechkiste. »Kommst du nun mit, die anderen Sachen holen?«

»Nein.«

Der Pendelverkehr Krater – Plateau war Sempas neues Spiel. Er hatte Yuma auf halbem Wege abgestellt und zeigte ihr jeden Sack, jede Kiste, jeden Karton, die er heranschleppte. Nach dem letzten Sack warf er sich auf die Bank. Neun Wochen hatten sie nun gerodet und einander beschimpft, belauert und wieder versöhnt. Schwer atmend überblickte er den aufgetürmten Schatz. Phil Hassler mußte zugeben, daß er dergleichen auch nicht annähernd erwartet hatte. Hier lag tatsächlich der größte Königsschatz, der je entdeckt und gestohlen worden war. Ein Teil des Wunderlandes El Dorado, das die spanischen Eroberer vor 450 Jahren unter Cortez und Pizarro gesucht harten.

»Das sollten wir feiern!« sagte Sempa mit trockener Kehle. »Eve, wie sieht's mit den Getränken aus?«

»Wir haben noch Wein, Whisky, Brandy, Champagner ...«

»Champagner!« Er riß sich das verschwitzte, an vielen Stellen schon zerrissene Unterhemd vom Körper und goß sich den Rest aus einer vor ihm stehenden Ginflasche über den Kopf, massierte das Getränk in die Kopfhaut und grunzte wohlig. Es stank schrecklich, aber Sempa schien es zu erfrischen.

»Wie gut das tut!« schrie er. »Phil, du wolltest leben wie der erste Mensch und hast nicht die geringste Ahnung, wie man das anstellt!« Er zeigte auf den Berg aus Kisten und Säcken mit dem unschätzbaren Schatz. »Hilfst du mir wenigstens beim Sortieren?«

»Auch das nicht.«

»Du wirst es bereuen.« Sempa starrte Phil Hassler aus seinen merkwürdig glänzenden Augen an. Jetzt überfällt ihn ein neuer Schub seines Wahnsinns, dachte Phil. Nach jeder übergroßen Anstrengung bricht er aus, das kennen wir nun schon. Es wird von einem zum anderen Mal schlimmer mit ihm, bis sein Verstand völlig zerstört sein wird. Dann werden die Tage kommen, an die Eve und ich nicht zu denken wagen.

Sempa stand auf, ging zu seinem Schatzberg und begann, alle Kisten und Säcke auf den Steinboden zu leeren. Dann sortierte er. Das Gebrauchsgeschirr – so bezeichnete er die mit Edelsteinen und Ziselierungen verzierten goldenen Becher, Schüsseln, Vasen und Teller – stapelte er rechts und links neben der »Kegelbahn« auf zwei Hügel, deren vielfarbiges Funkeln im Sonnenlicht die Augen blendete.

Anders verfuhr Sempa mit den Figuren: Menschen, Tiere, Fabelwesen. Sie baute er zwischen den sieben Palmen auf, Kopf an Kopf, der Größe nach geordnet, sauber ausgerichtet wie beim Militär, eine kleine Völkerschar aus goldenen Leibern. Sich selbst schnallte er einen Königsgürtel mitsamt dem goldenen Schwert um die Hüfte. Er mußte freilich den Gürtel mit einem Seil verlängern, denn die Inkakönige waren klein und zierlich gewesen; was sie sich um ihre Taille geschlungen hatten, sah an Sempas bulligem Körper eher wie eine längliche Schnalle aus.

Evelyn hatte den Champagner aus der Höhle geholt und saß neben Phil auf der Bank. Halb erstaunt, halb entsetzt, sahen sie Sempa bei der Arbeit zu.

»Wird er denn niemals müde?« sagte sie. »So viel Kraft kann doch kein Mensch haben.«

»Es ist immer erstaunlich, welche Kraftreserven gerade die Irren entwickeln«, antwortete Phil.

Es war wieder Nacht geworden. Sempa zündete alle Fackeln entlang der »Kegelbahn« an. Dann marschierte er wie ein Triumphator zwischen den lodernden Zweigen auf die sieben Palmen zu, wo die kleine goldene Armee stand.

»Stillgestanden!« brüllte er, drei Meter vor ihnen. »Die Augen – links!«

Er sprang zur Seite, schleppte Yuma auf die »Kegelbahn« und stellte sie an die Spitze der vom Fackellicht umzuckten Goldstatuen.

»Augen – geradeaus!« schrie Sempa. Dann drehte er sich um und reckte sich zu voller Größe. Sein breites, verzerrtes Gesicht wirkte wie eine Dämonenmaske.

»Jetzt kommt es!« sagte Phil leise.

»Ich habe den Revolver schon neben mir liegen«, flüsterte Evelyn zurück.

Sempa reckte den Arm hoch; der wirkte wie eine Fahnenstange. »Das ist Yuma und das ist mein Volk!« brüllte er. »Wer ist nun der Herrscher dieser Insel, he?! Wer ist jetzt in der Überzahl?! Ihr zwei Idioten – oder Yuma, ihr Volk und ich, ihr Geliebter?« Er machte zwei Schritte vorwärts. Neben Evelyn, unter dem Tisch, knackte es leise. Phil blickte sie aus den Augenwinkeln an. Sie nickte. Ja, hieß dieses Nicken, ich habe den Revolver entsichert. Wenn er jetzt angreift, schieße ich. Phil, ich kann es ... jetzt, in dieser Sekunde kann ich es.

Aber Sempa blieb stehen und machte wieder eine alles umfassende Armbewegung. »Wenn es nach dem Mehrheitsprinzip geht«, rief er triumphierend; »so wie in jeder guten Demokratie – und darauf legst du doch Wert, Phil, nicht wahr? – dann könnt ihr jetzt eure Ärsche zusammenkneifen! Hier steht die wirkliche Macht! Was habt ihr dem entgegenzusetzen?«

»Laß deine Armee marschieren!« antwortete Phil ruhig.

Sempa starrte ihn entgeistert an. »Wünsch dir das nicht ...«, sagte er dumpf. »Junge, sprich so etwas nicht aus!«

»Ich will es sehen, Ari! Los, gib das Kommando! Armee – marsch!«

»Sie werden dich zermalmen! Allein ihr Anblick genügt. Und vergiß nicht: In ihnen lebt ein vielhundertjähriger Zauber! Ein Fluch, der alles zerstört! Du bist nicht mehr Herr dieser Insel! *Wir* sind es!« Sempa lachte dröhnend und klatschte in die Hände. »Das ist es, was dich zerfressen wird: Du bist entmachtet! Aber ich hasse den Krieg wie du. Ich lasse meine Armee in der Garnison. Nur wenn du anfängst mich weiter zu hindern, oder wenn das verdammt hübsche, aber eiskalte Luder an deiner Seite faule Tricks anwendet, marschieren wir los! – Ist das klar?«

»Völlig klar, Ari«, antwortete Phil freundlich. »Ich danke dir, daß du so human und pazifistisch denkst.«

Man sah Sempa an, daß er über Phils Reaktion mehr verwirrt war, als er sich eingestehen wollte. Er zögerte, blickte Phil und Evelyn eine Weile stumm an, drehte sich dann zu seiner kleinen, goldenen Skulpturen-Armee um und brüllte nach bester Feldwebelart: »Das Gaaaaanze – weggetreten! In die Quartiere, marsch – marsch!«

Er wartete etwa eine Minute, bis sich, nach seiner Auffassung, Yumas Truppen entfernt haben mußten. Dann nahm er die Inkaprinzessin wieder unter den Arm, zertrat die noch brennenden Fackeln entlang der »Kegelbahn« und setzte sich neben Evelyn an den Tisch. Yuma stellte er, wie immer, neben sich auf und strich ihr über die spitzen Brüste. »Gut gemacht, Püppchen!« sagte er. »Jetzt sind die Machtverhältnisse auf der Insel endlich klar!«

»Dein Champagner!« sagte Evelyn mit gleichgültiger Stimme. »Sollte er inzwischen warm geworden sein, bedank dich bei deiner Armee!«

»Champagner kann ich auch trinken, wenn er kocht!« schrie Sempa. Er hob sein Glas. »Worauf trinken wir? Auf die reichste, unbekannteste Insel der Welt? Auf die Liebe? Auf uns vier? Auf den Sieg meiner goldenen Armee? Phil, schlag etwas vor!«

»Wir trinken auf unsere Zukunft!« sagte Hassler.

Sempa schob die dicke Unterlippe vor. Irgendwie gefiel ihm das nicht. »Unsere? – Warum?« fragte er zögernd.

»Ist Hoffnung auf künftige Erfüllung nicht etwas Schönes, Ari? Was wären wir ohne Träume von der Zukunft? Was wäre ein Leben, wenn man nicht wüßte, daß noch vieles vor einem liegt?«

»Blabla! Die Zukunft gehört Yuma und mir.«

»Um so besser für dich. Also, stoßen wir an!«

Sie leerten an diesem Abend drei Flaschen Champagner. Evelyn wurde betrunken und wider Willen zu Phil zärtlich, Sempa begann zu grölen, tanzte ausdauernd und lehnte sich schließlich keuchend, schweißüberströmt an den Felsen. »Hundert Jahre möchte ich werden!« schrie er. »Nein! Hundertfünfzig! Unsterblich!«

»Wer möchte das nicht, Ari?« entgegnete Phil Hassler.

»Ich werde es! Ich fühle den Zauber, den geheimen Zauber der Inka bereits in meinen Adern! Ich platze vor Leben!«

Er packte seine goldene Prinzessin, nickte Phil und Eve zu und schwankte in seinen Unterschlupf. Hassler wartete, bis Sempa verschwunden war, dann zog er Evelyn von der Bank und trug auch sie in seine Höhle. Ihre Lippen küßten über sein Gesicht, bis er sie auf das Bett legte; dort krallte sie sich in seinen Haaren fest und ließ ihn nicht wieder los.

»Komm –«, sagte sie, betrunken und schläfrig, aber voll Zärtlichkeit. »Komm zu mir. Sofort …«

Er zog sie aus, sie seufzte, wenn er dabei ihren nackten Körper berührte, schnellte den Leib hoch oder preßte ihm mit beiden Händen ihre Brüste entgegen. Aber als auch er sich ausgezogen hatte und sich neben sie legte, schlief sie bereits mit tiefen, langen Atemzügen und wachte auch nicht auf, als er sie an sich zog, die dünne Decke über sich zerrte und wie so oft ihre linke Brust umfaßte, um so, mit einem Teil ihrer Schönheit in seiner Hand, den vergangenen Tag zu vergessen und dem neuen entgegenzuträumen.

Sempas Anfälle häuften sich in den nächsten Tagen. Aber es kam nie zu Gewalttätigkeiten oder auch nur zu Bedrohungen. Er war glücklich wie ein Junge, dem man eine elektrische Eisenbahn mit allem Zubehör geschenkt und aufgebaut hat. In jeder freien Minute stolzierte er zwischen seinen kleinen goldenen Soldaten herum, kommandierte, ließ sie exerzieren, veranstaltete sogar ein Manöver und hielt Appelle ab wie im Kasernendienst.

»Ist das eine Truppe!« sagte er zu Phil. »Jeder Staat würde sich die Finger danach lecken! Frankreichs Fremdenlegion, die Ledernacken der USA oder, damals, eure Fallschirmjäger – alles Bettnässer gegen diese Truppe hier! Da ist nichts, aber auch nichts auszusetzen! Oder hast du was entdeckt, Phil?«

»Davon verstehe ich nichts, Ari.« Hassler hob bedauernd die Schultern. »Gott sei Dank.«

»Du warst nie Soldat?«

»Nie. Als der Krieg zu Ende ging, war ich vierzehn. Irgendein alter Nazi wollte mich noch zum Flakhelfer machen, aber vier Tage später war der Krieg vorbei. Ich habe nie eine Uniform getragen.«

Zwischen diesen Gesprächen und der »Truppenbetreuung«, wie Sempa seine Inspektionen nannte, blieb Zeit genug, das Land weiter zu roden, ganze Buschsenken abzubrennen, die Ziegen in einem grünen Tal und im Kraterkessel, wo auch die Schatzhöhlen waren, zu isolieren, die wilden Schweine in Korrals abzutrennen und die herumstreunenden, noch nicht an die Menschen gewöhnten Rinder zusammenzutreiben, wobei Sempa erstaunliche Fähigkeiten als Cowboy zeigte. Er konnte mit dem Lasso umgehen, als habe er nie etwas anderes getan, und zwang mit seiner unwahrscheinlichen Kraft jedes Rind in die Knie. Nur gegen die Bullen kam er nicht an. Aber das war auch nicht nötig. Denn als sie die Kühe als Herde in eine geschützte Talsenke getrieben hatten, kamen die Bullen friedlich hinterher.

»Da sieht man wieder, welche Trottel wir Männer sind!« lachte Sempa, als die Herde komplett war. »Wo Weiber sind, da latschen wir ihnen nach.«

Phil Hassler ertrug das alles mit angespannter Wachsamkeit. Er wartete eigentlich nur auf den Augenblick, da ihn keine moralische Verpflichtung mehr daran hindern würde, mit Evelyn davonzufahren: dann nämlich, wenn Sempa nur noch ein irres Wrack sein würde, das man ohne Gewissensbisse verlassen konnte.

Auf der Insel ging es jetzt nach der Arbeitszeit – wenn man nicht kegelte, wobei Phil von dem Goldschatz Stück um Stück gewann – ziemlich zivilisiert zu. Hassler hatte sich von Commander Don Fernando eine Kurzwellenfrequenz sagen lassen, über die man abends Tanzmusik hören konnte. Der Empfang war ziemlich gut, wenn man den Sender hauchfein eingestellt hatte und keine atmosphärischen Störungen vorlagen. Dann war Sempa selig und tanzte mit Yuma Walzer und Tango, Foxtrott und Samba. Doch als der Sender eine Stunde lang Rock'n'Roll brachte, kam selbst Sempa außer Atem und setzte Yuma ab.

»Sind die denn verrückt?« schnaufte er. »Wie soll man das tanzen?!«

»Wir werden alt, Ari!« sagte Phil. »Vor zwanzig Jahren, als euer Elvis ins Mikrofon heulte, war ich bei solchen Tänzen unschlagbar. Himmel, wie kurz sind zwanzig Jahre – wenn man zurückblickt.«

Mit Commander Don Fernando sprach Phil jetzt öfter mit Hilfe des Funkgerätes von Sempas Yacht. Zweimal in der Woche wateten sie, Hassler, Evelyn und Sempa, bei Ebbe durch das seichte Wasser der Bucht zum Schiff, kletterten die Strickleiter hinauf und ließen die Motoren laufen, um die Batterien aufzuladen.

Das waren immer die gefährlichsten Stunden. Kaum

stand Sempa auf seiner Yacht, rollte er mit den Augen und begann wieder mit den »Verhandlungen«. »So ein Schiff!« schrie er. »Und Millionen Dollar in der Hand! Und was machen wir? Sitzen auf einem Sandkorn und singen Halleluja, als seien wir schon Engelchen! Phil, ich flehe dich an, wenn's sein muß, knie ich mich vor dir nieder und bete dich an. Aber laß uns abfahren! Ein paar lumpige hundert Seemeilen jenseits dieser Scheißfelsen beginnt das herrliche Leben! Phil, ich gebe dir alles bis auf zehn Prozent. Zehn Prozent kannst du mir lassen; das reicht mir bis zum Ende meiner Tage. Junge, das ist doch ein faires Angebot!«

Wenn Phil Hassler dann sein hartes »Nein« sagte, rannte Sempa verzweifelt herum und kletterte vom Maschinenraum bis zum Radarmast, oder er saß im Salon und trommelte mit den Fäusten auf den Tisch oder hockte im Steuerstand und starrte über den Bug seines Schiffes ins Meer, als fahre er bereits hinüber zur Küste, in die Freiheit: in das große Glück, ein Mann zu sein, der Millionen ausgeben kann für alles, was er haben möchte.

Mißmutig hörte er zu, wie Commander Don Fernando per Funk auf Phil einredete:

»Haben Sie noch keine Sehnsucht nach einer Cocktailstunde in der Bar eines Strandhotels? Leise Musik, Palmen wiegen sich im milden Wind, der beleuchtete Swimmingpool schimmert durch die warme Nacht, und an Ihrer Seite, Phil, lehnt die herrlichste Frau, die ich kenne ...« Sempa verdrehte die Augen, als bekäme er Magenkrämpfe. »Oder sind Sie wieder allein, Phil?«

»O nein, Commander. Myrta ist bei mir!«

»Ich bewundere Miß Baldwin. Wie hält sie das nur aus?«

»Sie scheinen nichts von echter Liebe zu verstehen, Don Fernando.«

»Das sagen Sie einem Abkömmling spanischer Granden?!« Der Commander räusperte sich. »Phil, ich muß Ihnen wohl doch ab und zu einen Besuch abstatten, damit Miß Baldwin mal was anderes zu sehen bekommt als Seelöwen, Drusenköpfe, Leguane, Tölpel und Sie!«

»Unterstehen Sie sich!« Hassler lachte, während Sempa verbissen das Steuerrad drehte, als fahre er Slalom durch Klippen und tosendes Meer. »Wir sind wunschlos glücklich auf ›Sieben Palmen‹. So lieb Sie uns sind, Commander – bitte, verzichten Sie auf einen Besuch! Bleiben wir bei der alten Regelung: nur wenn ich Sie rufe!«

Don Fernando grunzte und wollte den Eindruck erwecken, als sei er beleidigt. Aber dann nahm er die Unterhaltung doch wieder auf: »Da ist noch etwas, Phil. Gut, daß Sie sich gemeldet haben. Es ist möglich, daß der Gouverneur für die Galapagosinseln, Senor Peres Domingo, eine Inspektion der Inselgruppe vornehmen wird. Dann kommt er natürlich auch zu Ihnen. Ich kann ihn daran nicht hindern. Er hat sich schon mehrmals nach Ihnen erkundigt und kann nicht glauben, daß Sie das durchhalten. Aber jetzt, wo er weiß, daß eine wunderschöne Frau bei Ihnen lebt, zerreißt ihn fast die Neugier.«

Sempa starrte Phil entsetzt an. Er winkte mit beiden Händen. Phil beschwichtigte ihn mit einem Kopfnicken.

»Don Domingo soll als kurzer Besuch willkommen sein«, sagte er ins Mikrofon. »Aber Sie melden ihn doch frühzeitig an, Commander?«

»Natürlich. Warum?«

»Ich will für Don Domingo zur Begrüßung ein ganzes Schwein braten. Knusprig, überm Spieß, mit einer Kräuter- und Gewürzsoße, so köstlich, daß ihm die Freudentränen über die Wangen rollen!«

»Bei Gott, das hört sich verlockend an. Können Sie das denn, Phil?«

»Sie vergessen: Myrta ist eine hervorragende Köchin! Sie werden staunen, wenn Sie mich wiedersehen: Trotz der vielen Arbeit habe ich ein paar Pfund zugenommen.«

»Und trotz aller Liebe?«

»Don Fernando!«

Der Commander lachte, wie Männer zu lachen pflegen, wenn sie sich in bezug auf Frauen brüderlich verstehen. »Sie Glückspilz! Miß Myrta muß wirklich eine vorzügliche Köchin sein. Und solch eine herrliche Frau lebt mit Ihnen allein in einer Lavahöhle! Das ist schon fast Gotteslästerung. Und trotzdem: viel Glück weiterhin, Phil!«

»Danke, Commander!«

Phil stellte das Gerät ab. Sempa ließ das Steuer los und wischte sich über das Gesicht. »Du bist auch perfekt im Lügen!« knurrte er. »Was sollen wir mit dem Gouverneur auf ›Sieben Palmen‹?«

»Hätte ich mir den auch verbeten, wäre Don Fernando mißtrauisch geworden. So aber erfahren wir rechtzeitig, wenn er kommt.«

»Aber dann müßten wir den ganzen Schatz wegräumen. Wieder zurück in die Höhlen.«

»Oder woanders hin. Aber weg muß er. Deshalb verlangte ich ja die frühe Benachrichtigung.«

»Und meine Armee?« schnaufte Sempa.

»Laß sie ins Manöver auf die andere Seite der Insel marschieren! Zum Beispiel in die Seelöwenbucht.«

»Das ist eine Idee!« Sempa nickte zustimmend. Was Phil in den letzten Tagen wiederholt festgestellt hatte – es zeigte sich jetzt wieder: Bei Sempa begannen sich Wahn und Wirklichkeit zu vermischen. Nahtlos ging Realität in Irrsinn über.

»Oder wir kämpfen?« sagte er plötzlich.

»Du hast keine Kanonen wie Don Fernando!« beschwichtigte ihn Phil. »Die alten Inkas wurden vernichtet durch die Donnerbüchsen! Soll sich das wiederholen?«

»Nie! Sonst schleppen sie mir auch meine Yuma weg!«

»Unter Garantie.«

»Du bist ein Freund!« Sempa zog Phil an sich, schmatzte ihm einen Kuß auf die Stirn und stieß ihn wieder von sich. Hart stieß Hassler gegen das Funkgerät. »Wenn der Besuch des Gouverneurs angekündigt wird, zieh ich mich mit meiner Armee ins Innere der Insel zurück. Das ist eine vorzügliche Taktik.«

Zwei Tage später summte es wieder im Apparat. Das rote Signallämpchen leuchtete auf. Sempa und Phil sahen sich mit dem gleichen Gedanken an.

»Schon jetzt?« stotterte Sempa.

»Ruhe!« Phil schaltete auf Empfang und Wechselgespräch. »Hier Hassler«, meldete er sich. »Was ist los, Commander?«

»Hier ist nicht Don Fernando. Hier ist Fritz Hardtmann«, antwortete eine Stimme in deutscher Sprache. Sempa rollte wild mit den Augen; er sah eine neue Gefahr auf sich zukommen. »Sie erinnern sich noch an mich, Herr Hassler? Dr. Hardtmann vom Forschungs-Institut der Darwin-Gesellschaft. Auf der Insel Santa Cruz. Wie wollen wir's halten? Sprechen wir deutsch weiter, oder gehen wir zum Spanisch über?«

»Mit Ihnen deutsch, Doktor. Natürlich erinnere ich mich an Sie. Als ich weiterfuhr zu den ›Sieben Palmen‹, sagten Sie zum Abschied: ›Daß die Verrückten Ihrer Kategorie nicht aussterben, gibt dem Leben etwas Salz und Pfeffer. Trotzdem: Man sollte Sie festbinden und Ihnen so lange Rizinus geben, bis Sie ihre Idee ausgeschissen haben!‹ – Das war ein herrlicher Satz, Doktor! Haben Sie noch so einen auf Lager?«

Sempa, der kein Wort verstand, gestikulierte viel herum, aber Hassler winkte ab. So leise wie möglich verließ Sempa die Kabine und stieg hinunter in den Salon zu Evelyn.

»Da braut sich was zusammen!« sagte er. »Plötzlich ruft ein Deutscher hier an! Ich denke, das hier ist die einsamste Gegend der Erde? Aber nein, da rauschen Kanonenboote herum, es wimmelt von spanischen Dons, und nun auch noch ein zweiter Deutscher. Eve, ich habe die Nase voll von den Deutschen. Mir genügt deiner!«

»Ich werde mich hüten, weiterhin solche Sprüche loszulassen!« lachte Dr. Hardtmann auf Santa Cruz. Seine Stimme klang so klar aus dem Lautsprecher, als sei er an Bord. »Ich hätte mich auch nicht gemeldet, wenn nicht die ›Panther‹ bei uns ankerte und Don Fernando mir nicht vorhin erzählt hätte, welch wonnigen Dauerbesuch Sie auf den ›Sieben Palmen‹ haben ...«

»Schlagen Sie dem Commander vor, er soll das über eine große Presseagentur in aller Welt verbreiten ...«

»Nun fühlen Sie sich doch nicht gleich auf den Schlips getreten, Hassler. Ich wollte Ihnen nur gratulieren.«

»Danke, Doktor.«

»Und wollte Ihnen Abbitte leisten.«

»Wozu?«

»Sie sind doch ein normaler Mensch geblieben. Ich sehe, das Ende Ihrer Einsiedelei ist nahe.«

»Ich sehe das nicht!«

»Nach den Erzählungen von Don Fernando ist Miß Myrta in ihrer überirdischen Schönheit so etwas wie ein vom Himmel gefallener Stern. So etwas können Sie auf ›Sieben Palmen‹ nicht einfach verstecken! Phil, seien Sie mal ehrlich: Lohnt es sich jetzt nicht wieder, in der Zivilisation zu leben?«

»Absolut ehrlich, Dr. Hardtmann: Ich bin unendlich

glücklich, mit Myrta hier ganz allein zu sein. Und Myrta ist es auch.«

»Sind Sie sicher?«

»Ganz sicher. Es ist ihr freiwilliger Entschluß.«

»Und wenn Kinder kommen?«

»Es kommen keine.«

»Hat Myrta so viele Pillen an Bord?«

»Ihre Sorgen möchte ich haben, Doktor.«

»Und ich nicht Ihre, Phil!«

Das stimmt, dachte Hassler sarkastisch. Wer möchte schon mit einem Ari Sempa und seiner Armee aus goldenen Inkagöttern zusammenleben? Dazu Yuma, die goldene Nacktheit, die Sempa jeden Tag mit neuem Schmuck behängt und mit der er nachts in seiner Höhle Dinge treibt, die Sie, mein lieber Dr. Hardtmann, als Anthropologe sehr interessieren würden. Wer das alles nicht erlebt hat, wer es nicht sieht und hört, wird nie glauben oder begreifen können, daß so etwas möglich ist.

»Sind Sie noch da?« fragte Dr. Hardtmann.

»Aber ja!«

»Ganz ernsthaft, Phil: Mit dieser Frau an Ihrer Seite wird Ihr Inselleben unrealistisch. Verständlich war es ja nie, aber jetzt wird es fast kriminell.«

»Das ist ein neuer, interessanter Aspekt«, sagte Hassler. »Erklären Sie mir das näher, Doktor!«

»Diese Frau liebt Sie und bleibt in ihrer Liebe zu Ihnen freiwillig bei Ihnen. Aber ahnen Sie überhaupt, was Sie ihr damit antun? Ein Leben wie zur Steinzeit ...«

»Mir war völlig neu, daß die Steinzeitmenschen Funk, Radio, einen Benzingenerator, eine Motorsäge und andere nützliche Dinge besaßen. Wenn Sie das entdeckt haben sollten, Herr Dr. Hardtmann, sollten Sie ein Buch darüber schreiben. Das wird eine wissenschaftliche Sensation!«

»Ihren Sarkasmus hängen Sie mal an den Nagel, Phil! Ich meine es ehrlich und ernst. Ihr Leben hat jetzt doch wieder einen Sinn bekommen.«

»Es hat immer einen Sinn gehabt, Doktor, sonst hätte ich einen anderen Ausweg gesucht und gefunden; nichts einfacher als das. Aber gerade weil ich an das Leben glaube, habe ich mir die ›Sieben Palmen‹ ausgesucht. Wir fühlen uns wohl hier – um mit Goethe zu sprechen: ganz kannibalisch wohl! – Ende, Dr. Hardtmann.«

»Wer war das?« fragte Evelyn, als Hassler unten im Salon erschien. Sempa trank Whisky und ließ die Eiswürfel in seinem Glas klingen. Die Bootsmotoren liefen leise brummend im Leerlauf, um die Batterien aufzuladen. Heute wurde an Bord gegessen. Evelyn hatte den großen Fisch, den Phil vor einer Stunde nahe der Klippenbarriere gefangen hatte, in den Elektrogrill der Bordküche gelegt. Garniert mit Kräutern, brutzelte er vor sich hin; wo die Haut aufgeplatzt war, quoll das sanfte weiße Fleisch heraus. Dazu gab es grüne Nudeln. Die Kartoffeln brauchte man als Saatgut.

»Dr. Hardtmann von der Darwin-Forschungsgesellschaft.« Phil setzte sich an den Tisch, Sempa gegenüber, nahm ihm das Glas aus der Hand und trank einen Schluck, ehe er dem Verblüfften das Glas zurückgab.

»He, du kannst dir auch einen machen!« sagte Sempa. »Evelyn, der Kerl wird immer fauler. Jetzt spart er sich sogar die Drinks!« Er umklammerte das Whiskyglas wie ein Junge, dem man sein Spielzeug wegnehmen will. »Wieso peilt dich dieser Doktor plötzlich an?«

»Don Fernando ist bei ihm. Er versuchte mich zu überreden, die Insel zu verlassen.«

»Ein kluger Doktor!« brüllte Sempa. »Ein sehr, sehr kluger Doktor!«

»Ich habe zugesagt.«

Einen Augenblick lag lähmende Stille im Raum. Das leise Brummen der Motoren klang wie Gewitterdonnern.

»Das ist nicht wahr«, sagte Evelyn als erste. »Phil, bist du verrückt geworden?«

»Und der Schatz?« stotterte Sempa. »Was wird aus dem Schatz?«

»Den liefern wir ab und fahren glücklich und befreit von aller Last in die schöne Welt hinaus.«

»Nie!« brüllte Sempa und sprang auf. »Ich lasse doch nicht hundert Millionen Dollar sausen!«

»Unser entzückendes Kreiselspiel beginnt wieder!« Hassler lehnte sich zurück. Aus der Küche kam der köstliche Duft des gegrillten Fisches. »Ja – nein! Nein – ja! Das wollte ich nur noch einmal überprüfen. Ich habe natürlich abgelehnt! Wir bleiben.«

In diesem Augenblick sagte Evelyn etwas, was selbst Phil den Kopf herumriß: »Solange Ari lebt.«

»Oder Phil!« schrie Sempa sofort.

»Er wird leben, solange ich lebe!«

»Aha! So steht es?!« Sempa wich bis zur Treppe zurück, die an Deck führte. Seine Augen flatterten. »Wenn es der Dame einmal zu langweilig wird, wenn bei dem lieben Phil über kurz oder lang die Potenz nachläßt, wenn unser Püppchen mal wieder den Duft der feinen Welt einatmen will – dann wird man Ari Sempa einfach umlegen! Ich weiß: Püppchen kann keinen Menschen töten! Aber einmal wird das Jucken stärker als das Kratzen. Darauf soll ich warten?«

»Wenn du jetzt zur Brücke rennen willst, um die beiden Maschinenpistolen zu holen – spar dir den Weg!« sagte Hassler nüchtern. »Ich habe die Munition versteckt. Die Dinger sind nicht geladen.«

»Ein Komplott!« brüllte Sempa und warf sich herum. Er

raste die Treppe hinauf an Deck und schrie dort weiter. »Ein schönes Komplott! Aber so einfach ist das nicht! So einfach nicht!«

Sie hörten ihn über das Deck rennen und irgendwo rumoren. Phil Hassler blickte zur Kajütendecke. »Hat er noch Verstecke, wo Waffen liegen könnten?« fragte er. »Ich habe die ganze Yacht Meter um Meter durchsucht und kenne jeden Winkel. Aber möglich ist alles.«

Sie warteten und lauschten gespannt. Von Sempa war nichts mehr zu hören. War er zur Insel zurückgewatet? Kaum möglich, denn draußen war es dunkel, und Sempas Angst vor Haien war bekannt. Er würde nie allein durch das Wasser der Bucht an Land gehen, wenn er nicht die ganze Oberfläche übersehen konnte.

Evelyn holte den gegrillten Fisch aus dem Ofen, goß die grünen Nudeln ab, spülte sie kurz in kaltem Wasser und richtete alles auf einer großen Servierplatte an. Hassler deckte den Tisch. Er wartete, bis Eve mit dem Fisch kam, und küßte sie auf die Stirn. Dann stieg er die Treppe hinauf und rief über das dunkle Deck:

»Ari! Essen kommen! Wer heute nicht zu Tisch kommt, verpaßt etwas besonders Delikates!«

Er blieb am Abgang stehen, aber an Deck rührte sich nichts. Nachdenklich ging Phil in den Salon zurück und setzte sich. Evelyn hatte den großen, saftigen Fisch zerteilt und das weiße Fleisch von den Graten gelöst. Sie blickte hoch, als sich Phil stumm auf der Polsterbank niederließ.

»Er ist nicht da«, sagte er.

»Das ist unmöglich. Seine Angst vor Haien ist viel zu groß.«

»Auf dem Schiff rührt sich aber nichts.«

»Er sitzt irgendwo in Deckung und schwitzt seine Wut aus.« Sie teilte den Fisch in drei Portionen – die größte natürlich für Sempa – und setzte sich auch. »Fangen wir an. Lauwarm schmeckt der beste Fisch wie aufgeweichte Pappe.«

Sie hatten gerade mit dem Essen begonnen, als Sempa die Treppe herunterkam. Er schlich so leise, daß sie ihn erst bemerkten, als er die letzten beiden Stufen betreten hatte und seine riesige Gestalt die Tür völlig ausfüllte. Phils erster Blick galt Sempas Händen. Er trug keine Waffe.

»Mach schnell!« sagte Hassler. »Noch ist er heiß! Das ist der köstlichste Fisch, den ich je gegessen habe. Wenn ich bloß wüßte, wie er heißt. Er tritt nie in Schwärmen auf, nur als Einzelgänger. Ein Raubfisch vermutlich.«

Sempa setzte sich neben Phil, zog wortlos seinen Teller heran und begann, wie immer schmatzend, Riesenportionen in sich hineinzuschaufeln. Die wenigen Gräten, die er noch fand, legte er nicht auf den Tellerrand, sondern spuckte sie in die Kajüte.

Weder Phil noch Evelyn sprachen ihn an, aber sie beobachteten ihn genau. Er war wieder in jene gefährliche Dumpfheit gefallen, die sich meistens in einer Art Explosion auflöste – und dann war er unberechenbar. Mit den langen grünen Nudeln kämpfte er wie mit einem Gewimmel von Baumschlangen und zerhackte sie in kleine Stücke, mit sichtbarem Vergnügen an der Zerstörung.

»Es schmeckt *nicht*!« sagte er endlich. Aber er aß weiter.

»Es hat nie einen besseren Fisch gegeben!« widersprach Phil.

»Yuma fehlt!«

»Dann kann es natürlich nicht schmecken.«

»Dann schmeckt gar nichts mehr! Ohne Yuma ist nichts, nichts, nichts!«

»Vollkommen klar, Ari.« Evelyn schob die Servierplatte näher. »Noch ein bißchen Fisch?«

»Für Yuma!«

»Gern. Für Yuma. Auch Nudeln?«

»Häng sie dir um den Hals als Kette!«

»Dafür habe ich genug Gold und Edelsteine. Phil hat beim Kegeln eine Menge gewonnen.«

Sempa blickte von seinem Teller hoch und musterte Phil aus stumpfen Augen.

»Wieviel sind es jetzt?« fragte er.

»Materialwert vielleicht 23 Millionen Dollar. Museumswert …«

»Unschätzbar! Ich weiß!« Sempa stocherte in seinem Stück Fisch herum. »Wir haben Zeit! Eines Tages hole ich mir alles zurück.« Er hob die Gabel zum Mund, senkte sie wieder und starrte Hassler forschend an. »Bald!« sagte er dumpf. »Sehr bald! Phil, ich sehe es in deinen Augen. Du merkst es nicht – aber der Wahnsinn schleicht sich an dich heran. Nur weiter so, Nur weiter! Ich halte aus! Aber als Freund verspreche ich dir: Wenn du am Ende bist, soll es Eve gut bei mir haben. Kein Haß, kein Groll, keine Rache, kein Nachtragen. Alles wird vergessen sein. Dann können wir endlich mit dem ganzen Schatz hinüber in die Staaten und ein Leben führen wie König und Königin. Jeden Morgen werden wir uns in Champagner baden! Ich werde Knipskarten für meine Weiber ausgeben, damit wir nicht durcheinander kommen und jede ihren Teil abkriegt. Und Eve? Die Männer werden den Boden ihres Schlafzimmers sauberlecken, so hörig werden sie ihr sein! Mach dir also um Eve keine Gedanken, mein Junge! Ich werde für sie sorgen, auch wenn ich sie nie ins Bett bekomme. Damit habe ich mich abgefunden! Aber du, Phil, wirst in Kürze wahnsinnig werden! Ich sehe es in deinem Blick! Von Tag zu Tag wird er glasiger und starrer.«

Es war genau umgekehrt. Sempas Augen verödeten in erschreckender Weise. Diese Veränderung vollzog sich so schnell, wie Phil das nie für möglich gehalten hätte. Aber er hütete sich, mit Sempa darüber zu sprechen, so wie der es jetzt mit ihm tat. Morgen ging die Arbeit weiter: das Anlegen der Felder, das Niederbrennen der Dorngestrüppe, das Heranschaffen von Erde aus dem anderen Teil der Insel, das Mengen von Sand, Erde und Asche zu einem Boden, der einmal Frucht tragen sollte, der weitere Ausbau der Bewässerung und die Anlage neuer Reservoire für das Regenwasser … Es war noch so viel zu tun.

Ohne viel nachzudenken, taten sie genau das, womit man ein Paradies zerstört: Sie veränderten die Landschaft und das biologische Wechselspiel der Natur nach den Bedürfnissen des zivilisatorischen Fortschritts. Sie bauten auf und vernichteten gleichzeitig nach dem Gesetz der Zweckmäßigkeit. Der Pioniergeist siegte wieder einmal.

Aus der unberührten Insel »Die sieben Palmen« wurde langsam, in schwerster körperlicher Arbeit, Stück für Stück, neues »Kulturland«.

»Heute schlafen wir auf dem Schiff!« sagte Sempa, als er den Fisch verzehrt hatte. Natürlich hatte er auch die letzten grünen Nudeln noch verschlungen. Satt streckte er die Beine von sich.

»Warum denn das?«

»Die Haie!«

»Sei beruhigt, Ari, wir waten voraus.«

»Und von hinten kommt einer und greift sich den letzten. Mich! Wir bleiben hier!«

»Und Yuma?« Phil wagte sich auf ein gefährliches Gebiet. »Soll sie heute nacht allein bleiben?«

»Ja! Sie darf sich mal ausschlafen. Junge, gönn ihr doch eine ruhige Nacht.«

Phil verzichtete auf weitere Diskussionen über dieses

Thema und erhob sich. Er stieg an Deck und setzte sich vor das Ruderhaus. Der Wind kam vom Meer, doch hier, am Aufgang zur Brücke, war es fast windstill. Nach kurzer Zeit kam Evelyn zu ihm und kniete sich neben ihn.

»Was macht er?« fragte Phil.

»Er ist schon in seine Koje gegangen.«

»Irgend etwas hat er vor. Wir müssen abwechselnd Wache halten, Eve.«

»Er wird nie mehr etwas ohne Yuma unternehmen! Und die ist drüben, bis morgen früh unerreichbar für ihn! Ich glaube fast, Yuma ist unser bester Schutz.«

»Bis die Stunde kommt, in der er sie nicht mehr erkennt.«

»Laß uns flüchten, Phil.« Sie legte den Kopf in seine Halsbeuge und weinte plötzlich. »Ich habe Angst. Es wird täglich schlimmer. Laß uns in einer der nächsten Nächte wegfahren.«

»Es geht nicht, Eve.« Er umfaßte sie, zog sie eng an sich und starrte an ihrem Kopf vorbei über das fast schwarze Meer. Sie hat ja recht, dachte er. Niemand wird es uns anlasten, daß wir vor einem Irren geflohen sind. Aber er sagte: »Wir können Ari nicht allein lassen. Denk daran, was ich dir vor ein paar Wochen gesagt habe: Welche Hilfe wir auch immer anrufen – du gerätst in einen Strudel hinein. Du bist mit Sempa, McLaudon und Gilberto zusammengewesen, und zwei von ihnen waren Mörder. Du bist mit ihnen herumgezogen und hast Teile des geraubten Schatzes verkauft, damit ihr dieses Schiff übernehmen konntet. Du bist mit ihnen geflüchtet, als die Polizei ihre Spur entdeckte.«

»Von den Morden wußte ich nichts«, schluchzte sie.

»Das mach einmal einem ekuadorischen Untersuchungsrichter klar! Und selbst wenn er die Morde streicht: Der Schatz bleibt übrig. Von dem wußtest du alles! Reicht das nicht für ein paar Jahre?« Er legte beide Arme um sie, als seien es Klammern, die sie auf immer mit ihm verbanden. »Aber ich gebe dich nicht her, Eve. Nicht für ein paar Jahre, nicht für einen Monat, nicht für einen Tag! Die besten Anwälte könnten dir nicht helfen!«

»Das heißt: Wir müssen auf der Insel bleiben.«

Er nickte. Sie haben recht, Dr. Hardtmann, dachte er. Aus Liebe bleibt sie auf »Sieben Palmen« – und doch sträubt sich alles in ihr gegen diese Einsamkeit. Ich bin ein höllischer Egoist! Ich benutze ihre unbegreifliche Liebe als Alibi.

»Wir können nur abwarten, was aus Sempa wird«, sagte er heiser. »Und wir müssen stärker sein als er.«

»Das schaffen wir nie, Phil. Nie!«

»Das sagen wir uns immer wieder, seit Ari auf der Insel ist. Und doch: Haben wir nicht schon viel erreicht? Gegen Sempa – und mit ihm! Nächste Woche setzen wir die ersten Kartoffeln in das neue Feld! Fünf Rinder sind schon so zahm wie Hauskühe. Wir haben so viel Land gerodet, daß wir nie mehr hungern werden, auch wenn uns alle vergessen sollten. Vor jeder Arbeit hat Sempa gebrüllt und sich geweigert, und dann hat er geschuftet wie drei Elefanten. Letzten Endes waren wir immer die Stärkeren!« Er küßte sie, drückte sie wieder an sich und blickte über die schwarze, kaum bewegte See. Es war der Übergang von der Ebbe zur Flut. Einen Augenblick ruhte sich das Meer aus, holte Atem, sammelte Kraft für das neue Anrollen gegen die Küsten.

»Ich liebe dich«, sagte er leise. »Das klingt jetzt dumm – aber ich habe keine andere Entschuldigung: Ich liebe dich.«

In der siebzehnten Woche kam der Tag, an dem Evelyn das Bett nicht verließ. Sempa und Phil hatten sich gemeinsam an der »Wassermühle« geduscht und liefen nun im warmen

Wind zwischen der kleinen goldenen Götter-Armee herum, ließen sich von der Sonne trocknen und freuten sich auf das Frühstück. Wie immer würde Evelyn bei ihrer Rückkehr den Tisch gedeckt haben, es würde nach gebratenen Eiern riechen, nach Speck und Schinken. Meistens war sie die erste, die leise aufstand, aus der Höhle schlich, zum Meer hinunterrannte und in der seichten Bucht schwamm. Ein paarmal hatte Sempa sie heimlich beobachtet; er lag hinter einem großen Lavastein und seufzte, wenn er sah, wie Evelyns schöner Körper sich in der Morgensonne spiegelte. Dann war er wieder zurückgetappt in seine Höhle, hatte sich neben seine Prinzessin Yuma gelegt und die goldene Figur an sich gezogen.

»Du bist viel schöner!« hatte er gesagt. »Viel schöner! Du bist mit nichts vergleichbar.«

Aber heute war es anders. Weder war Evelyn am frühen Morgen zur Bucht gelaufen, noch hatte sie, als Phil zurückkam, den Tisch gedeckt. Verwundert kam Hassler in die große Höhle und sah Eve noch immer im Bett liegen.

»Was ist denn los?« lachte er und zog ihr die Decke weg. »Aufstehen, du Faulpelz!«

Sie rührte sich nicht, lag nackt und schön auf dem Bett, nur ihre Augen waren größer und glänzender als sonst.

»Ich kann nicht mehr, Phil ...«, sagte sie endlich. Ihre Hände legten sich zitternd auf den Leib. »Ich – ich spüre es schon seit drei Tagen, aber ich habe nichts gesagt. Doch jetzt geht es nicht mehr.«

»Mein Gott – was?!«

Entsetzt kniete Phil neben dem Bett nieder und wollte ihre Hände zur Seite schieben. Sie schüttelte den Kopf und biß die Zähne zusammen.

»Mein Leib ...«, sagte sie stockend. »In meinem Leib brennt es wie mit tausend Flammen. Ich kann nicht mehr laufen, nicht mehr stehen ...« Sie holte tief Luft und schrie dann fast: »Ich kann ja kaum noch sprechen!«

Ein Zittern lief durch ihren Körper, das von einem Krampf abgelöst wurde. Sie zog die Beine etwas an, ihr Gesicht verzerrte sich vor Schmerz, dann stieß sie die Beine wieder von sich und stöhnte dumpf auf. Phil legte seine Hand auf ihre Stirn und zuckte zurück. Ihr Kopf glühte im Fieber. Als er ihre Hände erneut von ihrem Leib wegstreifen wollte, schrie sie hell auf und krallte ihre Finger in seinen Oberarm.

»Es ist schon gut, Eve«, sagte Phil heiser. »Lieg ganz ruhig. Beweg dich nicht. Nimm die Hände weg.«

»Phil – faß mich nicht an!« Ihr Gesicht verzerrte sich wieder zur Grimasse. Ein neuer Krampf erschütterte ihren Körper. »Ich habe Angst ...«

»Mein Gott, ich auch! Ich werde ganz vorsichtig sein.«

Endlich gelang es ihm, den Unterbauch abzutasten; deutlich spürte er die gespannte Bauchdecke. Er war sich sofort im klaren, daß es um Evelyn sehr kritisch stand.

»Man müßte dich ohrfeigen!« sagte er rauh. »Seit drei Tagen hast du das schon?! Und kein einziges Wort ...«

»Ihr habt gerade das neue Feld gerodet ...«, stöhnte sie. Sie warf den Kopf vor Schmerzen nach links und nach rechts. »Und ... ich habe gedacht, es geht auch so vorbei ... Ich habe kalte Kompressen aufgelegt ... Man sagt doch immer, Eisbeutel helfen bei so etwas ...«

Sie knirschte mit den Zähnen, schloß die Augen, ballte die Fäuste und konnte doch nicht verhindern, daß unter ihren Lidern die Tränen hervorquollen. Es mußten bestialische Schmerzen sein.

Phil sprang auf, sah am Herd zwei nasse Handtücher, die sie als Kompressen benutzt hatte, tauchte sie in den Kessel mit kaltem Wasser, lief zurück und legte die Tücher auf ihren Leib. Das Gewicht der nassen Handtücher war ihr unerträglich. Sie schrie auf und zog die Beine an.

»Nicht so laut, Kinder!« dröhnte in diesem Augenblick von draußen Sempas Stimme. »Eine unersättliche Bande! Vergißt darüber sogar das Frühstück. He, Phil, aufhören! Was macht du denn mit ihr? Sie schreit ja wie eine Katze!«

Phil warf sich herum und rannte aus der Höhle. Sempa stand breitbeinig am Tisch, seine goldene Yuma wie immer neben sich. In der Hand hielt er einen schweren Colt. Kampfeslustig hob er das Kinn, als er Phil aus dem Höhleneingang stürzen sah. »Ich will ein Kalb schießen«, sagte er. »Junge, ich habe Appetit auf einen saftigen Kalbsbraten mit grünen Bohnen!«

»Du hast also *doch* eine Waffe?« sagte Hassler schweratmend. »Wer hat denn versprochen, auf meiner Insel waffenlos herumzulaufen?!«

»*Meine* Insel!« Sempa zeigte hoheitsvoll auf seine Armee kleiner Goldgötter zwischen den sieben Palmen. Die Morgensonne ließ die Figuren aufleuchten und goldene Strahlen zurückwerfen. »Die Exekutive jedenfalls liegt bei Yuma und mir! Begreifst du das noch immer nicht?!«

»Ari, laß den Blödsinn!« schrie Phil. »Evelyn ist krank!«

»Evelyn ist ...« Sempa legte den Colt auf den Tisch. »Aber wieso denn?«

»Wie ich es sehe, ist es völlig sinnlos, die Flugbasis in Baltra oder Don Fernando mit seinem Kanonenboot zu alarmieren. Bis jemand hier ist, um Eve abzuholen, ist sie tot!«

»Tot?!« Sempa starrte Phil entgeistert an. »Sag das noch mal! Tot?! Ist sie beim Baden ausgerutscht – über die Felsen gestürzt?!« Er wollte an Hassler vorbei in die Höhle, aber Phil hielt ihn am Ärmel des Hemdes fest.

»Kein Unfall! Sie weiß es seit drei Tagen, hat keinen Ton gesagt, hat den Bauch mit kalten Kompressen gekühlt ...«

»O Scheiße! Blinddarm?«

»Ja!«

Sempa steckte den Colt in seinen Hosenbund und zerwühlte sich das struppige Haar, was bei ihm der Ausdruck höchster Erregung war.

»Wenn er durchbricht ...?« fragte er zögernd.

»Falls es nicht schon passiert ist ... Es deutet alles darauf hin.

»Dann kommt von draußen alle Hilfe zu spät.«

»Das sage ich ja!« schrie Phil.

»Mit so was muß man rechnen, wenn man auf einer einsamen Insel leben will«, sagte Sempa dumpf. »Hier gibt es kein Hospital wie in Rochester mit einem Professor, der für jeden Händedruck fünfzig Dollar kassiert. Wenn man auf eine einsame Insel zieht, sollte man sich vorher den Blinddarm rausrupfen lassen, genug Zähne und noch 'ne Reihe anderer menschlicher Ersatzteile mitnehmen. – Kann ich sie sehen?«

Sie blickten sich an – der eine bittend, der andere abwehrend. Dann nickte Phil. Er ist wie früher, dachte er erstaunt. In seinen Augen ist nicht ein Funken Irrsinn. Gut, er schleppt Yuma mit sich herum, spielt mit seiner Götterarmee. Aber heute morgen unterscheidet er sich nicht von dem Sempa, der vor fast fünf Monaten auf die Insel kam und an den man sich erstaunlicherweise gewöhnt hat.

Schon am Eingang der Höhle hörten sie Evelyns gepreßtes Stöhnen. Sie liefen nach hinten, und Phil richtete alle Batteriescheinwerfer auf Eves Körper. Sie war in Schweiß gebadet und sah Phil aus sterbensängstlichen Augen an. Dann wandte sie den Kopf zu Sempa und sagte mühsam:

»Jetzt hast du's erreicht! Bald werdet ihr um einen weniger sein.«

»Mädchen, wenn's dir nicht so dreckig ginge, würde ich

dich jetzt herumdrehen und dir den herrlichen Hintern blau schlagen!« polterte Sempa.

Hassler kniete wieder neben dem Bett und drückte vorsichtig auf die Bauchdecke. Sie war noch härter geworden, gespannt wie ein Paukenfell. Bei dem leisesten Druck jammerte Evelyn auf. Sempa kniete auf der anderen Seite des Bettes, tupfte mit einem Taschentuch und einer Zärtlichkeit, die niemand diesem ungeschlachten Riesen zugetraut hätte, den Schweiß von Eves Gesicht und hielt ihren Kopf fest, als sie wieder begann, ihn vor Schmerzen hin und her zu werfen.

»Operieren ...«, sagte Sempa rauh.

»Womit denn?!« Phil streckte seine leeren Hände vor. »Und wie? Ich habe zwar eine Sanitätsausbildung hinter mir, aber da haben wir nur Verbinden und Schienen und künstliche Beatmung gelernt. Ich kann doch keinen Blinddarm entfernen!«

»Wir haben an Bord eine komplette chirurgische Ausrüstung«, sagte Sempa.

»*Was* hast du?« schrie Phil. Ihm blieb die Luft weg.

»Es war James McLaudons Idee. Autark sein – das war immer sein Sprichwort. Wenn jemand von uns auf der Flucht verwundet werden sollte, müßten wir uns allein helfen können. Wir haben ihn ausgelacht, aber er kaufte alles, was man für ein Bordlazarett braucht. Äther, Chloroform, Desinfektionsmittel, Gummihandschuhe, einen Sterilisationsapparat, einen Riesenkasten mit chirurgischem Werkzeug, Spritzen und Ampullen gegen Schmerzen und Herzstillstand und so eine Menge Kram mehr. Eine ganze Seekiste voll! Aus Aluminium, mit 'nem schönen roten Kreuz auf dem Deckel. Steht einsatzbereit im Kapitänsraum.«

»Ari! Hol sofort die Kiste! Vielleicht helfen die Spritzen!«

»Ein vereiterter Blinddarm muß raus, Phil!« Sempa erhob sich und trottete zum Höhlenausgang. »Mensch, das weißt du doch!« Er nickte ihm kurz zu. Hassler verstand den stummen Wink und folgte Sempa nach draußen. »Die Spritzen betäuben nur. Aber der Blinddarm denkt gar nicht daran, seine Entzündung abzublasen.«

Er trat an den Abhang und blickte hinunter in die Bucht. Die Yacht schaukelte sanft in der Dünung. Ihr weißer Rumpf blendete in der harten Morgensonne. Draußen, vor den Klippen, donnerte und schäumte das Meer, zerplatzten Gischtwolken in der Luft und erzeugten künstliche Regenbogen. Die Flut kam.

»Ich gehe«, sagte Phil und wandte sich ab.

»Für dich allein ist die Kiste zu schwer. Aber ich schaffe sie, Phil!«

»Mit der Flut können Haie in die Bucht kommen, Ari.«

Sempa nickte. »Ich weiß! Aber Evelyn hat nichts davon, wenn wir hier rumstehen, quatschen und uns vor Angst in die Hose machen.«

»Ich rufe über Funk alles zusammen, was erreichbar ist!«

»Zu spät! Wenn das schon seit drei Tagen so geht ... Himmel, welch ein dummes Luder! Die Sturheit hat sie von dir gelernt! Nein! Wir machen den Bauch auf!«

»*Wir?!*« Phil sah Sempa entsetzt an. Nein, der war nicht verrückt, seine Augen blickten völlig klar. »Wir können doch nicht einfach ...«

»Mein Junge, bei der Marine-Infanterie in Vietnam habe ich Beine und Arme amputiert.« Sempa hustete. »Das war eine kuriose Geschichte, damals, in Vietnam. Ich war nur leicht verwundet, machte mich nützlich im Feldlazarett. Ein paarmal hat mich der Doktor zusehen lassen – bei Amputationen, und wie man Menschen zusammenflickt. Dann kam er eines Tages zu mir: ›Nun mach schon, Dicker! Geht's schief, stirbt er, machst du nichts, stirbt er auch!‹ Naja, und ich hab's gemacht ... Damals sind siebzig Prozent der Jungs durchgekommen, weil wir in die Hände spuckten!«

Er drehte sich um und lief den Felsenweg hinunter. Phil starrte ihm nach, bis Sempa auf der langen Lavazunge zum Meer verschwunden war. Er sah ihn erst wieder, als er durch den aufstaubenden Sand rannte, vor dem Wasser stehenblieb, die rollende Flut betrachtete und sich dann mit einem Satz ins Meer stürzte, um hinüber zu seiner Yacht zu waten.

Hassler kehrte in die Höhle zurück und setzte sich neben Evelyn auf die Bettkante. Er nahm ihre Hände, die sie wieder auf den Leib gelegt hatte, und streichelte sie.

Sie fror jetzt, als läge sie auf Eis. Ihr Körper wurde hin- und hergeschüttelt, jeder Nerv in ihr schien entzündet zu sein. Sie klapperte mit den Zähnen vor Frost, dabei glühte ihre Haut, als sei sie gerade aus einem Backofen geholt worden. Mit unnatürlich geweiteten, glänzenden Augen sah sie Phil an.

»Wir werden dich operieren«, sagte er und küßte ihre heißen, trockenen Lippen. »Wir holen das entzündete Würmchen heraus.«

»Kannst du das?« fragte sie. Das Sprechen machte ihr Mühe.

»Nein!« antwortete er ehrlich.

»Kann Ari denn operieren?«

»Er behauptet, in Vietnam, nach ein paar Stunden Anschauungsunterricht amputiert und operiert zu haben.«

»Und ... und nun wollt ihr es versuchen ...?«

»Es ist wirklich deine einzige Chance, Eve. Die letzte! Alle Hilfe von draußen kommt mit Sicherheit zu spät.«

»Ich – ich habe einmal ein Buch gelesen«, sagte sie stockend. Ein Schüttelfrost durchjagte sie. Sie holte so tief Luft, wie sie konnte. »Von einem deutschen Arzt. Im Krieg.

Er hat einen Blinddarm mit dem Taschenmesser herausgeholt.«

»Das war in Rußland. In einem Gefangenenlager hinter Stalingrad.«

»Wollt ihr – wollt ihr auch mit einem Taschenmesser …« Ihre Augen flackerten vor Angst.

»Uns geht es besser als diesem Arzt. Sempa hat auf seiner Yacht eine komplette Lazarettausrüstung, originalverpackt in einer großen Tropenkiste. Wußtest du das?«

»Nein.« Sie umklammerte seine Hände und zog sie an ihren Mund. Als ein neuer Schmerzanfall sie durchschüttelte, biß sie in seinen Handballen, um nicht zu schreien. Sie betrachtete die tiefen Eindrücke ihrer Zähne. Dann küßte sie seine Hand.

»Wenn ich sterbe –«, sagte sie, kaum hörbar – »sollst du eines wissen: Es wird nie mehr so eine Liebe geben wie zwischen dir und mir. Nie mehr …«

»Ich weiß es, Eve.« Er beugte sich über sie und küßte ihre fieberglühenden Brüste. Es war wie eine Betäubung: Dieses Gefühl des Glücks schien stärker in ihr zu wirken als der Schmerz in allen ihren Nerven. Das Zittern ihres Körpers ließ nach; in ihren Mundwinkeln deutete sich sogar ein Lächeln an. »Aber du wirst nicht sterben, Eve«, sagte Phil mit bemüht fester Stimme. »Nicht heute, nicht morgen … Erinnere dich: Was habe ich immer zu dir gesagt? Wir werden auf unserer Insel uralt werden. Hier weht der Atem der Unsterblichkeit!«

»Und ein dummer, vereiterter Blinddarm bläst die Unsterblichkeit weg. Dafür wird die Ewigkeit kommen.« Sie faßte mit beiden Händen in seine Haare und hielt seinen Kopf auf ihren Brüsten fest. »Was wirst du tun, wenn du wieder allein bist, Liebling?«

»Daran denke ich gar nicht.«

»Du mußt! Du bist dann mit Sempa allein ...«

»Ich werde ihn wegfahren lassen.«

»Mit seinem Schatz?«

»Ja. Aber ich werde Don Fernando benachrichtigen.«

»Man wird dich wegen Mithilfe einsperren.«

»Das wäre mir völlig gleichgültig. Ohne dich – was ist das Leben da noch wert?«

»Als du auf die ›Sieben Palmen‹ gezogen bist, hast du anders gedacht. Da warst du allein dir genug.«

»Es war ein großer Irrtum, das weiß ich jetzt! Man kann nicht einfach davonlaufen und zur ganzen Welt sagen: ›Macht euren Dreck allein!‹ Ich habe das erkannt, als du zum erstenmal hier neben mir lagst und ich spürte, wie herrlich es ist, nicht mehr allein zu sein!« Er küßte ihre vom Fieber aufgesprungenen Lippen und spürte, wie die Wellen des Schmerzes wieder ihren Körper durchjagten. »Weißt du noch, wie du damals nachts unter meine Decke gekrochen bist? Du warst nackt ...«

Sie atmete heftiger. »Oh, ich weiß es noch, als sei es erst ein paar Nächte her. Und dabei wollte ich nichts anderes als dich verrückt machen. Abhängig von mir. Willenlos. Alles war nur Berechnung. Ich wollte Rache für James ... Und ich wollte an den Schatz heran. Als ich zu dir ins Bett kam, habe ich dich nicht geliebt ...«

»Mußt du das jetzt sagen, Eve?«

»Ja.« Sie versuchte ein verkrampftes Lächeln. »Weil alles ganz anders war, als ich dich in mir spürte. Weil alles in deinen Armen verbrannte, diese ganze schreckliche Evelyn Ball.« Sie schwieg, knirschte wieder mit den Zähnen, ließ seinen Kopf los und preßte ihre Hände flach gegen den Unterbauch. »Und jetzt – jetzt verbrenne ich wieder ...«, flüsterte sie, kaum hörbar. »O Phil, Phil – ich verbrenne ... Ich kann es nicht mehr aushalten!«

»Ich will sehen, wo Ari bleibt!« sagte Phil. »Ich bin sofort wieder da.«

Er sprang auf und rannte aus der Höhle. Am Eingang wäre er fast mit Sempa zusammengeprallt. Der Riesenkerl prustete wie ein Seelöwe, auf seinem vom Laufen erhitzten Körper verdampfte das Salzwasser. Wie er es geschafft hatte, in dieser kurzen Zeit hinunter zur Bucht, durch das Wasser zum Schiff und wieder zurück auf die Insel zu kommen und dabei noch die schwere Sanitätskiste aus Aluminium zu schleppen – das war wieder eines jener Rätsel, mit denen Sempa seine Gefährten ständig verblüffte.

»Alles da!« keuchte er und setzte sich auf die silbern schimmernde Kiste. »Und keine Chance für einen Hai! Phil, ich war so in Fahrt – wäre einer gekommen, ich hätte schneller zugebissen als er!« Er schüttelte wie ein Hund die letzten Tropfen Meerwasser von seiner Haut und tappte dann vor Phil in die Höhle. Im Licht der Batteriescheinwerfer lag Evelyns nackter Körper da, als sei er für den anatomischen Unterricht hereingeschoben worden.

»Schätzchen, wie sieht's bei dir aus?« fragte Sempa mit deutlich gequältem Humor.

»Miserabel, Ari ...«

»Das wird bald vorbei sein! Dann fange ich mit dem Würmchen, das wir von dir kriegen, den größten Fisch, den man je bei den Galapagos aus dem Meer geholt hat. Und den kochst du mir dann in Senfsoße!«

Sie drehte den Kopf zu Sempa und starrte ihn an. Er trug nur eine enge Badehose, aber die sah man kaum. Der ganze Kerl bestand nur aus Muskeln.

»Du willst mir den Bauch aufschneiden, Ari?« fragte sie.

»Ich nicht allein. Phil wird mir helfen. Er hat eine Sanitätsausbildung hinter sich. Wenn ich in Vietnam abgeschossene Finger annähen mußte, hatten die Burschen nachher immer sechs an der Hand. Dafür war ich berühmt!« Er strahlte Evelyn an und klopfte sich nach Gorillaart gegen die Brust. »Mädchen, auch dich kriegen wir hin! So ein Blinddärmchen! So was Lächerliches! Da hatte ich in Vietnam, bei Hué, einen ganz anderen Fall auf dem Tisch. Einen Granatsplitter – in die Hoden ...!«

»Ari, hol die Kiste herein!« knirschte Phil Hassler. »Mach sie auf! Wir haben keine Zeit für dumme Quatschereien.«

»Seelische Aufmunterung gehört zu meiner Therapie!« Sempa ging hinaus, kehrte gleich darauf mit der eisernen Kiste zurück und schlug den Deckel hoch. Phil leuchtete mit einer Lampe hinein.

Es war wirklich alles vorhanden, was eine Sanitätsstation benötigt. Das ganze Material befand sich noch steril in den Originalpackungen, die beschriftet und mit genauen Bezeichnungen versehen waren. Man brauchte nur hineingreifen und konnte sofort anfangen. Heißes Wasser brodelte bereits in einem Kessel auf dem offenen Herdfeuer. Phil hatte es aufgesetzt, als Sempa zum Boot hinuntergelaufen war.

»Was brauchen wir?« fragte Sempa, während er die Kiste auspackte. »O Phil, ist das eine Scheiße! Wer soll denn das lesen? Kannst du Lateinisch?«

»Ja. Ich war Humanist.«

»Er kann Lateinisch!« brüllte Sempa. »Hörst du das, Eve?! Du bist gerettet! Wenn einer Lateinisch kann, wird er auch operieren können. Und Humanist war er auch! Wie das klingt: Humanist! Das schlägt noch den frechsten Blinddarm in die Flucht!«

Er baute alles auf dem Tisch neben dem Herd auf und überließ es Phil, die Packungen aufzureißen, die man brauchte. Ampullen mit Narkosemitteln waren nicht vorhanden, wohl aber Äther, Ampullen mit Kreislaufmitteln und einige sehr starke Medikamente gegen den Schmerz. Es gab Plastikflaschen mit reinem medizinischen Alkohol, Jodlösungen und sogar je vier Flaschen mit Blutersatz und einer Mischung von Kochsalzlösung und Zellulose. Dazu natürlich Geräte für eine Infusion: Schläuche, Klemmen, Infusionsnadeln, sogar einen Dreiwegehahn.

»Hurra!« brüllte Sempa, der die Kiste weiter auspackte. »Ein dreifaches Hipphipphurra! Baby, jetzt kann gar nichts mehr passieren!« Triumphierend schwenkte er ein dickes Buch. Es hatte auf dem Boden der Kiste gelegen. »Sieh dir das an, Phil: ›Handbuch für ärztliche Notfälle‹! Na, ist das nicht ein Gottesgeschenk? Und so was hatte ich an Bord, ohne es zu wissen! Wetten, da steht auch Blinddarm drin!«

»Schlag auf: Appendektomie«, sagte Hassler. Sempa stierte ihn dumm an.

»App – was? Ist das humanistisch oder lateinisch?«

»Appendektomie heißt: Entfernung des Blinddarms.« Phil tauchte seine Hände in heißes Wasser, nachdem er die Chromdose mit den Gummihandschuhen bereitgestellt hatte. Er begann, sich bis zu den Oberarmen einzuseifen. Mißtrauisch sah ihm Sempa zu.

»Willst du ein kosmetisches Bad nehmen? Wozu der Quatsch? In Vietnam ging's auf dem OP-Tisch zu wie am Fließband. Wer hatte da Zeit, sich zu waschen?«

»Lies vor: Appendektomie!«

Sempa blätterte in dem »Handbuch für ärztliche Notfälle« und schnaufte laut, als er das Wort endlich gefunden hatte. Inzwischen hatte Phil Äther und Äthermaske bereitgestellt.

»O Gott!« sagte Sempa, als er den Text überflogen hatte. »Phil, dagegen ist eine Beinamputation ein Klacks! Hör dir das an: ›Zur Technik des Schnittes: Man geht schräg zwischen Rektuswand und Darmbeinstachel ein, und zwar als

Wechsel- oder Zickzackschnitt. Dieser Schnitt wird so bezeichnet, weil er wechselnd in der Faserrichtung der einzelnen Muskeln oder in der Tiefe pararektal als Rektusrandschnitt, auch Kulissen- oder Falltürschnitt genannt, geführt wird.‹ – Hast du das verstanden?«

»Ja!«

»Er sagt ja und stinkt dabei vor Angst aus der Hose!« schrie Sempa. »Aber nur weiter, weiter. Der Herr kann ja Lateinisch! Ich lese vor: ›Wenn das Peritonium …‹«

»Peritoneum …«

»Ist das vielleicht richtig? Na schön: ›Wenn das Peritoneum eröffnet ist, zunächst Aufsuchen des Zökums, das man an seinen Tänien erkennt …‹« Sempa ließ das Buch sinken. »Wenn ich mir die Zunge abbreche, mußt du die auch noch operieren!«

»Lies weiter, Ari!«

»›Entwickeln der Appendix …‹« Sempa stockte, drehte das Buch um, las den Titel und schüttelte den Kopf. Phil, der einen Hocker neben Evelyns Bett geschoben hatte, blickte auf.

»Was ist los?«

»Ich dachte, ich hätte das falsche Buch. Was heißt hier: Entwickeln? Muß da vorher noch fotografiert werden?«

»Entwickeln heißt hier soviel wie: die Appendix darstellen, aus ihrer Umgebung herausholen, sie erkennen. Lies weiter, ich versteh's schon!«

»*Er* versteht es! Unser Genie! Also: …. Verlagern der Appendix mit ihrem Mesenteriolum vor den Hautschnitt! Ha, *das* verstehst du nicht, Phil.«

»Nein! Aber ich kann es mir denken, was es ist.« Phil hatte begannen, Evelyns Unterbauch mit Alkohol zu waschen. Er tat es ganz vorsichtig, mit einigen großen Tupfern, um ihr nicht noch mehr Schmerzen zu bereiten.

Sempa lehnte sich gegen die Höhlenwand und hielt das Buch in das Licht einer der Batterielampen. »Das alles brauchte ich nicht zu wissen, als ich dem Jungen die Hoden rettete!« knurrte er. »Mensch, reg dich nicht auf, ich lese ja schon: ›Jetzt wird das Mesenteriolum abgetragen, und die Appendix wird hart an ihrem Ende gequetscht‹. In der Quetschfurche bindet man mit einem Seidenfaden ab. Ha!«

Sempas Aufschrei schreckte Phil hoch. Er hatte gerade begonnen, das vorgesehene Operationsfeld von Haaren zu befreien. Evelyn stöhnte und hatte die Fäuste geballt.

»Was ist denn?« fragte Hassler.

»Das kann ich!« sagte Sempa fröhlich. »Abbinden – das war meine Spezialität! Und Quetschen?! Junge, was habe ich Furunkel ausgequetscht! Wenn man das so betrachtet, ist Operieren ein Kinderspiel!«

»Idiot!«

Beleidigt steckte Sempa die Nase wieder in das »Handbuch für ärztliche Notfälle«. »Wir werden sehen, wie's läuft«, knurrte er. »Also weiter: ›Die fortfallende Appendix wird vor dieser Ligatur noch einmal abgeklemmt und dann abgetragen. Nach Einstülpung des Stumpfes wird dieser übernäht,und zwar durch zwei bis drei Seidenknopfnähte. Gebräuchlich und meistens angewandt wird auch die zirkuläre Schnürnaht, auch Tabaksbeutelnaht genannt. Sie wird etwa einen Zentimeter entfernt vom Stumpf im Kreis fortlaufend in die Zökumserosa geführt. Am Ende dieser Operation wird die Bauchwunde durch eine Etagennaht verschlossen.‹« Sempa warf das Buch auf den Herd neben die Töpfe. »Etagennaht! So ein Blödsinn. Wollen wir vielleicht ein Haus bauen, he?!«

»Das Buch hat mir sehr geholfen, Ari.« Phil richtete sich auf und suchte aus dem Spritzenkasten und dem Ampullenkarton alles zusammen, was man für eine Kreislaufstütze und später, nach der Operation, zur Schmerzbetäubung brauchte. Sogar Morphin war vorhanden; Evelyn brauchte keine allzu schlimmen Schmerzen mehr auszuhalten. »Zeig mal deine Hände!«

Sempa streckte sie vor. »Die kennst du doch!«

»Mein Gott, das sind keine Hände, das sind Schaufelbagger! Los, waschen, einseifen, in die Desinfektionstunke und drin lassen! Da paßt ja kein Gummihandschuh; so dehnbar sind die nicht! Du mußt mit den bloßen Händen arbeiten, Ari!«

Brummend tat Sempa alles, was Phil ihm befahl. Dann kniete er neben dem Bett nieder und blickte Phil an.

Hassler nickte. Wir können. Auch Evelyn bemerkte das Nicken. Mit größter Anstrengung hob sie die rechte Hand.

»Wenn – wenn es nicht gelingt ... Leb wohl, Phil ...«, sagte sie leise, aber mit fester Stimme. »Ich liebe dich ... ich liebe dich unsterblich ...«

»Das ist zwar ungeheuer ergreifend«, mischte sich Sempa grob ein, »aber besser wär's, du hieltest die Schnauze, mein Schätzchen. Ich knalle dir gleich die Äthermaske aufs Näschen, und dann sagst du dem lieben Onkel Ari das Einmaleins auf. Zuerst ganz einfach zählen. Bist du bei zwanzig noch wach, kriegst du einen mit dem Hammer, verstanden?« Er beobachtete Phil, der aus einem verchromten Instrumentenkasten die chirurgischen Bestecke holte. Sie waren einzeln in sterile Plastikhüllen verschweißt worden. Vakuumverpackt. Sofort einsatzbereit, im Notfall ohne Sterilisation. »Gehört alles zur Aufmunterung, Phil, sagte Sempa. »Wenn wir zwei auch noch anfangen zu heulen, geht's schief!«

Phil kam zu Evelyn zurück und betastete noch einmal ihren Bauch. Dann bepinselte er die Operationsfläche mit Jod. Den halben Unterbauch strich er an, obgleich Sempa behauptete, das sei falsch.

»Ich habe gelesen, man braucht nur zehn Zentimeter im Quadrat! Mädchen, dein Liebster bemalt dich, als wärst du 'n Indianer auf'm Kriegspfad.«

»Maske!« befahl Phil. Sempas Kopf fuhr hoch. »Ha, den Ton kenne ich! Von Stabsarzt Dr. Hamshire! Messer, Klemme, Schere, Tupfer, Klemme, Tupfer ... Später hat er nur noch mit den Fingern geschnippt, wir wußten, was er brauchte. Der große Phil hat die gleichen Manieren.«

Er reichte Phil die Äthermaske. Vorsichtig drückte Hassler das mit Gaze bespannte Drahtgestell über Evelyns Gesicht. Er schauderte innerlich, als ihr schöner Kopf darunter verschwand, als sei er der erste Teil ihres Körpers, der von dieser Welt getrennt wurde. Sempa griff zu der braunen Glasflasche, auf deren Schild nicht »Aether pro narcosi« stand, sondern nur die Formel C_2H_5-O-C_2H_5. Sempa betrachtete die kleine Tropfflasche und schraubte sie auf. »Auch so'n Blödsinn«, knurrte er. »Wie soll man wissen, daß so etwas narkotisiert?«

»Fang an!« sagte Phil rauh. »Und vorsichtig tropfen, nicht ausgießen, das ist kein Eimer ...«

»Für diese Arroganz trete ich dir später in den Arsch!« Sempa beugte sich über Evelyns von der Maske verdecktes Gesicht. »Mädchen, es geht los. Fang an zu zählen!«

Er hielt die Flasche schräg und begann, die Gaze der Äthermaske mit der Flüssigkeit zu beträufeln. Er tat es wirklich vorsichtig. Evelyns Stimme war jetzt der einzige Laut in der Höhle.

»Eins ... zwei ... drei ... vier ...«

Sie kam bis 14 ... dann wurde ihre Stimme undeutlich und brach schließlich ab. Phil, der mit einem Mullverband vor Nase und Mund neben den Instrumenten wartete, nahm Sempa die Ätherflasche weg, verschloß sie und drückte, zur Kontrolle, vorsichtig auf Evelyns Unterbauch.

Kein Laut, keine Reaktion. Ein widerlich süßlicher Geruch füllte die Höhle aus.

Sempa blickte Phil aus seltsam flimmernden Augen an.

»Genug?« fragte er mit schwerer Zunge. »Du bist und bleibst ein Rindvieh! Ich bin auch schon halb betäubt ...«

»Dann nimm die Schnauze zurück!« schrie Phil unbeherrscht.

Sempa wackelte mit dem Kopf und tat das gleiche, was Phil eben versucht hatte: Er drückte auf Evelyns Bauch. Da seine Hand unsanfter war, reagierten die Nerven mit leichten Zuckungen, aber Eve gab keinen Laut mehr von sich. Phil boxte Sempas Hand zur Seite und hieb ihm mit aller Kraft zwischen die Schulterblätter.

»Du schlägst ihr ja den Blinddarm auf!« brüllte er.

»Sie ist weg! – Moment!« Sempa stützte sich mühsam am Bett ab und richtete sich auf. »Einen Augenblick, Knäblein! Ich bin nicht mehr voll da ...«

Er tappte vor die Höhle, holte mit ausgebreiteten Armen ein paarmal tief Luft und kam dann sichtlich erfrischt zurück.

»Das tat gut!« sagte er ruhig. »Jetzt müßte ich dich eigentlich an die Felswand pappen, aber ich brauche dich noch! Ekelhaft, wie süßlich das stinkt!« Er starrte auf die Instrumente und nickte. »Also jetzt geht's los! Wer operiert?«

»Ich! Du assistierst.«

»Weil du Lateinisch kannst und ein Humanist bist, was?«

Phil kniete neben dem Bett und legte den Zeigefinger auf Evelyns Bauch. Hier muß es sein, dachte er. Hier schneide ich. Hier muß ich hinein.

»Skalpell!« sagte er und streckte die Hand aus.

Sempa druckte es ihm in die Finger und kniete sich neben ihn. »Okay, du machst es!« sagte er. »Ich übernehme die

Klemmen und alles andere. Brauchst du auch einen kleinen Spreizer? Zum Satan, glotz nicht so blöd. Ich bin vielleicht kein so gebildeter Affe wie du, der statt Arsch vornehm Anus sagt, – aber ich weiß, was ich mit meinen Händen machen kann! Und Mut habe ich auch! Du warst nicht in Vietnam.«

Der erste Hautschnitt. Das erste Blut. Evelyns Blut. Phil biß die Zähne zusammen. Sempa gebrauchte, als habe er nie etwas anderes getan, die Tupfer und hielt die ersten Klemmen bereit.

Das Spezialistenteam für eine Appendektomie an der Mayo-Klinik in Rochester/USA rühmt sich, für eine Blinddarmentfernung zwischen sechs und – höchstens – zehn Minuten zu brauchen. Dann ist das unnütze Würmchen heraus. Später erinnert nur noch eine kleine weißliche Narbe an diesen Eingriff, der praktisch im Fließbandverfahren vorgenommen wird. Vor fünfzig Jahren war ein vereiterter oder gar durchgebrochener Blinddarm fast immer tödlich. Heute lange über eine Appendektomie zu sprechen ist geradezu lächerlich.

Sempa und Phil Hassler brauchten keine zehn Minuten für diese Operation. Sie dauerte über eine halbe Stunde.

Nach dem ersten tieferen Schnitt blutete die Wunde sehr stark, sie war viel zu groß und klaffte auseinander. Sempa tupfte mit Claudenwatte, was wenig Sinn hatte, aber sie verschaffte ihm für ein paar Augenblicke ein übersichtliches Operationsfeld. Schnell klemmte er an vier Stellen ab; irgendwo dort, wo das Blut her kam, auf gut Glück ... Und siehe da, der Blutstrom ließ nach.

»Gut, Ari!« sagte Phil heiser.

»Vietnam!« Sempa grunzte zufrieden. »Wenn du Rindvieh keine große Ader durchschnitten hast ...«

»Hier gibt es keine großen Gefäße.«

»Adern!«

»Der Mediziner sagt Gefäße dazu.«

»Es ist zum Kotzen! Entwickeln, Etagennaht, Gefäße ... Fotografie, Bau und Töpferei – aber nichts von Medizin! Man sollte den Ärzten endlich beibringen, sich vernünftig auszudrücken!«

Wie war das? überlegte Hassler. Im Zickzackschnitt, wechselnd in der Faserrichtung, die einzelnen Muskeln durchtrennen? Er starrte in die klaffende Wunde und wußte nicht mehr weiter. Sempa rempelte ihn mit dem Ellenbogen an.

»Wenn du kotzen mußt, bitte draußen!«

»Paß auf – ich gehe in die Tiefe!« Vergiß alles, dachte Phil. Denk nur an eins: Du mußt Evelyn retten. Du mußt an den entzündeten Blinddarm heran. Du mußt ihn abschneiden. Wie du ihn herausholst – das ist gleichgültig.

Es war ein unsagbares Gefühl des Triumphes, als Hassler nach Eröffnung des Peritoneums – also des Bauchfells die Unterbauchhöhle frei vor sich liegen sah und darin, ganz deutlich, den entzündeten Blinddarm erkannte: wie ein dicker, aufgequollener, rötlichgelb glänzender Wurm ließ er sich mit der Flachpinzette leicht anheben.

»Zerreiß ihn nicht!« warnte Sempa.

»Mehr Äther, Ari! Eve wird unruhig ...«

Sie stöhnte auf. Sempa träufelte wieder ein paar Tropfen auf die Gazemaske und nahm selbst seinen Kopf weit zurück.

»Klemmen!« sagte Phil. Wie war das in dem Buch? Die Appendix wird hart an ihrem Ende abgequetscht, in der Quetschfuge wird mit Seide abgebunden, dann noch eine Klemme vor der Ligatur und dann wegschneiden. »Zwei Klemmen und die Seidenfäden! Kannst du mit deinen Elefantenfingern einfädeln?«

»Ich kann alles, Herr Stabsarzt, du blöder Hund!« Sempa reichte die Klemmen an und bereitete die Nadeln vor. Mit zwei Pinzetten nahm Phil einen Seidenfaden und band den aufgetriebenen Blinddarm ab. »Bei solchen Knoten hätte mich der Doktor in Vietnam in den Arsch getreten.«

»Dann mach es besser!«

Sempa rutschte auf den Knien um Phil herum und beute sich über das Operationsfeld. Mit maßlosem Staunen sah Phil, wie Ari einen zweiten Seidenfaden nahm und wie die knotenden Pinzetten in seinen Fingern zu Präzisionsinstrumenten wurden. Die Appendix war abgequetscht und abgebunden. Sempa suchte aus dem Instrumentenkasten ein neues Skalpell und blickte kurz zur Seite auf Hassler.

»Soll ich weitermachen, lateinischer Humanist?!«

»Ja. Bitte«, sagte Phil tonlos. »Jetzt mußt du exspirieren.«

»Einen Scheiß werde ich! Jetzt hole ich das aufgeblasene Würmchen heraus!« Mit einem scharfen Schnitt durchtrennte er den Wurmfortsatz samt dem ihn umgebenden Gekröse, während Phil mit zwei breiten Pinzetten alles hochhob und dann schnell, als die Abtragung gelungen war, den Blinddarm seitlich in eine Emailleschale warf. Diese Loslösung war einer der kritischsten Momente ... platzte dabei die Appendix und der Eiter floß in den Bauchraum, dann entstand fast immer eine Peritonitis. Das aber hätte für Evelyn den sicheren, qualvollen Tod bedeutet.

Sempas klobige Finger, die plötzlich so schwerelos arbeiten konnten, vollendeten die Operation. Was das Buch so eingehend beschrieben hatte, tat Sempa in Erinnerung an seine Lazarettzeit bei Hué: die Stumpfversorgung mit Knopfnähten, das Vernähen der einzelnen Muskelschichten. »Da hast du deine Etagen!« knurrte er, während er sich die letzte Hautnaht vornahm, für die er ganz dünne Seide benötigte. Phil Hassler war zum bloßen Handlanger degradiert, er reichte an, fädelte ein, nahm die Klemmen weg, bereitete die Mullagen und die Leukoplaststreifen für den Verband vor, reinigte die Wunde von Blutresten und starrte immer wieder auf diese riesigen Finger, die mit einer Leichtigkeit ohne Beispiel Evelyns Leben gerettet hatten.

Ist dir zum Kotzen?« fragte Sempa, weil Phil nichts sagte.

»Nein.« Hassler schüttelte den Kopf. »Ich bin stumm vor Bewunderung. Ari, du bist ein Typ Mensch, der in kein Schema paßt.«

»Als wir dem netten Jungen in Hué sein Glockengeläut wieder annähten, sah's schlimmer aus! Daran habe ich mich erinnert, nur daran, ganz fest erinnert. Und da lief das hier wie von allein.« Er nahm die Äthermaske von Evelyns Gesicht und legte sie auf den Tisch. Der Kopf war bleich, wie blutleer: ein schmaler weißer Fleck unter dem Licht der Batteriescheinwerfer. Sie atmete kaum; nur ganz schwach hob und senkte sich ihre Brust.

»Die Spritzen gebe ich«, sagte Phil tonlos. »Beim Sanitätskurs war ich im Injizieren der Beste. Ich gebe ein Kreislaufmittel und eine Ampulle Megacillin.«

»Ganz nach Ihrem Willen, Dr. Scheißkerl!« Sempa betrachtete den vereiterten Blinddarm in der Emailleschüssel. Dann lief er plötzlich aus der Höhle und kam mit einem wundervollen goldenen Inkateller zurück. Vorsichtig legte er die Appendix auf die glitzernde Schale und hielt sie Phil entgegen.

»Den opfern wir morgen früh dem Sonnengott!« lachte er. »Wenn die Azteken Jünglingsherzen herausschnitten – wir machen's moderner. Ein Blinddarm dieser Dicke ist doch ein würdiges Opfer!« Er setzte den goldenen Teller neben dem Instrumentenkasten ab und wartete, bis Phil seine beiden Injektionen gegeben hatte. »Übrigens: Ist dir klar, daß ich Eves Leben gerettet habe?«

»Ja. Das habe ich doch schon gesagt.« Phil erhob sich von den Knien und setzte sich erschöpft auf den Schemel. »Das werde ich dir nie vergessen, Ari.«

»Von moralischem Katzenjammer habe ich nichts!« Breitbeinig baute sich Sempa vor Hassler auf. »Jetzt darfst du dich wirklich dankbar zeigen, mein Junge. Ist dir Eve nicht die Hälfte des Schatzes wert? Sag ja – und laß mich mit der anderen Hälfte abdampfen!«

Phil sah ihn aus müden Augen an. Dann schüttelte er ganz langsam den Kopf.

»Nein.«

Dieses Nein war wie eine Bombe, die direkt vor Sempas Füßen explodierte. Von einem Augenblick zum anderen veränderte er sich, als sei in seinem Gehirn ein Schalter abgedreht worden, so daß ab sofort eine andere Automatik den Menschen Sempa zu leiten begann.

»Der sture Deutsche mit dem Monokel!« sagte Sempa bitter. »Verflucht noch mal – man kann ja gar nicht anders, als euch zu hassen!«

Er beugte sich zu Phil hinunter, hieb ihm blitzschnell die Faust unter das Kinn und fing den ohnmächtig vom Schemel Fallenden auf.

»Sorry, Phil!« sagte Sempa mit völlig veränderter Stimme. »Aber man muß die Stunde nutzen. Gegen Eve hätte ich nie etwas ausgerichtet. Aber du, mein Junge, *du* wirst mich nicht mehr hindern, ein reicher Mann zu sein und meine letzten Jahre fröhlich im Schaukelstuhl zu verbringen!«

6

Für einen Mann seines geringen Intelligenzgrades handelte Sempa erstaunlich logisch: Er träufelte Evelyn noch ein bißchen Äther auf die Maske, die er kurz über ihr Gesicht hielt, dann wuchtete er sich Phil über die Schulter und lief, so schnell es die Last zuließ, ins Innere der Insel zu einer der Höhlen im Kraterrand. Dort band er Phil Hände und Füße zusammen, stellte eine goldene Inkaschüssel mit Wasser so dicht neben ihn, daß er sie auch mit den zusammengebundenen Händen erreichen konnte, und lief zur Wohnhöhle zurück.

Evelyn Ball lag noch in Narkose, aber die Wirkung des Äthers ließ rapide nach. Sie stöhnte leise und wurde unruhig. Sempa betrachtete die fertig aufgezogene Spritze, die Phil Eve geben wollte, wenn sie erwachte, und entschloß sich, sie schon jetzt zu injizieren. Er stieß die Nadel in den Oberschenkel, drückte die helle Flüssigkeit in den Muskel und dachte dabei an Vietnam und Hué. Damals haben wir es genauso gemacht. Immer hinein mit der Nadel ins dicke Fleisch. Hintern her, Kumpel, jetzt kommt die Seligkeit – das war ein geflügeltes Wort gewesen. Den meisten hatte es gutgetan, aber einige schrien unentwegt weiter. Ihnen konnte nur Morphium helfen.

Sempa legte die Spritze zur Seite, deckte Evelyn mit drei dicken Wolldecken zu und begann, die Höhle zu untersuchen. Aus allen Gewehren und Handfeuerwaffen entfernte er die Munition. Er überlegte, ob er auch die beiden langen

Fleischmesser, das Beil und die Axt beiseite schaffen sollte. Ihr ist alles zuzutrauen, sobald sie wieder laufen kann, dachte er, während er beobachtete, wie sie langsam aus der Narkose zurückkehrte. Aber um mit der Axt auf mich loszugehen, braucht man Körperkraft – und da bin ich jedem überlegen! Er entschloß sich also, nur die Munition sicherzustellen. Dann setzte er sich auf den Holzschemel neben dem Bett, langte zum Herd hinüber, wo noch eine halbe Flasche Rotwein stand, und soff sie in einem Zug leer.

Jetzt überfiel auch ihn die Erschöpfung. Vor allem hatte er Hunger. Natürlich, das Frühstück war ja ausgefallen! Statt Eier mit Schinken gab es vereiterten Blinddarm ...

Breitbeinig saß Sempa auf dem Hocker, betrachtete seine »Patientin«, und ein eiskalter Schauer überlief ihn. Zurückschauend begriff er beim besten Willen nicht, daß es ihm, den jeder einen Idioten nannte, gelungen war, einen vereiterten Blinddarm herauszunehmen, ohne daß der Operierte dabei zugrunde gegangen war.

Etwas Merkwürdiges war in dieser halben Stunde geschehen, das Sempa sich nicht erklären konnte: In den Augenblicken, in denen es ums Überleben ging, war plötzlich wieder alles gegenwärtig gewesen, was er in Vietnam gelernt und erlebt hatte: seine unfreiwillige Ausbildung zum Hilfssanitäter – dann dieser verdammte Feuerüberfall des Vietkong, als sie dem Marineinfanterie-Gefreiten Aristoteles Sempa plötzlich noch nie gesehene chirurgische Instrumente in die Hand drückten und der Stabsarzt, in einem Kittel, der von oben bis unten mit Blut beschmiert war, ihn anfauchte: »Nun mach schon, Boy! Guck ein paarmal zu, dann geht's! ...« – Das alles war, vom medizinischen Standpunkt gesehen, ein unglaublicher Leichtsinn gewesen. Aber irgendwie klappte es dann doch; ganz dämlich konnte er sich nicht angestellt haben, denn in den folgenden Monaten stand er immer wieder neben dem Stabsarzt am OP-Tisch und assistierte zu seiner vollsten Zufriedenheit. Die alte Weisheit bewahrheitete sich wieder, daß handwerkliches Können manchmal mehr wert ist als noch so gründlich gebüffelte Theorie.

Evelyn erwachte.

Wie es fast allen mit Äther narkotisierten Patienten geht: auch ihr war speiübel. Sempa hielt ihr eine aus Gold gehämmerte Inkaschale unters Kinn, hob ihren Kopf an und ließ sie erbrechen. Bei jedem Würgen stöhnte sie auf, ihre Augen weiteten sich, die Wunde brannte und glühte. Dann lag sie apathisch da. Sempa untersuchte das Operationsfeld, ob nicht etwa durch das Würgen, Erbrechen und Husten eine Naht geplatzt war. Dann deckte er Eves nackten Körper wieder zu.

»Seien wir ganz ehrlich, Baby«, sagte er in seiner rauhen Art, aber doch leiser als sonst, »wenn du die nächsten drei oder gar fünf Tage überlebst, hast du's geschafft! Ich werde dich mit Penicillin vollpumpen und dir ab und zu eine Kreislaufspritze geben. Aber ob du durchhältst, wissen nur der Himmel und du selbst! Beiß die Zähne zusammen und kneif die Arschbacken zu, Mädchen!«

Evelyn lächelte schwach. Ihre Lider klappten immer wieder zu. Endlich schlief sie, von einer unüberwindbaren Schwäche überwältigt, wieder ein. Sempa hieb ihr – so muß man seine Injektionsmethode beschreiben – eine Megacillinspritze in den linken Gesäßmuskel. Mißtrauisch betrachtete er die von Phil vorbereitete Infusionsflasche, den Tropfschlauch und die Infusionskanüle. Das habe ich auch mal gekonnt, dachte er. Oberarm abbinden, Vene fixieren und dann die dicke Nadel schräg in die Ader führen. Hundertmal habe ich das gemacht. Er nahm Evelyns Arm, blickte auf ihre zarte Vene und ließ den Arm zurückfallen.

Er wagte es einfach nicht. Du bist doch ein blöder Hund, sagte er zu sich. Einen Blinddarm schneidest du aus dem Bauch – aber vor einer Vene hast du plötzlich Angst!

Er stand auf, zog die Decken bis zu Evelyns Kinn und verließ die Höhle. Mit weit ausgreifenden Schritten lief er zum Krater zurück und traf dort Phil an, der verzweifelt versuchte, an dem goldenen Inkatopf seine Fesseln durchzuschaben. Ein aussichtsloser Versuch; der Topf hatte keine einzige scharfe Kante.

»Wie geht es Eve?!« schrie Phil, als Sempas Riesengestalt das Tageslicht vor dem Höhleneingang verdunkelte. »Ist sie aufgewacht?«

»Natürlich!« Sempa tat beleidigt, als habe man seine Narkose in Zweifel gezogen. »Aber sie schläft schon wieder.«

»Gott sei Dank!« Phil ließ sich auf den Steinboden zurückfallen. »Hat sie etwas gesagt?«

»Dazu war sie noch nicht fähig. Oder hast du geglaubt, sie schlägt die schönen Äuglein auf und flötet gleich: ›Wo ist mein süßer Liebling Phil?!‹«

»Sie hat nicht gefragt, wo ich bin?«

»Nein! Sieh mal einer an! So ein undankbares Mädchen. Sieht mich und vergißt sofort den lieben Phili!« Sempa setzte sich vor Hassler auf einen großen abgeplatteten Stein. »Ich habe ihr eine Megacillinspritze gegeben und eine Spritze gegen die Schmerzen. Lag ja alles bereit. Juchhei, hinein in den süßen Popo. War's so richtig, Herr Professor?«

»Was ist mit der Infusion?«

Sempa sah Hassler mit vorgeschobener Unterlippe an. Natürlich, das mußte ja kommen! »Nichts!« sagte er trotzig.

»Warum?«

»Sie überlebt's auch so.«

»Der hohe Blutverlust muß ausgeglichen werden, Ari! Eve *muß* die Infusion bekommen. Wenigstens eine! Und eine Glukose-Infusion muß sie auch haben, zur Kräftigung!«

»Sie wird noch kräftig genug werden, viel zu kräftig!« sagte Sempa. »Phil, mach dir keine Gedanken. Ich sorge für sie wie eine Amme. Könnte ich Milch geben, ich würde sie tränken! Zufrieden?«

»Mach die Fesseln los, Ari!«

»Erst, wenn ich den ganzen Schatz auf mein Schiff geschleppt habe und abfahrbereit bin.«

»Ari, blas das doch endgültig aus deinem Kopf! Du kommst nicht weit mit dem Gold!«

»Das überlaß mir, Phil!« Sempa beugte sich vor und untersuchte die Stricke, mit denen er Phil gebunden hatte. Sie saßen vorzüglich. An eine Selbstbefreiung war gar nicht zu denken. »Wenn es möglich ist, mein Junge, laß uns als Freunde scheiden, nicht im Haß! Ich lasse dir die Kegel und die Kugeln da und ein paar von diesen prächtigen Opferschalen.« Er lehnte sich zurück und sah Phil geradezu liebevoll an. »Mit diesen Schüsseln kannst du in deiner ›Back-Höhle‹ die wunderbarsten Aufläufe machen. Mit Vulkanhitze einen Nudelauflauf im goldenen Inka-Opfertopf! Wenn das kein Luxus ist! Gib's zu: Du kannst dich über mich nicht beklagen.«

»Laß die Quatscherei und binde mich los! Ich muß zu Evelyn!«

»Warum? Sie braucht dich jetzt noch nicht.« Ari rieb sich die riesigen Hände, die im Notfall so behutsam sein konnten. »Ich habe Eve operiert; ich werde auch weiterhin für sie sorgen. Solange sie liegen muß – bestimmt eine Woche lang –, habe ich genug Zeit, alles aufs Schiff zu tragen.« Er wedelte mit den Händen, als brauche Phil frische Luft.

»Keine Angst, mein Junge, dich werde ich nicht vergessen! Du bekommst dein Futter, zweimal am Tag nehme ich dich an eine lange Leine, dann darfst du mal zwischen die Büsche oder – wenn's dir Spaß macht – wie ein Pferd in der Manege im Kreis laufen, wegen der Blutzirkulation. Du wirst dich nicht über schlechte Betreuung zu beklagen haben. – Zum Teufel, warum bist du bloß so ein sturer Kerl?! Es könnte alles so viel schöner sein. Millionen Dollar auf der Bank, im weißen Sand von Acapulco in der Sonne rösten, das Leben genießen, bis man vor Sattheit rülpst! Phil, wieviel Jahre bleiben uns denn noch? Dir vielleicht dreißig, wenn du Glück hast – mir fünfunddreißig! Was ist das schon?! Was sind dreißig Jahre? Eine dusselige Schildkröte kann dreihundert Jahre alt werden, – aber wir, die Krone der Schöpfung?! – Ich habe mir geschworen, in der kurzen Zeit, die ich noch lebe, alles mitzunehmen, was sich mit zwei Händen anpacken läßt. Und geht das nicht mehr – mit einer Hand! Und ist auch da keine Kraft mehr drin, dann mit dem kleinen Finger! Wenn ich dann endgültig auf dem Rücken liege, kann ich mit tiefer Wonne sagen: Dieses verdammte Leben hatte es in sich! Ob jetzt Himmel oder Hölle folgt – scheiß was drauf! Hier unten auf der Erde habe ich beides schon gehabt!«

Er ging hinaus und holte in der Schale frisches, kaltes Wasser. »Die Stricke schabst du nirgendwo durch«, sagte er, während Hassler gierig trank. »Das sind Nylonseile.«

»Ich weiß«, sagte Phil und setzte die goldene Schale ab. »Aber ich werde es immer wieder versuchen.«

»Das gefällt mir an dir.« Sempa packte Hassler an den Handfesseln und schleifte ihn tiefer in die Höhle hinein. Hier war es wärmer; aus dem Inneren der Erde zog die Hitze des vulkanischen Untergrundes hinauf. »Du gibst nie auf! Ich aber auch nicht, Kumpel!«

»Ich muß zu Evelyn«, sagte Phil. »Ari, sie muß die Infusionen bekommen! Sie braucht Flüssigkeit, aber sie darf in den ersten drei Tagen nicht trinken! Ohne Infusionen hält sie das nicht aus! Der Blutverlust, die Schwäche ...«

»Wenn es sein muß, hole ich dich. Okay?« Er lehnte Hassler an die Felswand und stellte die goldene Schüssel mit dem Wasser griffbereit neben ihn. »Daß Schreien keinen Sinn hat, brauche ich dir wohl nicht zu sagen. Hier kannst du jodeln, so laut du willst – es hört dich keiner.« Er tätschelte Phil die Wangen und lachte ihn an. »Ab heute kocht Papa Ari! In einer halben Stunde kriegst du ein halbes Huhn. Einverstanden?«

»Wie kann nur ein Mensch so dämlich sein wie du, Ari?! Das habe ich mich oft gefragt. Noch ein zweites Mal kann es so etwas auf dieser Welt nicht geben. So viel Dämlichkeit muß einmalig sein!«

»Ich habe mir alles genau überlegt, du kleiner Klugscheißer«, sagte Sempa und rieb sich die Hände. »Wenn Eves Krise vorbei ist, lade ich mein Boot auf! Ich lasse euch beiden alles hier, was ich nicht unbedingt brauche. Die ganze Salon- und Schlafzimmereinrichtung bekommt ihr. Ich brauche Platz für den Schatz. Hast du mal überlegt, wie groß das Gewicht des Goldes ist?! Ich habe das mal durchgerechnet, so über'n Daumen! Jawohl, du grinsender Affe, rechnen kann ich auch! Ich bin fast auf den Rücken gefallen! Da muß eine Menge Krempel von Bord, damit die Yacht nicht überlastet fährt. Alles, was ich rausschmeiße, schenke ich euch! Mit einer Ausnahme: Das Funkgerät zerschlage ich in tausend Einzelteile! Und deins dazu! Deine heimliche Lieblingsidee, nach meinem Abrücken Don Fernando zu alarmieren, ist also keinen Cent wert! Na, ist das gut überlegt, du Genie?«

»Und wo willst du hin?«

»Du hältst mich wohl für schwachsinnig, was?« Sempa lachte laut. »Ich schicke dir eine Postkarte, wenn ich ein besonders hübsches Girl im Bett habe. Aber bis die Karte hier ankommt, bis dein Don Fernando sie dir bringt, bin ich längst am anderen Ende der Welt. Junge, die Welt ist ja so groß und schön!« Er erhob sich und streichelte wie ein gütiger Vater Phil übers Haar. »Also dann – laß es dir nicht langweilig werden. Sing ein bißchen! In einer Stunde gibt's Hühnchen!«

Als Sempa zur Höhle zurückkam, war Evelyn Ball aus ihrer Narkose voll erwacht und hatte schon wieder so viel Kraft, den Kopf etwas anzuheben und ihm zuzuwenden. Sempa winkte ihr fröhlich zu. Ihre Lippen bewegten sich, aber erst beim vierten Versuch gelang es ihr, einen Ton herauszubringen.

»Danke«, sagte sie kaum hörbar.

Sempa ließ sich auf den hölzernen Hocker neben ihrem Bett fallen. Sein breites Grinsen drückte die Verlegenheit eines Mannes aus, der nicht weiß, wie er reagieren soll. »Danke« hatte bisher selten jemand zu ihm gesagt, und in einer solchen Situation schon gar nicht.

»Hätte auch schiefgehen können, Mädchen«, brummte er.

»Wo ist Phil?«

Darauf hatte er gewartet. Sein Grinsen blieb. »Bei seinen Schweinen, Kühen und Ziegen. Phil, habe ich zu ihm gesagt, ich ertrage den Gestank der Ziegen nicht länger. Er beleidigt auch Yuma! Sei ein guter Freund und treibe sie auf einen anderen Weideplatz. Jetzt sucht er einen.«

»Das ist nicht wahr!«

»Leider kann ich nicht sagen: Geh hin und guck dir das an!« Er beugte sich über Evelyn und legte seine riesige

Hand auf ihre Stirn. Obwohl er sie, nach seiner Ansicht, nur eben berührte, hatte sie das Gefühl, ein Schraubstock presse ihr den Kopf zusammen. Sempa grunzte. Es ging los: Das Fieber stieg an, trotz Penicillin. Eves Kopf fühlte sich an, als sei er eine glühende Herdplatte.

Sempa erhob sich, holte aus dem Sanitätskoffer ein Fieberthermometer und steckte es Evelyn zwischen die Zähne. Dann zog er eine neue Megacillin-Injektion auf und suchte in dem Medikamententeil der Kiste nach einem starken Kreislaufmittel.

»Schmerzen?« fragte er. Sie nickte. »Das ist ein Problem mit dir«, fuhr er nachdenklich fort. »Du bist ja keine chemische Fabrik: Gegen Infektionen Penicillin, gegen Schmerzen was anderes, gegen das Fieber wieder 'nen Schuß, dann eine Bombe für den Kreislauf ... Mädchen, wie willst du das alles verkraften?« Er klemmte die Spritze zwischen seine Finger und schob die Decke von Evelyns nacktem Körper. Er war mit Schweiß überzogen und seltsam weiß, als bleiche die Haut aus. Der Blutverlust, dachte Sempa. Himmel und Arsch, ich muß es doch wagen, ihr die Infusionen anzulegen.

»In den schönen Popo, juchhei!« sagte er laut und krampfhaft fröhlich. Er betupfte die Einstichstelle mit einem Alkoholläppchen und drückte mit dem Zeigefinger in den Muskel. »Achtung! Simsalabim!«

Sempa stieß die Nadel hinein und injizierte. Evelyn verzog das Gesicht.

»Nicht das Thermometer zerbeißen!« rief Sempa. »Ist ja schon vorbei!« Er zog die Nadel heraus, nahm das Thermometer aus Evelyns Mund und sah, daß ihr Fieber auf 41,2 geklettert war. Daß sie noch so klar denken konnte, war erstaunlich.

»Du kochst, Mädchen«, sagte er. »Aber ich habe dich

operiert und lasse nicht zu, daß du mir jetzt zerkochst! Ich bleibe bei dir, bis ich weiß, daß wir's geschafft haben!«

»Wasser ...«, stammelte sie. Ihre Stimme zerbrach nach jedem Wort. »Wasser ... Durst ... Wasser ...«

»Keinen Tropfen in den nächsten zwei Tagen!«

»Ich verdurste ...«

»So schnell nicht, Baby!« Er stippte seinen dicken Zeigefinger in die noch halbgefüllte Rotweinflasche, schüttelte sie und legte dann den Finger auf Evelyns heiße, vom Fieber dick aufgequollenen Lippen. Gierig saugte sie das bißchen Feuchtigkeit ab.

»Das tut gut, was?« lachte Sempa. »Wenn du brav bist, Baby, darfst du heute noch dreimal lutschen. Und keine Angst, noch sind nicht alle Chancen im Eimer! A propos Eimer. Willst du das Würmchen sehen, das wir dir herausgeholt haben? Da drüben in der Opferschale liegt es. Sei froh, daß du's los bist ...«

Sie schüttelte den Kopf und schloß erschöpft die Augen. »Ich habe keine Angst«, sagte sie mühsam. »Wo bleibt nur Phil?«

»Er kommt gleich. Wie konnte er denn wissen, wann du aufwachst? Wir haben uns bei der Wache abgewechselt. Pech, daß ausgerechnet ich an der Reihe war, als du wach wurdest.«

Sie schüttelte den Kopf, öffnete die Augen und lächelte ihn mit Mühe an. Es sollte ein Lächeln der Dankbarkeit sein. »Durst ...«

»Aber doch nicht schon wieder! Mädchen, du bist ja unersättlich!«

Sie drehte sich zur Wand, stöhnte noch einmal, drückte den Kopf in das Kissen und schlief wieder ein. Die Injektionen zeigten ihre Wirkung.

Sempa blieb neben ihr hocken, wischte ihr den Schweiß

vom Gesicht und später vom ganzen Körper. Er wusch sie mit kalten Tüchern ab und empfand angesichts dieser nackten Schönheit unter seinen Händen nicht das geringste männliche Verlangen, was ihn selbst verwunderte. Während er Evelyn abfrottierte und seine Hände über ihre Brüste und ihren Leib glitten, darauf bedacht, die Operationsstelle zu schonen und gerade dort nur ganz zart den Schweiß abzutupfen, erinnerte er sich wieder an Vietnam. Vielleicht hätte ich wirklich das Zeug zum Arzt, hatte er damals gedacht. Zum Frauenarzt vielleicht? Aber wenn er ehrlich zu sich war, mußte er zugeben: Dazu würde ich mich nie eignen. Eine hübsche Frau nackt vor mir, hingestreckt auf einer stabilen Liege – ha, der würde ich Injektionen geben, die in keinem Lehrbuch stehen! – Und wie war es jetzt? Er rieb den schönsten Körper, den er je gesehen hatte, behutsam ab und bedeckte ihn wieder, mit einer fast väterlichen Zärtlichkeit und mit Sorge im Herzen.

Evelyn schlief fest. Aber ihre ausgetrocknete Lippenhaut war rissig geworden und platzte auf. Das Fieber sank etwas, die Medikamente drückten es herunter. Morphium und Kreislaufmittel befreiten Evelyn für ein paar Stunden von dieser Welt.

Sempa strich noch einmal mit dem in Wein getauchten Finger über Evelyns Lippen. Dann stampfte er über die Insel in den Krater zu Phil Hassler. Aus der Vorratskammer nahm er eine Dose Schmalzfleisch und vakuumverpacktes Vollkornbrot mit.

Phil lag vor dem Eingang, als Sempa bei ihm eintraf. Er hatte es geschafft, sich durch die ganze Höhle und noch ein Stück darüber hinaus zu rollen. Sempa hörte ihn schon am Kraterrand; er lockte mit lautem Rufen die Ziegen an.

»Du bist ein raffinierter Junge, Phil!« sagte Sempa gemütlich und setzte sich neben ihn in das vom harten Gras durchsetzte Felsgeröll aus verwitterter Lava. »Erzähl mir bloß nicht, du willst die Ziegen melken! Ich durchschaue deinen Plan genau: Den stärksten Bock wolltest du anlocken, dich an seine Hörner klammern und wegschleifen lassen zu scharfen Steinen, um die Fesseln durchzuwetzen. Phil, du bist ein zäher Hund!«

»Ich will zu Evelyn!« schrie Hassler. »Weiter nichts!«

»Sie schläft, hat Fieber, spricht aber schon wieder wie früher. Ihr gehört tatsächlich zusammen mit eurer Zähigkeit.« Sempa öffnete die Büchse mit dem mitgebrachten Dosenöffner und ließ Phil an dem Schmalzfleisch riechen. »Das versprochene Brathühnchen fällt heute aus. Hatte keine Zeit dazu. Zwei Schnitten, Phil?«

Er öffnete die Brotpackung, polkte mit dem Taschenmesser das Schmalzfleisch aus der Büchse und legte es fingerdick auf die Scheibe. Dann begann er, Hassler zu füttern: Phil durfte abbeißen, und Sempa schob geduldig das Brot nach, bis es aufgegessen war.

»Wenn ich allein essen könnte, wär's einfacher«, sagte Phil, als Sempa das zweite Brot vorbereitete. »Ari, mein Ehrenwort: Ich unternehme nichts! Ich will nur bei Evelyn sein.«

»Das kannst du später noch Jahrzehnte lang. Du läufst hier erst wieder frei herum, wenn ich auf See bin! Mit meinem Schatz!«

»Wenn bei Evelyn etwas schiefgehen sollte ...«, sagte Phil leise.

»Was kann ihr noch passieren, he? Wir haben sie operiert, das ist schlimm genug! Wenn sie das überlebt, hat sie das Zeug zur Unsterblichkeit! Das ist dir doch klar? Oder glaubst du, dein Anblick sei die beste Medizin für sie?«

»Ja.«

»Es gibt Frösche, die blasen sich vor Einbildung so auf,

daß sie platzen! Aber beruhige dich. Wenn's wirklich nötig sein sollte, hole ich dich.« Er schob ihm die Schnitte in den Mund. »Los, beiß ab! Ich muß noch die ganze Verpackung vorbereiten und die Möbel vom Schiff auf die Insel schleppen! Morgen beginne ich mit der Verladung.«

Nach dem Essen ließ er Phil, mit auf dem Rücken zusammengebundenen Händen, tatsächlich an einem langen Seil zwischen den Büschen herumlaufen. Er wartete, bis Hassler seine Notdurft verrichtet hatte, zog ihn dann wieder wie einen störrischen Ochsen an der Leine heran und verstaute ihn im hintersten Teil der Höhle. Damit Phil nicht wieder nach vorn kriechen konnte, schlang Sempa den Strick um einen Felsvorsprung und ließ Hassler nur so viel Bewegungsfreiheit, daß er liegend seine Haltung verändern konnte.

»Mit dir hätten die Psychologen ihre Mühe«, sagte Phil, als er derart gefesselt auf dem warmen, aus der vulkanischen Tiefe geheizten Felsboden lag. »Auf der einen Seite ein brutales Schwein – auf der anderen ein phantastischer, hilfsbereiter Kumpel. Was bist du nun wirklich, Ari?«

»Frag deine Psychologen.« Sempa ging gebückt aus der Höhle. »Falls du in deinem Leben noch mal welche zu sehen kriegst ...« Sempa kam nicht zum Verladen seines Schatzes. Evelyn machte ihm zuviel Mühe.

Der erste Tag ging verhältnismäßig ruhig zu Ende. Sie schlief, das Fieber schnellte erneut in die Höhe, ging nach einer Injektion aber wieder herunter. Wenn sie bei Besinnung war und klar zu denken schien, lag sie wortlos da und suchte mit den Augen nach Phil. Sempa wunderte sich immer wieder, daß sie aus ihren Schwächeanfällen erwachte, daß ihr Herz nicht längst stehengeblieben war. Irgend etwas, eine ganz große Kraft, mußte sie auf dieser Welt zurückhalten. Grübelnd beobachtete Sempa sie in diesen Momenten der Klarheit. Sie sucht und sucht und wartet und wartet ... Sie lebt nur noch durch ihre Sehnsucht nach Phil.

Noch viermal ließ Sempa seinen in Rotwein getauchten Zeigefinger auf ihren aufgesprungenen Lippen liegen und gestattete ihr, daran zu saugen. Es war, als lechze sie nur noch nach diesen Momenten. Aber er ahnte, daß alles nur dazu diente, neue Kraft für einen einzigen Augenblick zu gewinnen: zum Wiedersehen mit Phil!

Bevor die Nacht über das Meer zog, gab er Evelyn noch eine Morphiumspritze und beendete damit für diesen Tag ihr stummes, qualvolles Warten auf Phil oder den Tod. Er kontrollierte die Operationsnarbe, machte ihr gegen das Fieber einen kalten Wadenwickel, weil er sich davor scheute, ihr nach dem Morphium auch noch Injektionen gegen das Fieber zu geben. Ein kalter Wadenwickel ist immer gut, dachte er. Meine Mutter hat damit fast alles kuriert, und die wußte es wieder von ihrer Mutter. Bekam jemand einen heißen Kopf – rein ins Bett und kalte, nasse Tücher um die Beine. »Das zieht alles raus!« hatte Mutter immer gesagt. »Das ist wie ein Magnet. Die Krankheit friert und flüchtet.« Natürlich war das Blödsinn, aber Sempa hätte jedem das Gesicht auf den Rücken geschlagen, der über seine Mutter gelacht hätte.

Er wartete, bis Evelyn wieder schlief, dann schlich er hinaus in die Nacht. Wie bei seinen verrückten Spielen zündete er längs der »Kegelbahn« wieder alle Holzfackeln an und setzte sich dann unter den sieben Palmen mitten zwischen seine goldenen Kegelgötter und sein kleines glitzerndes Inka-Heer, zog Yuma neben sich, legte den Arm um ihre Hüfte und blickte über das im Mondschein gegen die Klippenbarrieren aufschäumende, silbern staubende Meer.

Die Flut, dachte er. Jetzt kommen die Haie in die Bucht. Vertagen wir das Ein- und Umladen bis auf morgen. »Nicht ungeduldig werden«, sagte er zärtlich zu Yuma und streichelte ihre spitzen goldenen Brüste. »Auf einen Tag kommt es nicht mehr an. Wir werden die weite Welt sehen, verlaß dich drauf!«

Während die Fackeln langsam niederbrannten, saß er am Abhang zur Bucht, hinter sich sein »Heer«, und rechnete aus, ob der noch vorhandene Treibstoff für die Schiffsmotoren ausreichte, um bis zur Küste zu kommen. Er kam zu dem Ergebnis, das schon Phil vorausgesagt und an das er nicht geglaubt hatte: daß er wegen der Überladung des Bootes nie die Küste erreichen könnte. Also müßte er einen Teil des Inkaschatzes auf der Insel zurücklassen. Treibstoffersparnis war wichtiger als einige überschüssige Dollarmillionen. Eine der bewohnten Galapagosinseln anzulaufen, um dort zu tanken, war völlig unmöglich. Man würde sofort die Marinebasis verständigen. Nicht, weil man Verdacht schöpfte – warum sollte man jemanden verdächtigen, der friedlich durch den Archipel schippert? –, sondern einfach aus Freude am Tratsch: Hört mal, bei uns in der Gruppe saust eine amerikanische Yacht herum. Kein Pärchen – einer allein! Muß ein reicher Bursche sein. Ein schönes Schiff, sag' ich euch! Mal eine Abwechslung in dieser niederdrückenden Einsamkeit! – Dann aber würde Commander Don Fernando sich sagen: Da stimmt etwas nicht. Ich kenne nur eine amerikanische Yacht im Archipel, und die gehört einer bezaubernden Myrta Baldwin. Jetzt soll nur ein Mann darauf sein? Da stimmt etwas nicht. Volldampf voraus, Kerls! Das sehen wir uns an. Und schon wär's passiert …

Sempa spürte die Müdigkeit. Auch ein Urtier muß einmal schlafen. Sein Kopf senkte sich, im Halbschlaf schon legte sich Sempa auf den harten Boden und streckte sich aus. Aber Yuma zog er noch an sich.

Er wachte erst auf, als die Sonne goldroten Glanz über

den unendlichen Himmel warf. Für wenige Minuten stand das Weltall in Flammen. Erschrocken fuhr er hoch, stieß Yuma von sich, sprang auf und rannte zur Wohnhöhle zurück. Ich bin auch nur ein Mensch, entschuldigte er sich. Bin einfach umgefallen! Wenn sie in der Nacht gestorben ist – keiner kann mich deswegen anklagen! Die Müdigkeit war stärker als ich.

Aber Evelyn lebte!

Sie lag mit offenen Augen regungslos unter ihren Decken und blickte ihm entgegen. Das Fieber war sichtbar zurückgegangen, man sah es ihr an. Ihr Blick hatte zwar noch etwas von dem unnatürlichen Glanz, war aber dennoch klarer und bewußter als am vergangenen Abend.

»Guten Morgen, Baby!« rief Sempa mit ehrlicher Freude. Mein Gott, sie lebt, sie lebt! »Wie ich sehe, kriechst du millimeterweise dem Totengräber von der Schippe! Nur immer weiter so, Mädchen! – Schmerzen?«

»Ich kann sie ertragen.« Ihre Stimme war auch fester geworden, aber der Ton kam noch immer von tief hinten aus der Kehle. »Ich habe Durst.«

»Frühestens heute abend bekommst du deinen ersten Schluck. Am Finger lutschen ist erlaubt. Ich mache ihn nasser als gestern. Geduld, Baby!« Er ließ sich auf dem Hocker neben ihrem Bett nieder und beugte sich über sie. »Jetzt wirst du erst gewaschen und schön gemacht für den Tag. Aber vorher beguckt sich der gute Onkel Doktor Ari die Operationswunde.«

»Rindvieh!«

»Halleluja! Es geht mit Riesenschritten aufwärts!« Sempa lachte Evelyn fröhlich an. »Wer hätte das gestern morgen noch gedacht?!«

»Wo ist Phil?« fragte sie ganz klar.

Sempa war darauf vorbereitet.

»Er melkt die Kühe. Käse will er machen. Er behauptet, Käse bringt dich wieder zu Kräften. Wenn er das meint … Man soll ihm nie widersprechen. Und außerdem hat er ja immer recht!«

»Er war die ganze Nacht nicht hier.«

»Ich denke, du hast geschlafen?«

»Nicht immer.«

Sempa zuckte zusammen. »Baby, hast du irgendwelchen Blödsinn gemacht? Hast du Wasser getrunken?!« Seine Stimme klang plötzlich besorgt. »Himmel, sag es mir! Bist du an Wasser herangekommen? Hast du dich aus dem Bett gewälzt und bist herumgekrochen?! Baby?«

Er riß die Decken von ihrem Körper. Gleichzeitig hob sie ihre rechte Hand. Entgeistert starrte Sempa in den Lauf eines Trommelrevolvers. Doch bevor etwas geschehen konnte, reagierte er schnell und fegte die Waffe aus Evelyns Hand. Der Revolver flog gegen die Höhlenwand und schepperte über den Steinboden bis an den Herd. Ihr Gesicht verzerrte sich. Sie legte die Hände flach über ihre Brüste, als habe Sempa noch nie ihren nackten Körper gesehen, und plötzlich begann sie zu weinen. Das wiederum ließ die Schmerzen in der Tiefe ihres Bauches erneut aufzucken. Ihr Mund öffnete sich in einem stummen Schrei.

»Wo – wo hast du den Revolver her?« fragte Sempa heiser. »Ich habe doch alles abgesucht.« Dabei kontrollierte er den Verband. Er sah gut aus. Nicht durchgeblutet. Auch der typische süßliche Eitergeruch war nicht wahrnehmbar. Er hob die Mullagen auf und betrachtete die Naht. Alles okay. Nichts butterte, wie es die Ärzte nennen. Oh, haben wir ein Glück, dachte er. Wenn das so weitergeht, bekommen wir sie durch.

»Er lag immer unter der Matratze. Unterm Kopf –«, sagte sie und weinte weiter.

»Das hätte ich mir denken können. Natürlich! Du hast recht: Ich bin ein Rindvieh!« Er begann unter der Matratze zu suchen und fand – für Evelyn noch unerreichbar – eine Jagdflinte mit verkürztem Lauf. Und einen Dolch.

»Muß euch die Muffe vor Angst zittern!« sagte Sempa und warf die Waffen weg. »Schlafen auf einem ganzen Arsenal! Dabei will der gute Ari nichts als Frieden.«

»Was – was hast du mit Phil gemacht?« fragte sie und hatte nicht die Kraft, ihr Weinen zu unterdrücken.

»Und was hättest du jetzt ohne mich gemacht, he?« Er deckte sie wieder zu und ging zum Herd, um vier Eier in die große Eisenpfanne zu schlagen. Sein Magen knurrte. »Krepiert wärst du! Elend krepiert! Aber was ist der Dank? Sie will ihren Lebensretter erschießen! Ich bin menschlich tief enttäuscht, Baby!«

Die Eier brutzelten in der Pfanne. Sempa schnitt ein paar Streifen Speck dazu und wendete ihn im ausgebratenen eigenen Fett ein paarmal mit der Gabel um. Es roch köstlich, aber bei Evelyn erzeugte der Duft Brechreiz.

»Wo ist Phil?« fragte sie mühsam, krampfhaft schluckend.

»In Sicherheit.« Sempa kippte den Inhalt der Pfanne auf einen tiefen Teller und suchte, nach einer Kostprobe, nach Pfeffer und gemahlener Muskatnuß. »Ich mußte ihn isolieren. Er ist der sturste Mensch, den ich kenne. Was hab' ich zu ihm gesagt? Ein Monokeldeutscher! Einer von der ganz alten Sorte. Dagegen sind die Hollywood-Deutschen harmlose Kinderchen.« Er wandte sich Evelyn zu und lächelte breit. »Was meinst du? Soll ich mir noch ein paar Scheiben Schinken gönnen? Gestern war ein magerer Tag für mich. In meinen Eingeweiden tobt ein Gewitter!«

»Was hast du mit Phil gemacht?« fragte sie.

Sempa schob die Pfanne wieder über das Feuer, legte

neues Holz über die Glut, die von den Lavasteinen und einem Aschenberg gespeichert worden war, klopfte einen Klumpen Büchsenfett in die Pfanne und machte sich daran, ein Stück Schinken zu zerhacken und in das brutzelnde Fett zu werfen. Evelyns Brechreiz vermehrte sich. Sie hielt, solange sie konnte, den Atem an, um diesen Duft nicht einatmen zu müssen.

»Jetzt hör mal gut zu, Baby«, sagte Sempa, kippte den Schinken über die Eier und setzte sich zu Evelyn auf den Hocker. Er schaufelte Eier, Speck und Schinkenwürfel in sich hinein, wie ein Heizer Koks in das unersättliche Maul eines Kessels wirft. Dabei redete er mit vollem Mund und unterstrich seine Worte gestenreich mit der Gabel. »Sobald du aus dem Gröbsten heraus bist, belade ich das Schiff mit meinem Gold, nehme Yuma unter den Arm und verdrücke mich. Wo ich Phil versteckt habe, wirst du erst erfahren, wenn ich auf freier See bin. Ich blinke dir mit dem Signalscheinwerfer hinüber, wo du deinen Liebling abholen kannst. Funk wird es für euch nicht mehr geben. Klar?«

»Ja«, antwortete sie leise.

»Kluges Baby.« Sempa leckte die Gabel ab. Der Teller war leer, aber Hunger hatte er immer noch. »Soll ich mir noch eine Pfanne gönnen?« fragte er.

»Friß, bis du platzt!«

»Dann eben nicht!« Sempa trug den Teller zum Herd, schenkte sich einen hohen Tonbecher voll Tee ein, kalter Tee von gestern, und würzte ihn mit einem gewaltigen Schuß Whisky. »Es gibt nur zwei Möglichkeiten, Mädchen«, sagte er und kam zu ihr zurück. »Entweder du bist still und brav, ein liebes Schätzchen – dann siehst du deinen verrückten Robinson wieder. Oder du versuchst, wie vorhin, mich übers Ohr zu hauen, das mutige Mädchen zu spielen. Dann fällst du doch nur wieder auf die Schnauze!

Lange hältst du das nicht aus. Ein zweites Mal laufe ich nicht mehr in deine Falle! Und vergiß das Wichtigste nicht: Du bist ein Mensch, der immer noch auf der Totenschaufel liegt ...«

»Wenn Phil ...« Sie atmete schwer. Sempa winkte lässig ab und trank seinen Whiskytee, als läge er verdurstend im Wüstensand.

»Nichts wird passieren! Phil geht es gut. Das einzige, was ihm fehlt, bist du. Aber bis ihr wieder so richtig auf Nut und Feder ...« Er lachte ordinär und hieb sich auf die Schenkel. »Das dauert noch was, Baby! Sonst platzen in deinem Bauch die Nähte wieder auf!«

»Saukerl!« sagte sie und fing wieder an zu weinen. »Ich möchte ein rohes Ei und Milch.«

»Noch lieber wohl ein Steak mit Pfeffersoße? – Kommt nicht in Frage!« Sempa stellte seinen Becher auf die Erde. »Du bekommst eine Megacillin-Bombe in den zarten Popo und etwas für den Kreislauf in die andere süße Backe. Auch das ist Flüssigkeit!«

Er zog zwei Spritzen auf, betrachtete wieder die Infusionsflaschen im Sanitätskoffer und rang mit sich, ob er es nicht doch mit ihnen versuchen sollte.

»Wie fühlst du dich?« fragte er über die Schulter.

»Kräftig genug, um dich wieder zu hassen!« sagte sie laut.

Also keine Infusionen! beschloß er. Sie ist wieder frech genug. Sie kommt auch ohne Blutersatz und Glukose auf die Beine. Vielleicht viel zu schnell!

Evelyn wehrte sich nicht, als Sempa ihr die beiden Injektionen in die Gesäßmuskeln hieb. Sie helfen mir, dachte sie. Ich will alles ertragen. Es ist jedesmal ein Schritt vorwärts zur Genesung.

»Wenn du in Vietnam auch so gespritzt hast, kann ich die hohe Verlustquote verstehen«, sagte sie, als er die letzte Nadel herauszog. »Eine Injektionsnadel ist kein Nagel, den man einschlägt!«

»Bisher hast du's überlebt!« knurrte er. Mißtrauisch durchsuchte er noch einmal die ganze Höhle mit ihren Seitenkammern, Ecke nach Ecke, aber er fand keine Waffen und auch keine Munition mehr. Dann kam er zu Evelyn zurück, betrachtete sie nachdenklich und nickte.

»Dir ist alles zuzutrauen«, sagte er. »Wenn du die Absicht haben solltest, aufzustehen und herumzukriechen – es ist nichts Trinkbares mehr da. Ich nehme alles hinaus!«

»Du gehst jetzt zu Phil?« fragte sie. Die Spritzen machten sie wieder müde.

»Ja. Und sieh mal, was ich mitnehme: einen Gaskocher mit unserer letzten Propangasflasche, die Bratpfanne, vier Eier, Speck, Schinken und ein Stück Salami.« Er ging zum Vorratsschrank, holte eine Flasche Weißwein heraus und steckte sie in seine Hosentasche. »Und ein Fläschchen Wein! Lebt er nicht wie ein Fürst, dein Liebling? Sogar einen Butler hat er. Mich! Wer leistet sich den Luxus, den Regenten einer Insel als Butler zu beschäftigen?! Das Genie Phil Hassler! Was will er noch mehr?!«

»Sag ihm: Ich liebe ihn unendlich.«

»Das wird ihm sicherlich wie Honig runterlaufen.«

»Sag ihm: Ich werde alles tun, um schnell gesund zu werden. Für ihn gesund!«

»Das ist auch nötig, Baby! Wenn ihr ein neues Inselgeschlecht zeugen wollt …«

Er lachte dröhnend und stampfte davon.

Ich hasse ihn, dachte Evelyn Ball und schloß die Augen. Ich könnte ihn erwürgen, erschießen, hängen, zerstückeln! Nichts gibt es, was ich nicht ohne Reue mit ihm tun könnte … Aber er rettet mir das Leben! Daß ich Phil wiedersehen werde – er allein macht es möglich! Daß es für Phil und mich noch eine schöne, große Zukunft geben wird – wir müssen es *ihm* danken!

Was soll ich tun?

Ihm die Hand küssen oder ihm ein Messer in den Leib stoßen?

Am achten Tag nach der Operation kam Sempa mit finsterem Gesicht in Phils Höhle und brachte wie immer das Frühstück. Bevor er dieses Mal die Eier auf dem Gaskocher briet, führte er Phil ins Freie, setzte ihn auf einen großen Stein und tat das, was er alle zwei Tage mit ihm machte: Er rasierte ihn.

Er seifte Phils Gesicht ein und schabte mit sicherer Hand die Bartstoppeln ab. Zum Schluß massierte er ihm sogar französisches Gesichtswasser in die Haut. Man hatte an Bord der Yacht alles zur Verfügung gehabt.

»Du bist wirklich ein Verrückter«, hatte Phil nach der ersten Rasur gesagt. »Was geht eigentlich in dir vor?«

»Und du bist ein Gentleman, der immer gut auszusehen hat. In jeder Situation. Auch hier. Natürlich wäre es leicht gewesen, dir jetzt die Kehle durchzuschneiden. Aber wozu? Das ist das Schöne an unserem Zusammenleben: Jeder von uns schwelgt in der Vorstellung, wie er den anderen umbringen könnte. Aber keiner bringt es übers Herz!«

Sempa hatte es im vollen Ernst gesagt, und Phil sprach seither nicht mehr darüber. In Sempas Seele zu blicken war einem normalen Menschen unmöglich.

Heute sagte Sempa muffelig: »Es geht nicht weiter mit Eve! Nein, nein, keine Sorge, Phil! Spiel nicht gleich den wilden Mann! Die Wunde heilt gut, das Fieber ist weg, sie hat gegessen, getrunken, ist wieder frech wie Rotz. Aber sie kommt einfach nicht auf die Beine! Verstehst du das? Nach acht Tagen muß sie doch wieder laufen können. In den USA jagen sie dich schon einen Tag nach der Operation aus dem Bett. Wegen Emboliegefahr oder Thrombosenbildung. Stimmt's?«

»Ja. Das machen sie.«

»Siehst du! So dämlich bin ich gar nicht. Aber bei unserem Baby ...«

»Was ist mit Evelyn?« schrie Phil in höchster Erregung.

»Sie knickt mir immer weg. Seit dem dritten Tage übe ich mit ihr das Gehen. Ich fasse sie unter, hole sie aus dem Bett, stelle sie hin und sage: ›Mädchen, versuch's noch mal! Ein Bein vor das andere!‹ Und was passiert? Ein Schritt ... wupp, geht sie in die Knie! Beine wie aus Pudding! Kann sich einfach nicht halten. Phil –« Sempa starrte Hassler mit flackernden Augen an. »Sag mir die Wahrheit: Ist es möglich, daß wir bei der Blinddarmoperation irgendeinen Nerv zerschnippelt haben, der das Gehvermögen reguliert?«

»Völlig unmöglich! Ari!« Phil sprang auf. »Himmel noch mal, laß mich zu Evelyn! Ich muß das sehen!«

»Vom Angucken wird nichts besser. Da hilft nur üben. Und das kann ich allein mit ihr.« Sempa zündete den Gaskocher an und setzte die Pfanne drauf. Phil, dem Sempa die Fußfesseln etwas gelockert hatte, hüpfte mit kleinen Schritten hin und her.

»Laß die verfluchten Eier weg!« schrie er. »Ich kann doch jetzt nichts essen!«

Sempa schien dafür Verständnis zu haben. Er nahm die Pfanne vom Kocher, drehte die Gasflamme ab und stellte die Pfanne neben sich auf den Boden.

»Ich versteh das einfach nicht«, sagte er. »Gemessen an dem, was sie alles ißt und trinkt, müßte sie schon so kräftig sein wie ein Zehnkämpfer. Aber nein – sie knickt einfach weg! Kann nicht stehen! Hinterher ist sie so erschöpft, daß sie stundenlang schläft.«

»Und was macht sie jetzt?« Phils Stimme klang wie verrostet.

»Sag ich doch: Sie schläft! Ich habe vorhin eine halbe Stunde mit ihr geübt. Mein Ehrenwort: keine Minute länger! Immer dasselbe: Sie hängt mir im Arm wie ein nasser Sack. Und heult dabei. Kann man ja verstehen, Phil.« Sempa wischte sich über das breite Gesicht. Er wirkte hilflos wie ein Kind, das sich verirrt hat. »Phil – es gibt gar keine andere Erklärung: Wir müssen bei der Operation irgend etwas falsch gemacht haben ...«

Wie jeden Vormittag nach den Gehübungen, die Sempa so gewissenhaft mit Evelyn machte, als sei er ein gelernter Heilgymnastiker, lag sie wieder auf dem Bett, ermattet, mit geschlossenen Augen, am Ende ihrer Kräfte. Aber das war ein trügerisches Bild. In Wahrheit war sie hellwach und wartete nur darauf, daß Sempa das Frühstück zu Phil brachte.

Kaum hatte er die Höhle verlassen, ziemlich verwirrt, daß die Gehversuche wieder so kläglich gescheitert waren, hob sie den Kopf und lauschte auf seine sich entfernenden Schritte. Fast tat er ihr leid; er bemühte sich mit wahrer Aufopferung um sie, hob sie aus dem Bett, stützte sie, fing sie mit beiden Armen auf, wenn sie einknickte, und saß dann mit schlecht verborgener Erschütterung neben ihr.

»Es hilft nichts, Baby«, hatte er gestern gesagt. »Wir müssen üben, üben, üben! Ich werde dir ein Laufgestell bauen, in das du dich hineinhängen kannst, und dann übst du immer, sowie du wieder etwas Kraft hast. Eve, einmal *muß* es wieder normal werden! Du mußt ganz fest daran glauben, mußt die Zähne zusammenbeißen und es immer und immer wieder versuchen. Auch Phil ist das unerklärlich. Bei einer Blinddarmoperation können solche Erscheinungen nie auftreten, sagt er.«

Das war eine heikle Situation gewesen, aber Sempa war viel zu sehr mit diesem Rätsel beschäftigt, um der Lähmung Evelyns andere Motive zu unterstellen. Er ging dann zu Phil oder arbeitete auf den neuen Feldern, kommandierte sein goldenes Inkaheer oder ging in der Bucht schwimmen, wozu er Yuma, seine glitzernde Geliebte, immer mitschleppte.

Evelyn wartete ab, bis sie allein war. Dann sprang sie aus dem Bett und lief in der Höhle hin und her, um ihre Muskeln zu lockern und die ihr anfangs tatsächlich noch zusetzende Schwäche zu vertreiben. Schon am dritten Tag lief sie, wenn auch langsam, in der Höhle herum, am fünften wagte sie sogar einen Dauerlauf auf der Stelle, und am sechsten Tag konnte sie gerade noch im letzten Augenblick ins Bett schlüpfen und sich schlafend stellen, als Sempa auf nackten Füßen, also zunächst unhörbar, zur Höhle zurückkam, um ein geschlachtetes Huhn abzuliefern.

Jetzt, am achten Tag nach der Operation, war Evelyn so munter, als habe sie nie einen Balanceakt zwischen Leben und Tod hinter sich gebracht. Sempas schwere Schritte entfernten sich, sie verließ das Bett, schlich zum Höhleneingang und blickte ihm nach. Sein Besuch bei Phil dauerte meistens eine Stunde, manchmal auch eineinhalb Stunden; heute bestimmt länger, denn es war »Rasiertag«, wie Sempa es nannte.

Heute entscheidet sich alles, dachte Evelyn Ball. In neunzig Minuten muß ich es getan haben! Fünf Tage lang habe ich Sempa täuschen können, aber auch er wird früher oder später nachdenklich und dann argwöhnisch werden. Heute ist der Tag, an dem der unbesiegbare Sempa in die Knie gehen muß.

Sie wartete, bis Sempa im Hinterland verschwunden war, und rannte dann den Pfad über den Lavarücken entlang zur

Bucht und zum Meer. Wie ein Wild sichernd, sah sie sich immer wieder um, blieb unten am Strand erst an den Felsen stehen und wartete ein paar Minuten, ob sie nicht von oben Sempa brüllen hörte. Es konnte ja sein, daß er etwas vergessen hatte und zurückgekommen war. Sie hatte das zweimal erlebt, aber beide Male hatte sie noch mit ihrer gespielten Erschöpfung im Bett gelegen; eine innere Unruhe hatte sie gewarnt, zu früh aufzustehen.

Heute gab es kein Warten mehr, heute gab es nur gewinnen oder verlieren – mit vollstem Einsatz und allen Risiken. Neunzig Minuten – das sind sechstausendsiebenhundertfünfzig Herzschläge. Sechstausendsiebenhundertfünfzigmal ein Hammerschlag gegen die Rippen – und jeder Schlag verkürzt die Frist, ist ein winziges Stückchen weggeklopften Lebens. Was sind sechstausendsiebenhundertfünfzig Herzschläge! Wie schnell sind sie vorbei ...

Evelyn drückte sich gegen den glatten Basaltfelsen und wartete noch eine Minute. Nein, Sempa kam nicht zurück. Sie ist fertig, dachte er jetzt wohl. Diese halbe Stunde mit Gehübungen hat sie einfach umgeworfen. Statt besser, wird es von Tag zu Tag schlimmer mit ihr. Jetzt soll sie schlafen. Ich werde mich mit Phil unterhalten und erst gegen Mittag nach ihr sehen ...

Noch immer im Schatten der Basaltfelsen, zog sich Evelyn aus und lief durch den staubfeinen Sand ans Meer. Die Natur spielte mit. Es war tiefste Ebbe, das Wasser bewegte sich kaum: ein grünblauer Spiegel, der das Licht der Morgensonne millionenfach in glitzernden Strahlen zurückwarf.

Mit vorsichtigen Schritten ging sie ins Meer und zögerte nur einen Augenblick, als das Wasser ihr bis zur Operationsnarbe stieg. Mit dem nächsten Schritt überwand sie auch die letzte Hemmung; bald stand sie bis zu den Brüsten im Meer und hob die Arme über den Kopf. Wie wird die frische Narbe reagieren, dachte sie. Wird das Salzwasser beißen? Wird mich die See zwingen zurückzukehren, falls die Schmerzen unerträglich werden?

Der sandige Boden glitt unter ihr weg. Sie mußte schwimmen und stieß sich vor allem mit zügigen Armstößen vorwärts, während sie mit den Beinen nur vorsichtig wedelte. Wenn sie das Wasser allzu kräftig trat, konnte die Narbe aufreißen. Aber nur ein leichtes Jucken zeigte an, daß die Narbe auf das Salzwasser ansprach. Offenbar war alles sehr gut verheilt. Nun wagte sie es auch, kräftiger mit den Beinen zu arbeiten, trat das Wasser von sich weg und schnellte durch das Meer: ein glitzernder, schlanker, hellbrauner Fisch mit einer glatten Haut, die hell aufschimmerte, wenn sie sich nach einem Schwimmstoß ein paar Zentimeter aus dem Wasser erhob.

Es ist wundervoll, dachte Evelyn. Es ist wundervoll zu leben!

Phil, ich freue mich auf die Jahre mit dir, auf unser Paradies, dessen Tür ich jetzt für jeden anderen zuschlage.

Trotz aller Vorhaltungen, trotz wilder Drohungen und eindringlicher Beschwörungen – Sempa war nicht zu bewegen, Phil schon jetzt zu Evelyn Ball zu bringen. Das war der größte Fehler seines Lebens – aber wer konnte ahnen, was unterdessen, nur knapp dreihundert Meter von ihnen entfernt, mit Evelyn geschah?

Sempa entkorkte die schon obligatorisch gewordene Flasche Wein, ließ Hassler am langen Strick durch die Büsche traben mit dem fröhlichen Zuruf: »Nun geh schön Gassi, Phili!«, holte ihn dann wieder zu sich, schloß ihm die Füße zusammen, so daß Hassler nur herumhüpfen konnte, und setzte den Gaskocher in Betrieb.

»Verdammt, mir knurrt der Magen trotzdem!« sagte er. »Ob wir wehklagen, hungern, uns kasteien oder die Sonne anheulen – davon wird's nicht besser! Phil, wir dürfen jetzt nicht auch noch auf dem Rücken liegen und uns von den Vögeln bescheißen lassen. Evelyn braucht uns!« Er stellte die Pfanne auf die Flamme und griff in seinen Leinenbeutel. »Es gibt Spiegeleier mit Speck, Kekse mit Schmalzfleisch und Kekse mit Marmelade. Englische Bitter-Orange-Marmelade!«

Phil nickte stumm und starrte zum Kraterrand hinauf. Wie nahe sie ist, dachte er. Diese paar Meter nur! Den Hang hinauf und über das Plateau bis zu den Küstenfelsen. Und dennoch, für mich mit diesen Fesseln, unerreichbar.

Sie schwiegen beide, als sie die Spiegeleier und die Kekse aßen. Erst nach dem ersten Becher Wein wurde Sempa wieder gesprächig. Er rülpste und leckte seine Gabel sauber.

»Noch einmal, Ari«, setzte Phil Hassler an. »Ich schwöre dir bei allem, was heilig ist ...«

»Was ist heilig?« knurrte Sempa. »Was gibt es für uns, was heilig ist?! Solche Schwüre sind keinen Cent wert. Aber wir sitzen hier auf hundert Millionen! Wären wir Pfaffen, würden wir jetzt gemeinsam zum lieben Gott beten: Mach uns unsere Evelyn wieder gesund! Aber wir sind alles andere als Betbrüder, Phil! Wir müssen durch eigene Kraft aus der Scheiße heraus! Und dafür habe ich einen Zeitplan! Denn du hältst mich hoffentlich nicht für so dumm, daß ich fünf Minuten vor zwölf aufgebe?«

»Fünf Minuten *nach* zwölf ist zu spät, Ari!«

»Bis jetzt hat mich Eve voll beschäftigt«, sagte Sempa ungerührt. »Aber morgen – das habe ich ihr auch gesagt – fange ich mit der Verladung des Inkaschatzes an! Endlich kann ich an mich denken. Am Sonntag dampfe ich ab! Heute haben wir Dienstag. Also nur noch fünf Tage, Phil. Am Sonntag wiegst du dein Baby wieder im Arm! Aber sei mit ihr vorsichtig, Junge! Sei ganz zart zu ihr. Fasse sie an wie hauchdünnes chinesisches Porzellan. Wer so schwach auf den Beinen ist wie Eve, der kann nicht sofort mit rhythmischem Gegendruck ...«

»Wenn du nicht den Mund hältst, spucke ich dich an!« schrie Hassler.

»Laß uns in aller Ruhe nachdenken, Phil!« Sempa tupfte mit einem Stück Keks das letzte Fett aus der Bratpfanne und löschte die Gasflamme. »Du weißt ganz genau, daß da, wo wir den Bauch aufgeschnitten haben, kein Nerv fürs Gehen liegt?«

»Völlig unmöglich!«

»Das ist keine klare Antwort: Weißt du's, oder weißt du's nicht? Ist da ein Nerv?!«

»Nein!«

»Dann muß doch die Schwäche von woanders herkommen!«

»Für diesen Satz sollte man dir den Nobelpreis verleihen«, sagte Phil giftig. »Ursachen für eine Lähmung können sein ...«

»Sie ist nicht gelähmt«, fiel Sempa ihm ins Wort. »Sie knickt nur immer ein! Sie kann ja stehen, sie kann sogar laufen, die Muskeln bewegen sich, spannen sich, man sieht es deutlich durch die Haut ... die Beine sehen nicht verkümmert aus, nicht wie leblose Würste, alles ist normal ... Aber nach zwei, drei Schritten – so war's vorhin noch! – rutscht sie einfach weg. Da ist keine Kraft mehr!«

»Und ich sage dir zum zehnten Mal: Das muß ich sehen!« rief Hassler. »Wie kann ich mir ein Urteil bilden, wenn ich sie nicht selbst untersuchen kann.«

»Der große Medizinmann! Phil, du hast genausowenig Ahnung wie ich.«

»Vielleicht steht in dem Handbuch ...«

»Nichts steht darin. Ich habe alle Kapitel durchgeblättert. Du lieber Himmel – was ein Arzt alles wissen muß! Als ich ein Kind war, hatten wir einen Arzt, Dr. William Murphy, der heilte alle Krankheiten mit drei Rezepten. Das reichte! Unser Dorf war dafür bekannt, daß es die ältesten Einwohner hatte. Aber heute? Was da in dem Buch steht, kann ein Mensch ja gar nicht auswendig wissen!«

»Ein Arzt kann es.«

»Direkt bei A habe ich etwas gefunden, aber das hilft uns auch nicht weiter.« Sempa holte einen Zettel aus der Hosentasche und strich ihn über den Knien glatt. »Ich hab's mir rausgeschrieben. Ich lese vor: Abasie und Astasie ... die Unfähigkeit zu gehen oder zu stehen, ohne einen objektiven körperlichen Befund ...«

»Das ist es!« schrie Phil. »Ari, das ist es! Eine Abasie!«

Sempa blickte hoch. »Als ob du davon Ahnung hättest. Weiter: Abasie und Astasie sind psychogen bedingt ...« Er klopfte auf den Zettel, als wolle er seine Kniescheibe zertrümmern. »Was kann man mit dem Scheiß anfangen?«

»Das ist die Lösung, Ari!« Phil beugte sich vor. »Mensch, da steht es doch ganz klar und deutlich: psychogen bedingt!«

»Ha?« machte Sempa ungläubig.

»Hast du wenigstens unter *psychogen* nachgelesen, damit du es glaubst?«

»Nein, aber ich werd's gleich tun. Was heißt das also?«

»Seelisch bedingt! Evelyn ist nicht körperlich, sie ist seelisch krank. Es gibt die kompliziertesten Phänomene, bis hin zu schweren Erkrankungen, die allein durch seelische Störungen ausgelöst werden! Ari – ich flehe dich an: Laß mich zu Eve! Ich garantiere dir: Morgen kann sie stehen und laufen!«

»Du Spinner! Nur durch deinen Anblick?!«

»Ja. *Ich* fehle ihr, sonst nichts! Du Riesenrindvieh, du hast das Rezept für Eves Gesundheit auf deinen Knien liegen. Abasie!«

Sempa starrte Phil Hassler forschend an. »Das ist also nicht gefährlich?« fragte er und zerknüllte den Zettel.

»Noch nicht. Es *kann* gefährlich werden. Ein seelischer Schaden, den niemand mehr reparieren kann.«

»Du kannst es! Einmal mit ihr im Bett – und ihre Seele jubelt wieder!« Er schüttelte den Kopf und lehnte sich zurück. »So ein Weib! Kann vor lauter Sehnsucht nicht mehr gehen und stehen! Und so was gibt's! Das ist ja Hysterie!«

»So kann man es auch nennen.«

»Das habe ich gern! Hysterische Weiber! Ich kippe ihr nachher einen Eimer kaltes Wasser über den Kopf, das wird sie munter machen!«

»Ich bringe dich um, Ari!« sagte Phil gefährlich leise.

»Unter den Wasserfall schleppe ich sie!« schrie Sempa. »Und dort bleibt sie, bis sie wieder gehen kann! Diese Abasie treibe ich ihr aus! Mit mir nicht, Baby! Und ich Rindvieh denke, sie ist unheilbar krank.«

»Sie kann es werden, Ari!«

»Bis Sonntag abend nicht mehr, Phil! Dann bin ich auf See, und du kannst mit deiner hysterischen Ziege gehen, stehen und liegen üben bis in alle Ewigkeit!« Er kniff nachdenklich die Augen zusammen. »Solange sie dich also nicht sieht, kann sie nicht laufen. Ist das richtig?«

»Ja!«

»Fabelhaft! Ich stelle ab sofort meine Behandlung ein! Soll sie bis Sonntag im Bett liegen bleiben! Um so weniger stört sie mich beim Umladen. Ihr macht es mir plötzlich einfach, ihr lieben Hysteriker!«

Sie saßen nebeneinander auf dem Kratergrund, umgeben

von Dornbüschen und kleinen Palo-Santo-Bäumen, weitausladenden Opuntien und stark duftenden Cordia-Sträuchern. Noch stärker war der Gestank der halbwilden Ziegen, die in ihrer unmittelbaren Umgebung weideten.

Wortlos tranken sie den Wein aus den Emaillebechern und starrten vor sich hin. Als die Flasche leer war, nahm Sempa sie aus Phils Hand und zerschmetterte sie am nächsten Felsen.

»Scheiße!« brüllte er in einer plötzlichen Aufwallung von Hilflosigkeit. »Scheiße! Scheiße! Wer glaubt das denn mit deiner psychogenen Störung?! Erzähl das den Leguanen hier, sie werden tot umfallen vor Lachen! Eve ist alles andere als hysterisch! Du willst nur mit diesem miesen Trick aus den Fesseln! – Da hat sie nun alles überlebt: Fieber, Infektionen, sogar unsere Operation – und nun kann sie nicht mehr laufen! Es ist keine Abasie oder wie das Zeug heißt. Sie ist echt krank! Glaub mir, Phil – ich habe alles getan, was man tun konnte.«

»Bis auf das hier!« Hassler hob die gefesselten Hände.

»Das ist etwas anderes, Phil. Da geht's um Millionen. Aber auch das ist am Sonntag vorbei; ich verspreche es dir. In zwei Stunden beginne ich mit dem Verladen.«

»Okay!« sagte Phil ruhig. »Ich helfe dir.«

Es war ein Glück, daß Sempa nicht mehr an der Weinflasche hing; er hätte sonst einen Schluckkrampf bekommen. So konnte er Hassler nur anstarren. Sein großer Mund klappte auf wie ein Fischmaul.

»*Was* willst du?« fragte Sempa. »Höre ich richtig? Da *ist* doch bestimmt wieder ein gemeiner Trick dabei! Erst seelische Störungen – und jetzt diesen Salto rückwärts?!«

»Ich schlage dir ein Geschäft vor, Ari: Du kannst deinen verdammten Inkaschatz mitnehmen. Aber du nimmst auch Evelyn und mich mit!«

»Das will ich doch die ganze Zeit, du Vollidiot!«

»Du fährst uns nach Santa Cruz, zur Darwin-Forschungs-Gesellschaft. Dort *ist* ein Arzt, der Evelyn vielleicht helfen kann …

»Aha! Aha!« schrie Sempa. »Du glaubst also auch nicht, daß es bloße Hysterie ist! Jetzt hab' ich dich mit deinen Tricks! Aber daraus wird nichts! Genausogut könnte ich das Kanonenboot mit Don Fernando rufen. Der hat bestimmt einen Marinearzt an Bord.«

»Das wäre auch eine Möglichkeit.«

»Und meinen Schatz wär' ich los!« Sempa tippte sich an die Stirn.

»Das ist natürlich ein Risiko – sofern sie ihn bei dir an Bord finden.«

»Du wirst ihnen unter Garantie einen Wink geben, du Halunke!«

»Nicht, wenn ich Evelyn damit retten kann.«

Sempa schüttelte den Kopf. »So geht es nicht, Phil! Mich legst du mit schönen, klugen Worten nicht mehr aufs Kreuz. Ich lade nachher gleich ein und bin am Sonntag auf hoher See! Genau, wie ihr wollt: Ich lasse euch zwei in eurem höllischen Paradies für immer zurück. Sicherlich wird Don Fernando wieder einmal vorbeischauen, auch wenn du nicht funkst. Kann Eve dann immer noch nicht laufen, wird man sie sofort zu einem guten Arzt bringen.«

»Du gibst Evelyn also auf? Du läßt sie fallen für deine verdammten Inka-Millionen?!«

»Evelyn lebt. Das ist die Hauptsache! Und wer hat ihr das Leben gerettet? Ich! Ist das nicht genug?«

»Du bekommst eine Million Dollar, solltest du tatsächlich mit deiner Goldladung in Santa Cruz oder bei Don Fernando auffallen.«

»Von wem?«

»Von mir. Das Geld liegt auf einer Schweizer Bank. Es ist ein Teilbetrag vom Verkauf meiner Fabriken in Deutschland. Außerdem engagiere ich für dich die besten Anwälte, die dich aus einem Prozeß herauspauken werden.«

»Und wieviel Millionen liegen hier herum?« fragte Sempa dumpf. »Hundert, nicht wahr?«

»Ari –«

»Ich soll also auf neunundneunzig Millionen Dollar verzichten und auch noch einen Prozeß durchmachen mit Untersuchungshaft und allem Bimbambum? Aus lauter Gutherzigkeit und Menschenfreundlichkeit?«

»Evelyn braucht einen Arzt!« schrie Phil.

»Wenn irgend etwas in ihr zerstört ist, braucht sie auch keinen Arzt mehr!« sagte Sempa heiser. Das Gespräch hatte ihn sehr mitgenommen. Verdammt, man hat doch eine Seele, dachte er. »Phil – sie lebt, und du hast sie ab Sonntag abend auf immer für dich allein! Mehr kann ich dir nicht zurücklassen.«

Er stand auf, schleifte Hassler in die Höhle zurück, band ihn wieder an der vulkangeheizten Rückwand fest und kontrollierte nochmals seine Fesseln.

»Bis zum Mittagessen, Phil! Ich schleppe jetzt meine Inkagötter auf das Schiff.«

7

Haben Sie schon einmal einen Schrei gehört, gegen den der unvergeßlich grausige Todesschrei eines Pferdes wie Gelächter klingt?

Nur Sempa war zu einem solchen Ausbruch fähig.

Er war zu den sieben Palmen zurückgekehrt, und wie jeden Morgen, wenn er von Phils Frühstück kam, hob er die rechte Hand an die Stirn und grüßte seine goldene Armee mit: »Morgen, Männer!« Er wartete, bis in seinem Inneren die Antwort des Heeres verklungen war – »Guten Morgen, Herr Präsident!« –, dann wandte er sich ab und trat an den Abhang. Vom hohen Felsen blickte er hinunter in die Bucht, um sich am Anblick der weißen schlanken Schönheit seiner Yacht zu erfreuen, des Schiffes, das ihn, um hundert Millionen Dollar reicher, in ein herrliches freies Leben tragen sollte.

Jeden Morgen exerzierte er das gleiche Zeremoniell durch. Auch heute dehnte er sich wohlig, bot der Sonne seine breite, behaarte Brust dar, trat an den Abhang, blickte hinunter in die Bucht, breitete die Arme aus – und erstarrte.

Von seiner schönen weißen Yacht ragte nur noch der obere offene Steuerstand aus dem Wasser. Alles andere war im Meer versunken, hatte sich in den sandigen, mit nadelspitzen Felszacken gespickten Grund der Bucht gebohrt. Luftblasen und Strudel gurgelten noch um das Oberdeck, dessen Dach man deutlich unter der klaren Wasseroberfläche erkannte. Kein Zweifel: Vor wenigen Minuten erst war das Schiff gesunken.

Das war der Augenblick, in dem Sempa diesen Schrei ausstieß – einen Schrei, wie ihn wohl noch kein Mensch gehört haben mochte. Unten am Strand stand Evelyn, nackt, eben erst aus dem Wasser gestiegen: ein in der Sonne glitzernder Körper, an dem die Nässe abperlte, als rollten aus seinen Poren winzige funkelnde Edelsteine.

Als der fürchterliche Schrei ertönte, wandte sie sich um und blickte hinauf zu den sieben Palmen. Mit beiden Armen winkte sie in ausgelassener Fröhlichkeit, zeigte lachend auf das versunkene Schiff und begann sich im Kreis zu drehen und mit zierlichen Schritten über den aufstaubenden Ufersand zu tanzen.

Sempa taumelte, lehnte sich an einen Palmenstamm und starrte auf sie hinunter. In seinem Kopf regierte das Chaos. Das Blut rauschte so stark in seinen Schläfen, daß er kein Windgeräusch mehr wahrnahm, kein Kreischen der Möven, nicht den Flügelschlag des Albatrosschwarms, der gerade über ihn hinwegstrich. Er fühlte sich plötzlich so heiß, als brate er in einer Pfanne. Eine unbändige Lust, um sich zu schlagen, alles um sich herum zu vernichten, überwältigte ihn.

Er brüllte noch einmal auf – dann kletterte er den von Phil und ihm mühsam in den Lavarücken geschlagenen Treppenweg hinab zur Bucht. Der wurde sonst kaum benutzt, weil er zu steil und, als Folge der Luftfeuchtigkeit, zu glatt war. Sie hatten mit der Anlage dieses Weges viel Arbeitskraft vergeudet, was sie sich beide nach Beendigung des Werkes hatten eingestehen müssen. Aber in diesem Augenblick war für Sempa nichts zu steil und zu glatt; mit unglaublicher Schnelligkeit kletterte er die Felswand hinunter und sprang wie ein riesiges Tier in den Sand. Mit ausgebreiteten Armen rannte er zum Meer, warf sich ins Wasser, watete zu seinem vernichteten Schiff, schwamm das letzte Stück und zog sich hoch am Aufbau des oberen Steuerstandes. Er setzte sich hinter das nach Backbord abgesenkte Steuerrad und umklammerte es. Er meinte ein seltsames Knacken in seinem Hirn zu spüren, und die wahnwitzige Lust, alles zu zerstören, überspülte ihn wie eine heiße Woge.

Mit einem wolfsähnlichen Geheul riß er das Steuerrad aus der Halterung und warf es über Bord. Er lehnte sich gegen die Wand des Ruderstandes und zerhieb mit drei gewaltigen Faustschlägen den Polstersitz, das Amaturenbrett, die Schaltungen, die elektrischen Anlagen. Glas zerschnitt seine Fäuste, aus mehreren Wunden rann das Blut über seine Arme – er spürte nichts, er war durch das Knacken in seinem Hirn gegen den Schmerz unempfindlich geworden. Er wußte kaum noch, wo er sich befand, er lebte nur noch in einer Welt von Wasser, die sein Schiff umgurgelte, in einem unendlichen Raum voll zertrümmerter Instrumente, herausgerissener Drähte, in einem aufgeplatzten Leib, aus dem die Innereien hervorquollen und ihn wie widerliche Krakenarme umschlangen.

Endlich hockte er eine Weile bewegungslos im zerfetzten Steuerstand, stürzte sich dann rücklings ins Wasser und schwamm und watete zum Ufer. Der Weg bis zur Bucht ernüchterte ihn etwas. Evelyn hatte sich unterdessen angezogen – in ihren alten Jeans und einem Hemd von Phil saß sie oben vor der Höhle hinter dem Tisch und wartete auf Sempa.

Vergeblich hatte sie nach Waffen gesucht, aber Sempa hatte alles, was Phil und sie versteckt hatten, gefunden und seinerseits wieder so gut versteckt, daß ihr keine Zeit blieb zu suchen. So blieben ihr nur das lange Küchenmesser, eine

Axt und ein dicker, knorriger Knüppel zur Verteidigung, falls Sempa angreifen würde. Ein armseliges Werkzeug gegen die bullige Kraft eines Mannes, dessen Hirn langsam vom Wahnsinn paralysiert wurde.

Den dicken Kopf zwischen die breiten Schultern eingezogen, keuchend, mit rotunterlaufenen Augen, die Hände, aus deren Schnittwunden noch immer das Blut sickerte, hin und her schlenkernd – so kam er auf Evelyn zu. Drei Schritte vor ihr blieb er stehen. Er sah fürchterlich aus: ein Berg aus Muskeln und Knochen mit einem aufgerissenen Maul und riesigen Glotzaugen.

Sie hatte das lange Küchenmesser in beide Hände genommen und streckte es ihm stoßbereit entgegen. Ich habe Angst, dachte sie. Mein Gott, ich könnte vor Angst ohnmächtig umfallen! Aber er darf es nicht merken. Ich muß ihm zeigen, wie stark ich bin! Wie mutig! Wie unbeeindruckt von seinem Vernichtungswillen! Und: Er hat Phil in seiner Gewalt. Bis heute morgen war er immer der Stärkere! Jetzt aber hat er kein Schiff mehr! Sein Riesengoldschatz, der Inhalt seines Denkens und Tuns, ist weniger wert als eine Zitrone. Ari Sempa, du bist eine große Null geworden! Eine riesige Null! Nichts bleibt dir mehr, als auf den »Sieben Palmen« mit uns zu leben.

Du kannst mit deinen goldenen Götterfiguren auch weiterhin kegeln und verlieren und gewinnen und die edelsteinbesetzten Schüsseln, Krüge und Becher nach Herzenslust hin und her schieben. Du kannst deine goldene Armee aufmarschieren und exerzieren lassen. Und du kannst deine schimmernde Inkaprinzessin,wann immer du willst, in dein Bett legen und beschlafen. Nur wenn Don Fernando mit dem Kanonenboot wieder einmal kommen sollte, mußt du dich im Inneren der Insel verstecken. Bis an dein Lebensende bleibst du nun ein Bewohner von »Sieben Palmen«, du armer Millionär, wie all die Leguane und Drusenköpfe, die Tölpel und die Robben ...

Ari Sempa, ab heute ist dein Leben bis zum Ende vorgezeichnet, jeder Tag, jede Stunde. Es gibt kein Zurück mehr in eine normale menschliche Existenz.

»Bevor du fragst –«, sagte sie mit einer so festen und klaren Stimme, daß sie selbst erstaunt diesem Klang nachlauschte. »Ja! Ich habe es getan! Ich habe dein Schiff versenkt. Alle Schotten auf, vier Löcher in den Boden der Stauräume geschlagen – das war eine schwere Arbeit, diese Kunststoffschale ist härter als Stahl. Aber dann sprudelte das Wasser doch durch die Spalten. Vorher aber habe ich das Schiff noch näher an die Felsen gefahren, damit der ganze hintere Rumpf sich auf die Riffe spießt! Da kann man nichts mehr reparieren, Ari! Dein Schiff ist nur noch Schrott!«

»Du – du kannst plötzlich laufen?!« sagte er dumpf, als habe er das Urteil, das sie über ihn gefällt hatte, noch gar nicht begriffen.

»Ich kann sogar tanzen! Hast du's nicht gesehen?«

»Du kannst gehen und stehen ... Und diese Lähmung? Diese Schwäche?«

»Ich brauchte Zeit. Zeit und die nötige Kraft. Die habe ich jetzt! Und ich habe gewartet auf den günstigsten Augenblick.«

»Alles – war nur gespielt?!«

»Ja. Schon am dritten Tag bin ich herumgelaufen, während du draußen gearbeitet hast.«

»Baby, ich glaube, du weißt gar nicht, was du angestellt hast.« Sempa wischte sich über das meernasse Gesicht, so daß das Blut, das aus den vielen Schnittwunden sickerte, es noch viel schrecklicher erscheinen ließ. »Am Sonntag wäret ihr wieder allein gewesen. Dann hättet ihr endlich euer verdammtes Paradies für euch allein gehabt! Kein Sempa mehr, keine Yuma, keine Götter und Soldaten – nur himmlischer Frieden. In einer Stunde wollte ich mit dem Beladen des Schiffes beginnen.«

»Dann fang an!« sagte Evelyn kalt. »Die Yacht gibt es nicht mehr. Aber du kannst noch etwas tun: Schwimm rüber zur Küste! Ein Untier wie du muß das doch schaffen können! Einen Goldhelm auf dem Kopf, die Figuren auf den Rücken geschnallt. Jede Edelsteinkette um den Hals! Die goldenen Töpfe wie einen Gürtel um den Leib gebunden. Und so ein paarmal hin und zurück: ein Fährdienst für den Inkaschatz. Küste – Insel, Insel – Küste. Los, versuch es! Schwimm rüber!«

»Ich – ich habe dir das Leben gerettet!«

»Du hast mir Phil weggenommen! Als Geisel! Was nützt er dir jetzt? Was bedeutet dein Gold ohne dein Schiff? Ari, gib Phil heraus! Sag, wo du ihn versteckt hast.«

»Ich bringe dich um, du verdammtes Frauenzimmer. Mit diesen Händen bringe ich dich um ...«, stammelte er.

»Und Phil auch?«

»Ihn auch!« brüllte Sempa. »Ihn zuerst! Vor deinen Augen! Jede Sekunde seines Sterbens sollst du erleben!«

Sie nickte. »Dann bist du ganz allein auf der Insel«, sagte sie mit eisiger Stimme. »Ob drüben auf dem Festland oder hier: Das Urteil über dich wird immer das gleiche sein: lebenslänglich! An Land hängen sie dich vielleicht sogar auf, auch wenn du ihnen glaubwürdig erzählen könntest, wir seien an einer Krankheit gestorben. Aber niemals kannst du beweisen, daß du damals den englischen Forscher mit den Inkaplänen nicht umgebracht hast. Du hast den Schatz – du bist der Mörder.«

»Es war Gilberto!« schrie Sempa. »Du weißt es!«

»Beweise! Gilberto liegt dort drüben neben James unter einem Kreuz. Und ich? Ich bin doch auch nicht mehr da.

Der große Sempa hat doch alles vernichtet!« Sie streckte ihm mit einer geradezu rührend wirkenden Drohgebärde das lange Küchenmesser entgegen. »Wo ist Phil?!«

»Du wirst ihn nie wiedersehen! Ich hab' mir's überlegt. Irgendwo wird er verschimmeln! Aber mit mir wirst du zusammenleben müssen ... ha, wird das eine Hölle sein!« Sempa drehte sich zum Meer. Der Anblick seines gesunkenen Schiffes, des von der aufkommenden Morgenluft umspülten, aus dem Wasser ragenden, zerfetzten Steuerstands, trieb ihm Tränen in die Augen. Er weinte, er schluchzte laut. Es wäre für Evelyn leicht gewesen, ihm jetzt die Klinge mit beiden Händen und aller Kraft von hinten ins Herz zu stoßen.

Bei allem Haß, bci aller Verzweiflung, bei aller Angst, auch angesichts dessen, was nun noch auf sie zukommen würde – es war Evelyn unmöglich, einen Menschen zu töten.

»Mein Schiff ...«, jammerte Sempa mit von Tränen erstickter Stimme. »Mein schönes Schiff. Meine Zukunft!«

»Wo ist Phil?!« schrie Evelyn.

Er zuckte mit den Schultern, ging schleppenden Schrittes hinüber zu den sieben Palmen, setzte sich zwischen seine goldenen Götterfiguren, zog Yuma zwischen seine gespreizten Beine und ließ keinen Blick von dem Steuerstand. Die ersten größeren Flutwellen klatschten jetzt über ihn und begruben ihn unter weißlichem Schaum.

Auf den Klippen sitzt mein schönes Schiff, dachte Sempa und schluchzte wieder. Der ganze Boden ist aufgerissen. Hundert Millionen Dollar hat man in der Hand – und muß doch so primitiv hausen wie am Anfang der Welt. Und das verdammte Weib hat auch noch recht! Selbst wenn ich Don Fernando um Hilfe riefe: »Holt mich ab! Ich will zurück ins Leben! Ihr könnt alles Gold, alle Edelsteine haben ... Ich will nichts als zurück nach Amerika und von vorn anfangen – mit vierzig kann man das noch!« – selbst wenn sie kämen und mich abholten – mit meinem Schatz oder ohne ihn: Drüben an Land hängen sie mich auf!

Fast eine Stunde saßen sie stumm herum. Evelyn an dem roh gezimmerten Tisch, das lange Küchenmesser griffbereit vor sich, Sempa zwischen seinen goldenen Götterfiguren, Yuma ab und zu streichelnd, aufs Meer starrend und sich nach einiger Zeit wie ein Kind wundernd.

Um ihn herum veränderte sich die Welt langsam zu einer märchenhaften Landschaft.

Die goldenen Figuren, zwischen denen er saß, füllten sich in seinen Augen mit wirklichem Leben. Die Sonnenreflexe auf den metallenen Häuten wirkten wie Bewegungen. Licht und Schatten wechselten in einem lebendigen Rhythmus. Die toten, meist aus Saphiren bestehenden Augen blickten ausdrucksvoll.

Die Welt der Inkas erstand neu.

Sempa atmete röchelnd auf und nickte mehrmals.

»Meine Herren Minister«, sagte er mit seltsam hohler Stimme, »Sie haben vollkommen recht. Als König bin ich verpflichtet, ein Urteil zu fällen. Wir werden es mit der Würde tun, die unser Volk und vor allem die Götter von uns erwarten. Ich rufe Sie in zwei Stunden wieder zur Beratung zusammen.«

Er stemmte sich zwischen den Figuren hoch, küßte Yuma auf den Mund und trottete aus dem Kreis der sieben Palmen heraus zu Evelyn zurück. Als sie seine Augen sah, wußte sie: Wenn man Wahnsinn wie eine Fahne vor sich hertragen kann – Sempa tat es jetzt! Er blieb vor Evelyn stehen und hob die blutverschmierte rechte Hand.

»In zwei Stunden ist Gericht!« sagte er mit wahrhaft königlicher Würde.

»Wo ist Phil?!« schrie Evelyn ihn an.

»Er wird erscheinen, um sein Urteil in Empfang zu nehmen.« Sempa machte eine weite, wie alles umgreifende Armbewegung. »Das ganze Volk wird das Urteil sprechen. Es fiebert nach Gerechtigkeit.«

Sie sprang auf und hämmerte mit ihren kleinen Fäusten auf den Tisch. »Ari!« schrie sie hell. »Ari! Hör mich an! Hör mir genau zu! Du bist Ari Sempa! Du bist kein Inka-Herrscher – *du bist Ari Sempa*!«

»Wir werden auch dich der Sonne opfern müssen, schönes Mädchen«, sagte Sempa tonlos. »Wie kannst du Topas Madzu widersprechen …«

Ein kalter Schauer rann Evelyn über den Rücken. Vor ein paar Tagen war es gewesen: Sempa und Phil hatten hier am Tisch gesessen und aus purem Gold getriebene Teller begutachtet, in die Szenenbilder aus dem Leben eines Inkakönigs gehämmert waren. Phantastische Darstellungen voller Prunk und Erhabenheit. Überall aber kehrte ein Motiv wieder: die völlige Unterwerfung des Menschen unter den Willen des Gottkönigs. Demütig lag das Volk vor ihm im Staub. Um den Inka-Herrscher herum standen nur die Priester, mit goldenen Opferschalen in ihren Händen.

»Einer dieser Könige soll Topas Madzu geheißen haben«, hatte Phil zu Sempa gesagt. »Ich weiß es nicht mehr genau – aber so ähnlich klang es. Vor langer Zeit habe ich das mal gelesen. Während seines Königtums soll dieser Topas Madzu über hunderttausend Sklaven beim Bau seiner Felsenfestungen verbraucht haben. Für zwei Jahre kam danach eine Trockenperiode über das Inkareich. Kaum ein Tropfen Regen. Hekatomben von Opfern hat man gebracht, um die zürnenden Götter zu versöhnen. Und zum ersten Mal in der Geschichte der Inkas auch Menschenopfer! Aber nur unter der Herrschaft dieses sagenhaften Topas Madzu.«

Und Sempa hatte, auf den Teller mit der grausamen Darstellung starrend, geantwortet: »Hat man so etwas schon mal im Bild gesehen?«

»Meines Wissens nicht. Wir sind die ersten und die einzigen, die aus dieser Zeit ein Bilddokument haben. Bisher war alles nur Vermutung.«

»Dann sind diese Teller hier Millionen wert, was?«

»Für die Forschung unbezahlbar!«

Topas Madzu.

Der erste und letzte Inka-König, der den Göttern Menschen opferte.

An dieses Gespräch erinnerte sich Evelyn, während sie Sempa anstarrte. Seine Augen glänzten unnatürlich; er betrachtete zum ersten Mal eingehend seine aufgeschnittenen Hände und schien sich am Anblick des Blutes zu berauschen.

»Gericht!« sagte er dumpf. »Ihr seid in mein Reich eingedrungen, um es durch Schweigen zu vernichten! Ihr werdet das Schweigen lernen.«

Hoheitsvoll nickte er Evelyn zu und wollte gehen. Da sprang sie vor, stellte sich ihm mutig in den Weg und schrie ihn wieder an: »Du bist Ari Sempa! Hörst du?! *Sempa!*« Aber er stieß sie zur Seite, sie stolperte, prallte mit dem Kopf gegen einen Felsvorsprung und verlor die Besinnung.

Mit hocherhobenem Haupt ging Sempa weiter. Diesmal hob er Evelyn nicht auf, trug sie nicht in die Höhle zurück. Als er an den sieben Palmen und den goldenen Götterfiguren vorbeikam, grüßte er hoheitsvoll, lächelte nach allen Seiten und winkte, als bilde sein Volk Spalier und jubele ihm zu. Ein paarmal blieb er stehen, hob dankbar und wie segnend die rechte Hand über sein Reich und schritt danach mit großer Würde weiter bis zum Kraterrand. Dort kehrte er um, kam zurück und betrachtete mit blanken, irren Augen den unermeßlichen Schatz auf dem Felsboden.

Sein Schatz!

Der ganze Reichtum des vom Geheimnis umwitterten Königs Topas Madzu.

Eine Stunde später erschien Sempa wieder in der Höhle bei Hassler.

Phil erschrak. Er erkannte Ari nicht sofort. Was da hereinwehte, sah aus wie ein Riesenvogel – bizarre Gestalt aus einer anderen Welt. Erst, als Sempa ihm die Fußfesseln abgenommen, die Schlinge um seinen Hals gelegt und ihn wie einen Tanzbären am langen Strick aus der Höhle gezogen hatte, fragte er: »Ari, bist du verrückt geworden?!«

Im vollen Sonnenlicht sah er es jetzt deutlich. Sempa trug das Königsgewand der Inkas: den weiten Federmantel mit goldenen Ketten, den hohen, aus Gold, Edelsteinen und besonders wertvollen Federn gestalteten Kopfputz, der schnabelartig bis weit über die Stirn ragte und das Gesicht in einen Vogelkopf verwandelte. Sempas breite Brust war, einer Rüstung gleich, mit gehämmerten, massiven Goldplatten bedeckt, die mit Schnüren aus gegerbter Menschenhaut zusammengehalten wurden. Die zierlichen Schuhe des Inkakönigs hatten Sempa natürlich nicht gepaßt; also ging er barfuß, hatte aber unter seine großen Füße flache Goldteller geschnallt und sie mit Riemen aus Menschenhaut umwickelt. Bei jedem Schritt über den felsigen Boden zerschnitt ein heller metallischer Klang die Luft, rasselten die Ketten, schlugen die Goldplatten des Brustpanzers gegeneinander. Ein lächerlich-schauerlicher Anblick, über den auch Phil gelächelt hätte – aber in Sempas Augen funkelte der Irrsinn und zwang Phil zu äußerster Vorsicht und lauerndem Abwarten.

»Was siehst du hier?« fragte Sempa und hielt Phil seine rechte Hand hin. Am kleinen Finger blitzte ein breiter goldener Ring. Eine viereckige Platte aus geschliffenem Amethyst mit dem aus Gold eingelegten Symbol der Sonne bildete den oberen Teil des Schmuckes. Dann folgten in Form einer winzigen Stufenpyramide noch mehrere Goldscheiben, jede an der Seite mit kleinen Edelsteinen besetzt. Die Basis, dort, wo der Fingerreif begann, bildete wieder eine leicht gebogene Goldplatte. Es sah aus, als stehe die kleine Pyramide auf der Kuppe eines Berges, nur für die Götter der Sonne und der Winde erreichbar.

Phil starrte auf den Ring und mußte mehrmals schlucken. So gefährlich seine Situation durch Sempas offen ausgebrochenen Wahnsinn geworden war – der Faszination, die von diesem Schmuckstück ausging, konnte er sich nicht entziehen. Eines der geheimnisvollsten Kunstwerke dieser Welt, seit Jahrhunderten gesucht, war ans Licht gekommen: der sagenhafte Königsring der Inkas.

»Was ist das?« fragte Sempa und zog an der Schlinge, die er Phil um den Hals geschlungen hatte.

»Der Ring der Könige ...«, sagte Phil.

»Wer darf ihn tragen?«

»Der König allein.«

»Wer bin ich also?!«

»Ein Idiot!« Phil griff an die Schlinge und zerrte daran. »Mensch, Ari, streif sofort den Ring ab! Zieh ihn ganz vorsichtig vom Finger! Faß nicht die obere Platte an! Dreh sie nur nicht zur Seite!«

»Ich bin der König!« brüllte Sempa. Er schlug den Mantel aus Goldgewirk und Federn um sich und riß an der Leine. Phil mußte vorwärts stolpern, um nicht erdrosselt zu werden. »Das Volk wartet! Der untergehenden Sonne werde ich das Herz der Sklavin opfern!«

Durch Phil rann ein eiskalter Strom. »Was hast du mit Eve gemacht?« stotterte er. Er zerrte an seinen Handfesseln, obgleich er wußte, daß es vergeblich war. Ihm blieben nur noch Worte. Ich muß mit ihm reden, dachte Phil, reden, immer nur reden. Ich muß mich in seinen Irrsinn hineinreden, bis er mich versteht.

Er lief schneller, erreichte den vorauseilenden Sempa und blieb an dessen Seite. Glotzäugig sah ihn Sempa an und zog die Leine fester.

»Ari! Was ist mit Eve los?! Hörst du mich? Eve! Eve! Geht es ihr schlechter?« Phil hob die gefesselten Hände und stieß sie Sempa in die Seite. »Ari! Denk an Eve!«

»Ich bin der König!« grölte Sempa. »Ich bin der König! Ich bin Topas Madzu! Das Volk wartet auf uns! Und meine Königin. Mein herrliches Püppchen Yuma!« Er blieb stehen. Seine Hände packten Phils Kopf wie ein Schraubstock und drehten sein Gesicht zur Sonne. »Der Gott des Lichtes erwartet dich! Warum machst du die Augen zu?« Das grelle Sonnenlicht war für Phil unerträglich. »Die Augen auf!« schrie Sempa und lachte. »Hast du Angst, blind zu werden? Du hast Angst vor den Göttern, du feiger Hund?!«

Er stieß Phil vorwärts. Sie erreichten das Felsplateau. Im gleichen Augenblick hörten sie Evelyns Aufschrei.

»Phil!«

»Eve!«

Hassler wandte sich jäh um. Er sah Evelyn vor der Wohnhöhle stehen. Sie riß das lange Küchenmesser vom Tisch und eilte auf ihn zu.

Sie kann laufen, dachte er mit einem unbeschreiblichen Glücksgefühl. Sie kann sogar rennen! Er wehrte sich nicht, als Sempa ihn an eine der sieben Palmen drückte. Sie ist nicht gelähmt, dachte er nur. Sempa hat mich belogen. Ich habe ihm alles geglaubt; auf all seine Forderungen wäre ich eingegangen, um Eve zu retten. Und nun lebt sie, kann laufen, stürzt mit einem Messer auf uns zu. Sie hat Kraft und Mut, sie ist gesund, o mein Gott … mein Gott …

»Phil!« hörte er sie schreien. »Phil! Nimm dich in acht! Er ist wahnsinnig geworden! Lauf weg! Lauf weg!«

Sie sah nicht die Schlinge um Hasslers Hals. Nur ein kurzer Ruck würde genügen, um ihn zu erwürgen.

»Wie sie hüpfen kann!« grölte Sempa. »Wie gesund ihr Herzchen ist!«

»Ich bin zu allem bereit, Ari!« sagte Hassler laut. »Nimm dein Gold und hau ab mit deinem Schiff!«

Sempa grunzte, stieß Phil hart gegen den Baum und begann, ihn an den Stamm zu binden.

»Welches Schiff?« fragte er tonlos. »Gibt es hier ein Schiff? Siehst du ein Schiff?«

Phil riß den Kopf herum und blickte hinunter in die Bucht. Die Flut war jetzt voll hineingekommen; das offene Steuerdeck, das einzige, was vom Schiff noch zu sehen war, wurde von den schäumenden Wellen überspült.

»Das … das darf nicht wahr sein …«, sagte Phil leise. »Wie ist das passiert?!«

»Darüber werden der König und sein Volk ein Urteil sprechen«, antwortete Sempa stolz. »Wenn erst der Strahl der Sonne auf eure Herzen fällt …«

»Zurück!« brüllte Phil. Er sah, wie Evelyn sich im vollen Lauf den sieben Palmen näherte, die »Kegelbahn« hinunter, das lange Messer vorgestreckt. Ein mutiges Vögelchen, das sich auf einen Drachen stürzt. »Zurück, Eve! Versteck dich! Weg! Weg!«

Gleichzeitig ließ er, in seiner Verzweiflung, beide Knie hochschnellen und traf Sempa, der dicht vor ihm stand und ihn an die Palme band, mit größter Wucht dorthin, wo ein Mann – und sei er noch so stark – höllisch empfindlich ist.

Sempa brüllte tierisch auf, drehte sich um die Achse und

lehnte sich, nach vorn gekrümmt, beide Hände auf den Unterleib drückend, gegen eine Palme. Der königliche Federmantel schlug über ihm zusammen, die Goldplatten vor seiner Brust rasselten, und als er vor Schmerzen aufstampfte, schepperten die goldenen Teller unter seinen Fußsohlen.

Ein Bild des Wahnsinns.

Evelyn blieb ein paar Meter vor den sieben Palmen stehen und beobachtete Sempas weitere Reaktionen.

»Komm nicht näher!« rief Phil ihr zu.

»Ich bin schneller als er.« Sie breitete die Arme aus. »O Phil, Phil ... ich bin so glücklich, daß du lebst!«

»Das Schiff, Eve! Was ist mit dem Schiff passiert?!«

»Ich habe es versenkt, Liebling.«

»Das war ein Fehler!«

»Wer konnte das ahnen, Phil?! Er hat gesagt, er wolle dich verschimmeln lassen. Da habe ich es getan! Er sollte mit uns zugrunde gehen!«

Sempa hatte den ersten Schmerz überwunden. Er lehnte jetzt aufrecht an dem Palmenstamm, preßte beide Hände aber noch immer gegen den Unterleib. Aus seinen Mundwinkeln rann Speichel, die hervorquellenden Augen schwammen in Tränen. Dann begann er langsam, schwankend, wie ein Blinder zwischen den sieben Palmen herumzutappen, kreuz und quer durch seine goldene Armee und die neun göttlichen Kegelfiguren. Die goldenen Platten, Ketten, Gewebe und Fußteller klingelten bei jedem Schritt. Er umkreiste Yuma, stützte sich schwer auf ihr Haupt, starrte Evelyn stumm an und kehrte dann zu Phil zurück.

Hassler hatte in diesen Minuten versucht, die Umschnürung zu lockern, aber Sempa hatte bereits zu viele Stricke um seinen Leib gebunden. Es war unmöglich, sich in so kurzer Zeit herauszuwickeln.

»Ich mache dir einen Vorschlag, Ari!« sagte Phil, als Sempa sich wieder um die Fesseln kümmerte. »Laß uns alles vernünftig durchsprechen.«

»Ich bin der König aller Könige!« grunzte Sempa. Der Schmerz in seinem Unterleib wich einem tauben Gefühl. Dazu überfiel ihn der unbändige Drang, eine Frau zu besitzen. »Du wagst es, mich noch anzusprechen?« Er hob die rechte Hand und hielt Phil den wundervollen Ring unter die Augen. »Wer ihn trägt, ist der Herr der Welt! Und wer trägt ihn?! *Ich!* Der Herr der Welt!«

»Wirf den Ring sofort weg, Ari!« sagte Phil eindringlich.

Auch Evelyn hörte es. Mit vorsichtigen Schritten kam sie etwas näher.

»Was ist mit dem Ring?«

»Ich versuche die ganze Zeit, es ihm zu erklären, aber er läßt mich nicht ausreden! Dieser Götterring ist hohl! In dem Hohlraum der kleinen Goldpyramide steckt ein goldener Dorn, der mit der oberen Platte verbunden ist. Ein vergifteter Dorn! Drehst du die obere Platte um die eigene Achse, dann senkt sich der Dorn durch ein kleines Loch im Boden des Ringes und sticht dich in den Finger. Das ist tödlich wie der giftigste Schlangenbiß!«

Er stieß mit dem Kopf gegen eine der goldenen Brustplatten Sempas und erhielt dafür eine schallende Ohrfeige. Sempas Augen hatten keinen menschlichen Blick mehr, sie schienen durch Phil hindurch zu starren, als sei er aus Glas. Sie sahen andere Menschen, andere Landschaften, andere Tiere. Sie sahen ein Meer, das wie geschmolzenes Gold schimmerte.

Gold! Gold! Überall Gold! Die ganze Welt aus Gold! Meer, Felsen, Menschen, Himmel, Bäume, Tiere ... alles Gold!

»Wirf den Ring weg, Ari«, keuchte Phil.

»Hör nicht auf ihn, König aller Könige!« rief Evelyn mit

heller Stimme. Sempa fuhr herum und breitete weit die Arme aus. König aller Könige – sie sagte es! Sein Federkleid leuchtete in der Sonne ein Rausch aus Farben und Gold.

»Eve! Was soll das?!« schrie Phil entsetzt.

»Nimm den Ring und dreh die obere Platte, o großer Topas Madzu!« sagte Evelyn kalt.

»Eve! Er ist doch wahnsinnig! Er ist ein kranker Mensch! Er weiß doch nicht mehr, was er tut!«

»Er weiß genau, daß er dich umbringen will!«

»Ich werde mit ihm reden. Nur mit Reden kann man ihn noch festhalten. Ich werde so lange reden, bis er mich begreift ...«

»Der andere Weg ist mir sicherer.« Sie ging langsam zurück, weil Sempa sich ihr bereits näherte, begierig, sie endlich besitzen zu dürfen. Mit schmeichelnder Stimme sagte sie: »Großer König, heb den Ring der Sonne entgegen und drehe an der oberen Platte. Alle Götter werden dich lieben. Der Himmel wird sich dir öffnen ...«

»Eve!« schrie Phil. »Das kannst du nicht tun! Ari, hör nicht auf sie! Wirf den Ring ins Meer!«

Verzückt hob Sempa die rechte Hand und betrachtete den herrlichen Ring. Der Tod im glitzernden Gewand. Dann schwenkte er die Hand hin und her, als dirigiere er eine wundersame, nur für ihn hörbare Musik. Stolz spazierte er zwischen seinen goldenen Götterfiguren herum, blieb am Rand des Felsens stehen, breitete weit die Arme aus, als wolle er Himmel und Meer umfangen, und streckte dann wieder die Hand mit dem blitzenden Ring der Sonne entgegen.

Der Wind blähte den bunten Federmantel auf. Wie ein riesiger Sagenvogel, schwerelos, schien Sempa über das Land zu fliegen ...

»Dreh die Platte!« rief Evelyn. »Nur wenn du die Platte auf dem Ring drehst, bist du der König aller Könige!«

Bei Sempa war ein Stadium des Wahnsinns erreicht, in dem er auf Worte nicht mehr reagierte; sie flogen wie Windstöße an ihm vorbei. Ob Evelyn ihn aufforderte, den Todesring zu drehen, oder ob Phil, an seiner Palme festgebunden, ihn laut daran hindern wollte ... ohne ein Zeichen des Verstehens stolzierte er in seinem herrlichen Königsmantel, die Krone aus Federn, Gold und Edelsteinen auf dem dicken Kopf, die goldenen Teller als Schuhe an den riesigen Füßen, vor der Brust die schweren, massiven Goldplatten, hoheitsvoll herum, grüßte nach allen Seiten, als jubele das Volk ihm zu, und schien Dinge zu sehen und zu hören, die ihn zutiefst beglückten.

Was Phil verwunderte, war das radikal schnelle Fortschreiten des Wahnsinns, diese völlige Verwandlung eines Menschen von Minute zu Minute, der erschreckende Zerfall des Geistes und das rasante Aufblühen eines illusionären Irrsinns. Was da mit Ari Sempa geschah, was sich in vielen kurzen, prägnanten Phasen steigerte, war der seelische und geistige Zerfall eines Menschen, wie er so deutlich, und vor allem in dieser Geschwindigkeit noch selten beobachtet wurde.

Evelyn schwieg, als Sempa begann, zwischen seinen goldenen Figuren herumzutanzen, nach einer Melodie, die nur er hörte. Auch Phil schwieg, weil er plötzlich an Phänomene erinnert wurde, von denen er irgendwann einmal gelesen hatte.

Es gab – so behaupten manche Publizisten – einen Fluch der Pharaonen, der jeden trifft, der die Grabruhe der ägyptischen Könige stört. Etliche Forscher – so wollte man wissen – seien diesem Fluch bisher zum Opfer gefallen, sobald sie sich an den Ausgrabungen beteiligt hatten: Sie sollen unter rätselhaften Umständen gestorben sein: an plötzlichem Nervenfieber, an Herzversagen ohne ersichtlichen Grund, an Selbstmord in scheinbar unbegründeten Depressionen, an geradezu absonderlichen Unfällen, an Vergiftungserscheinungen, die man toxikologisch nicht erklären konnte. Viele Bücher waren darüber geschrieben worden, chemische Analysen hatten auf in den Gräbern zurückgelassene »Todesfallen« aus Quecksilberdämpfen schließen lassen oder auf geruchlose Gase, die sich erst bilden, wenn der geheimnisvolle Grundstoff mit Sauerstoff in Verbindung kommt; auch von Mutterkorngiften und sogar von Todesstrahlen radiumhaltiger Gesteine war die Rede.

Dergleichen gab es wohl bei den Inkas nicht. Aber sie wußten sehr genau Bescheid über die Wirksamkeit von Pflanzengiften, die das Gehirn umwandeln und Halluzinationen herbeiführen. Rauschgifte wie das Meskalin oder der getrocknete Pilz Teonanacatl, den die Mayas das »Fleisch der Götter« nannten, waren den Priestern der Inkas ebenso geläufig wie das Schnupfpulver Yakée oder das Rauschgift Yopo, gewonnen aus den Samen des Leguminosen-Baumes. Sie alle haben eine teuflische Eigenschaft: Sie berauschen, enthemmen, erzeugen Visionen, lassen in dem zerstörten Gehirn neue Welten entstehen, neue Menschen, neue Gestirne. Der vergiftete Mensch vermeint in eine andere Dimension vorzudringen, er begreift sich als der Mittelpunkt dieses aufglühenden neuen Universums und erlebt Szenen von enthemmter Grausamkeit bis zur höchsten Verzückung.

Daran erinnerte sich Phil, als er Sempa mit seinen goldenen Figuren sprechen hörte, als er ihn herumtanzen sah und in sein verzücktes Gesicht blickte. Auch Evelyn begriff, daß Sempa sich immer mehr aus der wirklichen Welt entfernte und hineintauchte in ein Reich der Halluzinationen, aus dem es für ihn kein Entrinnen mehr gab.

»Herbei!« brüllte Sempa. Er schwang einen langen goldenen Stab und ließ die Brustpanzer klingeln. »Da! Da kommt es endlich! Mein Heer der gläsernen Berglöwen! Heran! Heran! Umzingelt die Feinde des Landes! Zerfleischt sie!«

Er hüpfte auf seinen Goldteller-Schuhen zurück zu den sieben Palmen und umtanzte den Stamm, an den er Phil gebunden hatte. Als Evelyn näher schlich, in der Hoffnung, Sempas Wahnsinn verschleiere seinen Blick, und sie könne Phil losbinden, erkannte er sie sehr wohl und schlug mit dem goldenen Stab nach ihr.

»Ich werde ihn zerfleischen lassen!« schrie Sempa. »Zerfleischen!«

Er umklammerte die Palme neben Phil mit Armen und Beinen, sein Mund klaffte, seine Augen schienen aus den Höhlen zu quellen. Speichel lief ihm über das Kinn, der riesige Körper verfiel in Zuckungen, die immer obszöner wurden und schließlich zu einem ungezügelten, wilden Liebeskampf ausarteten, zu einem brutalen Hineinstoßen in einen imaginären Körper. Dabei brüllte und wimmerte er und weinte sogar, warf aufstöhnend den Kopf weit zurück und umklammerte den Palmenstamm mit einer urhaften Lust.

»Komm!« schrie er. »Du Hure! Du verdammte Hure! Mach dich nicht steif! Ich zertrümmere dich! Der König aller Könige stößt dich in Stücke! Oh, dieses weiße Fleisch! Diese Brüste! Offen mußt du sein ... weit offen ...« Er preßte seinen Leib gegen den Baum und kratzte mit den Fingernägeln ganze Stücke aus der Rinde.

»Bleib zurück!« rief Phil Evelyn zu. »Komm um Himmels willen keinen Schritt näher!«

Sie stand, das lange Messer noch immer drohend in der Hand, auf der »Kegelbahn« und starrte entsetzt auf die gräßliche Szene.

»Phil, was ist mit ihm los?« schrie sie zurück. »So plötzlich ...«

»Bleib stehen!« rief er noch einmal. »Er wird sich selbst vernichten. Er wird nie mehr in unsere Welt zurückkehren! Nicht, solange er den Königsmantel und die Federkrone trägt!«

»Den Mantel ...?«

»Die Federn sind mit irgendeinem Gift getränkt worden, das Halluzinationen erzeugt. Solange er den Königsmantel trägt, saugt er bei jedem Atemzug immer mehr von dem giftigen Gas ein.«

»Gas?«

»Das Gift, mit dem die Federn getränkt wurden, verflüchtigt sich als Gas, wenn es mit Luft in Berührung kommt. Das ist die Rache der Inkas. Wer den Mantel des letzten Königs trägt, wird daran zugrunde gehen.«

Sempa stieß sich laut seufzend von der Palme ab. Er taumelte zwischen den Götterfiguren herum, schlug mit dem goldenen Stab nach Evelyn, und dann, plötzlich, stürzte er auf sie zu. Sie warf sich herum und flüchtete landeinwärts. Sempa rannte ihr nach, aber die Goldteller behinderten ihn beim Laufen – so brüllte er, die Arme vorgestreckt, das Gesicht zur Fratze verzerrt, hinter ihr her:

»Komm! Warum läufst du weg?! Es ist eine Ehre, wenn dein König dich begehrt! – Oh, wie dein Körper leuchtet! Wie schön! Wie schön!«

Er blieb ruckartig stehen, während Evelyn einen größeren Vorsprung gewann. Er riß sich die Federkrone vom Kopf und wischte den Schweiß vom Gesicht.

Für ihn, in seiner neuen, visionären Welt, bestand Evelyn aus Glas, aus einem hellschimmernden, violetten Glas. Ein Körper, durchzogen mit gläsernen Röhren, durch die das Blut pulsierte; dessen Herz einer sich ständig öffnenden und wieder schließenden Rose glich, ein gläserner Kopf, dessen Hirn aus blitzenden Kristallen bestand ...

Evelyn rannte weiter den Hang hinab und verschwand in dem dichten Buschland. Einen Augenblick blieb Sempa noch stehen, blickte über die Insel und das Meer, dann ließ er den Königsmantel von seinen Schultern rutschen und kehrte mit schweren Schritten zu den sieben Palmen zurück. Die Goldteller klirrten auf dem steinigen Boden.

Bei Phil angekommen, setzte er sich zwischen sein goldenes Heer und starrte stumm auf den Gefesselten. Mit dem Ablegen der Königskrone und des Königsmantels war er sichtbar ruhiger geworden. Die Zuckungen ließen nach, die Muskeln entspannten sich. Doch sein Blick schwelgte nach wie vor in Bildern voller rauschhafter Farben. Die goldenen Statuen um ihn herum waren Priester, die nur auf seinen Wink warteten, um den Feind am Baum zu töten. Die Obsidianmesser hielten sie in den Händen, bereit, das zuckende Herz aus der Brust des Todgeweihten zu schneiden. Er, Topas Madzu, war der einzige König der Inkas, der das befohlen hatte ...

»Ari – hörst du mich?« Mit aller gebotenen Vorsicht redete Phil ihn an. Er hatte eingesehen, daß er die Fesseln nicht sprengen konnte; Sempa verstand etwas von Seemannsknoten. Was kein tobendes Meer auseinanderreißen kann, gelingt einem Menschen schon gar nicht. »Ari, wir sollten ganz ruhig miteinander reden ...«

Sempa schwieg. Er starrte Phil an, aber es war ungewiß, ob er ihn überhaupt wahrnahm. In seinen Halluzinationen war Phil bereits ein Opfer, das aus vielen Wunden verblutete. Daß Phil zu ihm sprach, hörte er gar nicht. Seine Umwelt war erfüllt von der Musik eines Orchesters aus Rohrflöten, Trommeln und hell klingenden Glöckchen. Grausamkeit und Schönheit in idealer Vereinigung ...

»Ari«, sagte Phil noch einmal. »Sag einen Ton! Sag: Guten Tag, Phil!«

Wenn er das sagt, dachte Hassler, erreicht ihn meine Stimme wieder. Wie lange wirkt das Rauschgift nach? Er atmet es jetzt nicht mehr ein, mit jedem tiefen Atemzug bläst er frischen Sauerstoff in die Lunge und damit in sein Blut. Das muß auch das Gehirn reinigen. Die Visionen müssen nachlassen. Aber weiß man, wie stark die Inkapriester den Federmantel und die Federkrone mit ihrem unbekannten Gift getränkt haben? Wer hat eine Ahnung, wie zerstörend das Gas wirkt? Gab es überhaupt ein Zurück aus der Welt der seligen Illusionen? Blieb der Wahnsinn haften, die feinen Nerven und Zellen des Hirns zerfressend?

»Ari!« sagte Phil noch lauter. »Hörst du mich denn?!«

Sempa starrte Phil Hassler stumm an. Sein breiter Mund klaffte auf, als hätte man ihn mit einem Axthieb gespalten, aber nicht, um ihn sprechen, sondern nur um den Speichel ungehindert herausfließen zu lassen. Es war ein schrecklicher Anblick: Ein Mensch löste sich auf.

Es dauerte vier Stunden, bis Sempa von seinen Halluzinationen befreit wurde.

In dieser Zeit hockte er zwischen seinen goldenen Figuren, spielte mit ihnen wie ein Kind …

In der letzten Stunde wurde er wieder unruhiger, lief zwischen den sieben Palmen hin und her, schlug die Fäuste gegeneinander und blieb plötzlich vor Hassler stehen.

»Phil!« sagte er dumpf. »Du verdammter Hund!«

Hassler atmete tief durch. Er ist wieder da! Zwar verrückt, aber auf dieser Welt. Er erkennt mich, man kann mit ihm sprechen. Er ist wieder ein Mensch.

Ein Mensch? War Sempa wirklich noch ein Mensch?!

»Ari –«, sagte Phil. Er lächelte sogar dabei, als hätten sie beide nur ein Spielchen gespielt, um sich die Langeweile zu vertreiben. Ein Spiel wie das Kegeln mit den Götterfiguren und den massiven goldenen Kugeln. »Mach keinen Scheiß und bind mich los! Was soll das alles, Junge? Kannst du Schach?«

»Schach?« wiederholte Sempa. »Wieso Schach?«

»Ich habe eine Idee. Hier stehen genug Figuren herum, mit denen wir ein Schachspiel aufbauen können. Du bekommst die goldenen Figuren, ich streiche meine rot an. Okay?! Und dann spielen wir eine Partie, daß uns der Kopf brodelt.«

»Du bist tot!« sagte Sempa tonlos. »Tot, Phil! Tot! Begreif das doch endlich, Phil! Ein Toter kann nicht mehr Schach spielen.«

»Ich kann das, Ari. Wetten? Los, fangen wir an! Holen wir uns die Figuren zusammen. Bind mich los, Junge!«

Sempa glotzte Phil stumpf an. Dann setzte er sich, löste die Riemen, mit denen er die goldenen Teller unter die Fußsohlen gebunden hatte, aber die schweren goldenen Brustplatten behielt er an. Trotzdem atmete Phil auf. Sempa zeigte wieder Ansätze menschlichen Denkens und Fühlens. Er begriff, daß die Goldteller unter seinen Füßen ihn nur hinderten und außerdem bei jedem Schritt einen unerträglichen metallischen Laut verursachten, wenn sie auf den Steinboden klatschten.

»Es wird alles geholt!« sagte Sempa und massierte sich die Füße.

»Was heißt alles?«

»Alles, was mir, dem König, gehört.«

»Ari! Du bist nicht Topas Madzu oder Tupac Yupanqui! Du heißt Ari Sempa. Ari Sempa!«

»Halt's Maul!« Ari sprang auf, band Phil von der Palme los, ließ aber seine Hände auf dem Rücken gefesselt. Er legte ihm wieder die Schlinge um den Hals und ließ das lange

Seil auf- und abschnellen. Dabei lachte er dröhnend und zog kräftig an dem Strick. Phil Hassler schwankte ein paar Schritte vorwärts.

»Welch ein schönes Hündchen!« grölte Sempa. »Steht da und macht Männchen! Los, geh ab! Setz dich! Was sagt ein braver Hund zu seinem Herrchen?! Sitz!«

Er riß wieder an der Leine. Die Schlinge zog sich zu. Phil blieb nichts anderes übrig, als sich auf die Knie fallen zu lassen. Sempa nickte zufrieden.

»Gut so –«, sagte er. »Gut, mein Hündchen! Und wie spricht der Hund? Na, wie spricht er? Wie begrüßt er sein liebes Herrchen?«

Wieder der Ruck an der langen Leine. Die Schlinge schloß sich, der verschiebbare Knoten drückte gegen Phils Kehlkopf. Es hatte keinen Sinn, sich zu wehren. Ein kräftiger Zug genügte, und Phil war erwürgt.

Er reckte den Kopf vor, um dem Gefühl des Erdrosseltwerdens zu entgehen, und begann zu bellen. »Wauwauwau!« keuchte er und kroch dabei auf den Knien naher an Sempa heran. Die Leine lockerte sich, die Schlinge wurde wieder weiter. Luft! O Luft! Köstliche Luft! »Wauwauwau ...«

Sempa stampfte vor Vergnügen. Er winkte Phil zu, so wie man einem dressierten Hund befielt, seine Paradestückchen vorzuführen, und damit begann ein minutenlanges grausames Spiel: bellen und Pfötchen geben, im Kreise herumtanzen und auf allen vieren hüpfen, Männchen machen und immer wieder bellen.

Hassler tat alles. Die totale Entwürdigung schluckte er herunter. Er dachte nur daran, Zeit zu gewinnen, jetzt, in dieser kritischen Phase, zu überleben, und wenn es auch als Hund war. Einmal ermüdete dieses Spiel auch Sempa, dann konnte man weitersehen und neue Handlungen vorbereiten. Die tödliche Schlinge um seinen Hals zwang ihn zur Willenlosigkeit, aber jede Stunde, die er weiterlebte, war ein Gewinn, für Sempa dagegen ein Verlust. Er verlor diese Stunde an seinen Wahnsinn.

Evelyn stand in sicherer Entfernung in der Nähe der Wohnhöhlen. Tränen liefen über ihr Gesicht, doch auch sie war zur Wehrlosigkeit verurteilt. Ein einziger Versuch, Phil zu helfen, hatte es gezeigt: Als sie mit Steinen nach Sempa warf und seinen Kopf traf, grunzte er laut wie ein Stier und zog sofort die Schlinge zu. Phil kippte, für ein paar Sekunden gewürgt, nach vorn und schlug mit der Stirn auf den Felsboden. Als er sich wieder aufrichtete, war die Stirnhaut verletzt. Kleine Blutstropfen sickerten durch die Risse.

»Komm, mein Hündchen!« sagte Sempa zufrieden. Phil kniete auf der »Kegelbahn« und hatte gerade einen Luftsprung machen müssen. »So war es brav! Bist ein braves Luderchen! Und jetzt tragen wir den ganzen Schatz hin und her und bauen ihn neu wieder auf. Ich kann mich erinnern, daß hier jemand, ein lächerlich eingebildeter Bursche, immer nein zu mir sagte und mich alles allein tun ließ! Das ist vorbei! Von jetzt ab arbeitest *du!*«

Zeit gewinnen, sagte sich Phil immer wieder. Zeit! Zeit! Höre alles klaglos an, was er sagt, tu alles, was er will, widersprich ihm nicht. Sein Zerfall ist schneller, als er handeln kann.

»Ich war immer der Stärkere!« sagte Sempa stolz. »Und ich habe auf den Tag gewartet, an dem ich es beweisen kann! Hündchen, wenn ich sage: Du allein trägst das Gold zu den Höhlen und zu den sieben Palmen wieder zurück, was antwortest du da?«

»Ari –«

»*Was* antwortest du? Etwa nein? Ha?« Er zog an der Leine, die Schlinge schnellte zu. Phil taumelte auf den Knien und rang nach Luft. »Du trägst den Schatz herum und baust mir aus Münzen, Goldplatten und Edelsteinen eine Wanne! Ich will mich in meinem Gold baden.«

Er näherte sich vorsichtig Hassler, als könne der ihm noch immer gefährlich werden, band ihm die Hände los und zog ihn auf die Füße. Phil lehnte sich einen Augenblick an Sempa, seine Lungen blähten sich. Das war hart vor dem Ende, dachte er. Ein bißchen fester gerissen, und er hätte mich erdrosselt.

»Dort liegen die Säcke, dort stehen die Kisten«, sagte Sempa. »Pack sie ein! Und dann spielen wir die Komödie vom Hündchen, das einen Inkaschatz auf dem Rücken trägt!«

Er lachte dröhnend, wuchtete Hassler eine Götterfigur auf den Buckel und bog sich vor Vergnügen, als Phil unter der Last in den Knien einknickte.

»Daran gewöhnt man sich!« schrie Sempa. »Nach zwei Tagen wird dir alles so leicht sein wie eine Feder.«

Er ging voraus, zog Phil an der Leine hinter sich her und blieb nur einen Augenblick stehen, als er an Evelyn vorbeikam.

»Keine Tricks, Baby!« brüllte er furchterregend. »Ich lasse mir mein Hündchen nicht wegnehmen!«

»Bleib hier, Eve«, keuchte Phil. Er umklammerte die Götterstatue auf seinem Rücken. Schweiß überflutete sein Gesicht und brannte in den Augen. »Es wird alles gut ausgehen! Glaub es mir. Wir haben schon viel gewonnen: Zeit ...«

»Phil –«, stammelte sie. »Phil, er wird dich umbringen.«

»So schnell nicht.«

Sempa ging weiter und zog kräftig an der Leine. Phil mußte folgen, um nicht von der Schlinge erdrosselt zu werden. Wie Herr und Hund trotteten sie über die Insel, zu dem großen erloschenen Vulkankrater, in dessen Innenwand die Höhlen voller Gold gelegen hatten.

Drei Tage lang schuftete Phil bis zum Umfallen.

Drei Tage lang mußte er allein den größten Teil des Schatzes einpacken und wieder auspacken, vom Plateau zu den Höhlen und wieder zurück tragen und anschließend nach Sempas gebrüllten Anweisungen im weiten Umkreis der sieben Palmen aufbauen. Kisten mit Goldmünzen und Schmuck, die sie noch gar nicht geöffnet hatten, wurden ausgeschüttet, Säcke voller Edelsteine, Figuren, Teller, Vasen, Kultgefäße und Bildtafeln. Sempa hatte Hassler für diese Knochenarbeit natürlich die Hände losbinden müssen, auch die Fußfesseln ließ er weg, aber er war immer in Phils Nähe, ein Gewehr im Anschlag, nach allen Seiten sichernd, nie so nahe herankommend, daß sich Phil mit einem verzweifelten Satz auf ihn stürzen und ihn überrumpeln könnte.

Drei Tage lang von den sieben Palmen zum Krater und zurück. Hin und her, Kiste nach Kiste. Einpacken, wegschleppen, ausladen, einpacken, zurück zu den sieben Palmen, alles ausschütten, Figuren in Formationen aufstellen, herumhüpfen, bellen, Männchen machen ... Und wieder Kisten und Säcke, Statuen und dicke massive Goldplatten ...

Die Schultern wurden aufgescheuert, die Haut platzte, der Nacken schwoll an, eine handgroße Wunde bildete sich am Rücken. Am Ende des dritten Tages zitterten Phil kraftlos die Arme. Jeder Meter wurde zur Qual, die Beine knickten ihm weg. Schließlich lag er auf der Seite auf dem Felsboden und ließ Sempas Gebrüll ohne Reaktion über sich ergehen.

»Was ist denn das?!« grölte Sempa und schlug nach Phil

mit dem Nylonseil. »Schlapp machen?! Tatsächlich! Er macht schlapp! Früher hat er die Weiber reihenweise umgelegt, und jetzt verdreht er schon die Augen, wenn er ein paar Kistchen tragen muß! Keine Sabotage, mein Hündchen! Kein billiges Theater! Bist du ein Fußballspieler?! Mich legst du mit solchen Tricks nicht herein! Oder hast du Pudding in den Muskeln?«

Mit Sempa zu diskutieren war völlig sinnlos. Das hatte Phil in den vergangenen drei Tagen eingesehen. Es war besser, sich zunächst allem zu unterwerfen, was er anordnete. Ihn mit Widerspruch zu reizen war fast wie ein Selbstmord.

Gegessen wurde wie früher am großen Tisch vor der Wohnhöhle. Evelyn kochte und briet, quirlte Eier in den Rotwein, den Phil trank, und wartete auf einen günstigen Moment, um Sempa von Phil abzulenken. Da hätte sich vielleicht eine Chance zur Flucht geboten, aber Sempa hatte ein Verfahren entwickelt, das jeden Gedanken daran illusorisch machte: Zuerst aß er zusammen mit Yuma, und Phil, mit der Schlinge um den Hals, hockte neben ihm auf der Erde wie ein Hund. Dann durften Evelyn und Hassler essen, und Sempa stand abseits, das Schnellfeuergewehr auf sie gerichtet.

Auch die Nächte brachten keine Chance. Wenn das Abendrot Insel und Meer verzauberte, band Sempa wieder den Strick um Phils Hals und verschwand mit ihm im Inneren der Insel. In den Kratern, im Buschland, in irgendeiner der vielen Höhlen, die von Luftblasen und Erosionen der Jahrhunderte im porösen Lavagestein gebildet worden waren, durfte Phil seinen kurzen, bleiernen Schlaf halten.

Nachts durch die Insel zu streifen und Phil zu suchen war für Evelyn unmöglich. Einmal war sie ihnen in der Abenddämmerung nachgeschlichen, aber Sempa hatte es bemerkt. Sofort band er Phil an einem dornigen Baum fest und stürzte brüllend wie ein wildes Tier auf Evelyn. Es blieb ihr nur die Flucht – und als sie später zurückkam, um die Spur wieder aufzunehmen, gab es keine Anhaltspunkte mehr.

Am frühen Morgen, noch während der Himmel goldgestreift sich im dunkleren Meer spiegelte, weckte Sempa mit einem Rütteln den wie betäubt schlafenden Phil, führte ihn zum »erfrischenden Bad« unter den kleinen Wasserfall und untersuchte die geschwollenen Schultern und den aufgeplatzten Nacken.

»Nichts Schlimmes!« sagte er gütig. »Das heilt schnell. Wir haben es bald geschafft, mein Hündchen …«

Dann waren sie wieder da zwischen den sieben Palmen, mit der ersten Kiste, dem ersten Sack des Tages, und bauten den Inkaschatz auf. Das Scheppern der goldenen Teller und Gefäße weckte auch Evelyn.

So langsam, wie diese drei Tage vorbeigingen, so rapide wuchs Sempas Irrsinn, auch ohne das Gift der Inkas. Es kam über ihn in Schüben: Mal lachte er grell, dann grölte er wie ein Betrunkener, überschüttete Evelyn mit den gemeinsten Worten und widerwärtigsten Anträgen, oder er fesselte Phil wieder an eine der Palmen und begann, mit seinen Goldschätzen zu spielen.

Einmal, am Mittag des vierten Tages, zog Sempa sich nackt aus und wühlte sich in einen Haufen von Goldmünzen, Plättchen und kleinen Tellern. Er badete in seinem Gold, wie er es sich gewünscht hatte. Yuma, seine goldene Prinzessin, hatte er in sein »Bad« mitgenommen und räkelte sich dort mit ihr herum in wilder Leidenschaft. Hassler hockte neben dem Goldbad, wieder an Händen und Füßen gefesselt, nach vorn gekrümmt, zur Bewegungslosigkeit zusammengeschnürt.

»Evelyn!« schrie Sempa. »Hierher! Hierher! Ich lade dich ein! Die schönsten Rubine für dich, wenn du zu mir in die königliche Badewanne steigst!«

Am Abend dieses Tages holte Sempa aus seiner Höhle wieder den Königsmantel und die Federkrone des letzten Inkakönigs hervor und begann, sich damit zu bekleiden.

»Wirf die Sachen weg, Ari!« rief Phil. Er saß gefesselt mitten in der nach Kompanien aufgebauten goldenen Armee, zum Umfallen müde, mit bleischweren Armen und Beinen. Schultern, Nacken und Rücken waren aufgequollen, ein einziger, breitflächiger, bläulicher Bluterguß, durchsetzt mit aufgeplatzter Haut. »Zieh die Sachen sofort aus, Ari! Sie bringen dich um!«

Dich und mich, dachte Phil. Denn bevor das Rauschgift dich lähmt, wirst du mich töten. So widersinnig es ist: Du mußt weiterleben, damit auch ich lebe.

Sempa winkte ab und setzte die herrliche Königskrone auf. Die bunten Federn schwankten im Wind, der Mantel blähte sich … Man konnte verstehen, daß die Inkas geglaubt hatten, ihre Könige könnten wie ein Condor fliegen.

Die fürchterliche Verwandlung Sempas von einem Menschen zu einem Wesen, das in der neuen Welt der Halluzinationen ein fremdes Leben führt, dauerte dieses mal nur eine halbe Stunde. Dann wirkte das sich zu Gas verflüchtigende Gift, mit dem die Federn getränkt worden waren, abermals: Die Welt veränderte sich wundersam vor Sempas Augen, die Farben wechselten, die Felsen leuchteten wie durchsichtige Kristalle, und die goldenen Figuren des Inkaschatzes erfüllten sich mit Leben, sogar die Teller und Gefäße wurden zu Lebewesen, zu Fabelgebilden, die kriechen und hüpfen konnten, die sangen und tanzten und lachend sich gegenseitig umbrachten.

Alles löste sich auf, vernichtete sich, verwandelte sich … Nur der König aller Könige, der von der Sonne Ernährte, lebte weiter …

Sempa stolzierte gravitätisch herum, suchte in einem Haufen von Inkawaffen ein Beil mit Obsidianklinge und ein Obsidianmesser und starrte Phil dann schweigend an.

Es war der Augenblick, in dem Hassler wußte, daß er verloren hatte.

Es war aber auch der Augenblick, in dem Evelyns wilde Verzweiflung unhaltbar ausbrach und alle Vorsicht mit sich wegriß.

Sie stürzte auf Sempa zu, nahm die erste der goldenen Figuren, die sie greifen konnte, und schleuderte sie mit voller Wucht gegen Sempas Brust. Der Irre schwankte etwas, zog die Schultern hoch und tappte wie ein gefederter Riesendrache auf sie zu. Wortlos, ohne einen Laut – eine Maschine, die den Impuls bekommen hat: Töte! Töte!

Sie griff nach der nächsten Figur und schleuderte sie nach ihm. Sempa wich ihr aus, aber der dritte Wurf, schnell danach, traf ihn wieder voll. Lautlos nahm er den Aufprall hin und tappte ungehindert weiter, ein in Gold und bunte, schillernde Federn gehüllter Roboter. Kein menschliches Denken belastete ihn mehr.

Der vierte Wurf … Eine kleine Göttin, zartgliedrig, nackt, mit spitzen Brüsten wie Yuma. Sempas Gesicht verzog sich zu einer Grimasse. Er streckte die Hand aus und fing das Geschoß im Fluge auf, bevor es seinen Kopf treffen konnte. Es war, als wolle er die Figur zwischen seinen dicken Fingern zerquetschen; er hob sie gegen die untergehende Sonne, seine Faust wurde weiß, so gewaltig war der Druck seiner Hand.

In diesem Moment warf Evelyn einen schweren goldenen Teller. Als eine blitzende Scheibe zischte er durch die

Luft, veränderte seine Richtung, stieg wie unter einem Aufwind hoch und traf Sempas emporgereckte Faust.

Sempa zuckte zusammen. Die kleine Göttinnenfigur fiel aus seiner Hand. Erstaunt blickte er auf seinen kleinen Finger. Die Amethystplatte des herrlichen Königsringes hatte sich gedreht, der Teller hatte – ein Zufall nur oder die letzte Rache der Inkas? – den Ring gestreift und die Platte herumgerissen. Ein kaum spürbarer Stich war die Folge, Sempa nahm ihn gar nicht wahr. Er spürte auch nicht den dünnen goldenen Dorn, der in seinem Finger stak und über den das Gift jetzt in seinen Körper rann.

Der königliche Tod!

Die süße Verklärung!

Das Aufgehen in eine Illusion ...

Sempas letzte Verwandlung war wahrhaft königlich.

Verzückt starrte er in den Feuerball der untergehenden Sonne, breitete die Arme weit aus und schritt in hoheitsvoller Haltung dem lockenden Licht entgegen.

Er ging an Evelyn vorbei, die, gelähmt von diesem Anblick, nicht mehr flüchten konnte – aber er beachtete sie gar nicht. Er hörte auch nicht, wie Phil ihn aufforderte stehenzubleiben, er sah nicht, daß Evelyn mit staksigen Schritten zu Phil lief und ihn losband, er nahm nicht mehr wahr, daß Phil in völliger Erschlaffung zusammenknickte, zwischen den Inkaschatz fiel und Evelyn seinen Kopf in ihren Schoß bettete ... Er sah nur noch die Sonne, einen rotgoldenen Ball, ein Firmament voller Edelsteine, ein Meer aus Kristallen, und alles, alles gehörte ihm, dem mächtigsten Herrscher der Welt.

Mit langen Schritten rannte Sempa auf den Steilhang zu. Als er ganz vorn am Abbruch stand, brach ein Jubelton aus ihm heraus, der selbst dem zu Tode erschöpften Phil ins Herz fuhr.

Noch einmal breitete Sempa die Arme weit aus, noch einmal jubelte er der Sonne zu ... dann stieß er sich ab, um der schimmernden Goldkugel entgegenzufliegen.

Es war ein entsetzlich-schöner Anblick. Einen Augenblick hielt sich Sempa wirklich in der Luft, schwebte er schwerelos dahin. Der Federmantel hatte sich ausgebreitet, trug ihn für zwei oder drei Sekunden: ein goldglitzernder Riesenvogel, der zu den Göttern flog.

Dann kippte er ab und stürzte hinunter in die Lavaklippen. Trotz des Meeresrauschens hörte man den Aufschlag. Zum letzten Mal klirrte das Gold an seinem Körper, ein schriller, aufschreiender Ton.

»Mein Gott!« stöhnte Phil. »O mein Gott ...«

Dann streckte er sich, mit dem deutlichen Gefühl, selbst auf den Klippen zerschellt zu sein.

Sieben Tage dauerte es, bis Phil Hassler wieder auf dem Rücken liegen konnte. Evelyn hatte fast die ganze Bordapotheke verbraucht, stäubte die Wunden mit Penicillinpuder ein, strich Heilsalbe auf die geplatzten Hautpartien und umwickelte Phil mit breiten Binden.

Am Morgen nach Sempas Tod humpelte Hassler über die Lavazunge hinunter zur Bucht und besichtigte die Felsen, in die sich Ari gestürzt hatte.

»Du willst ihn doch wohl nicht zurückholen?« fragte Evelyn. Sie stützte Phil und blickte dabei, wie er, hinüber zu den Klippen, über die jetzt die Morgenflut rauschte. Das Meer fraß sich mit Donnern durch die zerklüfteten Felsen; schäumte über die Riffe und sprühte in breiten Gischtwolken bis zu dem schmalen Sandstrand hinüber.

Phil schüttelte langsam den Kopf. »Das Meer wird ihn sich holen«, sagte er. »Was von ihm übriggeblieben ist, wird es zertrümmern und mit sich fortreißen. Wenn die Ebbe läuft, werden wir von Ari nichts mehr sehen. Und mit ihm wird für immer versinken, wovon es bisher nur Sagen gab: der Mantel und die Krone der Inkakönige.«

Sie setzten sich in der Bucht auf eine der Kisten, die noch von der Yacht stammten, blickten auf das tobende Meer und auf die Klippen, zwischen denen jetzt Sempas Körper zermalmt wurde. Erst als die Sonne zu heiß brannte, stapften sie zur Wohnhöhle zurück und setzten sich in den Schatten. Vor ihnen schimmerte das goldene Heer der Inkastatuen, glitzerten die Edelsteine und geschliffenen Bergkristalle, leuchtete Sempas Goldhaufen, in dem er gebadet hatte. Allein, zwischen den sieben Palmen, einsam, den Blick zum Meer gewandt, in lichtumflossener goldener Nacktheit, stand Yuma. Es war, als sei sie in Trauer erstarrt ...

Phil hob die Schultern. Plötzlich fror er. »Wir sollten sie ihm nachwerfen!« sagte er heiser. »Sie gehört zu ihm ...«

Evelyn antwortete nicht darauf. Aber am nächsten Morgen war der Platz zwischen den sieben Palmen leer, und Phil fragte nicht, was mit Yuma geschehen war. Sein Rücken brannte vom Nacken bis zu den Lenden, er schluckte Fiebertabletten, gab sich Penicillin-Injektionen und ließ sich von Evelyn wieder mit Heilsalbe eincremen und verbinden. Langsam, ganz langsam spürte er, wie die Kraft in ihn zurückkehrte.

Sieben Tage dauerte es auch, bis es Evelyn gelang, mit dem kleinen, schwachen Sender in ihrem Schminkkoffer eine Verbindung zu dem Kanonenboot »Panther« herzustellen.

Sie hatte es schon immer versucht, auch als Sempa noch lebte, die ganze Zeit über, während Phil den Goldschatz sinnlos von den sieben Palmen zu den Höhlen und wieder zurück schleppen mußte und sein Leben von Minute zu Minute weniger wert wurde. Aber immer hatte sie ins Leere gefunkt – die amtlichen Stationen auf den Galapagosinseln, auf Isabela, Santa-Cruz, Baltra und San Christobal, waren für ihren schwachen Sender unerreichbar weit, und die »Panther« kreuzte auf ihrer Patrouillenfahrt nicht in der Nähe der »Sieben Palmen«.

Jetzt endlich gelang es. Ganz schwach antwortete der Funker des Kanonenbootes. Die Morsezeichen tickten im Kopfhörer.

»Ich habe ihn!« jubelte Evelyn. »Phil, Liebling, ich habe ihn! Ich höre ihn! Phil! Phil!«

Sie küßte ihn immer wieder, drückte ihm dann den Hörknopf ins Ohr und überließ ihm den Minisender. Phil lauschte auf das ferne Zirpen und setzte die Morsebuchstaben zusammen.

»Wer ist da? Melden! Genaue Position! Hier Panther. Panther. Ihre Position! Melden … melden …«

»Er ist es wirklich«, sagte Phil glücklich. Er lehnte sich gegen eine der sieben Palmen. Um ihn herum stand in militärischer Formation der Inkaschatz. »Wir sind nicht mehr allein.« Seine Stimme wurde unsicher. »Was soll ich tun, Eve? Willst du mit mir auf der Insel bleiben, oder sollen wir wieder hinaus in die Welt?«

»Das überlasse ich dir allein, Phil.« Ihre Stimme klang ruhig. Sie umfaßte seinen Kopf und küßte ihn wieder. »Wie du entscheidest, wird es richtig sein.«

»Entscheide du …«

»Es geht um dein Leben.«

»Um *unser* Leben, Phil! Ich bin überall glücklich, wo du bist.«

»Auch hier?«

»Auch hier, Phil …«

Er nickte, drückte den Hörknopf tiefer in sein Ohr und bediente die kleine Sendetaste.

»Hier Phil Hassler. Phil Hassler auf den ›Sieben Palmen‹.« Der Ton wurde klarer, als der Funker der »Panther« antwortete.

»Verstanden.«

»Ist Don Fernando in der Nähe?«

»Ich lasse ihn rufen, señor.«

Ein paar Minuten Schweigen, dann wieder das Ticken im Kopfhörer. Noch klarer, jetzt leicht zu entziffern. Die »Panther« mußte in voller Fahrt den Kurs geändert haben und auf sie zulaufen.

»Phil, was haben Sie?« fragte Don Fernando an. Obgleich ein Morsezeichen seelenlos ist, hörte Phil doch die Sorge heraus. »Sind Sie in Not?«

»Nein. Es geht uns ausgezeichnet. Ich freue mich, Sie zu hören.« Phil zögerte und blickte Evelyn dabei lange an. Dann beugte er sich über das kleine Funkgerät und sendete: »Commander, bitte kommen Sie schnell und holen Sie uns ab.«

»Ich fahre mit äußerster Kraft, Phil! Endlich! Endlich! Morgen früh bin ich bei Ihnen. Halten Sie es noch so lange aus?«

»Ich hoffe, ja. Aber nicht einen Tag länger! Ich will Evelyn heiraten.«

»Evelyn? Ich denke, die wunderschöne Senorita heißt Myrta?! Phil, haben Sie mittlerweile einen Harem auf der Insel angesammelt? Sie übertreiben das Paradies!«

»Das erzähle ich Ihnen alles morgen. Commander, kommen Sie schnell! Ende.«

Er riß den Knopfhörer aus dem Ohr und klappte den Schminkkoffer zu. Evelyn, die neben ihm zwischen den goldenen Götterstatuen hockte, sah ihn aufmerksam an.

»Was hast du gefunkt?« fragte sie. Ein Unterton von Angst schwang in ihrer Stimme. Phil hörte ihn genau.

»Daß ich dich unendlich liebe.«

»Und was antwortete Don Fernando?«

»Er holt uns ab. Er meint, die ›Sieben Palmen‹ seien nicht der richtige Ort, mit einer Frau wie dir ein neues, glückliches Leben anzufangen …«

Da lachte sie und begann gleichzeitig zu weinen, lehnte den Kopf an seine Schulter und schluchzte wie ein kleines Kind. Und Phil wurde in diesem Moment klar, daß sie bei aller Liebe zu ihm auf dieser Insel nie glücklich geworden wäre, wohl aber ihr ganzes Leben still und duldsam für ihn hingegeben hätte.

Die ganze Nacht über packten Evelyn und Phil.

Zum letzten Mal melkten sie die Ziegen und Kühe, ließen die Schweine aus dem Koben, gaben den Hühnern ihre Freiheit wieder, nahmen Abschied von den zahmen Leguanen und Drusenköpfen, den Tölpeln und zutraulichen Bussarden, den majestätischen Albatrossen und den kreischenden Möwen. Am frühen Morgen wanderten sie noch einmal ins Innere der Insel und blickten von einer Erhebung hinüber zu der großen Seelöwenkolonie und den Steilhängen, gegen die das Meer schäumte und künstliche Regenbogen erzeugte.

»Es fällt dir schwer, nicht wahr?« fragte sie. Sie hatte den Arm um seine Hüfte gelegt und lehnte sich an ihn.

»Nein –«, antwortete Hassler

»Es ist lieb, daß du jetzt lügst. Aber ich sehe deine Augen.« »Nur ein bißchen Wehmut, Eve.«

»Sollen wir bleiben? Ja! Wir schicken Don Fernando wieder weg.«

»Jetzt sehe ich *deine* Augen«, sagte er leise und wandte sich vom Anblick seiner Insel weg. Er drückte Evelyn an sich und ging, den Arm um sie gelegt, zurück zu seiner

Wohnhöhle. Die Kisten mit den Dingen, die sie nicht auf der Insel lassen wollten, waren schon unten in der Bucht im Sand gestapelt. Zwischen den sieben Palmen gleißte und schimmerte der Inkaschatz in der Morgensonne. »Keine Angst, Eve! Der Commander wird uns abholen. – Wo willst du hin? Südamerika? Die USA? Europa?« Er lachte jungenhaft und machte eine Armbewegung, die den ganzen Erdball einschloß. »Such dir etwas aus. Die ganze Welt steht uns zur Verfügung!«

»Wo du hingehst, Phil …«

»Ich weiß es wirklich noch nicht! – Rio de Janeiro?«

»Gut.«

»Rom?«

»Gut.«

»San Francisco?«

»Von mir aus.«

»Hast du keine Heimat? Keinen Wunsch?«

»Nein. Meine Heimat bist du! Und ein Wunsch? Ich möchte dich immer lieben.«

Die »Panther« fahr gegen 10 Uhr vormittags bis an die erste, äußere Barriere der »Sieben Palmen« heran. Dann hievten die Matrosen die Schaluppe zu Wasser, und Don Fernando selbst ließ sich durch die Brandung der drei gefährlichen Klippentore bringen. Phil und Evelyn erwarteten ihn am Strand und rannten auf ihn zu, umarmten ihn, bis zu den Hüften im seichten Wasser stehend, und wateten neben ihm her an Land, während der Commander sich von einem kräftigen Matrosen auf der Schulter ans Trockene tragen ließ.

»Du lieber Himmel, das Schiff liegt ja auf Grund!« rief Don Fernando. Es war das erste, was er in der Bucht bemerkt hatte. »Wie war denn das möglich?!«

»Sie stellen harmlose Fragen, Don Fernando«, lachte

Phil. »Aber das wird sich ändern. Sie werden staunen, was auf dieser einsamen Insel, in diesem sogenannten Paradies, alles möglich gewesen ist! – Haben Sie eine Sonnenbrille bei sich?«

»Ja.« Der Commander sah Phil kritisch an. »Warum?«

»Setzen Sie sie auf, Don Fernando!« sagte Evelyn fröhlich. »Es könnte sonst sein, daß Sie oben auf dem Felsen, bei den sieben Palmen, geblendet werden.«

Eine Stunde später durchbrach die kleine Schaluppe wieder die Gischtbarrieren und schoß hinüber zu dem ankernden Kanonenboot. Auf der Insel blieben der Zweite Offizier, ein Leutnant und drei Mann zurück, um bei dem Schatz Wache zu halten. Obgleich es niemanden gab, der ihn noch stehlen konnte, war es militärisch einfach eine Notwendigkeit, eine Wache zurückzulassen. Hier war auch der charmante Don Fernando nichts anderes als ein nach dem Reglement denkender Soldat.

»Da treffe ich keine Entscheidung mehr«, sagte er, während sie im ruhigen Wasser zur »Panther« fuhren. »Das ist jetzt Sache der Admiralität. Und wenn ich diesen Inkaschatz wirklich an Bord nehme, dann nur, wenn ich geradewegs zum Festland dampfen kann. So viel Reichtum an Bord kann unheimliche menschliche Schwächen auslösen. Man hat schon um weniger Geld gemeutert.« Er beugte sich vor und stieß Hassler leicht in die Seite. »Unter uns geflüstert, und nur als verwerflicher Gedanke gedacht: Sie sind *doch* ein Rindvieh, Phil!«

»Wieso?« fragte Hassler unschuldig.

»Das mit dem Riesenschatz hätten wir unter uns aushandeln können. Jetzt wird in Kürze die ganze Welt wissen, was da ans Tageslicht gekommen ist, und der Staat kassiert alles. Hoffen Sie auf keine Belohnung. Im Gegenteil, es wird peinliche Untersuchungen und Verhöre geben. Zu spät, um clever zu sein, Phil. Aber das war nur ein ketzerischer Gedanke von mir, weiter nichts.«

»Auch wenn er ernsthaft gemeint wäre – er wäre unausführbar gewesen.«

»Warum?«

»Wir hätten noch lange auf der Insel bleiben müssen, bis Sie diesen Schatz nach und nach, Stück für Stück, rund um die Welt unter der Hand hätten verkaufen können.«

»Das stimmt!« Don Fernando blickte ihn aus den Augenwinkeln an. »Trotzdem, Phil, welche Chance haben Sie da verpaßt! Was soll bloß aus Ihnen werden?«

»Ein glücklicher Mensch, Commander.« Phil legte seine Hände um Evelyns Schulter. Sie saß vor ihnen und klammerte sich wegen des groben Seegangs an der Sitzbank fest. »Nennen Sie mir einen Schatz, der eine große Liebe aufwiegen könnte!«

»Welch neue Töne, Phil!« Don Fernando hielt sich nach einer hohen Welle an seinem Sitz fest. Die Flut lief – die Schaluppe mußte gegen die anrollenden Brecher anfahren. Wie auf ein Kommando drehten Phil und Don Fernando ihre Köpfe und blickten zurück auf die Insel. Die sieben Palmen wiegten sich im Wind. Die Lavafelsen glänzten in der Sonne, wie mit Wachs eingerieben. Drohend ragten die Basaltsäulen in den blauen Himmel. Vor der ersten Barriere schäumte das Meer meterhoch und verdeckte den Blick auf die Bucht und den kleinen Strand. »Sie flüchten aus Ihrem Paradies? Wie war das noch vor ein paar Monaten? Da gab es doch mal einen Mann, der flüchtete vor den Menschen ...«

»Das war ein Fehler.«

»Aha!«

»Man kann nicht vor dem weglaufen, in das man hineingeboren wurde.« Phil beugte sich vor und legte die Arme um Evelyn. Sie lehnte sich zurück, und weil ihr langes Haar dabei über Phils Gesicht fiel, mußte Don Fernando gut aufpassen, um alles zu verstehen, was Hassler sagte. »Man kann sich nur in Wünschen und Träumen baden. Das sind die wahren, einzigen Paradiese: die eigenen Träume!«

Eine neue Welle erfaßte die Schaluppe. Sie wurden von den Sitzen gerissen und fielen hart wieder auf die Bank zurück.

»Da haben Sie's, Commander!« rief Phil. Er umklammerte Evelyn, damit sie nicht gegen die Bordwand geschleudert wurde. »Das Leben ist nicht für Träumer da ...«